ULLSTEIN

Das Buch

Neugierig erwartet man die zukünftige Rektorin der Dorfschule: Kate Pascoe ist eine energische junge Frau mit modernen Ansichten. Sie erscheint als Idealbesetzung für die Stelle und wird von den Bewohnern von Turnham Malpas herzlich aufgenommen. Doch mit der esoterisch interessierten Kate Pascoe halten auch Neuerungen Einzug, die Skepsis und Kopfschütteln hervorrufen: Die Schüler sollen auf einmal nicht mehr beten, sondern meditieren, und den traditionellen Tanz der Kinder um den Maibaum will sie verbieten!
Als sich kurz nach Kate Pascoes Ankunft einige unheimliche und scheinbar unerklärliche Vorkommnisse ereignen, steht für viele in Turnham Malpas fest: Hier müssen Hexen ihr Unwesen treiben! Natürlich fällt der Verdacht sofort auf die neue Rektorin. Um zu verhindern, dass der Aberglaube unter seinen Schäfchen weiter Fuß fassen kann, beschließt Pfarrer Peter Harris, den Dingen auf den Grund zu gehen...

Die Autorin

Rebecca Shaw besuchte eine koedukative Quäker-Schule und arbeitete danach als Lehrerin für Gehörlose. Nach ihrer Heirat widmete sie sich ganz der Erziehung ihrer vier Kinder. Als diese flügge wurden, fand sie Zeit zum Schreiben.

In unserem Hause sind von Rebecca Shaw bereits erschienen:

Das Dorffest
Dorfgeflüster
Dorfgespräch
Der neue Pfarrer

Rebecca Shaw

Dorfgeheimnisse

Roman

Aus dem Englischen
von Dietlind Kaiser

Ullstein

Besuchen Sie uns im Internet:
www.ullstein-taschenbuch.de

Umwelthinweis:
Dieses Buch wurde auf chlor- und säurefreiem Papier gedruckt.

Ullstein Verlag
Ullstein ist ein Verlag des Verlagshauses Ullstein Heyne List GmbH & Co. KG.
Deutsche Erstausgabe
1. Auflage September 2003

Titel der englischen Originalausgabe:
Village Secrets (Orion Books Ltd., London)
Übersetzung: Dietlind Kaiser
Redaktion: Elvira Willems
Umschlaggestaltung: Thomas Jarzina, Köln
Titelabbildung: Bildagentur Mauritius GmbH, Mittenwald
Gesetzt aus der Sabon
Satz: KompetenzCenter, Mönchengladbach
Druck und Bindearbeiten: Clausen & Bosse, Leck
Printed in Germany
ISBN 3-548-25710-0

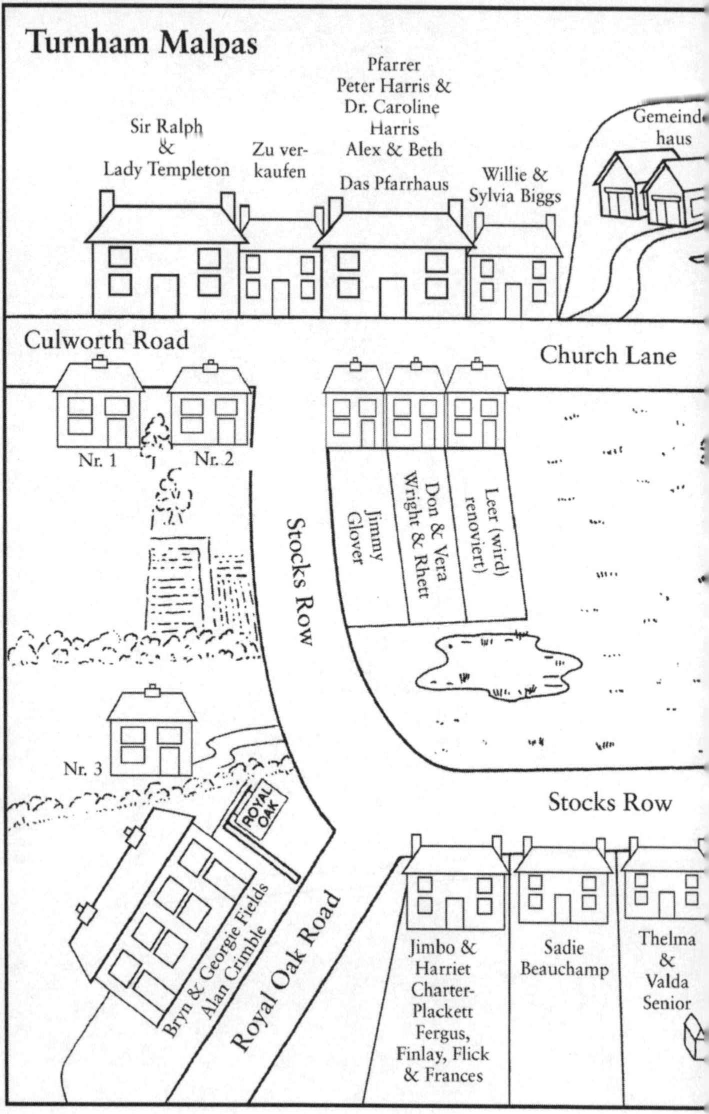

Turnham Malpas
Sir Ralph & Lady Templeton
Zu verkaufen
Pfarrer Peter Harris & Dr. Caroline Harris Alex & Beth
Das Pfarrhaus
Willie & Sylvia Biggs
Gemeinde-haus
Culworth Road
Church Lane
Nr. 1
Nr. 2
Nr. 3
Stocks Row
Jimmy Glover
Don & Vera Wright & Rhett
Leer (wird renoviert)
ROYAL OAK
Bryn & Georgie Fields Alan Crimble
Royal Oak Road
Stocks Row
Jimbo & Harriet Charter-Plackett Fergus, Finlay, Flick & Frances
Sadie Beauchamp
Thelma & Valda Senior

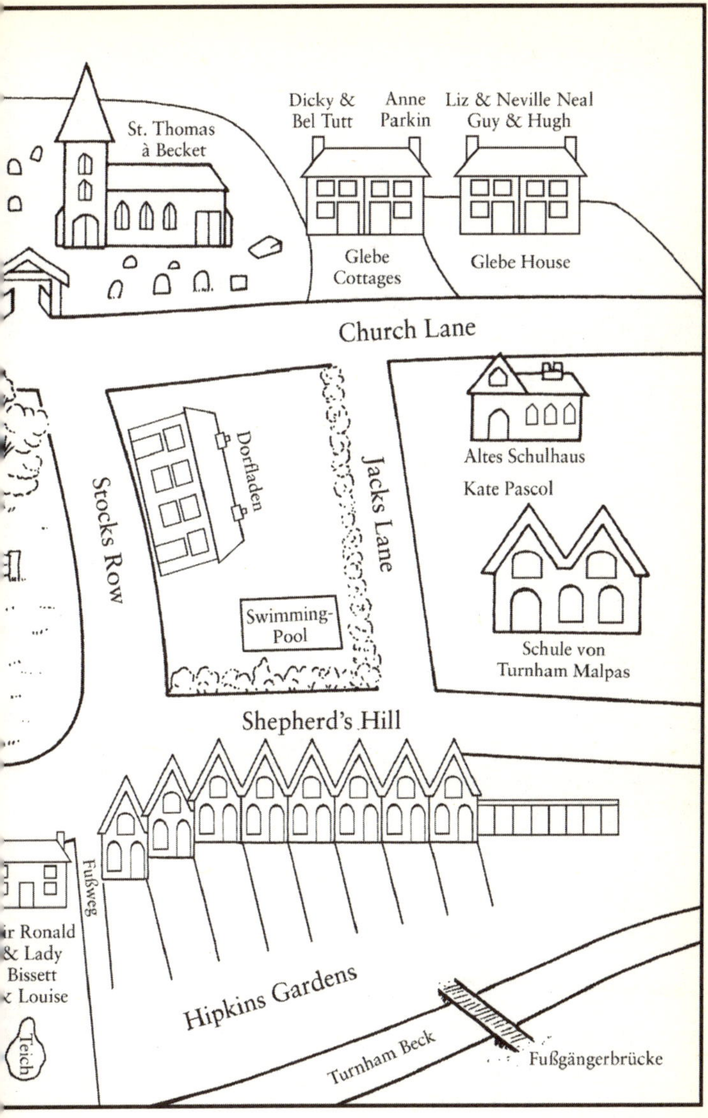

St. Thomas
à Becket
Dicky &
Bel Tutt
Anne
Parkin
Liz & Neville Neal
Guy & Hugh
Glebe
Cottages
Glebe House
Church Lane
Dorfladen
Jacks Lane
Stocks Row
Altes Schulhaus
Kate Pascol
Swimming-
Pool
Schule von
Turnham Malpas
Shepherd's Hill
Fußweg
ir Ronald
& Lady
Bissett
Louise
Teich
Hipkins Gardens
Turnham Beck
Fußgängerbrücke

Die Bewohner von Turnham Malpas

Sadie Beauchamp	Verwitwete Rentnerin und Mutter von Harriet Charter-Plackett
Willie Biggs	Mesner von St. Thomas à Becket
Sylvia Biggs	Seine Frau und Haushälterin im Pfarrhaus
Sir Ronald Bissett	Pensionierter Gewerkschaftsführer
Lady Sheila Bissett	Seine Frau
Louise Bissett	Ihre Tochter und Sekretärin in Turnham House
James (Jimbo) Charter-Plackett	Besitzer des Dorfladens
Harriet Charter-Plackett	Seine Frau
Fergus, Finlay, Flick und Fran	Ihre Kinder
Alan Crimble	Barkellner im Royal Oak
Linda Crimble	Seine Frau, Leiterin der Poststelle im Dorfladen
Pat Duckett	Hausmeisterin der Dorfschule
Dean und Michelle	Ihre Kinder
Bryn Fields	Wirt vom Royal Oak
Georgie Fields	Seine Frau
H. Craddock Fitch	Besitzer von Turnham House

Jimmy Glover	Taxifahrer
Pfarrer Peter Harris, MA (Oxford)	Gemeindepfarrer
Dr. Caroline Harris	Seine Frau
Alex und Beth	Ihre Kinder
Barry Jones	Gutsschreiner
Mrs. Jones	Seine Mutter
Jeremy Mayer	Verwalter von Turnham House
Venetia Mayer	Seine Frau
Liz Neal	Spielgruppenleiterin
Kate Pascoe	Neue Dorfschulrektorin
Sergeant	Dorfpolizist
Ellie	Seine Frau
Greenwood Stubbs	Obergärtner von Turnham House
Sir Ralph Templeton	Pensionierter Diplomat
Lady Muriel Templeton	Seine Frau
Dicky Tutt	Pfadfinderführer
Bel Tutt	Verkäuferin im Dorfladen
Vera Wright	Putzfrau im Pflegeheim in Penny Fawcett
Don Wright	Ihr Mann
Rhett Wright	Ihr Enkel

1. Kapitel

»Sie ist da, Jimbo… Miss Pascoe! Wir haben ihr Auto gesehen. Es hat eben vor dem alten Schulhaus gehalten. Sie ist früher gekommen als erwartet. Wo ist die Schachtel? Beeilen Sie sich, wir warten!«

Jimbo war beim Kassieren. Er unterbrach seine Arbeit und holte hinter der Theke einen Pappkarton hervor. »Mit besten Grüßen von mir. Das ist die Schachtel. Nehmen Sie bitte auch die Tragetasche aus dem Getränkekühlschrank mit, ja? Da sind Milch und Butter und solche Sachen drin, hab nicht gewollt, dass die verderben.«

Pat Duckett nahm eifrig die Schachtel und die Tragetasche an sich, Hetty Hardaker hielt ihr die Tür auf, und Pat quetschte sich hindurch.

»Wissen Sie, Pat, Jimbo ist wirklich großzügig. Ich hoffe nur, dass sie es zu schätzen weiß. So, geben Sie mir die Tragetasche.«

»Gut, danke. Na ja, Sie als Lehrerin bekommen mehr mit ihr zu tun als ich… ich bin ja bloß die Hausmeisterin. Aber ich muss schon sagen, ein bisschen frischen Wind können wir schon vertragen. Nichts gegen Mr. Palmer, aber manchmal hätte ein Tritt in den Hintern ihm ganz gut getan, meinen Sie nicht auch? Man hätte ihn mal durchschütteln müssen.«

»Stimmt, aber er war trotzdem ein guter Lehrer. Er wird mir fehlen.«

»Wie wahr, mir auch.« Auf der anderen Straßenseite sah Pat eine schwarz gekleidete junge Frau, die sich damit abmühte, einen riesigen Katzenkorb aus dem Kofferraum zu hieven. »Da ist sie! Guten Morgen, Miss Pascoe! Willkommen in der Schule!«

Hetty Hardakers Begrüßung fiel zurückhaltender aus als Pats, war aber genauso aufrichtig. »Willkommen, Miss Pascoe.«

Kate stellte den Korb neben dem Auto ab und streckte die Hand aus. »Kate, wenn ich bitten darf, und den Kindern gegenüber Ms. Pascoe. Freut mich, Sie wieder zu sehen, Hetty. Hab mich darauf gefreut, mit Ihnen zusammenzuarbeiten. Sie sind schon so lange hier, dass ich Ihren Rat sicher brauchen werde.«

Sie wandte sich Pat zu. »Und Sie müssen die Hausmeisterin sein. Sie waren verreist, als ich in der Schule zu Besuch war.«

»Nicht verreist, mein Pech, bloß krank von so 'nem verflixten Virus, den man sich heutzutage holt.«

»Oh, stimmt. Ich erinnere mich, dass der Pfarrer es mir erzählt hat.«

Hetty zeigte auf den Karton in Pats Händen. »Das ist ein Willkommensgeschenk von Jimbo Charter-Plackett aus dem Laden. Brot, Konserven und so weiter, und hier drin« – sie hielt die Tragetasche hoch – »sind Milch und Butter und Käse, damit Sie fürs Erste versorgt sind.«

»Der Kühlschrank ist eingeschaltet. Das hab ich gestern gemacht«, sagte Pat eifrig.

»Sehr nett. So was bekäme man in einer Großstadtschule nicht.«

Hetty pflichtete ihr bei. »Unwahrscheinlich. Hören Sie, wir bringen die Sachen ins Haus und lassen Sie dann allein, damit Sie sich einrichten können.«

Pat hob den Karton etwas höher, weil er ihr aus den Händen zu rutschen drohte. »Die Tür ist offen. Und die Schlüssel hab ich innen auf den Fenstersims gelegt, falls ich nicht rechtzeitig hier bin.«

Sie folgte Ms. Pascoe ins Haus. Obwohl sie es gründlich geputzt hatte, fand Pat, dass es nicht so recht zu Ms. Pascoe passte. Nicht zu ihrer Persönlichkeit. Es war zu verwohnt, zu maskulin. Aber das war ja Ms. Pascoes Sache. Sie war ein modernes junges Ding – na ja, so jung nun auch wieder nicht –, etwa um die Dreißig. Sie würde das Haus umkrempeln, und nicht zu knapp. Abwarten. Pat hoffte, Ms. Pascoe werde nicht zu schnell zu vieles ändern. Neue Besen und so weiter.

»Einen kälteren Tag hätten Sie sich kaum aussuchen können. Gott sei Dank liegt noch kein Schnee. Hab gehört, dass Sie in Afrika unterrichtet haben. Ziemliche Umstellung, im Winter hierher zu kommen.«

»Ich bin schon seit einem halben Jahr wieder in England, also konnte ich mich ausreichend akklimatisieren, vielen Dank. Sie waren wirklich nett. Ich will Sie nicht aufhalten.«

Hetty fasste das als Verabschiedung auf und wandte sich zum Gehen. Pat schloss sich an, obwohl sie in Wahrheit liebend gern auf einen Schwatz geblieben wäre. Sie unternahm einen Versuch, das Gespräch zu verlängern. »Ich hoffe, Sie gewöhnen sich gut ein, *Ms.* Pascoe. Wenn Sie irgendwelche Schwierigkeiten haben, rufen Sie mich an. Das Telefon ist angeschlossen, wie Sie es sich gewünscht haben, und ich habe meine Nummer daneben gelegt – für alle Fälle.«

»Oh, danke, sehr nett. Auch Ihnen, Hetty, vielen Dank, dass Sie sich die Zeit genommen haben, mich zu begrüßen. Auf bald. Tschüs.«

Die beiden gingen schweigend über den Schulhof. Sie drehten sich noch einmal um und winkten und Kate erwiderte ihren Gruß.

Als sie in der Jacks Lane und außer Hörweite waren, sagte

Pat: »Dad kommt bald zum Mittagessen nach Hause. Ich muss los. Ich finde sie ganz okay.«

»Mag sein, ich lasse mir mit meinem Urteil gerne noch etwas Zeit. Tschüs, Pat, und danke, dass Sie gekommen sind. Ich bin mir sicher, dass sie das zu schätzen weiß.«

Kate Pascoe stellte den schweren Korb vor der Tür des alten Schulhauses ab und schaute voller Vorfreude zu dem Steinsturz über ihrem Kopf hinauf. *A. D. 1855*. Die Schlüssel lagen, wie Pat gesagt hatte, innen auf dem Fenstersims für sie bereit. Riesige alte Schlüssel, du liebe Zeit, die hätten zu einem Gefängnis gehören können! Jetzt, wo sie allein war, konnte sie sich Zeit lassen, das Haus in sich aufzunehmen. Ein leicht modriger Geruch stieg ihr in die Nase. Sie ließ die Katze aus dem Korb und schaute ihr nach, als sie den schmalen Flur entlang zum ersten Zimmer lief. Kate folgte langsamer.

Die Fenster des Zimmers gingen auf den Schulhof hinaus, seltsame alte Bogenfenster, die dem Haus etwas Kirchliches gaben. Um daran zu mahnen, dass es eine Konfessionsschule der anglikanischen Kirche war und der Schulleiter oder die Schulleiterin sich dementsprechend zu verhalten hatte?, sinnierte Kate.

Die Wände waren in einem langweiligen Beige gestrichen – typisch für einen altmodischen Junggesellen. Der gekachelte Kamin stammte aus den Dreißigerjahren, auf dem Rost lag ein adretter Fächer aus Zeitungspapier. Als Kate die Küchentür aufstieß, hatte sie eindeutig das Gefühl, sich im Jahr 1855 zu befinden. In einer Ecke stand ein riesiges, blendend weiß geschrubbtes Spülbecken mit einem Abtropfbrett aus Holz. Die Wasserhähne über der Spüle waren blank poliert. Neben dem ehemaligen Kamin, der jetzt mit einem Sperrholzbrett abgedeckt war, stand ein großer Schrank mit majestätischen Proportionen. Alles war sauber, aber das war auch schon das

Freundlichste, was sich darüber sagen ließ. Jemand hatte sich große Mühe gegeben. Die Küche bot Platz genug für einen Tisch, den Kate hineinstellen würde. Gott sei Dank waren Anschlüsse für Waschmaschine und Trockner vorhanden sowie mehrere Steckdosen. Neben der Spüle stand ein alter, imposanter Herd. Er funktionierte! Als Kate ihn einschaltete, stieg eine kräftige blaue Gasflamme auf. Auch der Herd war geputzt. Wie viele Lehrer haben sich darauf wohl ihr einsames Abendessen gekocht?, fragte Kate sich.

Sie packte die Tragetasche von Jimbo aus und verstaute den Inhalt im Kühlschrank, obwohl sie das meiste davon nicht würde essen können. Es klopfte an der Haustür.

Draußen stand eine Dame, in warme Sachen eingepackt, mit einem Tortenbehälter aus Kunststoff in den Händen.

»Guten Tag, Miss Pascoe. Willkommen in Turnham Malpas und in der Schule. Ich heiße Muriel Templeton.«

»Guten Tag, Miss Templeton. Kommen Sie doch herein. Draußen ist es zu kalt.«

»Ich will mich nicht lange aufhalten, Sie haben sicher viel zu tun. Ich habe Ihnen nur eine Torte vorbeigebracht. Selbst gebacken – Schokolade. Mr. Palmer war ein Süßmaul. Ich hab gedacht, vielleicht sind Sie auch eins.«

Kate musterte die zarten Züge und das weiße Haar ihrer Besucherin. Sie hatte etwas Schüchternes an sich, wirkte gleichzeitig jedoch, als wäre sie stark. Die hellblauen Augen schauten freundlich drein.

»Das ist wirklich nett von Ihnen, Miss Templeton. Sie sind schon mein zweiter Besuch und ich bin grade mal eine Viertelstunde hier!«

Muriel strahlte vor Freude. »Oh, wissen Sie, in unserem Dorf geht es sehr freundlich zu und wir freuen uns über frischen Wind in der Schule. Ich hoffe, das Leben hier gefällt Ihnen, obwohl ich mir nicht vorstellen kann, dass es Ihnen nicht gefällt. Es ist so hübsch hier. Mein Mann hat gemeint, ich soll vorbeischauen...«

»Oh, Entschuldigung. Dann sind Sie *Mrs.* Templeton.«

»Ehrlich gesagt, ich bin Lady Templeton, obwohl ich mich immer noch nicht daran gewöhnt habe.«

»Aha. Vielen herzlichen Dank für die Torte, Lady Templeton. Klingt total köstlich.«

»War der Pfarrer schon hier?«

»Nein, noch nicht, aber er hat versprochen, hereinzuschauen.«

»Dann kommt er auch. Er hält immer Wort. Dann lass ich Sie jetzt weitermachen. Wir wohnen in der Church Lane – kommen Sie jederzeit vorbei, falls Sie Hilfe brauchen. Unser Haus ist das vierte rechts neben der Kirche.«

»Danke. Ich merk's mir, für den Fall, dass ich Hilfe brauche.«

»Auf Wiedersehen. Auf bald in der Kirche!« Muriel winkte, als sie den Schulhof verließ.

Kate stellte die Torte auf die Arbeitsplatte in der Küche und setzte ihre Runde durch das Haus fort, um sich damit vertraut zu machen. Das Bad war im Erdgeschoss. Messinghähne, eine hohe gusseiserne Badewanne, ein Waschbecken, in dem man ein Baby hätte baden können, und eine Toilette mit einem hoch angebrachten Wasserbehälter und einer Kette zum Spülen. Das riesige Schlafzimmer im ersten Stock war wiederum nach männlichem Geschmack, mit nackten, fleckigen Dielen und jeweils einer einzigen Vorhangstange an den beiden Fenstern. Keine Leerstellen an der Wand, die darauf hindeuteten, dass hier Bilder gehangen hatten. Wer auch immer sauber gemacht hatte, hatte gründliche Arbeit geleistet. Es war zwar altmodisch, aber makellos sauber.

Die Katze hatte inzwischen das ganze Haus durchforscht und drückte ihre Zustimmung aus, indem sie sich vor den leeren Kaminrost setzte und sich das Gesicht putzte. Es war noch eine Stunde Zeit, bis der Möbelwagen kam. Kate ging hinaus zum Auto und schleppte Kartons und Koffer ins Haus – etliche für die Küche, etliche für das Wohnzimmer. Dieses Haus hatte Charakter, o ja – es strahlte die Atmosphäre längst vergangener Tage aus. Der Katze gefiel es, und das war gut. Sie hatte nie in England gelebt und das Haus trotzdem angenommen, als hätte sie ihr ganzes Leben hier verbracht.

Als sie das Auto ausgeräumt hatte, ging Kate zur Schule, um von außen einen Blick darauf zu werfen. Die Fenster waren weit oben und Kate musste sich auf die Zehenspitzen stellen, damit sie überhaupt etwas sah. Es gab vier Klassenzimmer: eins für die Spielgruppe, eins für die Erstklässler und zwei für die Klassen zwei bis vier. Sie schaffte es mit Mühe, einen Blick in die Küche zu erhaschen, die sauber und ziemlich modern wirkte. Eine fleckenlose Handtuchrolle wartete auf den Unterrichtsbeginn. Die Flurfenster waren noch weiter oben, sodass Kate nicht hineinsehen konnte.

Als sie wieder im Haus war, schlenderte sie durch das Erdgeschoss und erkundete dann noch einmal den ersten Stock. Sie rechnete, dass sie einen Tag brauchen würde, um einzuräumen, und dann würde sie sich Zimmer für Zimmer ans Renovieren machen. Tiefdunkle Farben, bunte Vorhänge und die Nische im Schlafzimmer, wo man wegen der schrägen Decke kaum stehen konnte, war genau richtig für... Der Klang von Stimmen brachte Kate auf die Erde zurück.

»Hallo, jemand da?«

Kate kochte den Möbelpackern je einen Becher Tee und ordnete an, wo sie ihre Möbel aufstellen sollten. Ihre Bücher mussten in den Umzugskartons bleiben, bis sie Regale gekauft hatte. Etliche, die besonderen, waren für die Nische im ersten Stock bestimmt.

Die Katze beobachtete die ganze Einräumerei von ihrem

Platz auf dem Fenstersims im Wohnzimmer aus. Nach den Erfahrungen beim Einladen gingen die Männer ihr respektvoll aus dem Weg. Als Ausrede für den Angriff der Katze auf die Männer hatten sie zu hören bekommen, die Katze sei nervös, weil sie eben erst aus der Quarantäne gekommen sei, aber wie nervös auch immer, Bert hatte einen tiefen Kratzer am Bein. Beim Gehen klebte sein Hosenbein immer am Blut fest. Er überlegte, ob er sich nicht besser im Krankenhaus eine Tetanusspritze geben ließe, heutzutage konnte man nie wissen, vor allem, wenn das verdammte Vieh aus Afrika kam. Ja, beschloss er, wenn er hier fertig war, würde er ins Krankenhaus fahren.

Es klopfte an der Tür. »Hallo, ich bin's, Peter Harris.«

Einer der Männer rief nach oben: »Der Pfarrer ist da, Miss!«

Kate ging nach unten, um ihn zu begrüßen. »Wie schön, Sie wieder zu sehen, Herr Pfarrer. Kommen Sie doch herein.«

»Nein, wenn es Ihnen nichts ausmacht. Ich bin nur vorbeigekommen, um zu hören, ob Sie alles in Ordnung vorgefunden haben.«

»O ja, vielen Dank. Der Einzug ist ein bisschen hektisch, aber alles ist bestens.«

»Die Blumen sind von meiner Frau. Sie hat gemeint, sie könnten helfen, das alte Schulhaus ein bisschen einladender zu machen.«

»Wie reizend von ihr. Richten Sie ihr meinen aufrichtigen Dank aus. Die Blumen duften wunderbar.«

»Gut, freut mich, dass sie Ihnen gefallen. Pat Duckett hat gesagt, sie macht das Haus für Sie sauber, lüftet eine Zeit lang und so. Es ist fast ein halbes Jahr her, seit Michael Palmer weggezogen ist, deshalb fanden wir, das Haus könnte trotz der Kälte frische Luft gebrauchen.«

»Es könnte nicht sauberer sein.«

»Funktioniert die Heizung?«

»Darauf habe ich noch gar nicht geachtet!«

»Sagen Sie mir Bescheid, wenn wir etwas für Sie tun können, ja? Das Pfarrhaus ist das übernächste Haus neben der Kirche.«

»Natürlich. Danke für den Besuch.« Kate stand an der Tür und schaute ihm nach. Er war gut über einsachtzig, breitschultrig, sah gut aus, hatte rotblondes Haar… er sah kein bisschen so aus, wie sie sich aus Filmen und Büchern einen Pfarrer vorstellte. Sie würde sich vor seinem durchdringenden, allwissenden Blick hüten müssen. Sie hatte das Gefühl, er könnte tief in sie hineinschauen, und das ging auf keinen Fall.

Kate trat hinaus und schaute sich das Fleckchen Erde an, das der Garten war. Da es Winter war, fiel es ihr schwer, zu erraten, was hier wachsen mochte; sie würde den Frühling abwarten müssen. Natürlich musste sie die besonderen Pflanzen, die in Plastiktüten in der Küche standen, bald eintopfen, bevor sie eingingen.

Der Katze zuliebe machte sie im Wohnzimmer ein gemütliches Feuer im Kamin. In einem kleinen Schuppen neben der Hintertür hatte sie sauber gehacktes Holz und Zunder entdeckt und neben dem Herd eine große Schachtel Streichhölzer. Jemand hatte gewollt, dass sie sich willkommen fühlte. Sie ließ die Katze zurück, nahm den Schlüsselbund an sich und schlenderte in der Dunkelheit zum Haupteingang der Schule.

Der größte Schlüssel passte. Der schmale Flur, der einem Teil der Schüler – offensichtlich den Erstklässlern, denn neben jedem Haken klebte ein Tierbildchen – als Garderobe diente, verströmte den üblichen Schulgeruch: eine Mischung aus Bohnerwachs, Desinfektionsmittel und dem anderen geheimnisvollen Stoff, nach dem alle englischen Schulen rochen. Das erregte Kate. Was für eine Gelegenheit, diesen formbaren kleinen Kindern Anregungen und Ansporn zu bieten. Kates Unterrichtsmethode passte nicht zu der Aufgeklärtheit von Stadtkindern. Sie brauchte aufgeschlossene junge Köpfe, unverdorben von Großstadtstraßen und Skepsis. Unschuld – das war es.

Kate hatte bei ihrem Besuch das Rektorat gesehen, aber sie hatte vergessen, wie klein es war – kaum größer als ein Kabuff. Ein kleiner Schlüssel am Bund passte zu dem Aktenschrank, der zwischen dem Waschbecken und der Garderobe für die Lehrer eingepfercht war.

Die Aufzeichnungen waren sauber, geradezu pingelig, versehen mit trockenen Bemerkungen wie »genau wie sein Vater« oder »faul wie ihre beiden Schwestern«. In einem so gefestigten Gemeinwesen zu arbeiten musste sehr befriedigend sein. Beim Vorstellungsgespräch hatte es geheißen, Michael Palmer sei viele Jahre lang an der Schule gewesen. Jetzt, wo sie hier war, konnte sie verstehen, warum es so lange gedauert hatte, bis er gegangen war.

Es war kalt in der Schule und Kate wünschte sich, sie hätte den Mantel angezogen. Sie schloss das Portal, eine massive, schwere Holztür – offenbar noch die ursprüngliche –, mit dem riesigen Schlüssel ab; was für Vibrationen es in diesem Gebäude geben mochte! Sie konnte sie jetzt schon spüren – die Geister von Kindern, die längst in die Welt hinausgegangen waren. Kate fragte sich, was sie wohl aus ihrem Leben gemacht hatten.

Im Haus machte sie sich etwas zu trinken, während die Katze nach draußen ging. Kate wusste, dass sie zurückkommen würde. Es war völlig ausgeschlossen, dass sie jemals weglief. Sie waren verwandte Seelen.

Oben im Schlafzimmer, in der Nische, in der sie nicht aufrecht stehen konnte, hatte sie einen provisorischen Altar aufgebaut. Sie setzte sich mit untergeschlagenen Beinen davor, die Handrücken auf den Schenkeln. Der Weihrauchduft drang in jede Zimmerritze. Sie zündete eine Kerze an und meditierte. O ja, dieses alte Dorf war genau der richtige Ort für sie.

2. Kapitel

»Mummy! Mummy!«

»Flick? Ich bin in der Küche.« Harriet drehte sich nach ihrer Tochter um, die aus dem Flur hereingerannt kam. »Mummy! Ms. Pascoe hat eine riesengroße Katze!«

»Wie ist sie denn?«

»Sie ist schwarz, ganz schwarz. Sie hat die grünsten Augen, die du je gesehen hast… genau die Farbe von deinem Verlobungsring. Grüner geht's nicht. Und Ms. Pascoe sagt, sie kommt jeden Tag in die Schule.«

»Das will ich bei einer Lehrerin doch auch hoffen.«

»Ach, Mummy, ich meine nicht sie, ich meine ihre *Katze*.«

»Aha.« Harriet lachte leise. »Ich habe eigentlich Miss Pascoe gemeint. Wie ist sie denn?«

»Nicht Miss Pascoe, *Ms*. Pascoe. Sie ist genau wie ihre Katze. Sie hat nur schwarze Sachen an und hat die grünsten Augen, die du je gesehen hast. Sie ist so schlank!«

»Die Katze oder Miss Pascoe?«

»Ach, Mummy, werd erwachsen! Ich fand Mr. Palmer ganz nett, aber das mit Ms. Pascoe, das wird ganz toll. Daddy wird sie lieben.«

»Ach, wirklich? Hier ist deine Milch. Kekse?«

»Ja, bitte.« Flick setzte sich auf einen Küchenstuhl und warf der kleinen Fran eine Kusshand zu. Fran hatte das Schrankfach ausgeräumt, in dem Harriet ihre Backschüsseln aufbewahrte, und saß zwischen den Schüsseln auf dem Boden. Sie hatte einen Holzlöffel in der Hand und machte einen Mordslärm, während sie so tat, als rührte sie in der größten Schüssel einen Teig. »Ich bin froh, dass ich in der obersten Klasse bin, weil wir nämlich die ganze Zeit Ms. Pascoe haben. Ihre Katze hat keinen Namen.«

»Warum nicht?« Harriet nahm sich einen Keks und setzte sich, um mit Flick zu reden, die ihre langen braunen Zöpfe nach hinten schüttelte und einen Schluck Milch trank, bevor sie antwortete.

»Sie sagt, weil sie, ich meine Ms. Pascoe, nicht weiß, wie die Katze heißt, und sie will sie nicht durcheinander bringen und sie bei einem Namen nennen, der nicht ihrer ist, wenn du verstehst, was ich meine. Deshalb sagt sie einfach Katze zu ihr.«

»Aha. Und was ist dann mit deinem Hartley und deinem Chivers?«

»Daran habe ich noch gar nicht gedacht!« Flick sah sorgenvoll drein. »Ach, du meine Güte! Meinst du, ich habe sie die ganze Zeit durcheinander gebracht, weil ich sie bei einem Namen rufe, der gar nicht ihrer ist?«

»Ich glaube kaum. Die wissen, auf welcher Seite ihr Brot gebuttert ist. Ich vermute, sie haben ihre Namen für sich behalten, weil sie nicht wollen, dass sie jemanden durcheinander bringen. Sie machen doch einen ganz glücklichen Eindruck, oder?«

»Ich möchte nicht, dass sie eine Persönlichkeitsspaltung bekommen. Stell dir bloß vor, ich hätte Hartley ›Tiger‹ genannt, wo er doch so ein friedlicher Kater ist und nicht mal eine Gans anfaucht!« Sie trank ihre Milch aus. »Ms. Pascoes Katze schläft auf dem Fenstersims im Klassenzimmer. Wir dürfen sie nicht anfassen. Ms. Pascoe sagt, sie ist eine unberührbare Katze. Berühren verboten. Aber es ist ziemlich schwer, weil ich ja

Katzen doch so mag, wie du weißt. Ms. Pascoe sagt, ich habe eine Affinität zu ihnen. Sie sagt, Katzen *erlauben* uns, uns um sie zu kümmern. Sie gehören uns nicht, wie sich das die gewöhnlichen Leute einbilden. Ms. Pascoe sagt, dass ihre Katze sehr intelligent ist. Ich glaube, ich denke mir Intelligenztests für meine beiden aus und seh mal, wie sie abschneiden.«

»Wie war es denn, mal abgesehen von der Katze, am ersten Tag nach den Ferien überhaupt in der Schule?«

»Oh, super! Ms. Pascoe sagt, jetzt, wo sie da ist, wird es ganz toll in der Schule. Ich bin froh, dass ich nicht in der Klasse von Mrs. Hardaker bin, sie sieht ein bisschen streng aus. Mrs. Duckett auch. Sie war ganz fuchtig zu mir, als ich in der Küche eine saubere Untertasse für das Katzenwasser geholt habe – hat gesagt, sie sei die Schulhausmeisterin und keine Zoowärterin. Die Zwillinge haben heute in der Spielgruppe angefangen. Beth hat geweint und geweint. Wenn ich's mir recht überlege, hat sie den ganzen Vormittag geweint.«

»Ach, du meine Güte. Die arme Beth.«

»Na ja, sie ist doch erst drei.«

»Ich weiß, aber sie war immer die Selbstbewusstere von den beiden.«

»Jetzt nicht. Sie war in der ganzen Schule zu hören. Der Pfarrer musste kommen, weil Mrs. Neal überhaupt nichts mit ihr anfangen konnte. Beths Gesicht war ganz verquollen, als er sie abgeholt hat. Er musste sie sich unter den Arm klemmen. Sie wollte nicht gehen und hat mit den Beinen gestrampelt und gebrüllt, da musste der Pfarrer sie sich unter den Arm klemmen. Bloß gut, dass er groß und stark ist.«

»Ach, du meine Güte. Wenigstens wird es nicht lange dauern… sie gewöhnt sich sicher bald daran.« Harriet bat Flick, eine Weile mit der kleinen Fran zu spielen. »Du hast ihr gefehlt, und mir auch, weil du zum Schulanfang den ganzen Tag lang weg warst.«

»Okay. Komm, Fran, wir spielen mit dem Puppenhaus.« Fran trottete hinter Flick her. Harriet räumte die Backschüsseln weg und machte sich daran, das Abendessen zuzubereiten.

Sie warf einen Blick auf die Uhr. Vier. Bald kam Jimbo zurück. Harriet schaute aus dem Küchenfenster. Im Winter gefiel ihr der Garten nicht. Gott sei Dank lag noch kein Schnee. Es war schon fast dunkel. Für Jimbo war es die schlimmste Zeit im Jahr. Die dunklen Monate passten nicht zu seiner Persönlichkeit; außerdem hatte er im Dezember und im Januar die meisten Aufträge für den Partyservice. Nach Weihnachten und Neujahr war er ziemlich geschafft.

Die Tür schlug zu. »Ich bin's. Sind die Jungen schon zu Hause?«

»Nein, noch nicht.«

»Liebling!« Er umarmte Harriet, küsste ihren Nacken und sagte: »Mmmmmmmmm. Mein Liebling. Wo sind die Mädchen?«

»Spielen mit dem Puppenhaus.«

»Ist Flick okay?«

»Sie hat sich verliebt.«

»Gütiger Gott! Das kann doch noch gar nicht sein. Sie ist erst zehn.«

»Nein, Dummerchen. In ihre neue Lehrerin und in die Katze der Lehrerin.«

»Ah! Wie ist also diese Miss ... wie heißt sie gleich noch?«

»*Ms.* Pascoe, wenn ich bitten darf. Flick sagt, du wirst sie lieben.«

»Und ob. Mein Wort drauf.« Er schaute in den Küchenspiegel, strich sich über den kahlen Schädel, rückte seine Fliege zurecht und grinste.

»Jimbo!«

»Bloß ein Scherz. Also *Ms.*?«

»Ja. War viel zu tun?«

»Sehr viel. Ehrlich gesagt, Harriet, der Laden entwickelt sich zu einer Goldgrube. Ich hatte ihn mir nur als eine Basis für unsere anderen Geschäfte vorgestellt und nicht mehr erwartet, als dass er sich trägt. Jetzt wirft er Gewinn ab, genau wie der Versandhandel. Deine Mutter ist im siebten Himmel; heute Nachmittag ist sie doch tatsächlich im Büro herumgehüpft. Mit der neuen Dörrobstmischung, mit dem neuen Chutney und deiner Idee, Geschenkkörbe für Singles anzubieten, hat das Weihnachtsgeschäft alle Rekorde gebrochen. ›Sadie‹, habe ich gesagt, ›du bist eine unbezahlbare Perle!‹ Ich habe sie für heute zum Abendessen eingeladen. In Ordnung?«

»Ja, das ist schön.«

»Ich glaube, wir trinken Wein. Wird der alten Dame gut tun.«

»So alt ist sie nun auch wieder nicht. Du weißt doch, dass sie erst achtzehn war, als ich geboren wurde.«

Jimbo lachte. »Dann werden wir sie ja noch lange für uns einspannen können.«

»Du bist rücksichtslos! Total rücksichtslos.«

»Ich habe beschlossen, dass die ganze Familie dieses Jahr gemeinsam Urlaub macht, ganz gleich, was passiert. Du, ich, die Kinder …« Er hörte, dass die Haustür aufging. »Das sind die Jungen. Füttere die Bestien, schnell.«

Harriet stellte einen Teller mit Keksen und zwei Gläser Cola auf den Tisch. »Macht euch drüber her!« Fergus und Finlay kamen herein. Die beiden waren zwar keine Zwillinge, aber gleich groß. Fergus hatte den stämmigen Körperbau seines Vaters geerbt, während Finlay so schmächtig war wie Harriet und auch ihr dunkles Haar hatte. Ihre Gesichter und Köpfe waren so rund wie die ihres Vaters und er hatte ihnen auch sein kräftiges Kinn vererbt.

Sie setzten sich. »Wo sind die Mädchen?«

»Spielen mit dem Puppenhaus.«

»Gott sei Dank! Da haben wir ein bisschen Ruhe.«

»Ja, eure Mutter hat einen anstrengenden Tag hinter sich, und erst mal guten Tag.«

»Tschuldigung, Dad. Erster Schultag und so.« Fergus nahm sich einen zweiten Keks. »Ich hab heut ausgerechnet, dass ich noch fünf Jahre und zwei Trimester zur Schule gehen muss. Ich glaube nicht, dass ich das aushalte.«

»Ein Jammer, dass du morgens nicht mit mir zum Laufen kommen kannst. Bringt das Adrenalin in Wallung, ist ein guter Tagesanfang.« Jimbo deutete Boxhiebe gegen den Kopf von Fergus an.

»Danke, aber ich zockle viel lieber mit dem alten Schulbus durch die Gegend, Dad. So was von ätzend, jeden Tag nach Culworth und zurück.« Finlay streckte die Beine aus und stieß versehentlich gegen den Tisch. Cola spritzte überall hin. »Gott, was für eine Sauerei!«

»Immer mit der Ruhe.« Harriet wischte die klebrige Pfütze weg.

»Wie ist denn die neue Rektorin? Kann's gar nicht fassen, dass Palmer endgültig weg ist.«

»Für dich immer noch Mr. Palmer.« Harriet lachte leise. »Sie heißt Ms. Pascoe und Flick sagt, dass Dad sie lieben wird.«

»Pass bloß auf, Mum. Ich seh schon die Schlagzeilen vor mir: *Geschäftsmann aus Turnham Malpas mit umwerfender neuer Rektorin durchgebrannt.*«

Jimbo versetzte Fergus' Kopf noch einen spielerischen Boxhieb. »Grandma kommt heute zum Abendessen, also bitte, Hausaufgaben machen, pronto, pronto, dann dürft ihr Grandma die Zeit vertreiben.«

»Oh, gut, sie bringt uns Poker bei. Hast du Geld, Finlay? Du weißt doch, dass sie gern um hohe Einsätze spielt.«

»Harriet! Dcine Mutter bringt deine Söhne auf die schiefe Bahn. Glücksspiel in eurem Alter, also wirklich!«

»Seltsam, dass sie immer *meine* Söhne sind, wenn sie Dummheiten machen. Räumt ab, Jungs, und macht eure Hausaufgaben.« Harriet schnitt wie eine Wilde Karotten klein. »Offenbar hat die arme kleine Beth heute Morgen in der Schule herumgebrüllt. Liz Neal hat Peter holen lassen, damit er sie nach Hause bringt.«

»Das arme kleine Ding. Meistens ist sie doch so munter. Wir wissen einfach nicht, was für schreckliche Erfahrungen Kinder durchmachen.«

»Stimmt. Ob es wohl damit zusammenhängt, dass Caroline wieder als Ärztin praktiziert?«

»Ah, daran hab ich noch gar nicht gedacht. Wenn sie will, kann die Kleine ganz schön laut brüllen. Wetten, dass es die ganze Schule gehört hat?«

Auch am Mittwoch konnten sie Beth in der ganzen Schule hören. Peter brachte sie und Alex zeitig hin, damit Beth sich beruhigen konnte, bevor die anderen kamen. Er blieb eine halbe Stunde und wollte sich dann hinausschleichen, während sie mit etwas beschäftigt war, aber als er an der Tür war, bekam Beth es mit und fing wieder an zu brüllen.

Liz Neal hielt sie fest und sagte zu Peter, er solle gehen, also ging er, aber Beth ließ sich nicht besänftigen. Es klopfte an der Tür und Ms. Pascoe kam herein. Sie rief über das Geschrei von Beth hinweg: »Das geht nicht, wissen Sie. Wir können das Kind durch die geschlossenen Türen hören. Wie heißt es?«

»Beth Harris. Die Kleine des Pfarrers.«

»Ein verwöhntes Einzelkind?«

»Aber nein. Ihr Zwillingsbruder ist auch hier. Der Kleine, der da drüben im Sand spielt – der mit dem rotblonden Haar. Beth, Liebling, sei still.«

»Ich hätte eigentlich erwartet, der Pfarrer würde seine Kinder besser erziehen. Lassen Sie ihn oder ihre Mutter holen. Wo ist sie?«

»Dr. Harris hatte heute Morgen Dienst in einer Arztpraxis.«

»Aha. So geht es jedenfalls nicht weiter. Entweder bleibt jemand bei ihr oder sie muss nach Hause. Wenn das so weiter geht, brüllen die noch alle. Gestern hat sie nicht geschrien, oder?«

»Gestern war sie nicht hier; sie kommt nur montags, mittwochs und freitags.«

»Aha. Das reicht auch – aber *bitte*, tun Sie was. Okay?« Ms. Pascoe tätschelte Beth das Bein, aber Beth trat nach ihr und Ms. Pascoe musste beiseite springen. »Meine Güte. Was für ein Satansbraten.«

»Ist sie nicht. So ein Benehmen sieht ihr überhaupt nicht ähnlich.« Liz behielt Beth, die wieder nach Ms. Pascoe treten wollte, mit Mühe im Griff. »Normalerweise hat sie ein sehr geselliges Wesen.«

»Sie müssen irgendeine Lösung finden. Ich unterrichte meine Klasse im Meditieren, und das hier stört gewaltig.«

Meditieren?, dachte Liz. »Darf ich Ihr Telefon benutzen?«, fragte sie laut.

»Selbstverständlich. Gern.« Damit fegte Kate Pascoe in ihre Klasse zurück, zwanzig Schüler zwischen neun und elf Jahren. Neun Jungen, elf Mädchen. Eifrig. Klug. Prächtiges Material.

Vom Fenster aus, auf dessen Sims die Katze schlief, sah sie, wie der Pfarrer Beth Harris nach Hause trug. Sie schrie immer noch und strampelte mit ihren kräftigen Beinchen. Sie erhaschte einen kurzen Blick auf Peter Harris' Gesicht, als er sich vor dem Überqueren der Straße nach dem Verkehr umschaute. Seine Miene war eine seltsame Mischung aus Zorn und Kummer.

3. Kapitel

Am Freitag war Jimbo im Laden damit beschäftigt, seine Kunden zu bedienen. Der Strohhut, das kurzärmelige weiße Hemd mit der roten Fliege und die rot-weiß gestreifte Metzgerschürze verliehen ihm das gewisse Etwas. Heute Morgen hatte er seinen geliebten Strohhut mit einem Band in Scharlachrot und Knallgelb geschmückt. Jimbos einzigartige Schlagfertigkeit entzückte seine Kunden und heute war er besonders gut drauf, nach dem Abschluss der so überaus befriedigenden Jahresbilanz war er in Hochform. Er lüpfte den Strohhut, um Pat Duckett zu begrüßen.

»Guten Morgen, Mrs. Duckett. Wie lässt sich die Schule in diesem Trimester an?«

»Mrs. Duckett?«

»Na gut, Pat.«

»Ich kann nur sagen, holt Mr. Palmer zurück. Je früher, desto besser.«

»Ach, du meine Güte, so steht es also? Ich habe gehört, die neue Rektorin soll umwerfend sein.«

»Ich weiß nicht, wer Ihnen das erzählt hat, aber aus meiner Sicht hätte ich das nicht gesagt. Trotzdem, es ist ja erst der Anfang. Vielleicht beruhigt sich die Lage ja wieder. Neue Besen und so weiter.«

Jimbo beugte sich vor und flüsterte: »Wenn es wirklich

übel wird, könnten Sie doch kündigen und fest für mich arbeiten.«

Pat bedachte ihn mit einem überraschten Blick. »Im Ernst?«

»Sie heiraten doch bald und dann brauchen Sie sich nicht mehr jeden Tag so abzuschinden. Beim Dorffest haben Sie Ihr Können wahrlich unter Beweis gestellt. Sie haben das Erfrischungszelt traumhaft unter Kontrolle gehabt.«

»So?«

»Das wissen Sie doch. Ich hätte jede Menge Arbeit für Sie. Ich bekomme so viele Party-Service-Aufträge herein, dass ich bald nicht mehr im Laden bedienen kann.«

»Das dürfen Sie nicht aufgeben. Sie sind doch der Grund dafür, dass die Leute herkommen. Sie mögen Ihre Art, sie baut sie auf. Ach, du liebes bisschen, schauen Sie, Sie haben Besuch.«

Jimbo drehte sich in die Richtung, in die Pat zeigte.

Auf dem Stuhl neben der Kaffeemaschine für die Kunden saß Beth Harris. Sie schaukelte mit ihren stämmigen Beinchen hin und her, hatte den Daumen im Mund und ihr Gesicht war fleckig von getrockneten Tränen. Sie hatte das Stück ihrer alten Kinderbettdecke, das sie ihr »Schmusi« nannte, aus der Tasche genommen und rieb sich damit heftig die Nase.

»Gütiger Himmel.« Jimbo ging behutsam zu Beth hinüber. »Guten Morgen, mein Schatz. Willst du deinen Onkel Bimbo besuchen?« Beth nickte. »Das ist aber lieb von dir. Onkel Bimbo freut sich riesig. Komm mit, wir gehen zu Flicks Grandma Sadie und schauen mal, was sie für dich hat.« Er streckte die Hand aus. Sie glitt vom Stuhl und legte ihre Hand vertrauensvoll in seine. Die beiden verschwanden hinten im Laden in Sadies Versandbüro. Sadie packte eben Marmeladegläser in eine von Jimbos schicken Schachteln.

Jimbo fing Sadies Blick ein und zwinkerte. »So, Grandma Sadie, hast du was zu essen für ein hungriges kleines Mädchen, während ihr Onkel Bimbo mal kurz telefoniert?«

»Natürlich. Setz dich zu mir, Liebling, wir finden bestimmt was für dich.« Jimbo schlüpfte hinaus, um von seinem Büro aus zu telefonieren.

Beth nahm die kleine Schachtel mit Smarties, die Sadie ihr gab, und sagte: »Danke.« Und dann: »Will meine Mummy.« Tränen rollten ihr über das Gesicht.

Sadie sah Beths hübsch gerundete Wangen an, ihre auffälligen blauen Augen, das weiche, aschblonde Haar, und ihr ging das Herz auf. So ein reizendes, liebes, schönes Kind. Der Anblick jeder einzelnen Träne tat Sadie weh. »Beth, Mummy ist nicht weit weg und sie kommt zum Mittagessen zurück, das weißt du doch.«

»Ich will meine Mummy.« Die Worte kamen undeutlich aus der engen Kehle und die Tränen flossen jetzt so schnell, dass sie nicht mehr zu zählen waren.

Sadie bückte sich und legte die Arme um Beth. »Ich weiß, Liebes, ich weiß. Aber du wirst jetzt ein großes Mädchen und große Mädchen können auch mal allein was unternehmen, stimmt's? Alex macht das doch auch. Alex ist ein großer Junge. Du musst ein großes Mädchen sein. Ist Alex noch in der Schule?«

Beth nickte.

»Soll deine Grandma Sadie dich zu ihm bringen?«

»NEIN! Ich will meine Mummy!« Das Geschrei wurde lauter. Die Schachtel mit Smarties fiel zu Boden und Beth weinte.

Sadie fühlte sich nicht in der Lage, etwas gegen Beths überwältigende Traurigkeit zu unternehmen, und flehte Rettung herbei.

Die Rettung kam in Gestalt von Peter.

Er zog den Kopf ein, als er in Sadies Büro kam. »Beth, mein Liebling. Komm her.« Er bückte sich, hob sie vom Stuhl und drückte sie an sich.

»Ich will meine Mummy.«

»Ich weiß, Liebling, ich weiß. Aber schau mal, Beth, Mummy ist doch nicht für immer weg. Mummy kommt zum Mittagessen zurück und das dauert doch nicht mehr lange, oder? Jetzt bringt Daddy dich in die Schule zurück. Mrs. Neal macht sich bestimmt Sorgen, also gehen wir hin und sagen ihr, wo du warst. Sofort ... okay?«

»NEIN! Da geh ich nicht mehr hin! Mach ich nicht! Mach ich nicht!«

»Ich bleibe bei dir, versprochen.«

»Die ganze Zeit.«

»Die ganze Zeit, versprochen. Danke, Sadie. Danke.«

»Gehört doch zum Dienst am Kunden! Jederzeit. Tschüs, Liebling. Kopf hoch.«

Beth mochte nicht lächeln. Sie schaute über Peters Schulter nur auf Sadie hinunter und ließ sich wegtragen.

Pat sah den beiden nach, wie sie den Laden verließen.

»Das arme kleine Ding. Hat kräftige Lungen, das muss man ihr lassen. Ich werd drüber nachdenken, was Sie gesagt haben ...« Pat nickte Jimbo bedeutsam zu, weil sie jetzt, nachdem sich der Laden wieder mit Kunden gefüllt hatte, keine Vertraulichkeiten austauschen konnten. »Sie wissen schon, und ich besprech's mit meinem Zukünftigen.«

Jimbo nickte hinter der Kasse und hielt den Daumen hoch. »Überlegen Sie nicht zu lange.«

Die Pause hatte eben angefangen, als Peter die Jacks Lane überquerte, um Beth in die Schule zurückzubringen. Kate Pascoe stand im Flur.

»Guten Morgen, Herr Pfarrer. Hallo, Beth. Ist jetzt alles in Ordnung?«

»Guten Morgen, Ms. Pascoe. Ich bedaure diese ganzen Schwierigkeiten. Die bringen bestimmt alles durcheinander. Ich bringe Beth zur Spielgruppe hinüber und rede mit Liz Neal und dann möchte ich gern kurz mit Ihnen sprechen, wenn Sie gestatten.«

»Natürlich. Bis gleich. Wir trinken eben Kaffee. Möchten Sie auch eine Tasse?«

»Ja, bitte.«

Die Lehrer tranken den Pausenkaffee in der Aula, weil das Rektorat zu klein war. Hetty Hardaker und Margaret Booth, eine hübsche, dynamische, hellhaarige junge Frau, die von allen Erstklässlern vergöttert wurde, saßen mit Kate Pascoe in der Aula, als Peter mit Beth auf dem Arm zurückkam. Hetty arbeitete schon seit zehn Jahren in der Schule und Margaret war der Ersatz für die »arme« Toria Clark, wie sie von allen immer noch genannt wurde. Beide musterten Kate Pascoe misstrauisch. Die Atmosphäre war alles andere als herzlich.

Peter setzte Beth ab und sie klammerte sich leise schluchzend an seine Soutane. »Guten Morgen, Hetty, Margaret. Tut mir Leid, dass Sie mit meiner Tochter so viele Scherereien haben. Das sieht ihr wirklich gar nicht ähnlich. Sie ist sonst so munter und selbstbewusst. Das hier ist eine Riesenüberraschung.« Er wandte sich Kate zu. »Tut mir Leid, dass sie weggelaufen ist, aber es bereitet mir Sorgen, dass es niemand gemerkt hat.«

»O doch, wir haben es gemerkt und haben auch nach ihr gesucht. Wir wollten eben bei Ihnen anrufen, ob sie nach Hause gekommen sei, als Jimbos Anruf kam.«

»Ich entschuldige mich bei Ihnen. Ich glaube, für den Rest des Vormittags nehme ich sie mit nach Hause.«

»Das ist keine Lösung. Sie müssen streng sein. Sie muss es lernen.«

Hetty Hardaker griff ein. »Wenn sie bis zur Erschöpfung heult, lernt sie überhaupt nichts, *Miss* Pascoe. Der Pfarrer hat völlig Recht, wenn er sie nach Hause bringt. Es muss hier etwas geben, was Beth total verstört, ich weiß nicht, was, aber da ist etwas.« Sie stellte die Kaffeetasse aufs Klavier und funkelte Kate böse an.

Kate ignorierte sie. »Also, Herr Pfarrer. Entweder hört sie mit dem Geschrei auf oder sie bleibt zu Hause. Sie haben die Wahl. Das ist eine zu große Störung für die anderen Kinder. Die Meditationszeit hat sie uns heute wieder völlig verdorben.«

»Jetzt bringe ich Beth erst einmal nach Hause. Wenn Sie gestatten, rufe ich Sie später an, Ms. Pascoe.«

»Kate, bitte.«

»Gut, Kate. Ich möchte mich noch einmal für das Ganze entschuldigen.«

»Also, Caroline, ich habe Kate Pascoe heute Abend auf einen Kaffee eingeladen. Erstens als Entschuldigung für Beths Benehmen und zweitens, um mehr über sie herauszufinden.«

»Das klingt, als hättest du sie im Verdacht, etwas ganz Schreckliches zu tun.«

»Nein, nichts Schreckliches… aber Meditation? Für Zehnjährige?«

»Ich verstehe, was du meinst. Ich freu mich drauf. Könnte ein sehr interessanter Abend werden.« Sie merkte nicht, dass Peter sie wegen ihres offensichtlichen Mangels an Sorge um Beth überrascht ansah. »Wenn du nichts mehr isst, räumen wir ab. Sylvia will heute Nachmittag das Kinderzimmer gründlich sauber machen. Sie kann jeden Augenblick zurückkommen.«

Sie hörten, wie die Haustür aufging, und gleich darauf kam Sylvia in die Küche. »Ich hab mir was überlegt«, sagte sie zu den beiden. »Soll ich am Montag in der Spielgruppe bei Beth bleiben? Vielleicht hilft das.«

Peter sagte, er und Ms. Pascoe würden das heute Abend besprechen und er würde Sylvia Bescheid geben. Wenn sie so kurz abgefertigt wurde, wie Peter das eben getan hatte, wusste Sylvia, dass Ärger in der Luft lag. Sie klappte seufzend die

Geschirrspülmaschine auf. Bitte, Gott, nicht noch mehr Ärger. Davon hatten sie letztes Jahr reichlich gehabt, mehr als genug für ein ganzes Leben.

Peter war am Telefon, deshalb machte Caroline Kate die Tür auf.

»Guten Abend, Kate. Kommen Sie herein. Ich bin Caroline, die Frau des Pfarrers. Wie geht es Ihnen?«

Kate reichte ihr die Hand und fand gleich Gefallen an Caroline. Ihre geschäftsmäßige Art gefiel ihr und Caroline war für eine Pfarrfrau so weltläufig. »Kein sehr schöner Abend, was?«

»Ja, aber wenigstens schneit es nicht. Letztes Jahr um diese Zeit lag wochenlang hoher Schnee. Ganz ungewöhnlich. Wir sind im Wohnzimmer, gehen Sie durch und nehmen Sie Platz, der Kaffee ist gleich fertig.«

Als Caroline das Tablett aus der Küche brachte, kam Peter gerade aus dem Arbeitszimmer. »Das war Dicky Tutt, er wollte mir das Datum für den Pfadfinderflohmarkt durchgeben, zwanzigster März. Schreib's dir auf, damit wir den Krempel aussortieren können. Ist Kate da?« Er stieß die Wohnzimmertür weiter auf, damit Caroline mit dem Tablett durchkam. »Guten Abend, Kate. Meine Frau brauche ich Ihnen nicht vorzustellen, oder? Sie haben sich sicher schon miteinander bekannt gemacht. Zunächst einmal bedaure ich das mit Beth sehr. Sie hat sich von einem glücklichen, geselligen kleinen Wesen in ein hysterisches Monster verwandelt und wir wissen nicht recht, wie wir damit umgehen sollen. Ich glaube, ich werde Beth erst einmal jeden Morgen hinbringen, etwa zehn Minuten mit ihr dort bleiben und sie dann wieder mit nach Hause nehmen und dann allmählich jeden Tag ein wenig länger.«

Kate hörte sich seinen Vorschlag an. Ihr fiel auf, dass Caroline nichts sagte. Sie war die Kindsmutter, verdammt noch mal.

»Was meinen Sie, Caroline?«

»Kaffee? Milch? Zucker?«

»Schwarz, bitte. Ohne Zucker.«

Caroline setzte sich neben Peter und trank einen Schluck Kaffee. »Ehrlich gesagt, bin ich völlig ratlos. Obwohl sie Zwillinge sind, behandle ich sie lieber als eigenständige Wesen.« Kate nickte zustimmend. »Wenn Alex sich wohl fühlt, bleibt er den ganzen Vormittag dort. Wenn das für Beth schwierig ist, passen wir uns ihr an. Ich finde Peters Idee gut. Wenn er zu tun hat, könnte Sylvia jederzeit bei Beth bleiben.«

»Schatz, Sylvia arbeitet in erster Linie als Haushälterin bei uns.«

»Sie haben eine Haushälterin?«

Caroline zog eine Augenbraue hoch. »Ja, ist das ein Problem für Sie?«

»Nein, nein. Es überrascht mich nur, das ist alles. Ich bin ganz und gar dafür, Kinder sofort mit den Tatsachen zu konfrontieren. Es ist verblüffend, wie hart kleine Kinder im Nehmen sein können, wenn sie erst einmal merken, dass Sie es ernst meinen. Wie auch immer, im Grunde liegt die Entscheidung nicht bei mir. Liz Neal ist die Hauptbetroffene. Was ich beklage, ist die Störung der Kinder, deren Schule es eigentlich ist. Bei diesem Lärm ist das Meditieren unmöglich.«

»Darüber habe ich mir auch schon Gedanken gemacht«, sagte Peter.

»Über die Störung?«

»Nein, über das Meditieren.«

»Das ist das moderne Gegenstück zu einer Andacht.«

»Aha. Früher hieß das immer Schulgebet oder Andacht.«

»Schon, aber heutzutage müssen wir für alle Religionen offen sein, nicht nur für das Christentum.«

»Darf ich darauf hinweisen, dass alle Kinder weiß und Christen sind?«

»Bloß weil sie weiß sind, heißt das noch lange nicht, dass sie Christen sind.«

»In der Schule von Turnham Malpas sind alle Christen. Bis auf die beiden Kinder von Simone Paradise gehen alle zum Kindergottesdienst oder in die Methodistenkirche in Little Derehams. Die Schule ist eine Einrichtung der anglikanischen Kirche und die Eltern erwarten Gebete und Religionsunterricht. Sie haben die Stelle unter dieser Voraussetzung angenommen.«

»Ja. Aber soll das heißen, dass es keinen Platz für Stille und persönliche Gedanken gibt?«

»Nein, auf keinen Fall. Natürlich ist dafür Platz, aber es muss auch die Gegenseite geben. Zu Michael Palmers Zeiten hatten wir am Freitagmorgen Schülergottesdienst in der Kirche. Hetty und Margaret haben sehr gern daran festgehalten. Wenn es Ihnen lieber wäre, könnte ich stattdessen am Freitag in der Schule ein Gebet sprechen, aber ich wäre sehr enttäuscht.«

Kate sah Caroline Unterstützung erwartend an. Die jedoch blieb aus. »Dann werde ich mich also anpassen müssen. Falls Hetty Hardaker bereit ist, die Gebete zu sprechen, soll sie das tun. Ich leite hinterher das stille Nachdenken.«

Caroline griff zur Kanne. »Noch Kaffee?«

»Ja, bitte.« Kate sah, dass zwei von Carolines Katzen auf der Schwelle standen. »Oh, was für bezaubernde Tiere! Kommt, Miez, Miez, Miez.« Tonga und Chang sträubten die Schwänze und machten einen Katzenbuckel, Tonga fauchte, und dann flohen beide.

In dem Versuch, seine Verlegenheit über das seltsame Verhalten der Katzen zu überspielen, die normalerweise um Aufmerksamkeit buhlten, meinte Peter: »Dann schließen wir für den Augenblick einen Kompromiss, aber eins steht fest, Miss… *Ms.* Pascoe, Religionsunterricht muss sein, auch wenn Sie ihn nicht selbst halten wollen. Sie sind verantwortlich dafür, dass er stattfindet, auch wenn es Ihnen anders lieber wäre. Im letzten Trimester, als wir keinen Rektor hatten, hat Hetty Hardaker den Religionsunterricht gehalten, deshalb bin ich mir sicher, dass sie und Margaret das gern fortsetzen. Wenn das Trimester halb um ist, können wir die Lage neu überdenken.«

»Sehr gut. Ich richte mich ganz nach Ihnen, Herr Pfarrer.«

Caroline wollte mehr über Kate wissen. »Haben Sie sich schon im alten Schulhaus eingelebt, Kate?«

»Ja, danke. Auch wenn es schrecklich spießig ist. Ich modle es ein wenig um. Kommen Sie abends mal zum Essen, wenn ich damit fertig bin? Aber vielleicht haben Sie keinen Babysitter.«

»Das erledigt Sylvia für uns, wir kommen liebend gern. Ehrlich gesagt, war ich noch nie im alten Schulhaus, und dabei wohnen wir schon fast vier Jahre hier. Es wird also sehr interessant für uns, stimmt's, Peter?«

»Ja.« Er sah Kate an. »So, und jetzt zum ersten Mai.«

»Ja?«

»An diesem Tag hat Michael immer einen Tanz um den Maibaum in der Anlage veranstaltet. Alle Eltern sind eingeladen, es gibt Tee und eine Maikönigin. Was halten Sie von Tänzen um den Maibaum?«

»Von dem uralten Phallussymbol? Von Dorfjungfrauen, die voller Ehrerbietung darum herumtanzen … von Frühlingsriten und dem ganzen Quatsch? Natürlich! Ich nehme mit Vergnügen daran teil. Ich muss jetzt leider gehen, will noch ein bisschen renovieren, bevor ich zu Bett gehe. Danke für den Kaffee. Ich hoffe, dass Beth sich bald eingewöhnt. Es wird nicht lange dauern, bis ich Sie einlade. Wenn ich erst mal anfange, gibt's nichts mehr, was mich hält.«

Caroline brachte sie zur Tür, ging ins Wohnzimmer zurück und stellte fest, dass Peter fort war. Er war im Arbeitszimmer, wo er seine Bücherregale durchforstete.

»Wonach suchst du?«

»Nach Tänzen um den Maibaum. Bis heute Abend habe ich geglaubt, es handle sich um eine unschuldige, farbenfrohe Veranstaltung. Phallussymbol, also wirklich! Ist denn gar nichts mehr heilig?«

Caroline lachte. »Ach, Peter! Wenigstens ist sie ganz anders als der prüde Michael Palmer. Er war ein bisschen zu zugeknöpft, stimmt's?«

»Das ist nicht zum Lachen, mein Schatz. Wir haben Probleme, eindeutig. Mir graut vor dem Gedanken, was als Nächstes passiert.«

4. Kapitel

Am folgenden Morgen lernte Jimbo Kate kennen. Sie kam mit einer großen Einkaufstasche in den Laden. Er zog den Strohhut vor ihr und sagte: »Sie müssen Kate Pascoe von der Schule sein. Guten Morgen!«

Sie stellte die Tasche ab und gab ihm die Hand. »Bin ich, stimmt. Und Sie müssen Flicks Vater sein. Sie hat gesagt, dass der Laden Ihnen gehört. Sie wollte eine lange Geschichte darüber erzählen, wie gut Sie verdienen, über Jahresbilanzen und solche Sachen, aber ich habe sie gebremst. Jetzt verstehe ich, was sie gemeint hat. Das hier ist eindeutig ein Wunderland. Und ich habe gedacht, Dorfläden würden aus dem letzten Loch pfeifen.« Sie sah sich anerkennend um. »Ich glaube, ich habe mich noch gar nicht bei Ihnen für die Grundausstattung meiner Speisekammer bedankt. Ich wusste Ihre Freundlichkeit wirklich zu schätzen. Jetzt muss ich meine Vorräte aufstocken.«

»Wir liefern ins Haus, wenn Sie das möchten.«

»Nein, danke, das ist nicht nötig. Ich lebe allein. Sojamilch?«

»Ah! Wir führen sie, aber die Nachfrage ist gering – nur noch eine zweite Kundin mit einer Tochter, die gegen Kuhmilch allergisch ist. Schauen Sie bei den Molkereiprodukten nach, ich glaube, da werden Sie fündig.«

Kate schlenderte davon und Jimbo füllte weiter das Frischobstangebot auf. Die Türglocke bimmelte und Kate hörte, wie Jimbo einen Kunden begrüßte. »Ralph, was für eine Freude! Ich bekomme Sie hier nicht oft zu sehen.«

»Hallo, Jimbo. Im Augenblick brauchen wir Milch. Wir haben den letzten Tropfen beim Frühstück verbraucht und Muriel will ihren Kaffee.«

»Ja, wenn das so ist... Ich hole Ihnen die Milch.«

»Nein, nein, bemühen Sie sich nicht, ich kann sie mir holen. Morgen fahre ich zu Fitch wegen des Kricketplatzes. Möchten Sie mitkommen?«

»So gern ich es möchte, das Geschäft ruft, leider. Aber ich bin mir ganz sicher, dass Sie auch ohne mich auskommen!«

»Wissen Sie, ich brauche eine solide Geschäftsgrundlage. Von A bis Z. Ich kenne seinen Hang zum Tricksen und will klare Verhältnisse schaffen. Gibt es Neuigkeiten über Mannschaftsmitglieder?«

»Und ob. Ah, Ms. Pascoe. Darf ich Ihnen unsere neue Rektorin vorstellen, Sir Ralph? Kate Pascoe, das ist Sir Ralph Templeton. Er und seine Frau Lady Muriel Templeton wohnen im Dorf.« Ralph streckte die Hand zur Begrüßung aus und Kate nahm sie mit einem leichten Lächeln. Auf alle Fälle sah er distinguiert aus – schlank, gebräunt, mit dichtem weißen Haar, einer aristokratischen Adlernase und einem überaus teuren Mantel.

»Wie geht es Ihnen, junge Dame? Sehr erfreut, Sie kennen zu lernen. Meine Frau hat schon Ihre Bekanntschaft gemacht; sie hat gesagt, Sie seien reizend, und ich muss sagen, sie hat Recht. Wir haben frischen Wind in der Schule gebraucht. Darf ich Ihnen jeden erdenklichen Erfolg wünschen?«

»Danke, Ralph.« Kate merkte nicht, dass Jimbo zusammenzuckte, als sie Ralphs Titel wegließ. »Das ist sehr nett von Ihnen. Habe ich richtig gehört, Sie haben von einer Kricketmannschaft gesprochen?«

»Ja, Sie haben ganz richtig gehört. Wir haben den letzten Sommer und diesen Winter damit verbracht, den alten Kricketplatz zu reaktivieren. Eine gewaltige Verbesserung gegenüber dem früheren Zustand, aber nicht so gut wie Lord's, noch nicht.«

»Zu Hause habe ich mit meinen Brüdern Kricket gespielt. Geiles Spiel.« Ralph zog beim Gebrauch des Wortes ›geil‹ eine Augenbraue hoch. »Ich rechne nicht damit, in der Mannschaft zu spielen, aber ich kann mich beim Servieren von Krickettee nützlich machen. Könnten Sie mich brauchen? Vielleicht haben Sie das alles ja auch schon organisiert.«

Jimbo erklärte, dass dem nicht so sei und er sich über jede Hilfe freue. »Mit der Bewirtung habe ich nichts zu tun. Wissen Sie, das ist alles ehrenamtlich, deshalb bin ich mir sicher, dass Muriel und Caroline – Sie kennen Caroline«, Kate nickte, »begeistert sind über Ihr Angebot.«

»Da bin ich mir ganz sicher. Vielen herzlichen Dank.« Ralph lächelte Kate an und holte die frische Milch.

»Ich habe Sojamilch gefunden, Jimbo. Ich bin Veganerin. Vermutlich gibt es nicht viele Veganer im Dorf.«

»Ah! Ich treffe zum ersten Mal eine Veganerin, in Fleisch und Blut sozusagen. Gibt es irgendetwas, was Sie besonders gern mögen? Falls ja, sorge ich dafür, dass wir es hereinbekommen. Wir können Sie doch nicht verhungern lassen!« Jimbo erinnerte sich unwillkürlich daran, was er ihr an Essbarem geschickt hatte, und fragte sich insgeheim, was wohl daraus geworden war.

Kate hievte ihren übervollen Korb neben die Kasse. »Für heute ist alles okay. Trotzdem danke, ich sag Ihnen Bescheid. Vergessen Sie das mit dem Krickettee nicht. Es ist mir wirklich ernst damit.«

»Bestimmt nicht. Ich geb ihr Angebot an die richtige Stelle weiter. Hier ist Ihr Wechselgeld. Vielen Dank.«

»Was für tolle Tragtaschen! Viel zu hübsch zum Recyceln zu Treteimerbeuteln!« Kate lächelte ihn an und ging hinaus.

»Eins steht fest, Ralph, von dem, was Kate hier ausgibt, kann ich nicht in Rente gehen. Eine Veganerin, Gott steh uns bei! Hoffentlich löst sie keinen neuen Trend aus!«

»Wegen der Mannschaft...«

»O ja. Ich hab eine Liste. Hier ist sie.« Er nahm ein Blatt Papier von einem Klemmbrett und reichte es Ralph, der seine Lesebrille aufsetzte und zur Seite trat, damit Jimbo sich weiter um die Kunden kümmern konnte.

Ralph las die Liste leise vor. »Dicky Tutt ... er müsste mit einer Schlagkeule umgehen können, aber ob er laufen kann, das ist die Frage. Jimbo ... Gilbert ... oh, das ist eine Überraschung. Bestimmt hat Little Derehams ein Wörtchen mit uns zu reden, wenn wir denen einen ihrer besten Spieler ausspannen?«

»Es ist Gilberts Entscheidung. Er hat mich gefragt, nicht andersrum. Offenbar ist er es Leid, einen Kotau vor dem dortigen Kapitän zu machen, der überheblich und keine Spur demokratisch ist. Gilbert sagt, er sei kein Kind und wolle sich auch nicht wie ein Kind behandeln lassen.«

»O gut, dann bekommen wir ihn! Wenn ich mich recht erinnere, ist er ein ausgezeichneter Schläger.«

»Stimmt. In der letzten Saison lag seine durchschnittliche Trefferquote bei einundzwanzig.«

»Hervorragend!« Ralph kehrte stumm zum Studium der Liste zurück. Barry Jones ... ja, Peter ... ja, Neville ... der schleimige Kerl, Malcolm, der Milchmann ... der Sergeant ... Dean Duckett ... Kenny und Terry Jones und Rhett Wright. Eine gemischte Truppe, aber vielleicht erreichten sie ja sogar etwas; irgendwo mussten sie ja schließlich anfangen. Er schlug mit dem Handrücken auf die Liste und sagte laut: »Jimbo, ich muss sagen, das haben Sie hervorragend gemacht. Ein guter

Anfang. So, ich gehe. Hier ist das Geld für die Milch. Ich lasse Sie wissen, wie ich vorankomme. Seltsame Frau, diese Kate.«

»Mir kam sie umwerfend vor! Diese grünen Augen… Nett von ihr, dass sie beim Teeausschank helfen will.«

»Hm.« Ralph machte die Tür zu und ging nach Hause. Er freute sich genau wie Muriel auf den Kaffee. Als er die Anlage umrundete, bewunderte er die Häuser und die Kirche. Turnham Malpas war sein Zuhause, hierher gehörte er wirklich. Sein Herz war hier, wo er die ersten Lebensjahre verbracht hatte. Es scherte ihn nicht im Geringsten, dass er nicht mehr im Herrenhaus wohnte. Das konnte er frohen Herzens Fitch überlassen, denn er, Ralph, hatte etwas, was Fitch nicht hatte – eine liebevolle, leidenschaftliche Frau. Keine Rede von dem Blödsinn, Leidenschaft sei nur etwas für die Jugend; er und Muriel hatten das Gegenteil bewiesen. Als Ralph die Church Lane überquerte, sagte er zu sich: Ich hoffe nur, dass meine verdammte Pumpe durchhält und dass wir noch viele schöne Jahre vor uns haben.

»Muriel, meine Liebe, hier ist die Milch. Eben bin ich Ms. Pascoe von der Schule vorgestellt worden. Merkwürdige Frau. Ich hoffe bloß, sie verdirbt das Dorf nicht mit neumodischen Ideen.«

Muriel machte den Milchkarton auf, goss etwas in das winzige Porzellankännchen auf dem Tablett und vergewisserte sich, dass sie alles hatte – Ralphs Süßstoff, den Kaffee, Kaffeelöffel, Tassen und Untertassen. Sie benutzte das Service, das sie bei ihrer Heirat aus ihrem Haus mitgebrachte hatte. Sie freute sich, dass sie jemanden hatte, mit dem sie ihr schönes Porzellan teilen konnte. Der liebe Ralph!

»So, ich habe alles. Komm her und erzähl mir, was du von ihr hältst.«

»Ganz in Schwarz, sie trägt nur schwarze Sachen. Zu ihren Gunsten spricht, dass sie bereit ist, beim Krickettee auszuhelfen.«

»Oh, hervorragend! Dann kann sie kein ganz schlechter Mensch sein.«

»Nein, wohl kaum.« Ralph lachte leise. »Morgen habe ich den Termin mit Fitch. Sobald das Wetter besser wird, fangen sie mit dem Bau des Klubhauses an. Ist das nicht großartig? Wir müssen fünfzig Jahre nachholen, in denen alles vernachlässigt wurde. Ich kann mich noch schwach daran erinnern, wie ich meinem Vater beim Schlagen zugeschaut habe. Es war ein heißer Sommertag. Unter dem Sonnenhut war meine Stirn ganz verschwitzt, also habe ich ihn abgesetzt und Mama hat mir das Gesicht mit Eau de Cologne abgewischt und mir den Hut wieder aufgesetzt. Das ist eine meiner Erinnerungen an sie: Sie hat immer wunderbar gerochen. Gott! Ich klinge wie ein sentimentaler alter Narr. Muss damit aufhören.

»An Erinnerungen ist nichts Verkehrtes, Ralph, überhaupt nichts. Schon gar nicht an schönen.«

»Ja, da hast du Recht. Danke für den Kaffee, meine Liebe. Ich gehe jetzt ins Arbeitszimmer, sehe nach der Post und plane meine Besprechung mit Fitch. Er wird mit Geld um sich werfen, als gäb's kein morgen, solange es seiner Kampagne nützt.«

»Kampagne?«

»Er will Klubpräsident werden.«

»Aber der Präsident war immer ein Templeton!« Muriel war schockiert. »Du musst Präsident werden.«

»Eigentlich hoffe ich das auch. Die Tradition und so weiter... aber die Zeiten haben sich geändert und Geld spricht jetzt am lautesten.«

»Ich werd ihm die Meinung sagen«, empörte Muriel sich. »Falls du Schwierigkeiten mit ihm bekommst, sag mir Bescheid, dann gehe ich hin und wasche ihm den Kopf. Präsident des Kricketklubs ... Was denn noch!«

Ralph lächelte. »Ich glaube fast, das würdest du wirklich tun.«

Als er am Tag darauf auf dem Kies vor dem Herrenhaus hielt, konnte Ralph nicht verhindern, dass sein Herz leicht ins Schlingern kam. Das Anwesen hatte immer diese Wirkung auf ihn. Es war wirklich an der Zeit, dass er die Vergangenheit in Frieden ruhen ließ.

Zu seiner Überraschung war Louise, Craddock Fitchs Sekretärin, bei der Arbeit. »Guten Tag, Louise. Ich hatte nicht damit gerechnet, Sie an einem Samstag hier anzutreffen.«

»Guten Tag, Sir Ralph. Ich hatte ein paar Tage Urlaub, während Mr. Fitch verreist war, und dachte, ich könnte was aufarbeiten, wenn es ruhig im Haus ist.«

»Hatten Sie ein aufregendes Reiseziel?«

»Paris.«

»Oh, wunderbar! Was für ein Zufall«, sagte Ralph, plötzlich verblüfft. »Gilbert Johns war auch gerade in Paris. Sind Sie ihm vielleicht über den Weg gelaufen? Wir haben uns über ein Konzert in Notre Dame unterhalten, in das er gehen wollte. Er hat sich so darauf gefreut. Sie waren wohl nicht ebenfalls dort?«

Ralph merkte, dass Louise rot wurde. »Wir sind uns nicht über den Weg gelaufen. Mr. Fitch erwartet Sie.«

»Danke.« Ralph ging in Richtung Bibliothek.

»Äh ... entschuldigen Sie, Sir Ralph. Mr. Fitch ist nicht im Büro, er ist in seiner Wohnung. Wissen Sie, wo die ist?«

»O ja, das weiß ich.« Das war das Schlimmste: Die Treppe hinauf und die Flure entlangzugehen. Erinnerungen überschwemmten ihn, aber er durfte sich nicht von ihnen einschüchtern lassen, er musste auf der Hut sein. Fitch hielt die Besprechung bestimmt mit Absicht in der Wohnung ab, um ihn aus dem Konzept zu bringen.

Die Wohnungstür stand offen, also klopfte Ralph mit dem Siegelring an eine der geschnitzten Paneelen und rief: »Craddock? Ralph Templeton.«

Er hörte schnelle, selbstbewusste Schritte. »Ralph! Kommen Sie herein.« Ralph stellte ironisch fest, dass Mr. Fitchs ländliche Tweedkleidung so perfekt aufeinander abgestimmt war, als wäre er eben dem Schaufenster eines Schneiders in der Savile Row entstiegen, bevor er sich grimmig ins Gedächtnis rief, dass der Mann selbst alles andere als eine Schaufensterpuppe war.

»Craddock! Guten Tag.«

»Ich habe Tee für uns bestellt. Einverstanden? Oder wäre Ihnen etwas Stärkeres lieber?«

»Tee ist bestens.« Ralph setzte sich in einen riesigen Sessel, einen ehrwürdigen alten Sessel, dessen Zwillingsbruder auf der anderen Kaminseite stand. Mr. Fitch ging hinüber und nahm darin Platz.

Sadie Beauchamp brachte das Teetablett herein. Ralph stand auf und Mr. Fitch tat es ihm verspätet nach.

»Guten Tag, Sadie. Wie schön, Sie zu sehen.«

»Hallo, Ralph. Sie sind also wieder da. Hatten Sie einen schönen Urlaub? Nächste Woche lasse ich mir von Muriel davon erzählen. Muss mich beeilen. Hier ist alles, Craddock. Ich gehe jetzt.« Sie stellte das Tablett auf den großen, runden Couchtisch, der vor dem Kamin zwischen den Sesseln stand, und strahlte die beiden Männer an. Sie und Mr. Fitch küssten sich auf die Wange, dann war sie fort.

Mr. Fitch erklärte, sie habe mit ihm zu Mittag gegessen und sich erboten, den Tee zu kochen, bevor sie ging. Ralph erwiderte: »Aha. Sadie ist eine bezaubernde Frau. Scharfer Verstand, noch schärfere Zunge!« Mr. Fitch pflichtete ihm mit einem Lächeln bei.

Sie plauderten müßig über dies und das und im Besonderen über die internationale Lage, prophezeiten jeweils den Ausgang und dann stellte Mr. Fitch seine Tasse weg, tupfte sich den Mund mit der Serviette ab und kam zur Sache.

»Wenn ich Geld in diese Kricketmannschaft stecke, erwarte ich, Präsident zu werden.«

»Aha! Verstehe. Das habe ich mir schon gedacht.«

»O ja. Es hat keinen Zweck, lange um den heißen Brei herumzureden. Ich stelle Rector's Meadow zur Verfügung, bezahle die Renovierung – genauer gesagt, den totalen Neubau des Klubhauses –, kaufe außerdem die Ausrüstung, und dafür will ich die Präsidentschaft haben.«

»Es verstößt vollkommen gegen die Tradition.«

»Ach ja?«

»Seit mein Ururgroßvater den Kricketklub gegründet hat, war immer ein Templeton Präsident.«

»Aber es ist über fünfzig Jahre her, dass der letzte Templeton, Ihr verstorbener, beklagenswerter Vater, Präsident war; außerdem gibt es seit fünfzig Jahren keine Kricketmannschaft mehr, also können wir doch mit Fug und Recht sagen, dass es einen Bruch in der Tradition gegeben hat, oder?«

»Dem Dorf wird das nicht gefallen.«

»Hören Sie doch auf, Ralph. Gott! Es lebt doch kaum noch jemand, der sich an all das erinnert. Nein, ich finde, wir gehen mit der Zeit. Es kommt auf das Geld an. Wo sollten Sie es denn herbekommen, wenn nicht von mir?«

»Es wäre freundlich von Ihnen, wenn Sie das etwas liebenswürdiger formulieren könnten«, erwiderte Ralph schneidend.

»*Liebenswürdiger*? Was hat denn das mit Liebenswürdigkeit zu tun? Fakten sind Fakten.«

»Dem Dorf wird es nicht gefallen«, wiederholte Ralph.

»Dann müssen die Leute eben tief Luft holen und schwer schlucken.«

»Vergessen Sie nicht, dass Sie den Zorn der Dorfbewohner schon einmal zu spüren bekommen haben.«

Mr. Fitch bedachte Ralph mit einem durchdringenden Blick. »Wegen des Kirchensilbers, meinen Sie?« Er schnippte

Zigarrenasche in die Flammen und machte eine kurze Pause. »Das war doch bloß eine Puppe, die am Baum hing.«

»Und alles, was hier daneben gegangen ist. Mitten im Winter drei Tage lang keine Heizung, Ihre durchstochenen Reifen, der Streik des Küchenpersonals und...«

»Sie meinen, das war alles Sabotage?«

»Natürlich. War Ihnen das nicht klar?«

Mr. Fitch wollte vor Ralph nicht zugeben, dass ihm nie der Gedanke gekommen war, die Opposition der Dörfler könnte so bösartige Formen annehmen. Er machte eine Pause, bevor er antwortete. »Natürlich habe ich mir Gedanken darüber gemacht; es kam mir alles sehr merkwürdig vor, aber ich habe es nicht ernst genommen.«

Er saß schweigend da und beobachtete die Flammen, die in seinem Kamin züngelten. Das alles war also wirklich das Werk der Dörfler gewesen.

»Sie müssten mindestens fünfzig Jahre hier sein«, meinte Ralph, »damit die Leute Sie akzeptieren, und bedauerlicherweise haben Sie so viel Zeit nicht mehr.«

Mr. Fitchs Kopf ruckte hoch. »Sie auch nicht.«

»Wohl wahr, andererseits bin ich Ihnen einen Schritt voraus. Ich bin schon akzeptiert, und zwar seit Jahrhunderten.«

»Die wollen also mein Geld, aber nicht mich?«

»Auf den Punkt gebracht: Ja.«

»Zum Teufel mit den Dörflern!«

»Genau daran liegt es.«

»Woran?«

»An Ihrer Einstellung.«

Craddock Fitch lief im Zimmer herum und paffte wütend an seiner Zigarre. Seine auf Hochglanz polierten braunen Schuhe schrammten laut über den gebohnerten Boden. Schließlich blieb er auf dem riesigen, runden Teppich vor dem Kamin stehen. Als er die Zigarre im Aschenbecher auf dem Couchtisch ausdrückte, sagte er: »Sie meinen also, wenn ich darauf bestehe, Präsident zu werden, verliere ich die paar Pluspunkte, die ich möglicherweise schon gesammelt habe?«

»So in der Richtung.«

»Wer sind diese Leute, die sich einbilden, mir Vorschriften machen zu können?«

»Es ist ihr Dorf, ihre Kricketmannschaft, nicht Ihre und nicht meine.«

»In diesem Schneckentempo gibt es keinen Fortschritt.«

»Nicht viel.«

»Hol mich der Geier.« Mr. Fitch stach mit dem Zeigefinger seiner sorgfältig manikürten Hand in Ralphs Richtung. »Na gut, Sie werden Präsident, aber mein Name steht über der Klubhaustür. Das *Henry-Craddock-Fitch-Klubhaus* – damit die Bescheid wissen. Dann gibt es keinen Zweifel daran, wer es bezahlt hat, eh? Und auf die Ausrüstung, die ich kaufe, Sie wissen schon, ›mit Unterstützung von und so weiter‹. In Ordnung?«

»Abgemacht!« Sie besiegelten den Handel mit einem Handschlag. Ralph schaute zu Mr. Fitch auf und bemühte sich, ein Zwinkern zu unterdrücken. »Und wenn Sie wollen, können Sie einen Pokal stiften.«

»Zwei! Einen für den Schläger mit der höchsten Punktzahl in der Saison, und einen für den Werfer mit der besten Quote.«

»Abgemacht! Ich hätte gern noch eine Tasse Tee, wenn ich darf. Kommen wir jetzt zum Geschäft. Zuerst zum finanziellen Teil. Verlangen Sie Miete für das Klubhaus? Ich will es nicht hoffen, jedenfalls nicht im ersten Jahr.«

Mr. Fitch zog angesichts von Ralphs Direktheit die Augenbrauen hoch. »Ich weiß nicht, wie Sie es im diplomatischen Dienst so weit gebracht haben. Als Verhandlungspartner sind Sie nicht sehr diplomatisch!«

5. Kapitel

»Küsschen, Küsschen, meine lieben Kinder. Mummy muss weg, kranken Leuten helfen. Hör mal, Beth, Mummy bleibt nicht lange weg. Sylvia bringt euch hin und bleibt eine Weile, stimmt's, Sylvia?«

»Natürlich. Zeigst du mir den Sandkasten, Beth? Ich spiele gern im Sand.«

»Das mach ich, Sylvia«, sagte Alex. »Ich weiß, wo der Sandkasten ist. Beth nicht.«

Beth stampfte mit dem Fuß auf. »Beth weiß es.«

»Beth weiß es nicht, weil sie nicht spielen will.«

»Doch.«

»Nein.«

»Das reicht, Kinder. *Bitte.* Ich gehe jetzt. Seid brav, dann bringt Mummy euch etwas mit.«

»Beth geht nicht.« Sie setzte sich im Flur auf den Boden.

»Sylvia! Ich muss jetzt wirklich weg, sonst komme ich noch zu spät.« Caroline gab den beiden einen Kuss auf den Kopf und eilte mit der Arzttasche zum Auto.

Sylvia ging munter zum Flurschrank, um die Mäntel der Kinder zu holen. »So, Alex, heute wird es sicher wunderschön in der Spielgruppe. Ich frag mich, ob heute ein Sandkasten da ist, in dem deine Sylvie spielen kann. Oder soll ich mit Wasser spielen? Gibt es dort Wasser zum Spielen, Beth?«

Beth ignorierte sie. Sie schaute auf, als ihr Vater neben sie trat. Er bückte sich und hob sie auf die Füße. »Mantel an, Beth.« Sie ließ zu, dass er ihr den Mantel anzog, dann nahm sie Sylvias Hand und brach ohne ein weiteres Wort auf. Sylvia war ungeheuer erleichtert. Aber die Erleichterung war nur von kurzer Dauer. Sie waren kaum fünf Minuten dort, da war Beth verschwunden. Die Tür zur Spielgruppe war nur einen Moment lang offen gewesen, als ein anderes Kind ankam, und Beth war hinausgeschlüpft. Als Sylvia es merkte, rannte sie aus der Schule hinaus, aber von Beth war weit und breit nichts zu sehen.

Jimbo entdeckte sie auf demselben Stuhl wie zuvor. Sie lutschte am Daumen und rieb sich mit dem Schmusi die Nase, aber dieses Mal gab es keine Tränen, nur tiefe Traurigkeit.

»Na, so was, Beth. Hallo. Besuchst du wieder deinen Onkel Bimbo? Du hast letztes Mal deine Smarties vergessen. Sollen wir sie holen?« Beth ignorierte ihn. »Komm mit Onkel Bimbo, ja?« Es war, als hätte er nichts gesagt. Er sah sich im Laden um und bat eine Kundin, Beth im Auge zu behalten, während er bei Peter und in der Schule anrief.

Peter brachte sie ins Klassenzimmer zurück. Sylvia war draußen und suchte den Schulhof ab, Liz Neal war verzweifelt und Kate Pascoe schäumte.

»Wirklich, Herr Pfarrer, schon wieder!«

»Ja, schon wieder. Ich sollte hinzufügen, dass meine Tochter hier unter Ihrem Schutz steht. Wie Sie Ihrer Pflicht nachgehen, stellt mich nicht gerade zufrieden.«

»Ich bin nicht dazu ausgebildet worden, Houdinis einzusperren. Welche Lehrerin hat das gelernt? Die einzige Methode, Beth festzuhalten, besteht darin, alle Türen abzuschließen, was ich entschieden ablehne. Das hier ist *kein* Gefängnis. Wie auch immer, genau genommen steht die Spielgruppe nicht unter meiner Aufsicht. Obwohl ich tue, was ich kann, um helfend einzugreifen, liegt die eigentliche Verantwortung bei Mrs. Neal. Aber die Verantwortung für die persönliche Sicherheit Ihrer Tochter wird einfach zu groß.«

Liz entschuldigte sich. »Es tut mir furchtbar Leid, Peter. So etwas habe ich noch nie erlebt. Wie wär's, wenn wir ihr eine Pause gönnen? Vielleicht wirkt es sich günstig auf Beths Einstellung aus, wenn Alex nach Hause kommt und erzählt, wie viel Spaß es ihm hier macht. Vielleicht ist sie auch einfach noch nicht so weit. Nicht alle Kinder gewöhnen sich so gut ein wie Alex.«

»Da könnten Sie vielleicht Recht haben. Wir lassen sie diese Woche zu Hause und versuchen herauszufinden, wo das Problem liegt. Danke. Ich bedaure die ganzen Scherereien.«

»Das geht schon in Ordnung. Die Leitung einer Spielgruppe ist nun mal kein Honigschlecken.«

Kate kehrte in ihre Klasse zurück. Peter und Sylvia brachten Beth nach Hause. Sie lief durch die Tür und rief: »Mummy! Mummy!« Als sie Caroline nirgends fand, ging sie zu Sylvia, klammerte sich an deren Rock und wich den ganzen Vormittag nicht mehr von ihrer Seite.

»Für den Rest der Woche bleibt Beth zu Hause.«

Caroline trank den letzten Schluck Kaffee und sagte: »Du hast beschlossen, dass sie diese Woche zu Hause bleibt? Ohne es mit mir zu besprechen?«

»Ja.«

»Peter!«

»Ihr Herz – ihr zartes, liebevolles Herz – ist gebrochen.«

»Sie wird bald darüber hinwegkommen. Kinder können so sein – sie mögen keine Veränderungen.«

»Ich habe gesagt, ihr Herz ist gebrochen.«

»Ich hab's gehört.«

»Der Schmerz ist unerträglich für sie.«

»Unsinn.«

»Ich lasse nicht zu, dass meine Entscheidung revidiert wird. Beth geht weder am Mittwoch noch am Freitag hin.«

»Moment mal. Wir sind beide ihre Eltern; Entscheidungen werden gemeinsam getroffen.«

»Es tut mir Leid, aber meine Entscheidung steht fest. Ich kann mich nicht daran erinnern, wann ich es je für angebracht gehalten habe, so deutlich von meiner Autorität Gebrauch zu machen, aber jetzt tue ich es. Beth geht diese Woche nicht hin. Sie setzt ihr Leben aufs Spiel, um uns zu zeigen, dass sie unglücklich ist. Ist dir das klar? *Sie setzt ihr Leben aufs Spiel.* Sie hat zweimal *allein* die Jacks Lane überquert, obwohl sie dafür noch viel zu klein ist und viel zu durcheinander, als dass sie was vom Verkehr mitbekäme. Da braucht nur Barry Jones um die Kurve zu rasen, wie er das häufig tut und … und alles ist zu spät.«

»Das ist eine arrogante Einmischung in meinen Bereich.«

»Gebrochene Herzen sind *mein* Gebiet.«

»Du drückst dich sehr theatralisch aus.«

»Du hast ihr Gesicht nicht gesehen, als sie dich beim Nachhausekommen nicht gefunden hat.«

»Das ist lächerlich. Sie liebt Sylvia, sie ist bei ihr gut aufgehoben.«

»Ich habe sie heute Morgen zum Hingehen gezwungen, das hätte ich nicht tun dürfen. Schau, Caroline, ich will nicht länger darüber sprechen. Falls ich gebraucht werde: Ich bin im Arbeitszimmer.« Peter stand auf und schob seinen Stuhl unter den Tisch.

»So ist es recht, verkriech dich nur in deinem Arbeitszimmer. Du hast deine Meinung gesagt, deine Befugnisse überschritten und jetzt gehst du einfach und weichst jeder weiteren Diskussion aus.« Peter schaute auf Caroline hinunter. Schließlich war es ihr Blick, der seinem auswich. Er machte kehrt und verließ das Esszimmer.

Caroline machte sich daran, den Tisch abzuräumen. Als sie über den Flur ging, hörte sie, dass Beth schrie. Als Caroline zu ihr ins Zimmer kam, war Beth wie von Sinnen. Caroline drückte sie fest an sich, sprach mit ihr und versuchte, ihr die Angst zu nehmen. »Hast du schlecht geträumt? Vergiss es, Mummy ist hier, ganz ruhig, Liebling.« Caroline wiegte sie hin und her, hin und her und allmählich verebbten die Schluchzer. Als sie ihr die Tränen abgewischt hatte, fragte Caroline ihre Tochter, was denn los sei. »Kannst du Mummy sagen, was dir Angst gemacht hat? Sag's mir, Liebling, bitte.«

»Mrs. Neal, es war Mrs. Neal.«

»Sie ist eine reizende Frau, eine Freundin von Mummy.«

»Mrs. Neal hat mir was geschenkt.«

»Oh, wie lieb! Das war ein wunderschöner Traum, bestimmt kein böser. «

»Sie hat mir viele …« Beth schluchzte. »Sie hat mir viele Würmer geschenkt, zapplige Würmer, die haben alle in meiner Hand gezappelt.«

»Oh, Liebling, wie Leid mir das tut. Aber weißt du, das war nur ein Traum. Hier sind doch gar keine Würmer, oder? Schau nach, mach die Augen auf. Keine Würmer. Bloß ein Traum. Mummy legt sich zu dir ins Bett und wartet, bis du wieder eingeschlafen bist. Was meinst du?«

Beth klammerte sich an Caroline und schloss die Augen. »Keine Würmer, Mummy?«

»Keine Würmer, Liebling.« Es dauerte zehn Minuten, bis Beth sich so entspannt hatte, dass sie wieder einschlief.

Peter überließ es Caroline, das ganze Geschirr abzuräumen und in die Spülmaschine zu stellen, was sie im Allgemeinen, wenn er keine Besprechung hatte, gemeinsam erledigten. Als sie fertig war, ging sie ins Wohnzimmer und sah fern. Es dauerte über eine Stunde, bis sie hörte, dass Peter aus dem Arbeitszimmer kam. Er ging nicht gleich ins Wohnzimmer, sondern in die Küche. Caroline hörte, dass er den Kessel aufsetzte und Tassen aus dem Schrank nahm. Sie wusste, dass das seine Art war, sich für seinen Ausbruch zu entschuldigen. Aber so bekam er sie nicht herum. Andere Frauen waren auch berufstätig und hatten Kinder! Warum in aller Welt sollte das bei ihr nicht gehen? Sie würde dafür sorgen, dass es funktionierte.

Beth musste sich einfach an den Gedanken gewöhnen, dass es im Leben ihrer Mutter noch etwas anderes gab als Kinder. Bei aller Liebe zu Beth, die Arbeit in der Praxis liebte sie auch. Sie hatte die Allgemeinmedizin aufgeben müssen, als sie und Peter heirateten und er in eine andere Gemeinde versetzt wurde. Damals war die Arbeit in einem Krankenhaus die einfachere Lösung gewesen. Obwohl es ihr im Krankenhaus gefallen hatte, war das nicht ganz ihr Metier. In Wahrheit war sie liebend gern Allgemeinmedizinerin und *nichts* konnte sie daran hindern. Sie konnten sich Sylvia lässig leisten...

»Kaffee, Liebling?«

»Ja, bitte.«

Peter stellte das Tablett vor sie hin und saß eine Weile schweigend da, bevor er einschenkte. »Pulverkaffee, richtiger war mir zu lästig. Macht's dir was aus?«

»Nein, überhaupt nicht.«

»Ralph hat mir erzählt, er war im Herrenhaus und hat Mr. Fitch davon abgebracht, Präsident des Kricketklubs werden zu wollen. Aber er stiftet zwei Pokale und sein Name wird am Klubhaus stehen.«

»Oh, gut. Mr. Fitch wird begeistert sein. Spricht für Ralphs diplomatische Erfahrung, meinst du nicht auch?«

»Genau. Ich freue mich auf den Sommer. Ich habe immer gern Kricket gespielt. Hier ist dein Kaffee. Ist er in Ordnung?«

»Ja, danke. Da musst du wieder in Form kommen; du hast überhaupt nicht mehr gespielt, seit wir uns kennen.«

»Da hast du Recht, ich muss unbedingt trainieren. Mein bester Punktestand lag bei fünfundvierzig gegen Magdalen, im Jahr ... Kann mich nicht daran erinnern.«

»Es hat keinen Zweck, Peter.«

»Was hat keinen Zweck?«

»So zu tun, als wäre nichts vorgefallen. Es ist etwas vorgefallen und ich bin sehr verärgert.«

Peter stellte die Tasse auf den Couchtisch, spielte mit seinem Ehering, saß da und wartete darauf, dass sie fortfuhr.

»Warum darf ich mir nicht das Beste aus zwei Welten gönnen? Andere Frauen machen das auch. Andere Frauen fangen schon sechs Wochen nach einer Geburt wieder an zu arbeiten. Sie haben Kindermädchen oder Au-pairs und alles klappt wie am Schnürchen.«

»Wirklich?«

»O ja.«

»Was hast du für Gründe zu dieser Annahme? Kennst du eine solche Frau?«

Caroline trank einen Schluck Kaffee. »Nein, keine bestimmte, aber ich habe von solchen Frauen gehört.«

»In Zeitungsartikeln auf der Frauenseite?«

»Sei nicht so spöttisch, Peter, das ist unter deiner Würde.«

»Es ist unter deiner Würde, die Bedürfnisse deines Kindes an zweiter Stelle zu setzen.«

»Ich soll also aufgeben, ja? Menschen im Stich lassen? Zu Hause bleiben und ad infinitum die Rolle der Mummy spielen? Wann habe ich ein Recht auf mein Leben? Wenn Beth auf der Uni ist?«

»Jetzt redest du Unsinn.«

»Ah! Du etwa nicht?«

»Nein. Wenn sie das nächste Mal aus der Schule wegläuft, geht sie vielleicht nicht zu Jimbo.«

»Die müssen eben besser auf sie aufpassen. Ich spreche mit Liz Neal. Sie regelt das für mich.«

»Du bist Beths Anker, weißt du. Sie liebt dich so sehr, sie sieht in dir ihre Sicherheit. Nicht in Sylvia, nicht in mir. In *dir*.«

»Die Stelle ist auf ein halbes Jahr befristet.«

»Ich weiß.«

»Du hast deine traurige Miene aufgesetzt.«

»Ich habe sie nicht aufgesetzt. Ich sehe traurig aus, weil ich traurig *bin*. Aber so ist es nun einmal. Ich wollte eine intelligente, hoch motivierte, leidenschaftliche Frau heiraten…«

»So einen Mann habe ich auch geheiratet.«

»Ja, das hast du. Geht es diese Woche nach meinem Kopf?«

Caroline zögerte noch, doch dann gab sie nach. »Gut.«

Am folgenden Montag läutete Hetty Hardaker um fünf vor neun die Schulglocke für die Kinder. Margaret Booth kam heraus, um ihre Erstklässler einzusammeln.

»Heute Morgen kommt der Pfarrer – sehen Sie.«

»Stimmt. Hoffen wir, dass er mehr Erfolg hat als letzten Montag, sonst kriegt Madam wieder einen Wutanfall.«

»Sie mögen Sie nicht, Hetty, oder?«

»Kate Pascoe ist ein völlig anderes Kaliber als Michael Palmer und ich… Das reicht, Jungs. Der Reihe nach, wenn ich bitten darf. Flick, dein Schnürsenkel ist offen. Sehr schön, Stacey, ich schaue genau nach, wenn wir drin sind. Brian, dein Lesebuch ist runtergefallen. Heb es schnell auf, bevor jemand drauftritt. Kommt schon, Kinder, rein mit euch.«

Peter wartete, bis der Hauptandrang vorbei war. Alex lief hinein, ohne sich auch nur umzuschauen. Peter hielt Beth fest an der Hand. Beth hatte ihr Schmusi in der anderen Hand und unter dem Arm ihr altes Kaninchen aus ihrer Babyzeit. Ein Ohr fehlte, sodass es kein bisschen vorzeigbar aussah, aber das war ihr gleich. Peter brachte sie in die Spielgruppe und versuchte, sich so unauffällig wie möglich zu verhalten. Beth stand neben ihm, den Daumen im Mund. Nichts konnte sie zum Mitmachen bewegen. In der Pause steckte Kate Pascoe den Kopf durch die Tür.

»Immer noch hier, Herr Pfarrer? Heute Morgen herrscht ja Ruhe. Kaffee?«

»Ja, bitte.« Beth war damit einverstanden, sich neben Alex an ein Tischchen zu setzen, etwas zu trinken und einen Keks zu essen, also ließ Peter sie zurück und ging in die Aula zu den drei Lehrerinnen.

»Ich habe beschlossen, die Schülergottesdienste in der Kirche nicht fortzusetzen«, fing Kate an. »Ich hätte sie viel lieber hier in der Schule. Erstens nimmt das weniger Zeit in Anspruch…«

Hetty Hardaker unterbrach sie entrüstet: »Das haben Sie weder mit mir noch mit Margaret besprochen. Ich finde, das sollten wir gemeinsam entscheiden, meinen Sie nicht auch, Margaret?«

»Ich bin sehr gern in die Kirche gegangen. Der Pfarrer hält so gute Schülergottesdienste. Die Kinder waren begeistert und ich glaube…«

Kate hob die Hand und brachte sie zum Schweigen. »Ich glaube, der Pfarrer könnte genauso gut hier Gottesdienste halten. Was meinen Sie, Peter?«

»Mir ist die Kirche lieber. Andererseits ist es Ihre Schule, also müssen wir uns Ihren Wünschen fügen.«

»Danke. Dann bis Freitag, um neun hier in der Aula.«

Hetty widersprach. »Mir kommt es so vor, als würden Sie sich Stück für Stück Ihrer Verantwortung für die religiöse Erziehung in dieser Schule entziehen. Ich soll die Gebete sprechen, Sie halten die Meditation ab, worüber auch immer Kinder in diesem Alter meditieren mögen. Vielleicht darüber, wer das Fußballpokal-Endspiel gewonnen oder wer die meisten

Pfadfinderabzeichen bekommen hat. Vielleicht beten sie auch, dass Dad diese Woche im Lotto gewinnt, und überlegen, was sie mit dem Geld anfangen. Jetzt heißt es, wir dürften nicht mehr in die Kirche, obwohl wir alle wissen, dass das dem Pfarrer lieber ist.«

»Hetty, darf ich Sie daran erinnern, dass ich hier die Rektorin bin.« Kates Stimme klang hart.

»Daran brauchen Sie mich nicht zu erinnern. Ich weiß es nur allzu gut. Ich bin mit diesem Schritt nicht einverstanden, tut mir Leid.«

Peter intervenierte. »Es ist doch nicht so, dass die Kinder überhaupt nicht mehr religiös erzogen werden, oder, Hetty?«

»Nein, Herr Pfarrer, aber die religiöse Erziehung wird verwässert.«

»Ich bin mir sicher, dass Kate nicht...«

»Wir müssen mit der Zeit gehen«, unterbrach Kate Peter schroff.

Hettys Gesicht lief vor Zorn rot an. »Das ist die typische Ausrede dafür, sich nicht an die Maßstäbe zu halten. Mr. Palmer wäre nie damit einverstanden gewesen...«

»Diese Schule wird nicht mehr von Mr. Palmer geleitet, sondern von *mir*. Und ich leite sie, wie ich es für richtig halte.«

Hetty Hardaker stand auf und sagte mit dickem Sarkasmus in der Stimme: »Zeit für die Glocke. Darf ich sie läuten oder wollen Sie das machen, weil es *Ihre* Schule ist?«

Bevor Kate antworten konnte, stürzte Liz Neal in die Aula. »Hat jemand Beth gesehen? Sie ist wieder verschwunden.«

Beth hatte Peter vermisst und sich auf die Suche nach ihm gemacht. Sie hatte es an der Pfarrhaustür versucht, konnte aber nicht bis zur Klingel hinauflangen, und Sylvia, die oben war, hatte ihr Klopfen nicht gehört. Jetzt hatte sie also niemanden mehr, niemanden. Als sie sah, dass Muriels Tür offen war, ging sie ins Haus.

Ralph fand sie in seinem Arbeitszimmer. Sie saß auf einem Stuhl am Fenster, schaukelte hin und her, lutschte am Daumen und schluchzte.

Er machte die Haustür zu und schloss sie sicherheitshalber ab, bevor er sich auf die Suche nach Muriel machte. Sie kniete vor ihrem Porzellanschrank, den sie gründlich aufräumte.

»Muriel, meine Liebe, wir haben ein Problem.«

»Was für eins?«

»Beth sitzt in meinem Arbeitszimmer und weint.«

»Ach, du meine Güte. Ruf in der Schule an, die suchen sie bestimmt.« Sie kam von den Knien hoch und ging ins Arbeitszimmer hinüber. Über die Schulter weg sagte sie: »Ruf auch im Pfarrhaus an. Vom Telefon im ersten Stock aus, damit sie es nicht hört. Ich setze mich zu ihr.«

Muriel blutete das Herz, als sie merkte, wie untröstlich Beth war. »Ach, mein Liebes. Möchtest du dich auf Moos Knie setzen?«

»Moo Moo, wo ist meine Mummy?«

Als Muriel sie sicher auf ihren Schoß gesetzt hatte, antwortete sie: »Weißt du, Beth, bevor deine Mutter dich bekommen hat, war sie Ärztin.«

»Ich weiß.«

»Und sie war außerdem eine sehr gute Ärztin. Alle haben sie geliebt.«

»Hat Mummy mich lieb?«

»Ja, Liebling, ja, sie hat dich lieb. Sehr lieb. Dich und Alex.«

»Und Daddy?«

»O ja, Daddy auch. Jetzt kann deine Mummy wieder kranken Leuten helfen. Das gefällt dir doch, dass Mummy kranken Leuten hilft?«

»Auch kleinen Mädchen, Moo Moo?«

»O ja. Sie gibt kleinen Mädchen und kleinen Jungen Medizin, damit es ihnen besser geht. Das ist doch gut, oder?«

»Ich brauch Medizin. Ich hab Bauchschmerzen.«

»Ach, du meine Güte.«

»Richtig schlimme Bauchschmerzen.«

Inzwischen hatte Ralph das Klingeln gehört und Peter die Tür aufgemacht. »Sie ist mit Muriel in meinem Arbeitszimmer«, sagte er beruhigend.

»Das tut mir sehr Leid. Vielen herzlichen Dank, dass Sie Beth ins Haus geholt haben.«

»Sie ist von allein hereingekommen. Ich hatte die Tür einen Moment lang offen gelassen, da ist sie wohl hereingeschlüpft.«

»Trotzdem vielen Dank. Ich mache mir furchtbare Sorgen.«

»Daddy, hab richtig schlimme Bauchschmerzen, brauch Medizin von Mummy.«

»Ich habe was zu Hause.«

»Gut.«

Sie glitt von Muriels Knie, nahm Peters Hand und zog ihn zur Tür.

»Willst du nichts zu Muriel sagen?«

»Danke, Moo. Komm schon, Daddy. Nach Hause.«

Peter lächelte Muriel zum Abschied schwach an, aber sein Blick war grimmig, gleichermaßen voller Zorn und Verzweiflung.

6. Kapitel

Am Nachmittag besuchte Muriel Caroline. Muriel machte sich Sorgen und hatte beschlossen, den Stier bei den Hörnern zu packen. Sie wollte Caroline zur Rede stellen. Eigentlich war das nicht ihre Art, aber Beths Kummer rührte sie so, dass sie sich verpflichtet fühlte, sich einzumischen. Nein, keine Einmischung, nur ein *Gespräch*. Peters verkniffener Mund, als er das Haus verließ, hatte sie beunruhigt, und ihr Instinkt sagte ihr, dass es im Pfarrhaus nicht zum Besten stand.

»Muriel, wie schön! Kommen Sie herein.«

»Haben Sie einen Augenblick Zeit?«

»Ja, natürlich.«

»Ist Peter da?«

»Nein. Warum? Wollten Sie zu ihm?«

»Nein, zu Ihnen.«

»Vielen Dank, dass Sie heute Morgen ein Herz für Beth hatten. Ich weiß wirklich nicht, was wir mit ihr machen sollen. Ich habe geglaubt, es würde ihr Freude machen, in die Spielgruppe zu gehen.«

»Aber dem ist nicht so, oder?«

Caroline ließ die Schultern hängen. »Nein ... Kommen Sie bitte ins Wohnzimmer. Setzen Sie sich. Sylvia besucht mit den Zwillingen Harriet und Fran, also haben wir ein bisschen Zeit. Sie haben völlig Recht. Ich weiß nur nicht, was ich tun soll.«

»Sie müssen sich große Sorgen machen.«

»Ja. Peter ist wütend, aber natürlich sagt er nicht, es würde daran liegen, dass ich arbeite. Obwohl ich weiß, dass er das denkt. Ich kann mir vorstellen, dass so etwas möglich ist, aber ich weiß nicht, wie ich das Problem lösen soll. Beth hat behauptet, sie habe Magenschmerzen, und hat gesagt, sie könne überhaupt nichts essen, aber sobald ich zu Hause war, hat sie zum Mittagessen eine Riesenportion vertilgt. Das passt nicht zusammen.«

»Ich weiß noch, wie ich als kleines Mädchen in die Schule kam. Ich hatte auch Bauchschmerzen und meine Mutter musste den ganzen Weg vom Gärtnerhaus herkommen und mich abholen. Ich war noch keine fünf Minuten zu Hause, da habe ich mit meinen Puppen gespielt und war putzmunter. Ich erinnere mich daran, dass sich die Bauchschmerzen ganz echt anfühlten.«

»Es war nur die Aufregung?«

»Natürlich. Es hat ein paar Wochen gedauert, bis mein Vater das durchschaut hat, und dann hat er ein Machtwort gesprochen und mich gezwungen, in die Schule zu gehen. Wissen Sie, damals waren die Menschen noch nicht so verständnisvoll wie wir heutzutage. Aber wenigstens habe ich gewusst, dass meine Mutter da ist, wenn ich sie brauche.«

»Was wollen Sie mir damit sagen?«

»Ich glaube, Beth fühlt sich im Stich gelassen. Urplötzlich wird von ihr erwartet, dass sie in die Spielgruppe geht und sich eingewöhnt und gleichzeitig scheint ihre Mutter verschwunden zu sein. Und wo ist sie? Sie wissen es, ich weiß es, Peter weiß es, aber Beth weiß es nicht. So weit sie es beurteilen kann, könnten Sie auf dem Mond sein und nie mehr zurückkommen.«

»Wäre es besser, die Arbeit aufzugeben?«

»Noch nicht. Sie haben Verstand, Caroline, und mir ist klar, dass Sie Gebrauch davon machen wollen.«

»So ist es. Ich war gern die ganze Zeit zu Hause, aber plötzlich reicht mir das nicht mehr. Geben Sie mir einen Rat, Muriel.«

»Ich habe mir überlegt, wie es wäre, wenn Sie Beth mal in die Praxis mitnähmen. Sie könnten Beth Ihren Schreibtisch zeigen und so. Wenn sie sich ein Bild davon machen kann, wo Sie sind, gewöhnt sie sich vielleicht besser ein.«

»Oh, Muriel!« Caroline stand auf, fasste Muriel an den Schultern und gab ihr einen Kuss auf beide Wangen. »Ohne Sie wäre ich verloren. Natürlich, einen Versuch ist es wert. Ja, Sie haben völlig Recht. Ich habe ihr zu viel auf einmal zugemutet, das begreife ich jetzt. Aber die Gelegenheit war da und ich habe sie ergriffen, ohne über die Folgen nachzudenken. Es schien alles so gut zusammenzupassen. Ich habe von Beth zu viel verlangt, stimmt's?«

»Möglicherweise. Alex hat es gut verkraftet, aber schließlich sind nicht alle Kinder gleich. Ich muss gehen. Ralph möchte, dass ich mir die Fortschritte auf dem Kricketplatz ansehe... seit gestern, ist es zu fassen! Es freut mich, dass Sie und ich den Teeausschank beim Kricket übernehmen und dass Kate Pascoe uns dabei helfen will. Ist das nicht schön?«

»Ja. Obwohl ich wegen Beth bei ihr leider nicht gut angeschrieben bin.«

»Keine Sorge, das bekommen wir schon hin.« Muriel drehte sich um und fügte hinzu: »Wissen Sie, Sie können Peter nicht die alleinige Verantwortung für Beth aufhalsen; er hat auch einen Beruf. Wenn er jeden Tag in ein Büro in Culworth müsste, könnten Sie doch auch nicht auf ihn zählen, oder?«

»Bestimmt nicht. Danke, Muriel, dass Sie mir zum Durchblick verholfen haben.«

»Peter ist völlig außer sich.«

»Ich weiß und ich habe es ihm nicht leichter gemacht.«

»Er ist ein lieber, wunderbarer Mann. Er hat so viel bewirkt, seit er hier ist. Uns – jedenfalls *mir* – war gar nicht klar, wie schlimm es um die Gemeinde stand. Wir haben ihn zur Neubelebung gebraucht. Heutzutage muss er mit seiner Arbeit Berge versetzen, wissen Sie; es herrscht so viel Apathie der Kirche gegenüber. Ich sollte längst weg sein. Auf Wiedersehen, meine Liebe. Es kommt alles in Ordnung, Sie werden schon sehen.«

»Morgen Vormittag nehme ich die Kinder mit nach Culworth in die Praxis.«

»Machst du dir Sorgen wegen Beths Magen? Geht es ihr schlechter?« Peter schaute von seinem Buch auf. Er schlug es zu und wartete auf Carolines Antwort.

»Nein, kein bisschen. Ich nehme die beiden mit, um ihnen zu zeigen, wo ich arbeite. Dann haben sie vor Augen, wo ich bin, wenn ich verschwinde.«

»Ah, verstehe. Deine Idee?«

»Ehrlich gesagt, war es Muriels Idee.«

»Muriels?«

»Ja, sie hat mich besucht. Sie hat mir erklärt, dass ich zu viel auf einmal gewollt habe und dass Beth deshalb so verstört ist. Vielleicht funktioniert es. Warten wir's ab.«

»Falls ja, würde mir ein Stein vom Herzen fallen. Muriel könnte Recht haben.«

»Das glaube ich auch. Peter, ich muss mich bei dir bedanken, weil du mir nicht unter die Nase gerieben hast, du hättest nie gewollt, dass ich arbeite, und es sei alles meine Schuld.«

»Du hast Recht, ich habe nicht gewollt, dass du arbeitest. Aber ich verstehe auch, warum du es willst.«

»Dann ist also wieder alles gut zwischen uns?«

»Es war nie anders. Das war nur eine Meinungsverschiedenheit. Ich liebe dich, weißt du.«

»Ich liebe dich auch. Das alles tut mir so Leid.« Caroline fuhr sich mit den Fingern durch das Haar.

»Was ist, wenn es mit Beth nicht besser wird?«

»Ah! Ich habe dir versprochen, dass ich aufhöre, falls es die Kinder verstört, und das werde ich halten. Aber darf ich einen letzten Versuch machen?«

»Natürlich. Nimm ein Spielzeug von Beth mit und leg es auf deinen Schreibtisch. Überlass ihr die Wahl. Dann hat sie das Gefühl, etwas von ihr ist bei dir, und du gibst ihr etwas von dir, was sie in die Tasche stecken kann.«

»Peter, du bist ein Engel! Natürlich, was für eine gute Idee.« Sie legte die Hand an seine Wange, beugte sich über ihn und küsste ihn. Sein Verständnis für sie und seine Bereitschaft, ihr nicht die Schuld an Beths Problem zu geben, riefen ihre leidenschaftliche Liebe zu ihm wach. Sie ging vor ihm in die Hocke. Peter legte das Buch weg und zog sie an sich. Er umarmte sie fest, genoss ihren Geruch, das schöne, vertraute Gefühl ihrer Wärme. Er strich mit den Händen über ihren Körper, bewunderte, wie schlank sie war, die Rundungen ihrer Hüften, und dann nahm er ihren Kopf in seine Hände und küsste sie auf die Lippen. Er strich ihr das Haar glatt, fuhr über den Umriss ihrer Ohren, richtete den Blick erst auf ihr Gesicht, dann auf ihr Kinn und ihre Augenbrauen. Dann nahm er ihren Kopf wieder in seine Hände und schaute ihr in die Augen. »Wann werde ich aufhören, dich für so begehrenswert zu halten?«

»Nie, hoffe ich, weil *du* mich so erregst. Vermutlich ist das zwischen uns noch so, wenn wir neunzig sind!«

»Liebling! Was für eine anmutige alte Dame du sein wirst.«

»Vielen herzlichen Dank! Im Moment fühle ich mich nicht wie eine alte Dame, aber ich bekomme gleich einen Krampf im Fuß. Autsch!« Sie löste sich aus seinen Armen, setzte sich und rieb sich den Fuß. Peter zog ihr den Schuh aus und massierte ihr den Fuß.

»Oh, das ist besser. Danke.«

»Gehen wir ins Bett.«

»Ja, gehen wir. Es ist zwar erst halb zehn, aber gehen wir. Eigentlich wollte ich noch Etliches für morgen vorbereiten.«

»›Der morgende Tag wird für das Seine sorgen.‹ Komm.« Peter zog sie auf, legte ihr den Arm um die Taille und führte sie zur Treppe.

»Wir haben noch nicht abgeschlossen! Ich kümmere mich um die Hintertür und um die Katzenklappe. Du verriegelst die Haustür.«

Chang und Tonga lagen schon in den Körbchen. »Peter! Mimi ist noch nicht da.«

»Keine Bange, sie kommt immer als Letzte und es ist noch früh.«

»Ich mache mir Sorgen.«

»Lass das, ihr passiert schon nichts. Beeil dich!«

7. Kapitel

Bevor er den Zettel, den Sylvia gebracht hatte, ans Schwarze Brett pinnte, las Jimbo ihn.

»Mimi ist verschwunden? Caroline macht sich bestimmt Sorgen.«

»Und ob. Wir haben gestern den ganzen Tag darauf gewartet, dass Mimi nach Hause kommt, aber sie ist nicht gekommen und Dr. Harris macht sich große Sorgen. Wissen Sie, Mimi war ihre erste Katze und sie ist jetzt ziemlich alt, das heißt, für eine Katze.«

»Armes altes Tier.«

»Ich bin mir sicher, dass sie zurückkommt. Sie ist diejenige, die Mäuse nach Hause bringt, eines Tages war es sogar eine junge Ratte, der Himmel steh uns bei!«

»O Gott! Wo hat sie die Ratte hingebracht?«

»Wir haben sie dabei erwischt, wie sie mit der Ratte im Maul durch die Katzenklappe wollte, aber sie kam nicht durch und musste sie draußen lassen.«

»Gott sei Dank!«

»Genau.«

»Ich nehme an, die Ratte war tot?«

»O nein, Mimi bringt die Viecher lebendig nach Hause und legt sie Dr. Harris zu Füßen.«

»Was für eine reizende Angewohnheit.«

»Wie Sie sich vorstellen können, habe ich nicht viel für Mimi übrig, trotzdem gefällt mir gar nicht, dass sie verschwunden ist. Heute Nachmittag durchsuchen wir Rector's Meadow, das ist ihr Lieblingsjagdrevier, wissen Sie.«

»Ich hänge den Zettel sofort auf. Ich frage rum und erkundige mich, ob irgendjemand Mimi gesehen hat.«

»Danke.«

»Wie geht's Beth heute Morgen?«

»Sie ist mit einem Schal von Dr. Harris um den Hals und mit einer alten Handtasche von Dr. Harris, mit ein paar Sachen drin, die Beth kostbar sind, in die Spielgruppe gegangen und Dr. Harris hat BooBoo mitgenommen, ein altes Plüschkaninchen von Beth. Es scheint geklappt zu haben, toi, toi, toi. Ich habe fast eine Stunde lang mit Beth gespielt und plötzlich hat sie gesagt, ich kann gehen. Also bin ich gegangen. Aber bevor ich nach Hause gehe, werfe ich noch mal heimlich einen Blick in die Schule. Dr. Harris hat die beiden gestern in die Praxis mitgenommen und Beth scheint sich jetzt besser damit abgefunden zu haben. Sollten Sie Beth wieder hier auf dem Stuhl finden, rufen Sie mich bitte an, ja?«

»Selbstverständlich. Sofort. Verdammt beunruhigend, wenn sie so im Dorf herumrennt. Verdammt beunruhigend.«

»Dann erledige ich jetzt meine Einkäufe. Danke, Mr. Charter-Plackett.«

»Ich hoffe nur, die gefürchtete Mimi taucht wieder auf.«

Als Sylvia um Viertel vor zwölf in die Schule zurückging, um die Kinder abzuholen, platzte sie in einen ausgewachsenen Krach hinein.

Pat Duckett stand, den Wischmop in einer Hand, den Eimer neben sich, in der Aula und erklärte Kate Pascoe entrüstet, der Boden sei so sauber, wie man sich es nur wünschen könne, und sie…

»Entschuldigen Sie, Pat, aber das ist er nicht. Die Kinder

haben sich für die Bodenübungen hingelegt und beim Aufstehen waren sie allesamt eingestaubt und dreckig.«

»Dann müssen sie sich eben den Staub abklopfen, na und? Ist doch klar, wenn den ganzen Morgen auf dem Boden herumgetrampelt wird und es außerdem noch regnet! Wer aufs Klo geht, muss jedesmal durch die Aula. Kein Wunder, dass der Boden staubig wird und nicht nur das, wenn der Vormittag rum ist.«

»Das geht schlicht und einfach nicht. Und dann müssen die Kinder hier in diesem ganzen Dreck auch noch essen.«

»Entschuldigung, *Ms.* Pascoe, aber auf meiner Arbeitsliste steht nicht, dass ich den Boden aufwischen muss, bevor ich die Tische aufstelle. Dazu habe ich keine Zeit.

»Sie müssen sich die Zeit dafür nehmen. Ich wage nicht, mir vorzustellen, was das Schulamt dazu sagen würde, wenn jemand herkäme und den Boden in diesem Zustand sähe.«

»Also, wenn wir schon mal dabei sind, die Karten auf den Tisch zu legen: Was ist mit dieser Katze?«

»Was soll damit sein?«

»Ich kann mich nicht daran erinnern, dass je jemand eine Katze in die Schule mitgebracht hat, außer an den Tagen, an denen Mr. Palmer Anschauungsunterricht gegeben hat und alle Kinder ein Haustier mitgebracht haben. Auf Dauer hat eine Katze in einer Schule nichts verloren. Der Himmel weiß, was für Bazillen die einschleppt. Oh, hallo, Sylvia. Was halten *Sie* von einer Katze in der Schule?«

»Ich weiß es, ehrlich gesagt, nicht. Steht darüber irgendwas in den Vorschriften?«

Kate Pascoe zeigte auf den Boden. »Ich muss zurück in meine Klasse. Sorgen Sie bitte dafür, dass der Boden sauber ist, bevor die Tische aufgestellt werden.« Sie machte kehrt und ging in ihre Klasse zurück.

Pat drückte den Mop aus und machte sich ans Aufwischen.

Dann stützte sie sich auf den Mopstiel und sagte: »Sie wollen nicht zufällig eine Stelle als Schulhausmeisterin, Sylvia?«

»Nein, danke.«

»Hab ich mir schon gedacht. Die raubt mir noch den letzten Nerv. Und diese Katze. Die faucht, wenn man ihr zu nahe kommt. Hat Krallen wie ein Tiger. Nehm an, die ist mit einem Panther gekreuzt. Schwarz wie die Nacht und böse. Mit Augen, die alles sehen. Überhaupt nicht gut für mein Nervenkostüm.«

»Sie sollten kündigen.«

»Hätt gute Lust dazu. Ich schätz mal, die hat den bösen Blick. Sie wissen schon, wie das in Büchern steht. Sobald Katzen verschwinden, sind die von der weggehext worden.«

Mit den Gedanken bei Mimi holte Sylvia Alex und Beth ab. Sie überdachte, was Pat gesagt hatte. Natürlich war das alles lachhaft, aber... »Da seid ihr ja, kommt mit, ihr beiden. Habt ihr einen schönen Vormittag gehabt?« Beth hielt ein Bild hoch, um es ihr zu zeigen.

»Oh, Beth, das ist wirklich hübsch. Mummy wird sich freuen. Was hast du gemalt, Alex? Ein Auto. Prächtig. Gehen wir nach Hause. Ich glaube, wir haben alles. Also kommt. Tschüs, Mrs. Neal.« Beth hatte den Daumen im Mund, den Schal immer noch um den Hals, ihr Schmusi kitzelte ihr die Nase und die Handtasche baumelte an ihrem Arm. Alex hüpfte munter voran, seine Schwester ging schweigend, als drückte Sorge sie nieder. Sylvia schaute auf sie hinunter. Wenigstens war sie nicht weggelaufen, Gott sei Dank.

Caroline zog erst den Kindern, dann sich selbst die Stiefel an. »Kommt, Kinder. Sind Sie fertig, Sylvia?«

»Ja. Haben Sie meine Handschuhe gesehen?«

»Sie liegen hier auf dem Tisch.«

»Oh, richtig, da sind sie ja.«

Sie überquerten die Pipe and Nook Lane und kletterten über die Mauer auf Rector's Meadow. Die Kinder liefen voraus und traten nach einem Ball, während Caroline und Sylvia hinter ihnen hergingen, im hohen Gras nachschauten und riefen. Der Wind war eisig und Caroline zog sich den Schal enger um den Hals.

»Mimi! Mimi! Eigentlich ist die Ruferei zwecklos. Wenn sie uns sieht, kommt sie, oder?«

»Ja. Haben Sie Kate Pascoes Katze schon gesehen?«

»Nein, aber wir bekommen sie heute Abend zu Gesicht. Dort gehen wir hin, während Sie einhüten.«

»Oh, das hab ich gar nicht mitbekommen. Pat sagt, die Katze ist mit einem Panther gekreuzt. Ihr gefallen die Augen nicht.«

»Ach, Unsinn!«

»Das habe ich auch gedacht.«

»Wir könnten es doch in der alten Scheune versuchen.« Caroline zeigte auf das Steingebäude an der Mauer, die das Land um das Herrenhaus herum eingrenzte. »Vielleicht ist sie da reingeraten und findet nicht wieder raus.«

»Das ist eine Idee. Ja, machen wir das.«

Sie umrundeten die ganze Wiese, riefen nach Mimi und suchten im hohen Gras, aber sie war nicht zu sehen. Als sie zur Scheune kamen, sagte Sylvia: »Das Tor ist nicht abgeschlossen. Ist es nie. Und schauen Sie, unten am Tor sind Stellen, durch die Mimi hineingekonnt hätte. Das Holz ist verfault.« Sie packte die Halterung, an der früher ein Vorhängeschloss angebracht gewesen war, und zog das Tor auf. Es öffnete sich einen Spalt breit und klemmte dann und sie quetschten sich hindurch.

Früher war es eine Scheune für Viehfutter gewesen; deshalb stapelten sich immer noch Heuballen an den Wänden. Die dicken Steinmauern hatten zwei Jahrhunderte lang Wind und Wetter standgehalten und waren noch so massiv wie an dem

Tag, an dem sie erbaut worden waren. Das Dach, eine stabile Konstruktion aus Balken und Ziegeln, war heil; das einzige Licht kam durch zwei rechteckige Öffnungen hoch oben in den niedrigeren Mauern. Das Heu war trocken und alt und taugte schon lange nicht mehr zum Füttern.

Caroline rief: »Mimi! Mimi!«, aber es kam kein Miauen als Antwort; es raschelte nur in den Ballen. »Die Scheune ist riesig. Daraus könnte man ein fantastisches Haus machen.«

»Ich habe etwas gehört«, meinte Sylvia.

»Ja? Ich nicht. Glauben Sie, es ist Mimi?« Alex und Beth kletterten auf einen Ballen und sprangen mit Freudenjuchzern herunter. »Vorsicht! Passt auf, ihr beiden.«

Sylvia riss die Augen auf, als sie erneut etwas Rascheln hörte. Sie hauchte: »Ratten?« Caroline sah sie in schweigendem Entsetzen an.

»Mir hat immer gegraut vor…«

»Mir auch.«

»Kommt, Kinder. Mimi ist nicht hier. Gehen wir nach Hause. Mummy friert. Ich glaube, wir trinken was Heißes, wenn wir zu Hause sind. Zeit zu Gehen, Schätzchen, kommt schon. Wir vergeuden nur unsere Zeit. Mir wäre es lieber, Mimi tot zu finden, als nichts zu wissen. Das ist das Schlimmste, die Ungewissheit.« Verzweifelt rief sie wieder: »Mimi! Mimi! Nein, es nützt nichts. Gehen wir. Vergiss deinen Ball nicht, Alex. Ich frage mich, ob sie in den Sykes Wood gelaufen ist? Vielleicht versuche ich es morgen dort, als letzte Möglichkeit.«

»Peter, mir ist eben etwas durch den Kopf gegangen. Was in aller Welt bekommen wir bloß zu essen, wenn Kate Veganerin ist?«

»Das hatte ich ganz vergessen. Wenn ich nach Hause komme, kann ich ja ein Schinkensandwich essen, um satt zu werden.«

»Ich habe keine Ahnung, was Veganer zum Abendessen servieren.«

»Du wirst es bald herausfinden.«

»Fertig?«

Als sie zum alten Schulhaus kamen, waren alle Fenster erleuchtet. Caroline war voller Vorfreude. Sie schaute sich liebend gern die Häuser anderer Leute an; sie lieferten einen Anhaltspunkt dafür, was in den Bewohnern vorging.

Peter klingelte und sie hörten Schritte sich der Tür nähern. »Kommen Sie herein. Wie kalt es heute Abend ist.« Kate trug Schwarz, eine Art Abendkleid mit langen Ärmeln und einer Strassperlenstickerei am Oberteil. Caroline war in einem eleganten Winterkleid gekommen und hatte das Gefühl, sie habe sich vertan, aber jetzt war es zu spät. Kate hatte das lange schwarze Haar zu einem Zopf geflochten und den Zopf mit einem breiten Samtband oben auf dem Kopf befestigt. Das ließ ihren langen, schlanken Nacken frei. Um den Hals trug sie mehrere dünne Silberketten, an denen unterschiedliche Anhänger baumelten.

Heute Abend war sie geschminkt – Lippenstift in Magenta, magentafarbener Lidschatten, die Augen schwarz umrandet. Peter kam sie zum Fürchten vor; Caroline war eher amüsiert. Was wollte Kate damit ausdrücken? Sie wirkte wie eine Erscheinung aus einem Albtraum. Ihre langen, spitzen Nägel waren passend zum Lippenstift lackiert – Nägel, bei denen sich Caroline immer fragte, wie es der Trägerin gelang, auch nur die kleinste Arbeit zu verrichten, ohne dass sie im Weg waren. Caroline hatte eine Abneigung gegen Essen, das von solchen Händen zubereitet worden war. Aber dann zuckte sie die Achseln; das war ja lachhaft. Was in aller Welt hatten lange Fingernägel mit dem Essen zu tun, das ihr serviert wurde?

Was Caroline tatsächlich den Atem raubte, war die Gestaltung des engen Flurs. Wo sie, Caroline, helle Farben benutzt hätte, damit der Flur breiter wirkte, hatte Kate sich für dunkles Marineblau entschieden. Die Decke war hellblau und mit silbernen Sternen in verschiedenen Größen beklebt. Im winzigen Wohnzimmer sah es genauso aus, dunkle Wände und eine hellblaue Decke, aber hier mit goldenen Sonnen beklebt, samt Strahlen. Gott! Wenn Michael Palmer das sehen könnte!

»Ich bin begeistert von Ihrer Raumgestaltung«, meinte Peter. »Sie ist so ausgefallen. Sie müssen furchtbar hart gearbeitet haben, um das alles in so kurzer Zeit zu schaffen.«

»Stimmt. Am Wochenende bin ich die ganze Nacht aufgeblieben, um fertig zu werden. Freut mich, dass es Ihnen gefällt. Ich weiß, dass es nicht nach jedermanns Geschmack ist, aber ich habe Magnolia satt, die verflixten Tupfeneffekte und die Schablonenmuster, wie alle Welt sie seit Jahren verwendet. Hab mir gedacht, ich mach mal etwas ganz anderes.«

Caroline setzte sich auf ein mit indischen Überwürfen drapiertes Sofa. Sie sank fast bis auf den Boden, so weich war das Sofa. Peter setzte sich in einen Sessel, der eher für eine zierliche ältliche Tante geeignet gewesen wäre als für einen Mann von eins neunzig. Unter Peter schien der Sessel noch zu schrumpfen und in ernster Gefahr zu sein, durch sein Gewicht zusammenzubrechen.

»Ein Drink?«, bot Kate an. »Das Essen ist fast fertig.«

Sie nickten beide. »Ich habe Orangensaft oder Holunderblütenwein. Oder Löwenzahnwein, wenn Ihnen das lieber ist.«

»Ich habe beides noch nie probiert, also nehme ich den Holunderblütenwein, danke.«

»Ich auch.« Peter zog eine Augenbraue hoch, als Kate die Gläser holen ging. Er formte das Wort »Hilfe« mit den Lippen und setzte sich neben Caroline auf das Sofa. Sie verzog keine Miene und sah sich im Zimmer um. Die Bilder zeigten wilde, kahle Landschaften; auf einem brandete das Meer gegen dunkle, gefährliche Felsen. Von den Bildern ging etwas Bedrohliches aus, was Caroline ganz nervös machte. Wie war es möglich, dass Kate so freundlich war und sich gleichzeitig derart abschreckende Drucke an die Wände hängte?

»Dieser Holunderblütenwein ist sehr erfrischend, Kate, schmeckt gut.« Caroline hob das Glas und prostete Kate zu.

»Ja, nicht wahr? Der Löwenzahnwein ist sehr stark, aber Sie können ihn probieren, bevor Sie nach Hause gehen. Wenigstens müssen Sie nicht fahren!«

»Machen Sie die Weine selbst?«

»Ja, aber der hier ist nicht von mir; eine Freundin hat ihn mir geschenkt.«

»Kann ich Ihnen in der Küche helfen?«

»O nein. Aber beim Hereintragen. Ich schaue nur noch nach den Kartoffeln, dann rufe ich Sie.«

Peter trank den Holunderblütenwein und sah sich schweigend die Innenausstattung an. Sie war wirklich ganz erstaunlich. Er spürte, dass etwas sein Bein streifte, und schreckte hoch. Er schaute nach unten, weil er sehen wollte, was ihn berührt hatte, und blickte in die grünsten Augen, die er je gesehen hatte. »Du meine Güte, was für ein Riesenvieh von einer Katze.«

»Pst!« Caroline schaute zur Küchentür und hoffte, dass Kate ihn nicht gehört hatte.

»Sie ist ein Ungeheuer! Ich habe Tonga immer für eine große Katze gehalten, aber die hier ist ja geradezu monströs. Hallo, Miez.« Die Katze fauchte und Peter zog hastig seine Hand zurück.

»Fertig, Caroline!«, rief Kate aus der Küche.

Gemeinsam trugen sie eine Riesenauswahl von Salaten herein. Das Protein bestand aus etwas, was wie Hackbraten aussah. Es gab dicke Baguettescheiben und ein Schälchen mit etwas, was nach Butter aussah, aber keine Butter sein konnte. Kate brachte eine zugedeckte Schüssel mit neuen Kartoffeln herein und bat ihre Gäste, Platz zu nehmen.

Peter räumte ein, er habe aus Unwissenheit angenommen, Veganer lebten von Salatblättern und einer Schüssel Reis. »Offensichtlich habe ich mich total geirrt. Das sieht nach einem Festschmaus aus, der eines Königs würdig wäre!«

Kate nahm das mit einem Nicken zur Kenntnis. »Auf keinen Fall, Herr Pfarrer, damit stellen Sie wirklich Ihre Unwissenheit unter Beweis.«

»Ich bitte um Entschuldigung.« Er senkte den Kopf und sprach ein stummes Tischgebet.

»Das ist ein Nussbrot, das ich selbst gebacken habe, nach einem alten türkischen Rezept. Die Salate verstehen sich von selbst. Der Brotaufstrich ist keine Butter, sondern eine Paste aus Sojabohnen.«

Sie taten sich auf und während Kate ihren Teller füllte, sagte sie: »Beth scheint einen besseren Vormittag gehabt zu haben, Caroline.«

»Ja. Ich hoffe, wir sind jetzt über den Berg. Wir mussten nur gründlich nachdenken und glauben, dass wir die Lösung gefunden haben.«

Peter nahm sich einen Berg neuer Kartoffeln und sagte: »Gewöhnen Sie sich einigermaßen gut ein, Kate?«

»O ja, danke. Aber leider ist es heute Nachmittag zu einem kleinen Störfall gekommen.«

»Oh? Etwas, wobei ich Ihnen helfen kann?«

»Pat Duckett hat gekündigt.«

»Wie bedauerlich. Sie arbeitet schon lange in der Schule.«

Kate verdrehte die Augen himmelwärts. »Das sagt sie mir dauernd.«

»Hat sie einen Grund genannt?«

»Ja, mich.«

»Sie?«

»Ja. Wissen Sie, ich dulde keine Schlamperei. Das geht nicht. Pat ist sehr lax geworden.«

»Aha. Das überrascht mich. Dann müssen wir schnell Ersatz finden. Immerhin haben wir einen ganzen Monat Zeit. Sie hat doch einen Monat im Voraus gekündigt?«

»Nein, hat sie nicht. Sie hört am Freitag auf. Hat gesagt, sie schert sich nicht um ihren Lohn.«

»Oh? Das sieht Pat aber überhaupt nicht ähnlich. Sie war immer so zuverlässig. Das Schulamt wird eine Erklärung für eine so überstürzte Arbeitsniederlegung hören wollen.«

»Ich weiß. Ich habe mich gefragt, ob Ihnen Mütter einfallen, die an der Stelle Interesse haben könnten.«

Caroline genoss das Essen, das ihre kühnsten Erwartungen übertraf. Es war so gut gewürzt, dass ein Lob fällig war. »Das Essen ist köstlich«, schwärmte sie. »Ich würde gern ein paar Ihrer Rezepte ausprobieren. Wie wär's mit Bel Tutt?«

Kate sah sie ratlos an. »Kenne ich nicht. Schmeckt es gut?«

»Nein, das ist kein Rezept! Das ist eine Frau. Vielleicht hätte sie Interesse an der Stelle.«

»Oh, verstehe.«

»Dicky Tutt ist der Pfadfinderführer und Bel hilft ihm dabei. Irgendwelcher Unfug und Bel schreitet ein. Alle haben gelernt, Bel zu respektieren!«

»Wenn Sie mir ihre Nummer geben, rufe ich sie mal an.«

Peter bot seine Hilfe an. »Ich weiß was Besseres. Ich habe noch ein paar Unterlagen für Dicky, die ich ihm morgen vorbeibringen will. Wenn Sie möchten, spreche ich mit Bel und erkläre ihr die Lage.«

»Danke, Herr Pfarrer, bitte tun Sie das. Falls sie Interesse hat, bin ich außerhalb der Schulstunden jederzeit für sie zu sprechen.«

Am nächsten Morgen hatte Peter einen richtigen Kater. »Das muss am zweiten Glas von diesem Löwenzahnwein liegen. Ich fühle mich scheußlich. Wie steht's mit dir?«

»Grauenhaft! Ich bin wirklich froh, dass ich heute nicht in die Praxis muss. Ich habe furchtbare Kopfschmerzen.«

»Gleichfalls. Es ist geradezu unheimlich. Ich denke dauernd dummes Zeug.«

»Sie hat uns gewarnt, dass der Wein stark ist. Falls wir noch einmal zu ihr gehen, halte ich mich an Wasser.«

»Ich mich auch. Heute Morgen gehe ich nicht laufen, ich kann einfach nicht. Ich gehe in die Kirche, spreche meine Gebete und komme dann nach Hause. Jimbo wird lachen. Er behauptet dauernd, er sei fitter als ich, und prahlt, er könne die doppelte Strecke schaffen, wenn er die Zeit dafür hätte. Die Kinder schlafen noch.«

»Sie sind müde von der Spielgruppe.«

»Bleib doch einfach im Bett, bis sie aufwachen.«

»Mach ich. Ich frage mich, ob Mimi heute nach Hause kommt. Heute Vormittag mache ich einen Spaziergang durch den Sykes Wood und suche nach ihr.«

»Doch nicht allein?«

»Nein, Sylvia hat gesagt, sie kommt mit. Obwohl sie Mimi nie gemocht hat.«

»Das überrascht mich nicht.«

»Peter!« Er grinste. Caroline kuschelte sich ins Bett; er ging ins Bad und ächzte, als er sein Spiegelbild sah.

Er sah genauso entsetzlich aus, wie er sich fühlte.

Peter war im Arbeitszimmer und las, als er das Klingeln an der Haustür hörte. Kurze Zeit später klopfte Sylvia an seine Tür.

»Herr Pfarrer, haben Sie Zeit für ein Gespräch mit Pat Duckett?«

»Selbstverständlich. Kommen Sie rein, Pat.«

»Danke, Herr Pfarrer.«

»Setzen Sie sich und machen Sie es sich bequem. Ist es noch zu früh für Kaffee, Sylvia?«

»In Ihrem Fall, nein, Sir. Milch und Zucker, Pat?«

»Nur Milch, bitte.«

Als Sylvia hinausgegangen war, wandte sich Peter seiner Besucherin zu. »So, Pat, was kann ich für Sie tun?«

Pat musterte ihn eindringlich. »Geht es Ihnen nicht gut, Herr Pfarrer?«

»Mir geht's bestens, danke.«

»Oh, aber Sie sehen nicht so aus. Wie auch immer, Herr Pfarrer, ich bin hier, um Ihnen zu sagen, dass ich totalen Mist gebaut hab. Ich hab gekündigt.«

»Das hat mir Kate Pascoe gestern Abend erzählt, als wir bei ihr zum Essen waren.« Pat machte »tz, tz«. »Ich bedaure das wirklich sehr. Sie haben immer gute Arbeit geleistet, in guten wie in schlechten Zeiten. Seit sieben, acht Jahren?«

»So ungefähr. Mit Mr. Palmer bin ich wirklich gut ausgekommen. Wir hatten unsere Höhen und Tiefen, aber meistens waren es Höhen. Aber... mit *Ms.* Pascoe komme ich einfach nicht zurecht. Ich will gar nicht behaupten, sie habe Unrecht, wir haben nur nicht dieselbe Wellenlänge, wenn Sie mir folgen können. Wir hatten einen schrecklichen Krach. Sie wollte, dass dies und das gemacht wird, lauter zusätzliche Arbeit und die meiste davon meiner Meinung nach unnötig und das hat meinen ganzen Zeitplan umgeworfen und schon dreht sich mir der Kopf. Jedenfalls, als ich nach Hause gekommen war und mein Mütchen gekühlt hatte, hab ich gedacht: Pat Duckett, du bist eine blöde Kuh, kündigst genau dann, wenn du das Geld brauchst. Ich habe nicht schriftlich gekündigt, nur mündlich. Meinen Sie, Sie könnten ein gutes Wort für mich einlegen, damit ich meine Stelle wiederkriege? Ich würde Sie nicht darum bitten, aber wir alle wissen, was für ein Überredungskünstler Sie sind.« Sie legte den Kopf schief und lächelte ihn an. »Würden Sie das für mich tun?«

»Ich könnte es sehr wahrscheinlich, falls Sie das wollen. Aber warum kommen Sie nicht mit ihr aus?«

»Das weiß ich wirklich nicht. Kann nicht den Finger darauflegen. Ich mache mir bloß Sorgen und weiß nicht, wo mir der Kopf steht. Barry sagt, ich bilde es mir ein. Jedenfalls habe ich mir überlegt, dass es blöd von mir war, und ich will weitermachen. Werd versuchen, mich anzupassen.«

Sylvia kam mit dem Kaffee herein. Sie plauderten eine Weile, während sie ihn tranken, kamen aber einem Anhaltspunkt dafür, warum Pat sich in der Schule nicht mehr wohl fühlte, nicht näher. Es war, wie sie gesagt hatte: Sie hatte einfach ein ungutes Gefühl.

»Jetzt ist es nicht mehr lange hin, Pat.«

Pat zog die Augenbrauen hoch. »Ich weiß nicht, was Sie meinen. Oh, die Hochzeit! Unsere Michelle ist so was von aufgeregt.«

»Sie nicht?«

»Er ist ein lieber Mann, das ist Barry wirklich. Ehrlich, tüchtig, arbeitet hart und er mag die Kinder wirklich und sie mögen ihn.«

»Danach habe ich nicht gefragt.«

Pat stellte den leeren Henkelbecher ab. »Wissen Sie, Herr Pfarrer, ich kann nicht ganz fassen, dass mir so was passiert. Jahrelang hab ich zu kämpfen gehabt und nicht damit gerechnet, je wieder glücklich zu sein. Ehrlich gesagt, mit meinem Ersten war ich nicht glücklich. Hin und wieder hab ich so eine Art Schimmer, wie glücklich ich werden könnte, aber das haut mich nicht gerade um.« Pat spielte mit ihrer Perlenkette. »Man kann nie wissen, vielleicht mach ich auch einen Riesenfehler.«

»Aber Sie werden bestimmt wieder glücklich, da bin ich mir sicher. Ich habe mich lange mit Barry unterhalten und ich bin überzeugt, dass alles gut wird. Glauben Sie mir. Sie haben es verdient. Barry ist schwer in Ordnung.«

»Er hat es faustdick hinter den Ohren.« Sie lächelte Peter an. »Ich stehle Ihnen nicht noch mehr Zeit, ich geh jetzt. Als diese Ms. Pascoe gesagt hat, sie ist froh, dass ich gehe, war das ihr Ernst, wirklich. Es könnte schwierig werden, Herr Pfarrer. Machen Sie sich keine Gedanken, wenn es daneben geht, ist es *meine* Schuld. Vielleicht führt es ja dazu, dass ich ins kalte Wasser springe und mehr für Jimbo arbeite. Wissen Sie, dazu fehlt mir einfach das Selbstbewusstsein.«

»Jimbo ist ein gewiefter Geschäftsmann. Wenn er nicht von Ihrer Tüchtigkeit überzeugt wäre, würde er Ihnen keine Arbeit anbieten.« Peter stand auf und brachte Pat zur Tür. »Ich rufe Sie an, wenn ich mit Ms. Pascoe gesprochen habe. Ich tue, was ich kann. Auf Wiedersehen, Pat. Gott segne Sie.«

»Danke, Herr Pfarrer, danke.«

8. Kapitel

Beth beobachtete, wie ihre Mutter erst ihre Stiefel aus dem Garderobenschrank im Flur nahm und dann die von Alex und ihre eigenen. »Mummy, keine Spielgruppe?«

»Nein, Liebling. Wir machen einen Spaziergang in Sykes Wood und suchen nach Mimi.«

»Sylvie kommt auch?«

»Ja.«

»Mag die Spielgruppe nicht. Mag Pascoe nicht.«

»*Ms.* Pascoe, Beth. Warum?«

»Die ist komisch.«

»Ach, hör auf, sie ist doch nett. So, Fuß hoch. Das war's. Den zweiten kannst du dir selber anziehen. Zeig's Mummy.«

»Kann nicht.«

»Das kannst du.«

»Kann nicht.«

»Du *willst* nicht, das kommt eher hin. Dann mach ich's eben. Hier ist dein Mantel, zieh ihn über.«

»Kann nicht. Mummy soll.«

»Alex ist fertig bis auf die Knöpfe.«

»Beth kann nicht.« Sie steckte den Daumen in den Mund und nahm ihr Schmusi aus der Tasche. Caroline gab ihr einen Kuss und zog ihr den Mantel an. Wenn es Beth glücklich machte, von ihr angezogen zu werden, dann zog sie Beth eben an.

»Geh morgen nicht in die Spielgruppe.«

»Abwarten. Fertig, Sylvia?«

»Ich komme.«

Die vier verließen das Pfarrhaus und gingen die Church Lane hinunter. Alle Welt schien unterwegs zu sein und sie grüßten zuerst zwei Wochenend-Cottagebewohner, die eine Ferienwoche mit Renovierungsarbeiten verbrachten und auf dem Weg zum Laden waren, und dann den Gärtner, der die Zufahrt zum Glebe House fegte. Als sie am Tor zum Herrenhaus vorbeikamen, lasen sie auf einem Schild, dass es jetzt *TURNHAM HOUSE* hieß; darunter stand in kleineren Buchstaben *Fitch AG, London und Brüssel.* Sie stiegen über das Drehkreuz in den Sykes Wood und folgten dem ausgetretenen Pfad, der mitten durch den Wald verlief. Alex rannte voraus, während Beth ihm langsamer folgte.

»Jimmy Glover hat seinen Hund Sykes hier begraben, wissen Sie noch?«

»Und ob, Dr. Harris.«

»Mit seinen ganzen Fallen; er hat gesagt, er vergräbt alles ganz tief, damit die Füchse es nicht ausbuddeln können. Mimi! Mimi! Ruft nach Mimi, Schätzchen.«

Alex und Beth riefen, bis sie heiser waren, aber Mimi tauchte nicht auf. Sie kamen zu einer Lichtung und Alex stieß auf einen verkohlten Stock. Genau in der Mitte der Lichtung war ein großer Kreis aus Asche, verbrannten Ästen und Zweigen.

»Schau, Mummy, Feuer.«

»Stimmt.« Sie befühlte die Asche. »Die ist kalt. Seltsam, mitten im Winter im Wald ein Feuer zu machen.«

Sylvia betrachtete die Asche und stocherte mit dem Stiefel darin herum. »Könnte auch im Sommer gewesen sein. Schwer zu sagen, wann das war.«

Alex rannte zu Caroline. »Handschuh... schau, Mummy. Mann hat Handschuh verloren.« Er hatte einen großen, dicken schwarzen Wollhandschuh mit einem Loch im Daumen gefunden, einer Art Brandloch, als hätte der Träger den Handschuh beim Schüren des Feuers angehabt. Aber der Handschuh war weder nass noch modrig. Er war erst vor kurzem hier zurückgelassen worden.

»Wirf ihn weg, Alex, sei ein braver Junge. Wie seltsam!« Caroline fröstelte in der Kälte.

Sylvia redete sich ein, die Antwort zu kennen. »Das waren bestimmt die Pfadfinder bei einer Nachtwanderung. Haben Würstchen gegrillt und so, Sie wissen ja, was die so treiben.«

»Natürlich, Sie haben völlig Recht. Es müssen die Pfadfinder gewesen sein. Was hast du da gefunden, Beth? Was ist das?«

»Stock, großer Stock.« Sie zerrte den Stock über den Boden. Die Spitze war verkohlt, als hätte jemand mit dem Stock im Feuer gestochert. Während Beth den Stock weiterzerrte, verfingen sich Lumpen darin, die direkt unter der Erdoberfläche gelegen hatten. Jemand hatte halbherzig versucht, die Lumpen zu vergraben.

»Das wird ja immer merkwürdiger!« Caroline bückte sich und warf einen Blick auf die Lumpen, die sich als ein alter Rock und eine Frauenbluse entpuppten, schmutzig und nass.

Sylvia, die immer noch mit dem Stiefel in dem weichen Lehmboden neben der Asche herumstocherte, sah plötzlich Caroline an, vergewisserte sich, dass sie nicht herschaute, und bückte sich, um etwas aufzuheben und in ihre Tasche zu stecken. Sie sagte: »Gehen wir. Das hat nichts mit uns zu tun. Kommen Sie, Dr. Harris, lassen wir es gut sein. Mir gefällt es hier nicht. Wir sollten nicht weitergehen. Kehren wir um.«

»Gut. Kommt, Kinder, wir gehen nach Hause. Mummy friert und ihr bestimmt auch. Für heute müssen wir die Suche nach Mimi vergessen.«

Sylvia erschauerte. »Hier ist etwas Böses, Irrtum ausgeschlossen. Beeilt euch, Kinder, bitte. Kommen Sie, Dr. Harris, nichts wie weg von hier!«

»Sie zittern ja!«

»Und ob. Hier tun sich Dinge, die sind nichts für Leute wie uns.«

»Sie meinen, es waren nicht die Pfadfinder?«

»Ich hoffe nicht. Falls sie es waren, rotiert Baden Powell im Grab.«

»Sind Sie etwa eine Hellseherin?«

»Nein, aber ich krieg hier so ein komisches Gefühl, das mir gar nicht gefällt.«

»Jetzt bekomme ich aber Angst. Zwei erwachsene Frauen, die sich ins Bockshorn jagen lassen, das ist ja lachhaft.« Trotzdem nahm Caroline Alex und Beth bei der Hand und machte ihnen Beine. Sowohl sie als auch Syliva stießen einen Seufzer der Erleichterung aus, als sie über das Drehkreuz gestiegen waren und wieder auf der Straße standen. Dann brachen beide in Gelächter aus.

»Wir sind dumm, also wirklich!« Caroline hielt die Kinder fest, als Barry Jones in seinem Lieferwagen vorbeiraste. Er winkte, trat auf die Bremse, kam mit quietschenden Reifen zum Stehen und stieß dann halsbrecherisch zurück.

»Morgen! Was ist denn los?«

»Ach, gar nichts. Wir haben uns da hinten im Wald bloß gegenseitig Angst eingejagt. Sylvia meint, da tun sich Dinge, die nichts für Leute wie uns sind. Wir suchen meine Katze Mimi. Sie ist die Kleinste von meinen Siamesen und sie ist jetzt seit sieben Tagen verschwunden, deshalb mache ich mir Sorgen. Sie haben sie wohl nicht irgendwo unterwegs gesehen?«

»Tut mir Leid, nein. Aber ich werd nach ihr Ausschau halten. Tschüs, Dr. Harris, Kopf hoch. Tschüs, Sylvia, tschüs, Kinder!«

»Es gibt nur eine Möglichkeit. Ich muss hinnehmen, dass meine Mimi für immer weg ist. Es ist eine ganze Woche her, seit ich sie zum letzten Mal gesehen habe.«

Jimbo sprach ihr sein Mitgefühl aus. »Das tut mir wirklich Leid. Die Ungewissheit ist das Scheußlichste, nicht wahr?«

»Ja. Lassen Sie den Zettel bitte noch ein bisschen am Schwarzen Brett hängen, Jimbo. Nur für alle Fälle. Ich habe zweimal die Runde um Rector's Meadow gemacht und war einmal in Sykes Wood, hab aber kein Glück gehabt. Man kann nie wissen, vielleicht hat jemand Mimi gefunden und sie aufgenommen. Es könnte doch sein, dass dieser Jemand den Zettel sieht.«

»Sie war schon alt?«

»Zwölf, nein, dreizehn. Wie auch immer, das ist der Stand der Dinge. Keine Mimi.«

»Schaffen Sie sich eine neue Katze an?«

»Nein. Ist mit Ihren beiden Katzen alles in Ordnung?«

»Ja, warum fragen Sie?«

»Hab mich bloß gefragt, ob es hier ein Phantom gibt, das Katzen stiehlt. Wirklich albern von mir, aber man macht sich eben Gedanken.«

Jimbo addierte Carolines Einkäufe. »Fühlt sich Beth in der Spielgruppe jetzt wohler?«

»Ja, danke, ein bisschen. Wirklich seltsam ist, dass mit Alex alles in bester Ordnung ist. Man sollte doch meinen, sie würden beide gleich darauf reagieren, oder?«

»Das macht zehn Pfund und siebenundneunzig Pence, bitte.«

»Danke. Mag Flick ihre neue Lehrerin?«

»O ja. Ist ganz begeistert von ihr.«

»Gut, freut mich. Dann gehe ich jetzt.«

Caroline trug ihre Einkäufe nach Hause, verstaute sie im Kühlschrank und in den Schränken. Nachdem sie zu der Erkenntnis gekommen war, dass Mimi ein abgeschlossenes Kapitel in ihrem Leben war, brauchte sie Mitgefühl, und weil Peter der Einzige war, der ihr helfen konnte, machte sie sich auf die Suche nach ihm. Aber er hatte auf seinem Schreibtisch einen Zettel hinterlassen, er sei nach Penny Fawcett gefahren und komme zum Mittagessen zurück.

Caroline setzte sich in den Sessel in Peters Arbeitszimmer und dachte an ihre Katze. Im Haus war sie immer lieb und sanft gewesen, aber auf der Jagd hatte sie Furcht und Schrecken verbreitet. Chang und Tonga hatten von jeher akzeptiert, dass sie ältere Rechte hatte, und wenn Mimi es darauf angelegt hatte, hatten sie sich vom Napf verdrängen lassen, damit sie ihr restliches Futter bekam. Als hätten sie Carolines Gedanken gelesen, kamen die beiden Katzen jetzt ins Arbeitszimmer.

»Kommt her, springt rauf.« Sie klopfte gegen ihr Knie und die beiden sprangen auf ihren Schoß. Caroline streichelte sie abwechselnd und genoss ihre Nähe. Sie dachte an ihre erste Zeit mit Mimi zurück, als Mimi ein winziges cremefarbenes Geschöpf gewesen war, weich und warm. Die Tränen lösten sich und Caroline musste nach ihrem Taschentuch greifen. Sylvia kam herein.

»Ein Brief für den Herrn Pfarrer ist unter der Tür durchgeschoben worden. Ich... Oh, was haben Sie denn?«

Caroline schniefte. »Dumm von mir. Ich denke an Mimi und daran, wie sehr sie mir fehlen wird. Aber sie ist nur eine Katze. Ich sollte die Perspektive wahren, nicht wahr?«

»Ja, aber ich kann es verstehen.«

»Sie war meine erste Katze, bevor ich Peter kennen lernte, wissen Sie, und es war so schön, wenn ich in meine Wohnung kam und Mimi auf mich wartete; dadurch hat sich alles verändert. Am schlimmsten ist, dass ich nichts über ihr Ende weiß. Ich bin mir *sicher*, dass sie niemals zu fremden Menschen gegangen wäre. Wie auch immer, wenigstens habe ich diese beiden.«

»Ja, das ist wahr.«

Die Kinder stürmten zur Tür herein.

»Und diese beiden!«

»Mummy, Flohhüpfen spielen! Komm.«

Caroline setzte die Katzen auf den Boden und stand auf. »Aber ja. Wozu sind Mummys sonst gut? Kommt schon.« Sie lächelte Sylvia unter Tränen an und sagte: »Entschuldigen Sie, dass ich mich so idiotisch benommen habe.«

»Keine Ursache. Ich verstehe Sie gut.«

9. Kapitel

»Es liegt mir fern, Ms. Pascoe, Ihre Methoden zu kritisieren. Ausflüge mit den Kindern sind schön und gut, aber wenn das zur Folge hat, dass die Kinder weniger Zeit zum Lesen, Schreiben und Rechnen haben, dann ist das nicht besonders förderlich. Ich halte es sogar für einen Rückschritt.«

»Hetty! Für Kinder in diesem Alter hat das Leben mehr zu bieten als Stifte und Papier. Worüber in aller Welt sollen sie denn schreiben, wenn sie so wenig erleben? In einer Großstadt könnten sie jede Menge spannende Erfahrungen machen, aber der Horizont von Landkindern ist sehr begrenzt.«

»Aber denken Sie daran, was das alles kostet. Ich weiß, dass es schön ist, in Culworth auf die Mauern zu steigen und sozusagen aus erster Hand etwas über die Römer zu lernen, aber das ist schon der zweite Ausflug Ihrer Schüler in diesem Trimester.«

»Und was ist daran verkehrt? Sie können mit *Ihren* Schülern doch auch fahren, wohin Sie wollen.«

»Das weiß ich, aber viele Kinder hier sind nicht betucht. Zwei Ausflüge in der ersten Hälfte des Trimesters sind für ihre Eltern eine große Belastung.«

»Unsinn! Niemand hat etwas gegen Ausgaben zum Wohle der Kinder.«

»Und wenn sie arbeitslos sind wie die Watsons? Zwei ihrer Kinder gehen in Ihre Klasse.«

»Wenn die Eltern es sich nicht leisten können, müssen wir auf den Schuletat zurückgreifen.«

»Als Mr. Palmer noch hier war, gab es im Sommertrimester immer nur einen Ausflug.«

»Aber Mr. Palmer ist nicht mehr hier. *Ich* bin hier. Und ich wäre Ihnen dankbar, wenn Sie mir nicht ständig erzählen würden, wie es früher war, Hetty! Jetzt ist jetzt.«

Hetty wandte sich an Margaret. »Was meinen Sie dazu, Margaret?«

»Na ja, ich ...«

Aber Hetty unterbrach sie. »Und dann diese Sache, dass die Kinder morgens gleich nach ihrer Ankunft in die Schule dürfen. Das haben wir früher nie erlaubt.«

Kate wurde ungeduldig. »Schon wieder, Hetty. Sie reden von der Vergangenheit. So geht das nicht.«

»Ich denke an unsere Verantwortung. Am Dienstag war ich um Viertel vor acht hier und da waren schon Kinder in der Schule. Das ist nicht richtig.«

»Pat Duckett ist hier.«

»Sie trägt keine juristische Verantwortung und das wissen Sie ganz genau.«

»Ach, wirklich! Was soll den Kindern denn schon passieren?«

»Sobald die Eltern merken, dass die Kinder sofort in die Schule dürfen, schicken sie die Kinder zu einer unchristlichen Zeit los, damit sie aus dem Weg sind und die Eltern zur Arbeit fahren können. Apropos unchristlich, ich habe wirklich Anstoß daran genommen, wie Sie gestern über den Hinduismus gesprochen haben. Wir sind keine Hindus und die Kinder müssen völlig verwirrt gewesen sein. Sie haben nicht den geringsten Kontakt mit Farbigen.«

»Ein Grund mehr, ihnen etwas über Farbige beizubringen.«

»Ich bin anderer Meinung. Was halten Sie davon, Margaret?«

»Na ja, ich ...«

»Das wird dem Pfarrer überhaupt nicht gefallen.«

Kate lächelte. »Dann sagen Sie es ihm nicht. Es ist *meine* Schule.«

Hetty ermutigte Margaret, sie zu unterstützen. »Sagen Sie doch etwas, Margaret.«

»Ich glaub ...«

»Ich bin als Rektorin eingestellt worden und unterrichte innerhalb des nationalen Lehrplans so, wie ich es für richtig halte. Und wenn ein Ausflug den Schülern hilft, die Welt besser zu verstehen, dann machen wir diesen Ausflug.«

»Meine Schüler werden sich beschweren. Das sieht ja so aus, als ob ich geizig wäre.«

»Dann organisieren Sie doch einen Ausflug. Erweitern Sie Ihren Horizont, erforschen Sie die Welt, so weit Sie das können. Ist das nicht so, Margaret?«

»Oh! Ja, ich nehme an ...«

Wohl wissend, dass sie auf verlorenem Posten kämpfte, fragte Hetty Margaret: »Auf welcher Seite stehen Sie?«

»Ich weiß nicht ...«

Kate stand auf. »Ich muss jetzt weg. Hab Essensgäste. Bei aller Liebe, mir reicht es.«

Hetty Hardaker wartete, bis Kate außer Hörweite war, und sagte dann bitter: »Ich muss schon sagen, Sie waren mir eine große Hilfe.«

»Sie haben mich ja nicht ausreden lassen.«

»Ich habe Sie nach Ihrer Meinung gefragt.«

»Ich weiß, aber entweder Sie oder Kate haben mir das Wort abgeschnitten.«

»Es ist nicht richtig. Ich *weiß*, dass es nicht richtig ist.«

»Und wohin fahren Sie mit Ihrer Klasse?«

»Das weiß der Himmel. Muss mir was einfallen lassen. Ich kann Schulausflüge nicht ausstehen, mache mir immer Sorgen, dass ein Kind verloren geht.«

Margaret sammelte ihre Sachen ein. »Ich geh jetzt. Sie versucht doch nur, es so gut wie möglich zu machen, und in einem Punkt hat sie Recht.«

»In welchem?«

»Dass die Kinder wenig Lebenserfahrung haben.«

»Da könnten Sie Recht haben.«

»Hab ich auch. Kate ist wie eine frische Brise.«

»Hm.«

»Mr. Palmer war kein bisschen flexibel, wissen Sie.«

»Ja, aber die Kinder sind gut unterrichtet worden. Wenn wir uns nach Kate richten, schafft es niemand auf die Prince-Henry's- oder die Lady-Wortley's-Schule. Nächste Woche machen drei unserer Schüler dort die Aufnahmeprüfung. Davon war überhaupt nicht die Rede, oder?«

»Das Leben besteht nicht nur aus schulischen Erfolgen.«

»Erzählen Sie das mal den Eltern!«

»Harriet? Hier ist Kate Pascoe. Hallo. Könnten Sie diese Woche mal zu mir in die Schule kommen? Gegen vier, wenn die Kinder weg sind?«

»Aber ja, natürlich. Gibt es ein Problem wegen Flick?«

»Nichts Ernstes, ich möchte nur mit Ihnen reden.«

»Dann komme ich gleich heute. Gegen vier?«

»Bestens, danke. Bis nachher!«

Harriet legte den Hörer auf und beobachtete Fran, die am Kinderprogramm klebte. Was in aller Welt wollte Kate mit ihr besprechen? Flick hatte nichts gesagt.

Sie wählte Jimbos Handynummer. »Hallo, Jimbo? Könntest du heute zeitig nach Hause kommen? Kate Pascoe von der Schule hat mich angerufen, sie will mich heute Nachmittag gegen vier sprechen. Ich weiß nicht, weshalb, aber so ist es. Du hast doch auch keinen Anhaltspunkt, oder? Nein, ich auch nicht. Kannst du kurz vor vier zu Hause sein, Liebling? Okay, tschüs.«

Als Flick nach Hause kam, fragte Harriet sie, ob sie in der Schule etwas angestellt habe.

»Nein, natürlich nicht, Mummy. Ich doch nicht.«

»Ja, natürlich, ich weiß, aber hast du eine Ahnung, warum Miss Pascoe mit mir sprechen will?«

»Ms. Pascoe? Nein, keine Ahnung. Nächste Woche ist meine Aufnahmeprüfung, vielleicht hat es ja etwas damit zu tun.«

»O ja. Bestimmt. Natürlich.«

Harriet hinterließ Jimbo Anweisungen in Sachen Fran und machte sich auf den Weg zur Schule.

Kate bot ihr Kaffee an, aber Harriet lehnte ab. »Trinken Sie eine Tasse, wenn Sie möchten. Lassen Sie sich durch mich nicht davon abhalten.«

»Gut, wenn Sie nichts dagegen haben. Unterrichten ist Schwerstarbeit.«

»Da bin ich mir sicher. Gibt es ein Problem? Wollten Sie mich deshalb sprechen?«

»Eigentlich kein Problem.« Sie rührte den Kaffee um und suchte nach den richtigen Worten. »Ich mache mir Sorgen um Flick, Sie auch?«

»Eigentlich nicht.«

»Aha. Sie ist sehr angespannt, oder?«

»Den Eindruck habe ich nicht.«

»Aber in der Schule wirkt sie so. Immer ein Energiebündel, stets die Erste, die sich meldet und um Anerkennung bestrebt. Sehr wettbewerbsorientiert.«

»Sie stammt aus einer wettbewerbsorientierten Familie.«

Kate lächelte. »Natürlich. Aber ich glaube, sie sollte sich etwas entspannen und mal fünf gerade sein lassen, meinen Sie nicht auch?«

»Zu Hause tut sie das. Sie liest stapelweise Bücher im Bett.«

»Wissen Sie, genau das ist der Punkt. Lesen ist nicht sehr entspannend, oder?«

»Was schlagen Sie vor?«

»Ich schlage vor«, Kate machte eine Pause und musterte Harriet gründlich, als überlegte sie, wie klug das sei, was sie als Nächstes sagen wollte, »dass sie die Aufnahmeprüfung nicht macht.«

Harriet war erschrocken. »Nicht macht! Was meinen Sie bloß damit?«

»Ich meine, sie sollte auf eine Schule gehen, auf der sie nicht so viel Druck ausgesetzt ist wie in Lady Wortley's. Ich bin mir ziemlich sicher, dass der Stress an einer Eliteschule zu viel für sie ist und dass sie ernsthafte Schwierigkeiten bekommen könnte.«

»Moment mal. Sie gründen Ihre Meinung darauf, dass Sie Flick – wie lange? – kennen, seit drei Wochen? Sie wissen, dass sie hoch intelligent ist und sie braucht Lady Wortley's, um ihr Potenzial auszuschöpfen.«

»Harriet, es gibt andere Möglichkeiten, das Potenzial eines Kindes auszuschöpfen als eine Belastung bis zum Zusammenbruch.«

Harriet runzelte die Stirn. »Zusammenbruch? Worüber in aller Welt reden Sie? Führen Sie solche Gespräche auch mit anderen Eltern?«

»O ja, in der Tat. Ich halte es für furchtbar wichtig, dass die Kinder in der Schule mit allen Gebieten des Lebens vertraut gemacht werden, und ich bin der aufrichtigen Überzeugung, dass Prince Henry's und Lady Wortley's sehr einseitig sind.«

»Leider, Kate Pascoe, wird sich Flick dann mit einem einseitigen Leben abfinden müssen, falls sie aufgenommen wird, was wir sehr für sie hoffen, denn sie kann es gar nicht erwarten, dorthin zu kommen. Es tut mir Leid, aber wir haben nicht die Absicht, sie von der Prüfung abzumelden, und ich kann mir vorstellen, dass Sie bei den anderen Eltern auf dieselbe Einstellung stoßen. Ich bin fassungslos, wirklich.«

»Ihr Prestige ist Ihnen wichtiger als das Wohl Ihrer Tochter?«

»Mein Prestige?« Harriet wurde plötzlich sehr zornig.

»Sie wissen schon – ›Oh, meine Tochter besucht Lady Wortley's. Da lernt sie die richtigen Leute kennen …‹ et cetera, et cetera.«

»Ich glaube, Sie haben den Bogen überspannt, Kate. Ihre Ansichten über Klassenunterschiede haben hier nichts zu suchen. Lassen Sie sich von mir gesagt sein, dass meine Tochter die Prüfung ablegt, Punkt. Ich gehe jetzt, die Jungen kommen bald nach Hause – aus Prince Henry's, wie ich hinzufügen möchte, und sie brauchen Streicheleinheiten, wenn sie zurück sind.«

»Da haben Sie's. Das liegt am Druck.«

»Druck, so ein Blödsinn!«

»Nehmen Sie es mir bitte nicht übel, ich denke doch nur an Flicks Wohl.«

»Entschuldigung. Ja, natürlich. Wie auch immer, danke, dass Sie mit mir gesprochen haben. Ich rede mit Jimbo über das, was Sie gesagt haben, aber ich kenne seine Antwort jetzt schon.«

»Danke, dass Sie gekommen sind. Es tut mir nur Leid, dass ich Sie nicht überzeugen konnte.«

»Leider können Sie das nicht. Auf Wiedersehen.«

»Tschüs.«

»Und was meinst du dazu? Sind wir zu ehrgeizig? Ich war so fuchtig, dass ich leider ausfallend geworden bin. Hinterher hätte ich mir am liebsten die Zunge abgebissen.«

Jimbo zog den Arm unter Harriets Schulter hervor und rieb ihn sich, weil er taub geworden war. »Meine liebe Harriet, ich bin hin und weg von Kate Pascoe. Sie ist jedes Mal, wenn sie in den Laden kommt, eine Augenweide, aber – und das ist ein dickes Aber –, sie hat merkwürdige Ansichten und ich glaube, dies ist die merkwürdigste von allen.«

»Und was ist, wenn sie Recht hat? Ich meine, schau dir Alex an. Geht quietschfidel in die Spielgruppe und Roth erträgt es kaum, auch nur durch die Tür zu gehen. Zwei Kinder aus demselben Guss und sie reagieren völlig verschieden. Vielleicht stimmt es ja, dass ein Außenstehender mehr Durchblick hat. Vielleicht ist Flick nicht wie die Jungen; vielleicht kann sie dem Druck nicht standhalten. Sie hat diesen schrecklichen Unfall hinter sich.«

»Ich weiß, aber sie hat Mumm in den Knochen. Das hat auch dieser Spezialist Archie, wie heißt er gleich noch mal, gesagt. Nein. Ich glaube, wir machen es richtig. Sie muss ihre Chance bekommen, genau wie die Jungen. Wenn sie nicht aufgenommen wird, schön und gut, dann war es so bestimmt.« Er machte eine Pause. »Aber sie schafft es!«

»Jimbo! Kein Wunder, dass sie so wettbewerbsorientiert ist.« Harriet drehte sich auf die Seite und schaute ihm in die Augen. »Findest du Kate wirklich attraktiv?«

»Natürlich, welcher Mann fände sie nicht attraktiv?«

»Wirklich. Weißt du, ich sehe nichts Attraktives an ihr.«

»Du bist ja auch eine Frau.«

»Ich sehe, dass Simone Paradise attraktiv ist.«

»Gott, diese Frau und Kate geben ein richtiges Paar ab. Reis hier, Nüsse dort, Sojamilch und Pasta. Ich habe keine Ahnung, wie die beiden überleben.«

»Neulich haben sie sich vor dem Laden unterhalten. Simones Kinder haben wie üblich herumgetobt und sie hat sich kein bisschen darum geschert. Die beiden waren völlig in ihr Gespräch vertieft. Vielleicht haben sie Rezepte ausgetauscht!«

»Zwischen ihnen gibt es eine spürbare Affinität, stimmt's?«

»Aber sie ziehen sich ganz unterschiedlich an und haben einen völlig entgegengesetzten Lebensstil.«

»Ich weiß, aber da ist irgendwas Undefinierbares. Wie auch immer, mir ist eine wohl genährte Frau wie du allemal lieber.«

»Ich weiß, dass ich seit Frans Geburt zugenommen habe, aber das geht zu weit.«

»Komm her zu deinem Jimbo. Gott, ich liebe dich.«

»Freut mich. Redest du mit Flick, oder soll ich?«

»Das mach ich. Ich sage ihr, dass wir sie kein bisschen weniger lieben, ganz gleich, was passiert. Zu wettbewerbsorientiert, also wirklich!«

10. Kapitel

Ralph bekam einen Brief von Mr. Fitch, in dem es um die finanziellen Vereinbarungen für den Kricketklub ging. Als er ihn zur Hälfte gelesen hatte, hielt er inne, um den Briefkopf zu bewundern. Oben stand *Turnham Malpas Kricketklub*. Es war eine altmodische Schrift, ein bisschen wie auf den verschnörkelten Schildern über vielen protzigen Cafés. Darunter stand in kleiner Schrift *Präsident H. Craddock Fitch*.

»H. Craddock Fitch? Muriel?«

»Ich komme.« Sie stand zum Ausgehen angezogen auf der Schwelle.

»Muriel! Dieser Mann im Herrenhaus ... hat dessen Hinterhältigkeit denn nie ein Ende? Er hat seinen Namen als Präsident auf das Briefpapier des Kricketklubs drucken lassen.«

»Ralph! Nein, das ist unmöglich. Er hat's doch versprochen.«

»Ich weiß, aber er hat es trotzdem getan, verdammt noch mal, nachdem wir uns geeinigt hatten. Jetzt reicht es. Wir wetzen die Messer.«

»Was hast du vor?«

»Bin mir nicht sicher. Ihn zur Rede stellen? Da lacht er doch nur.«

»Ist er im Moment im Herrenhaus?«

»Möglicherweise, er hat den Brief selbst unterschrieben.

Aber seine Konditionen sind sehr, sehr vernünftig. In den ersten beiden Jahren keine Miete für das Klubhaus, viel länger, als ich gehofft hatte. Bis dahin sollten wir finanziell auf soliden Füßen stehen. Er stellt die ganze Ausrüstung zur Verfügung, da können wir nicht meckern, bloß weiß ich nicht, wie wir uns ernst nehmen sollen, wenn auf den Trikots der Aufdruck *Fitch AG* prangt.«

Muriel setzte sich und fing an zu lachen. »Oh, du nimmst dir diese Kricketgeschichte wirklich zu sehr zu Herzen. Es ist doch nur ein Spiel.«

»Nur ein Spiel!« Ralph war schockiert. »Meine Liebe, ich habe auf der ganzen Welt Kricket gespielt. Das ist ein ernst zu nehmendes Spiel. Ein Stück Heimat, unabhängig vom Klima oder von der Höhe, ein Spiel, das Rassen, Religionen und Farben verbindet. Ich erinnere mich daran, wie einmal in Venezuela ...«

»Ralph, ich habe jetzt keine Zeit für Kricketgeschichten. Ich muss weg. Celia Prior kann jeden Augenblick hier sein. Wir essen zusammen zu Mittag, das habe ich dir doch gestern erzählt.«

»In Culworth?«

»Ja, sie nimmt mich im Auto mit. Ich habe dir dein Mittagessen in die Küche gestellt.«

»Danke, meine Liebe. Viel Spaß. Sie ist sehr nett.«

»Ja.«

»Arthur wird unser Punktrichter.«

»Oh, wie schön. Das ist Celias Auto. Auf Wiedersehen, Lieber.« Sie küsste ihn auf die Wange und war völlig aufgelöst, weil sie ihre Handschuhe suchen musste und nicht mehr wusste, wohin sie ihre Handtasche gestellt hatte.

Ralph schaute zu, wie Muriel in Celias kleinen Rover stieg. Er musste herausfinden, ob Fitch im Herrenhaus war, und ihm, falls ja, die Meinung sagen. Der verdammte Kerl verhielt sich nicht wie ein Gentleman. Sonst hätte es Ralph mit ihm aufnehmen können. Er und Fitch... was hatte Muriel neulich gesagt? Oh, richtig: Er und Fitch sangen nicht vom selben Notenblatt.

»Ich hab's mir anders überlegt.« Craddock Fitch klopfte Zigarrenasche in den Schleifglasascher auf seinem Schreibtisch.

»Anders überlegt?«

»Ja. Ich hab gedacht, verdammt noch mal, ich baue das Klubhaus wieder auf, ich stelle die ganze Ausrüstung zur Verfügung, warum soll ich dann nicht Präsident werden?«

»Ich hab gedacht, wir hätten uns geeinigt.«

»Hatten wir.«

»Das ist nicht gerade distinguiert.«

»Kommen Sie mir nicht mit Ihren Fremdwörtern, Ralph Templeton, bloß weil Sie mich mit Ihrer Schulbildung beeindrucken wollen. Ob es Ihnen gefällt oder nicht, Craddock Fitch ist Präsident. So, in fünf Minuten habe ich die nächste Besprechung. Sonst noch etwas?«

»Nein, sonst nichts. Aber Sie enttäuschen mich.«

Mr. Fitch sagte, das tue ihm Leid, aber sein Ton verriet, dass es ihn nicht die Bohne scherte, ob er jemanden enttäuschte.

»Auf Wiedersehen.« Ralph stand auf und verließ wutschäumend die Bibliothek.

Weil er zum Dampfablassen jemanden brauchte, der verstand, wie er sich fühlte, ging er in den Laden.

»Morgen, Jimbo. Haben Sie einen Moment Zeit?«

»Für Sie jederzeit.« Er rief seiner Verkäuferin zu, sie solle die Kasse übernehmen, und bat Ralph dann nach hinten ins Lager.

Er nahm den Strohhut ab, legte ihn auf ein Regalbrett und bot Ralph seinen Hocker an.

»Also? Ich sehe, dass Sie sehr verärgert sind.«

»Allerdings. Fitch hat es sich anders überlegt.«

»Das mit dem Klubhaus?«

»O nein, das nicht. Er ist viel zu begeistert von der Vorstellung, dass sein Name über der Tür steht. Nein, das ist es nicht.« Ralph machte eine Pause und sagte dann: »Er hat beschlossen, Präsident zu werden.«

»Hat ihn der Teufel geritten? Sie haben doch gesagt, er war damit einverstanden, dass Sie es werden?«

»War er auch.«

»Alle werden sich furchtbar darüber aufregen«, prophezeite Jimbo. »Er wird seine Nase in alles stecken, was wir machen. Er wird nicht nur dem Namen nach Präsident sein, darauf können Sie Ihr Leben wetten.«

»Genau. Aber seien Sie vorsichtig, Jimbo. Ich weiß, wie viel geschäftlich für Sie bei ihm auf dem Spiel steht, also tun Sie nichts Unüberlegtes, ja? Wissen Sie, er ist kein Gentleman und deshalb spielt er nach anderen Regeln als Sie und ich.«

»Es ist ausgeschlossen, dass wir das Geld für den Neubau des Klubhauses aus eigener Kraft auftreiben. Denken Sie an den ersten Kostenvoranschlag, den wir eingeholt haben. Wie viel war das noch, fünfunddreißigtausend Pfund? Man könnte meinen, wir renovieren den Buckingham Palace!«

»So gern ich einspringen und die Kosten übernehmen würde, ich kann es wirklich nicht. Muss gut für Muriel vorsorgen.« Ralph machte eine kurze Pause. »Und natürlich habe ich eine Menge Geld in die Häuser in Hipkin Gardens gesteckt.«

»Aber was für eine Geste. Sie haben acht Familien nach Turnham Malpas geholt, die sonst nicht die geringste Chance gehabt hätten, hier zu wohnen. Das ist ein Riesenfortschritt für die Zukunft der Schule. Sehr viel wert, wie hoch man die Maßstäbe auch anlegt.«

Ralph stand auf. »Danke. Ich habe Ihnen genug Zeit gestohlen, also gehe ich. Ich werde diesen Schlag wie ein wahrer Gentleman einstecken und Fitch gegenüber nie wieder ein Wort darüber verlieren!«

Ralph lächelte Jimbo ironisch an, gab ihm die Hand und ging.

In der Bar des Royal Oak brodelte es wegen der Neuigkeit, Mr. Fitch habe beschlossen, Präsident zu werden.

»Wer hat's dir erzählt, Willie?«, fragte Jimmy.

»Malcolm, als er die Milch gebracht hat.«

»Woher weiß er es?«

»Woher weiß er alles? Er hört die ganzen Neuigkeiten von den Hausfrauen, mit denen er auf seiner Runde schwatzt.«

Jimmy trank den letzten Schluck Ale, knallte den Krug auf den Tisch und sagte: »Also, ich bin richtig fuchtig. Wir alle wissen, dass Ralph der Präsident sein sollte. Andererseits zahlt Fitch das Klubhaus und alles. Wetten, dass die Schläger die teuersten sind, die man für Geld kriegt?«

»Ja, und da ist noch was.«

»Was?«

»Er rechnet damit, dass die Mannschaft in jeder Saison Spitze ist.«

»Das ist sein Problem, wisst ihr, er muss immer der Beste sein.« Jimmy zog ein finsteres Gesicht. »Das Spiel ist ihm egal. Ralph hätte dafür gesorgt, dass gut gespielt wird und so, aber Seine Wenigkeit macht das nicht, o nein. Ich weiß es nicht genau, aber ich gehe jede Wette ein, dass er einen Pokal stiftet.«

»Zwei.«

Jimmy lachte schallend und schlug mit der Faust auf den Tisch. »Ich hab's gewusst! Ich hab's gewusst!«

Die anderen Trinker schauten auf und lächelten.

»Erzähl uns den Witz, Jimmy«, rief jemand.

»Fitch stiftet zwei Kricketpokale.«

Alle brüllten vor Lachen.

»Zwei!«

»Typisch.«

»Angeber.«

»Er benimmt sich wie ein kleines Kind.«

»Glaubt, er kann sich ins Dorf einkaufen, aber das wird ihm nicht gelingen.«

»Unwahrscheinlich. Lachhaft, wie er nicht merkt, dass wir wissen, was er vorhat. Hält uns für blöd.«

»Trotzdem, wir haben den Nutzen davon und können uns scheckig lachen, wenn wir zu Hause sind.«

»Da haste Recht! Was können wir denn noch aus ihm rausquetschen, eh?«

»Bequeme Stühle, damit wir nicht auf dem Rasen herumlümmeln müssen?«

»Porzellantassen für den Tee!«

»Kellnerinnen!«

»Champagner, wenn wir gewinnen!«

»Die Liste ist endlos!«

Alle fantasierten noch eine Weile über Mr. Fitch und seine Großzügigkeit, dann steckte eine Gruppe die Köpfe zusammen und benahm sich verschwörerisch.

Jimmy nickte in die Richtung der Gruppe. »Frag mich, was die wohl vorhaben? Nichts Gutes, wie's aussieht.«

Willie drehte sein Glas auf dem Bierdeckel und bemerkte dann beiläufig: »Haste in letzter Zeit irgendwas Merkwürdiges über Sykes Wood gehört?«

»Nein. Warum?«

»Meine Sylvia und Dr. Harris haben auf der Lichtung, wo früher die Köhler waren, eine alte Feuerstelle gefunden. Weißt du noch?«

»War ein bisschen vor meiner Zeit.«

Willie ärgerte sich über den leichtfertigen Ton. »Du weißt, was ich meine. Die Sache ist ernst. Hast du was gehört?«

»Nein, aber was soll schon an einem Lagerfeuer seltsam sein?«

»Nichts, aber Sylvia hat es richtig mit der Angst bekommen. Sie waren auf der Suche nach der Katze von Dr. Harris. Die ist verschwunden, weißt du. Sie heißt Mimi. Und Sylvia ...«

»Ja?«

»Wenn ich dir was erzähle, kann ich mich dann darauf verlassen, dass du es nicht weitersagst?«

»Hand aufs Herz.« Jimmy senkte den Kopf tiefer.

»Sylvia hat was gefunden.«

»Was? Etwa ein Skelett oder so?«

»Nein.« Willie rückte näher heran. »Sie hat Mimis Halsband gefunden.«

»Nein!«

»Gleich neben der Feuerstelle, nicht drin, aber ganz in der Nähe.«

»Was hat Dr. Harris gesagt?«

»Sylvia hat es ihr nicht erzählt. Hat sich gebückt, es eingesteckt und den Mund gehalten.«

»Halsband, hast du gesagt?«

»Ja.«

»Das ist komisch.«

»Genau. Dann hat Sylvia sich so seltsam gefühlt und sie hat Dr. Harris angefleht, nach Hause zu gehen. Sie hat am ganzen Leib gezittert. Das Halsband war offen und die Schnalle heil, die Katze kann es also nicht verloren haben. Nicht kaputt, als wäre es beim Klettern oder so gerissen. Es ist Mimi *abgenommen* worden. Das Halsband ist da, aber die Katze nicht.«

»Merkwürdig. Aber woher hat sie gewusst, dass es Mimis Halsband ist?«

»Das Halsband ist so braun wie die Zeichnung auf Mimis Gesicht und eine Plakette hängt dran. Deshalb hat Sylvia es erkannt.«

»Und sie hat es Dr. Harris nicht erzählt?«

»Sie wollte, später, aber dann hat sie nicht gewusst, was sie zu ihr sagen soll, und hat es vor sich hergeschoben, und dann ist sie eines Tages dazugekommen, wie Dr. Harris um die Katze geweint hat, und da wollte sie nichts sagen, um nicht alles noch schlimmer zu machen. Also hab ich gesagt, sie soll es dem Pfarrer erzählen und abwarten, was er davon hält.«

»Das ist das Beste. Ich mach dort mal die Runde und schau nach, ob ich was finde. Ich kenne den Wald wie meine Westentasche.«

»Danke, Jimmy. Das hab ich gehofft. Wenn sich jemand in dem Wald auskennt, dann du, wo du doch so oft dort gewildert hast. Aber kein Wort. Dr. Harris darf es von niemandem erfahren, außer vom Pfarrer.« Willie klopfte sich gegen den Nasenflügel und Jimmy zwinkerte zustimmend.

Sykes Wood, eh? Er wusste genau, welche Stelle Willie meinte. Die Köhlercottages waren längst verschwunden und die meisten Steine schon vor vielen Jahren als Baumaterial weggekarrt worden, aber die Lichtung war immer noch da. Sehr seltsam. Morgen würde er sich, ehe er zur Arbeit fuhr, mal umschauen.

11. Kapitel

»Mummy! Mummy!« Flick schlug die Haustür zu und rannte in die Küche. »Mummy, wir haben eine Wanderung gemacht.«

»Wohin?«

»Sykes Wood. Wir haben mit der Natur kommuniziert.«

Harriet klappte das Bügelbrett zusammen und ging zum Kühlschrank, um Flick ein Glas Milch zu holen. »Wie kommuniziert man denn mit der Natur?«

»Wir haben zum Beispiel einen Baum umarmt.«

»Einen Baum umarmt? Was denn noch alles?«

»Es geht darum, sich anzuhören, was der Baum zu sagen hat.«

»Und was hat dein Baum zu dir gesagt? Hier ist die Keksdose. Möchtest du einen?«

Flick suchte sich einen Keks aus und biss ein großes Stück ab, sodass ihr Mund zu voll war zum Antworten. Harriet sagte: »Ich hätte gedacht, es wäre angebrachter gewesen, was für deine Prüfung morgen zu tun.«

Flick trank einen Schluck Milch und fing dann an: »Kate hat gesagt, dass …«

»›Kate‹? Das heißt ›Ms. Pascoe‹.«

»Sie sagt, wir dürfen sie Kate nennen, weil es unser letztes Jahr ist.«

»Das kann ich überhaupt nicht gutheißen.«

»Sei doch ein bisschen fortschrittlicher, Mummy. Du bist so altmodisch. Mrs. Hardaker hat gesagt, ihr gefällt es nicht, wenn wir Ms. Pascoe Kate nennen, und sie meint, wir sollten lernen, aber Ms. Pascoe hat gesagt: ›Unsinn‹ und Mrs. Hardaker hat die Lippen zusammengekniffen, wie sie das immer macht, wenn sie wütend ist. Sie hat gesagt: ›Ms. Pascoe, ich bin wirklich der Meinung...‹ Aber Ms. Pascoe hat bloß den Kopf zurückgeworfen und gesagt: ›Kommt, Klasse drei, raus aus diesen vier Wänden und hinaus in die Welt, wo ihr etwas Herrliches erleben könnt.‹ Also sind wir losmarschiert.«

»Und was hast du gehört, als du den Baum umarmt hast?«

»Eigentlich hab ich gar nichts gehört, weil überall in den Borkenritzen Krabbelviecher waren und ich mich nicht konzentrieren konnte, damit ich die nicht in die Haare bekomme.«

»Es war also kein herrliches Erlebnis.«

»Nein, es war ein bisschen enttäuschend. Kate sagt, Bäume schreien, wenn ihnen ein Ast abgehackt wird oder wenn sie gefällt werden. Sie sagt, als die Welt noch jung war, hätten wir das Schreien hören können, aber jetzt nicht mehr. Das ist furchtbar, nicht? Ich hätte nie geglaubt, dass Bäume Schmerzen spüren können. Von jetzt an mache ich mir Sorgen darüber. Soll ich mich für morgen ausruhen?«

Harriet lachte. »Das soll doch heißen, dass du mit Fran fernsehen willst, stimmt's?«

»Ja.«

»Aber nicht lange. Sie bekommt schon viereckige Augen, ist total hypnotisiert und versteht kein Zehntel von dem, was sie sieht, also musst du sie nachher auch noch zum Spielen bewegen.«

»Okay.«

Flick kam erschöpft von der Aufnahmeprüfung zurück. Harriet holte sie um drei mit dem Auto ab und als sie merkte, wie müde Flick aussah, machte sie sich Vorwürfe wegen ihrer wütenden Reaktion auf Kate.

»Wie ist es gelaufen? Alles in Ordnung?«

»Mum, ich bin so müde. Trotzdem war es sehr aufregend. Zwei Mädchen sind in Tränen ausgebrochen, eins ist ohnmächtig geworden und einem war schlecht und es musste aufs Klo. Das Mittagessen war himmlisch, und die Lehrer! Sie sind so nett.«

»Und die Prüfung?«

»Ach, die. Ganz leicht, wirklich.«

Harriet wurde bang ums Herz. Ganz leicht? Du meine Güte. Das konnte heißen, dass Flick nicht verstanden hatte, was von ihr verlangt wurde. »Freut mich. Jetzt müssen wir nur noch abwarten. Du musst nicht enttäuscht sein, wenn du nicht aufgenommen wirst. Daddy und ich, Grandma Sadie, die Jungen und Fran werden dich trotzdem kein bisschen weniger lieben, weißt du.«

»Ich weiß. Daddy hat mir das schon ungefähr fünf Mal gesagt.«

»Entschuldige, aber es stimmt.«

»Ich weiß.« Flick schaute aus dem Autofenster. Eltern!

Sie wusste, dass man sie aufnehmen würde. Dort gehörte sie hin und sie konnte es nicht abwarten, Lacrosse zu spielen, so ein vornehmes Spiel. Sie hatte aus dem Fenster des Prüfungsraums Mädchen gesehen, die auf das Spielfeld gingen, und sich danach gesehnt, bei ihnen zu sein. Die Uniform! Wenn doch schon September wäre! »Wenn ich nach Hause komme, knuddle ich Fran und erzähle ihr alles darüber«, erklärte sie, »dann weiß sie Bescheid, wenn sie an der Reihe ist. Und ich möchte eine Tasse Tee und ein Stück Kuchen.«

»Okay, gut. Du darfst dir im Laden ein Stück Sahnetorte aussuchen, wenn du möchtest.«

»Toll! Muss ich bezahlen? Ich habe kein Geld bei mir.«

»Du kennst Daddys Regeln.«

»Ja.« Flick seufzte.

Harriet setzte sie vor dem Laden ab und drückte ihr ein Pfundstück in die Hand.

»Bleib nicht zu lange. Ich setze Wasser auf.«

Flick beschloss, einen kurzen Rundgang durch den Laden zu machen. Sie schien schon lange nicht mehr hier gewesen zu sein und sie musste wissen, was sich tat. Sie musste Daddy sagen, dass der Ständer mit den Glückwunschkarten nicht so gut gefüllt war, wie er hätte sein sollen, und dass seine neue Verkäuferin zu viel schwatzte, statt schnell zu kassieren, wenn eine Schlange entstand. Die Leute warteten ungern. Ms. Pascoe kam herein.

»Hallo, Kate! Es war ganz toll bei der Prüfung, ich bin eben erst zurückgekommen. Haben Sie mich vermisst?«

»Natürlich. Alles in Ordnung?«

»O ja, danke. Die Schule ist himmlisch. Ich hoffe, ich werde aufgenommen.«

»Wenn du dir das wünschst, wünsche ich es dir auch.«

»Ich wünsche es mir. Ich kaufe mir zur Belohnung ein Stück Sahnetorte.«

»Frisches Obst wäre besser für dich.«

Flick lachte und warf den Kopf zurück. »Tut mir Leid, aber ich nehme ein Stück Sahnetorte!«

Sie verweilte am Videoständer und überlegte, ob sie Mummy darum bitten sollte, eine Kassette ausleihen zu dürfen. Weil sie klein war, konnte sie nicht über den Ständer hinwegschauen, und so belauschte sie, ohne es zu wollen, das Gespräch zwischen zwei Frauen. Eine war Kate Pascoe. »Um zehn. Heute Nacht.«

Die zweite Stimme sagte: »Abgemacht. Wir kommen.« Flick schlüpfte lautlos zum Rand des Ständers und schaute um die Ecke. Die Antwort war von Simone Paradise gekommen.

Sie kaufte sich das Stück Sahnetorte, ging nach Hause, erzählte Fran alles über die Prüfung, sah fern und schlief kurz ein. Sie träumte, sie würde Lacrosse spielen und so einen wunderbaren lila Pullover tragen, wie die Mädchen, die sie heute Nachmittag gesehen hatte.

»Harriet! Diese verdammte Krawatte spielt verrückt. Hilfe! Rette mich, bitte, ich bin spät dran.«

»Mit diesen Krawatten bist du noch nie zurechtgekommen. Warum kaufst du dir keine vorgebundenen?«

»Ich habe mich in allen Lebensbereichen der modernen Technik gebeugt, aber vorgebundene Krawatten kommen mir nicht ins Haus. Das ist ganz eindeutig ein schwerer Verstoß gegen die Eleganz.«

»Okay, okay. So, das wär's. Du siehst gut aus. Der Anzug steht dir viel besser, seit du abgenommen hast.«

»Danke, das stimmt, oder? Jugendlicher, weißt du.«

»Beeil dich!«

Flick las Fran eine Gute-Nacht-Geschichte vor und rief durch die Zimmertür: »Warum geht denn Mummy nicht mit?«

»Es ist ein Herrenabend, liebes Kind.«

»Ich hab gedacht, Ms. Pascoe und Mrs. Paradise würden auch hingehen.«

»Bestimmt nicht, obwohl ich nichts dagegen hätte, wenn Ms. Pascoe dabei wäre. Sie ist eine Wucht.«

Harriet fragte von der Schwelle aus: »Warum hast du geglaubt, die beiden würden hingehen?«

»Ich hab gehört, wie sie gesagt haben, sie treffen sich um zehn. Deshalb hab ich gedacht, sie gehen auch dahin, wo Daddy hingeht.«

»Um zehn? Du musst dich verhört haben. Das Treffen ist um sieben.«

»Ich bin nicht blöd, Mummy.«

Harriet zuckte die Achseln, ging ins Zimmer und gab Fran einen Gute-Nacht-Kuss. »Schlaf schön, mein Schatz.«

Fran lag auf der Seite und schmiegte sich an den kuschligsten Teddy, den ihre Großmutter hatte auftreiben können. Ihre langen dunklen Wimpern flatterten, als sie kurz vor dem Einschlafen war, eine Hand unter der rosigen Wange. »Na, Na.«

»Zeit für dein Bad, Flick, du musst müde sein. Danke fürs Vorlesen.«

Jimbo schlüpfte in den Mantel und umarmte Harriet. Sie rückte seinen Seidenschal gerade und küsste ihn auf die Wange.

»Amüsier dich gut.«

»Bestimmt. Kommst du zurecht?«

»Natürlich. Ich bleibe nicht lange auf.«

Harriet sah von der Haustür aus zu, wie er das Auto anließ, und winkte ihm nach, als er in die Stocks Row einbog. Als sie die Tür abschloss, ging ihr der Gedanke durch den Kopf, wieso um alles in der Welt Simone Paradise und Kate Pascoe sich wohl verabredet hatten. So weit Harriet es beurteilen konnte, hatten die beiden doch überhaupt nichts gemeinsam.

Harriet hatte beschlossen, den Abend, den Jimbo außer Haus verbrachte, dazu zu nutzen, am Computer im Arbeitszimmer die Buchhaltung durchzugehen. Sie hatte den Computer eben eingeschaltet und überlegte, womit sie sich als Erstes befassen sollte, als sie hörte, wie die Haustür aufgeschlossen wurde.

»Jimbo? Bist du das? Hallooo?«

»Ich bin's nur, Liebling.«

»Mutter!« Harriet ging in den Flur. »Mit dir habe ich heute Abend gar nicht gerechnet.«

»Hab gedacht, ich leiste dir Gesellschaft. Wo sind die Jungen?«

»Beim Pfadfindertreffen. Kaffee oder was Stärkeres?«

»Was Stärkeres. Mach dir lieber auch einen Drink. Vielleicht wirst du ihn brauchen.«

»Wieso, was ist denn los?«

»Ich brauche deinen Rat.«

»*Meinen* Rat? Seit wann denn das?«

»Seit gestern Abend. Ich setz mich erst mal.«

»Natürlich. Whisky?«

»Mit Wasser.«

Sie saßen im Arbeitszimmer. Harriet wartete geduldig darauf, was für ein Rat von ihr erwartet wurde.

Sadie drehte das Whiskyglas in der Hand. Sie war wie immer elegant angezogen. Die langen schlanken Beine steckten in dünnen Nylonstrumpfhosen und modischen hochhackigen Schuhen, dazu trug sie einen schlichten schwarzen Rock, eine silbergraue, langärmelige Seidenbluse und einen lose um den Hals drapierten Schal. Harriet bewunderte sie, während Sadie tief in Gedanken dasaß und einen Schluck Whisky trank. »Also? Ich warte.«

»Ich denke daran, zu heiraten.«

»Wie bitte?«

»Wie ich gesagt hab. Ich denke daran, zu heiraten.«

»Wen?«

»Craddock Fitch.«

Harriet war wie vor den Kopf geschlagen. Sie konnte nicht fassen, dass sie wirklich richtig gehört hatte. »Du? Eine Ehe mit Craddock Fitch? Willst du mich auf den Arm nehmen?«

»Wie käme ich dazu? Er hat mir einen Antrag gemacht und ich bin fast bereit, Ja zu sagen.«

»Aha. Du hast ihn ja gekannt, als er noch ein junger Mann war. Ich hab gewusst, dass du dich oft mit ihm triffst, aber eine *Heirat*… Bist du dir sicher?«

»Fragst du mich das als erwachsene Frau oder als meine Tochter?«

»Ah! Das gerät in solchen Momenten leicht durcheinander. Schwer zu sagen, was ich jetzt gerade bin.«

»Genau. Ich weiß auch nicht, was ich bin. Bin ich eine erwachsene Frau und Großmutter – der Himmel steh uns bei! – oder habe ich mich zurückverwandelt in die Siebzehnjährige, die ich war, als ich seinen ersten Antrag abgelehnt habe.«

»Warum hast du ihn damals abgelehnt?«

»Ich war von der Wiege an unabhängig und mein sechster Sinn hat gewittert, dass ich in einer Ehe mit Craddock – damals nannte er sich noch Henry – keine Luft bekomme. Er erwartete totale Loyalität, ein völliges Aufgehen in seinen Geschäften. Es war schon damals klar, dass er Geschäftsmann werden wollte, und ich bin vor dem Gedanken zurückgeschreckt, mich so völlig auszuliefern. Ich habe einen Krach vom Zaun gebrochen und damit war der Fall dann erledigt. Er erträgt den Gedanken nicht, dass jemand Besitzansprüche an ihn stellt, weißt du, also habe ich absichtlich etwas in der Richtung gesagt, ich kann mich nicht mal mehr genau daran erinnern, was es war. Er ist explodiert.«

»Und jetzt?«

»Jetzt ist er anders. Er respektiert mich, was er früher nicht getan hat. Ich kann ihm widersprechen, ohne dass er mich mit eisigem Schweigen abstraft. Wir können diskutieren und streiten und er hört sich meine Meinung an. Abgesehen davon fasziniert er mich immer noch. Er ist nicht so eiskalt, wie er wirkt. O nein! Er möchte ein herzlicher, liebevoller Mann sein und er gibt sich Mühe.«

»Hör mal, Mutter, wenn du ihn liebst, dann heirate ihn doch, um Himmels willen. Warum denn nicht?«

»Du könntest Recht haben, aber …«

»Ja?«

»Das Versandgeschäft. Das habe ich eigenhändig aufgebaut. Zugegeben, die Idee stammt von dir, aber die Arbeit und der Erfolg sind mein Werk – auch zugegeben? Es hat mich ausgefüllt, es zum Erfolg zu führen. Ich bin ganz hin und weg von den Marmeladen und Gelees und von den Etiketten! Es ist der reine Nervenkitzel, wenn ich sie anschaue. Und die Geschenkkorbe zu Weihnachten sind eine solche Freude! Bis auf dich ist das das Einzige, was ich als eigene Leistung in Anspruch nehmen kann.« Harriet nickte. »Der Gedanke, das alles aufzugeben, ist schier unerträglich. Und das müsste ich.«

»Ich kann den Gedanken auch nicht ertragen. Ich müsste einen Ersatz für dich einstellen.«

»Es ist klar, dass du meine Anteile bekommst.«

»Danke. Du wirst mir fehlen, und Jimbo auch.«

»Ich habe noch nicht Ja gesagt.«

»Nein, aber ich glaube, du wirst es tun. Du könntest zumindest Fitchs dreisteste Eskapaden in Schach halten.«

Sadie sah verärgert drein. »Was in aller Welt meinst du damit?«

»Du weißt schon, dass er sich seine Stellung hier im Dorf erkaufen will.«

»Ach, das. Alle wissen, was er vorhat, was spricht also dagegen, wenn das Dorf davon profitiert?«

»Was dagegen spricht?!«

Sadie saß eine Weile da und musterte den Teppich. Sie trank den Whisky aus und sagte dann: »Vielleicht sage ich Ja. Es ist durchaus möglich, dass ich Ja sage. Du sollst wissen, dass ich in meinem Testament alles dir und den Kindern hinterlassen habe, darüber brauchst du dir also keine Sorgen zu machen. Craddock hat mehr als genug. Er braucht mein Geld nicht. Du brauchst es im Grunde auch nicht, aber es geht alles an dich.«

Harriet stand auf, ging hinüber und gab ihrer Mutter einen Kuss. »Dein Geld ist das Letzte, was ich im Sinn habe. Wenn du dich für diese Ehe entscheidest, hoffe ich, dass du sehr glücklich wirst. Mit meinem Vater hat das nichts zu tun, ich werde dir also nicht im Weg stehen, wenn du Fitch wirklich heiraten willst. Er ist in der Lage, dir einen Lebensstil zu bieten, an den du dich schnell gewöhnen wirst!«

Sadie lächelte. »Aber meine Enkel bekommt er nicht. Auf keinen Fall, das sind meine. Ich hoffe nur, dass das nichts an Jimbos Geschäftsbeziehungen zu ihm ändert.«

»Das kann ich mir eigentlich nicht vorstellen.«

Sadie stand auf. »Harriet, bevor ich dich in Ruhe lasse, muss ich dir noch erzählen, dass es heute im Laden eine böse Szene gab.«

»Wirklich?«

»Jimbos neue Verkäuferin hat bedient und ich habe jede Menge Lärm und Geschrei gehört, also habe ich nachgeschaut. Simone Paradise war da mit ihren Bälgern, ihren ›Herzchen‹. Die haben ein Chaos angerichtet. Die Glückwunschkarten aus den Ständern gezerrt und auf den Boden geworfen. Schokolade und Süßigkeiten aus den Regalen genommen und versucht, die Packungen aufzureißen. Ein Kind hat einen Apfel angebissen… Ich weiß gar nicht, was sie noch alles angestellt haben. Ich bin dazwischengegangen und habe zu ihr gesagt, sie soll die Kinder hinausschaffen. Sie hat das Baby in diese alberne Schlaufe aus ihrem Schal gepackt und langsam und schleppend, wie's ihre Art ist, gesagt: ›Kommt, Herzchen, wir gehen jetzt.‹ Ich war wütend. Ich hab sie gefragt, was mit den Karten ist, auf denen die Kinder herumgetrampelt sind und die wir nicht mehr verkaufen können, und mit dem angebissenen Apfel. Ganz zu schweigen von den Süßigkeiten. Sie hat gesagt, sie kann es sich nicht leisten, das alles zu bezahlen, es wäre unsere Schuld, die Waren so aufzustellen, dass die Kinder danach greifen können. Leider habe ich Rot gesehen. Hab meinen Salondamenauftritt hingelegt, du kennst das ja. Hab Simone ganz von oben herab erklärt, sie bräuchte mit ihrer Bälgerhorde nicht mehr in den Laden zu kommen, auf solche Kundschaft könnten wir gern verzichten. Es würde höchste Zeit, die Gören zu bändigen. Et cetera, et cetera. Simone hat mich auf eine Weise fixiert, die ich nur den bösen Blick nennen kann. Mich überläuft jetzt noch ein Schauer, wenn ich daran denke. Ich neige nicht dazu, mir etwas einzubilden, aber ich hatte das Gefühl, dass die Zeit still steht. Dann lief die Zeit ruckartig weiter und die Kinder standen wie die Engel und ganz friedlich neben Simone.« Sadie riss sich sichtlich zusammen. »Aber eigentlich wollte ich nur sagen, nimm dich vor ihr in Acht. Sie ist wirklich seltsam. Gute Nacht, Liebes, pass auf dich auf.«

»Mach ich. Ich sag Jimbo Bescheid. Gute Nacht, Mutter. Danke, dass du mit mir darüber gesprochen hast. Auch wenn du weißt, dass die Entscheidung ganz bei dir liegt.«

»Ja, aber es ist schön zu wissen, dass du es billigen würdest, wenn ich Ja sage, was ich vermutlich tun werde. Ich hoffe, dass ich so viel Glück habe wie du. Ich habe deinen Jimbo vom ersten Augenblick an vergöttert; das hast du gut gemacht, mein Liebes, sehr gut. Und ich danke dir auch für meine Enkel. Ich bin wirklich stolz auf sie.« Sie beugte sich vor, küsste Harriet und tätschelte ihr den Arm. »Gute Nacht, Harriet. Bis morgen.«

Harriet machte hinter ihrer Mutter die Tür zu und kam zu dem Schluss, dass sie sich jetzt nicht mehr auf die Buchhaltung konzentrieren konnte, zumal die Jungen ohnehin bald nach Hause kamen. Sie schaltete den Computer aus und setzte sich eine Weile in Jimbos Sessel – er nannte ihn seinen »Denksessel«. Wenn ihre Mutter so glücklich werden konnte, wie sie es mit Jimbo war, dann sollte sie keine Zeit verlieren. Sadie war jahrelang sehr einsam gewesen. Seit ihrem Umzug ins Dorf, kurz nachdem Harriet und Jimbo den Laden gekauft hatten, war es nicht mehr ganz so schlimm, aber auch das ließ sich nicht damit vergleichen, Tisch und Bett miteinander zu teilen. Ein Stiefvater. Wow!

Harriet freute sich darüber, dass ihre Mutter sie zu Rate gezogen hatte. Es kam nicht oft vor, dass ihre Mutter das Visier abnahm und über sich und ihre Gefühle sprach. Es war wirklich ein seltener Moment zwischen ihnen gewesen.

12. Kapitel

Die Nachricht, dass Sadie in jener Nacht im Schlaf gestorben war, schockierte das ganze Dorf. Mehr als ein Bewohner hatte zu spüren bekommen, wie unverblümt Sadie ihre Meinung äußerte, und sie war in der kurzen Zeit, die sie in Turnham Malpas gewohnt hatte, zu einer Art Legende geworden. Aber Sadie *tot*? Ihre starke Lebenskraft mit einem Schlag vernichtet? Niemand konnte sich daran erinnern, dass sie je anders als bestens ausgesehen hatte, sie war immer voller Schwung und Antrieb gewesen. Und so elegant. Alle beneideten sie um ihre Eleganz. Es lag nicht daran, dass sie einen Haufen Geld für Kleider ausgab, nur daran, dass sie wusste, was ihr stand und wie sie es zu tragen hatte. Sie war schick gewesen. Die Kunden redeten über ihr Entsetzen angesichts ihres plötzlichen Todes und ließen immer wieder die Momente aufleben, in denen sie mit ihr aneinander geraten waren. Und nicht einmal eine Gelegenheit, Abschied zu nehmen, das war traurig, wirklich traurig. Andererseits wäre Sadie jede Form von Gefühlsduselei zuwider gewesen, deshalb war es vielleicht das Beste, dass sie so von ihnen gegangen war. Trotzdem. So plötzlich…

Am Tag ihrer Beerdigung füllten Trauernde die Kirche. Nicht wenigen fiel auf, dass Mr. Fitch, mit grimmiger Miene und stumm, neben der Familie saß. Das mit der grimmigen Miene war kein Wunder. Er hatte kein Herz. Aber was hatte er neben den Charter-Placketts verloren? Sie wussten alle, dass er ein enger Geschäftspartner von Jimbo war, aber in der ersten Reihe neben den Leid tragenden Angehörigen?

Am meisten Mitleid hatten die Dorfbewohner mit den drei Enkelkindern. Sie waren tieftraurig und konnten diesen schrecklichen Schlag nicht fassen. Es musste wirklich schön gewesen sein, eine Großmutter wie Sadie zu haben. Die beiden Jungen trugen ihren Sonntagsstaat und die kleine Flick, Gott segne sie, hatte ihren neuen Mantel mit dem Pelzkragen an, auf den sie so stolz war. Sie dachten daran, wie verzweifelt Sadie bei Flicks Unfall gewesen war. Aber es war Sadie, um die sie jetzt trauerten.

Als der Gottesdienst zu Ende und Sadie ins Grab gelegt worden war, fiel allen auf, dass Harriet zu Mr. Fitch ging und mit ihm sprach. Das war seltsam; sie zog ihn beiseite, damit sie nicht belauscht werden konnten. Ein Jammer – zu gern hätte man gewusst, was die beiden sich zu sagen hatten.

»Craddock, danke, dass Sie gekommen sind«, sagte Harriet sanft. »Ich weiß es zu schätzen. Am Abend, bevor meine Mutter… starb, hat sie mir von Ihrem Heiratsantrag erzählt.«

»Hat sie das? Tatsächlich?« Mr. Fitch putzte sich die Nase, wandte das Gesicht ab und schaute über den Friedhof weg auf die Eibe, sodass Harriet nur sein Profil sehen konnte. »Was hat sie über mich gesagt?«

»Dass sie von Ihnen fasziniert war.«

Er wandte ihr das Gesicht wieder zu. »War das alles?« Die Sehnsucht in seinem Gesicht fegte alles hinweg, was Harriet möglicherweise hätte sagen können, und sie äußerte impulsiv: »Sie hat mir erzählt, dass sie vorhatte, Ja zu sagen.« Niemand außer ihr wusste, dass sich Sadie noch nicht ganz schlüssig gewesen war, aber der Kummer in Craddocks Miene war unerträglich und wenn sie ihn etwas trösten konnte, warum nicht?

»Wirklich! Ich bin so froh. Ich habe sie sehr geliebt, als wir jung waren. Meine Güte, sie war ein temperamentvolles junges Ding. Temperamentvoll ist sie immer noch. War sie noch, meine ich. Wenn wir damals geheiratet hätten, wäre es zu üblen Krächen gekommen. Aber jetzt wäre es eine erfüllte Ehe geworden, nur ohne die Kräche, glaube ich. Vielleicht auch nicht! Es tut mir sehr Leid für Sie, Harriet, aber für Sadie war es ein schönes Ende. Sie hätte es verabscheut, nicht ganz sie selbst zu sein. Sie wissen schon, behindert oder senil. Für sie war es am besten so, für Sie und mich nicht. Danke, dass Sie mir das gesagt haben.«

Er nahm ihre Hände in die seinen, hielt sie dann an seine Lippen und küsste sie. »Ich danke Ihnen, meine Liebe. Sie wären eine bezaubernde Stieftochter geworden. Ich wäre stolz gewesen. So stolz.«

Harriet küsste ihn auf die Wange. Mr. Fitch wandte sich ab und verließ den Friedhof. Dann sammelte Jimbo die Kinder und Harriet ein und brachte sie nach Hause, sodass die Trauernden nicht erfuhren, was gesagt worden war. Einige aber erinnerten sich daran, dass Sadie und Fitch sich vor langer Zeit gekannt hatten. Richtig. Das war der Grund.

»Ich hole Fran ab und wir ziehen die schwarzen Sachen aus und kleiden uns fröhlich. Sie hätte es so gewollt, Harriet.«

»Eigentlich hätten wir eine Riesenparty geben sollen, mit jeder Menge zu trinken und viel Vergnügen. Sie hat immer gerne Partys gefeiert.«

»Ich weiß, aber wir waren uns einig, dass es für die Kinder zu schwer wäre. Sie würden es nicht verstehen.«

»Nein, da hast du wohl Recht. Ach, Jimbo!« Harriet lehnte den Kopf an seine Schulter und weinte die ersten Tränen seit dem Tod ihrer Mutter. Jimbo hielt sie fest, bis der Strom allmählich versiegte. »So, so, Liebling, danach wirst du dich besser fühlen. Es nützt nichts, sich einzureden, dass wir alle schnell darüber hinweg kommen; das wird lange dauern, aber sie hätte nicht gewollt, dass wir uns elend fühlen, es wäre ihr lieber gewesen, dass wir tapfer sind und weitermachen. Sie hat uns allen so schöne Erinnerungen hinterlassen.«

»Das weiß ich, trotzdem wird sie mir fehlen. Sie war noch zu jung zum Sterben. Ich habe geglaubt, sie würde noch viele Jahre lang eine eindrucksvolle alte Dame bleiben.«

»Ich auch. Ich hatte das sichere Gefühl, dass sie uns alle überlebt. Aber es ist anders gekommen.«

»Ich bin so froh, dass sie am Abend davor zu mir gekommen ist. Es war das erste wirklich vertraute Gespräch seit Jahren. Glaubst du, sie hatte eine Vorahnung?«

»Über so was weiß ich nicht Bescheid, dazu bin ich zu pragmatisch. Sei einfach dankbar dafür, dass sie zu dir gekommen ist und dass ihr miteinander geredet habt.«

»Ich bring es kaum fertig, darüber zu sprechen, aber kennst du den Bericht des Leichenbeschauers? Der war nicht ganz schlüssig, oder? Er hat nicht rausgekriegt, warum es zum Herzstillstand kam.«

»Nein. Alles sehr seltsam. Fitch hat mir Leid getan.« Jimbo wischte Harriet das Gesicht ab. »So viel Glück, das ihm entrissen worden ist.«

»Ich hab ihm erzählt, dass sie fest entschlossen war, Ja zu sagen.«

»Das war ein bisschen geschwindelt, Liebling.«

»Nur ein kleines bisschen, aber es hat ihn getröstet.«

Flick tauchte im Flur auf. »Seht mal, ich habe das Kleid an, das Grandma mir im Sommer gekauft hat. Ihr hat es so gut gefallen und mir gefällt es auch. Es passt mir noch, schaut. Mummy, Fran wird sich nicht an Grandma erinnern, oder?«

»Nein, Liebling, das wird sie nicht.«

»Hör auf zu weinen, Mummy, bitte. Ich suche jede Menge Fotos raus und kleb sie in ein Album, auf dem ›Grandma‹

steht, und dann können wir Fran das Album zeigen, wenn sie größer ist, und wir erzählen ihr, wie wir um große Einsätze Karten gespielt haben, und alles über Grandmas Tricks, zum Beispiel, dass sie sich das Haar färben ließ, obwohl das niemand gemerkt hätte, der es nicht gewusst hat. Und so weiter.«

»Danke, Flick, das ist eine wunderschöne Idee. Ich glaube, du solltest eine Strickjacke überziehen, Liebling, sonst frierst du.«

»Gut, mach ich. Daddy, wer übernimmt jetzt den Versandhandel?«

»Das weiß ich noch nicht. Hast du eine Idee?«

»Wenn ich älter wäre, könnte ich das machen.«

»Ich bin mir sicher, dass du das sehr gut machen würdest. Ich muss darüber nachdenken.«

»Es muss jemand sein, der tüchtig ist. Grandma würde es nicht gefallen, wenn alles verlottert.«

»Stimmt.«

Plötzlich musste Harriet wieder weinen. Sie floh nach oben und knallte die Schlafzimmertür hinter sich zu.

»Daddy, soll ich..?«

»Nein, ich hole Fran aus dem Pfarrhaus ab, dann kochen wir Tee und bringen ihn ihr, das ist das Beste.« Jimbo tätschelte Flick die Schulter und ging zum Pfarrhaus. Die kleine Fran brüllte, als sie merkte, dass ihr Daddy sie mitnehmen wollte. Sie mochte nicht nach Hause und wäre lieber bei den Zwillingen geblieben. Nein! Nein! Nein! Aber Jimbo bestand darauf. Er wusste, dass es Harriet im Moment ein großer Trost war, Fran zu knuddeln.

»Danke, Sylvia, vielen herzlichen Dank. Ich hoffe, sie hat Ihnen keine Scherereien gemacht.«

»Überhaupt nicht. Sie ist ein Goldstück.«

Jimbo war völlig damit überfordert, neben seinen anderen Aktivitäten auch noch den Versandhandel zu betreuen. Er wusste, dass Sadie Bestellungen, falls irgend möglich, am liebsten postwendend erledigt hatte und in diesem Punkt empfand er sein Scheitern als trostlos.

Am Morgen nach der Beerdigung kam die Mutter von Barry Jones in den Laden und fragte ihn, wie er zurechtkomme.

»Nicht besonders gut. Man weiß erst zu schätzen, wie viel Arbeit Menschen leisten, wenn sie nicht mehr da sind. Die Bestellungen stapeln sich. Sadie wäre wirklich wütend, wenn sie das wüsste.« Er nahm den Strohhut ab und rieb sich aufgewühlt den kahlen Schädel. »So, was kann ich für Sie tun?«

»Es geht eher darum, was ich für Sie tun kann. Wenn's bloß darum geht, Bestellungen durchzulesen, die Artikel zusammenzustellen, sie in Ihre hübschen Schachteln zu packen und Adressen zu schreiben, könnte ich das vorübergehend für Sie erledigen, bis Sie jemand gefunden haben. Ich versteh zwar nichts von Buchhaltung und so, aber alles andere ist bloß eine Frage des gesunden Menschenverstands, oder?«

»Ist das Ihr Ernst?«

»Sonst hätte ich es nicht gesagt. Sie und ich, Mr. Charter-Plackett, waren nicht immer ein Herz und eine Seele, aber ich helfe gern aus, wenn Not am Mann ist. Ein bisschen mehr Geld für Barrys Hochzeit käm auch ganz gelegen, aber darüber reden wir später, wenn Sie mit meiner Arbeit zufrieden sind. Was meinen Sie?«

»Ich könnte mich um die finanzielle Seite kümmern und die Bestellungen an Sie weitergeben.«

»Richtig. Ich hab's ja nicht weit, um die Pakete aufzugeben.« Mrs. Jones schnippte mit den Fingern in Richtung Linda, die hinter dem Postschalter saß.

»Sie sind eingestellt. Vorläufig.«

»Gut, dann kremple ich mal die Ärmel hoch. Ich ruf nur Vince an, wenn das in Ordnung ist, und sag ihm, wo ich bin, sonst macht er sich am Ende noch Sorgen.«

»Das Telefon steht Ihnen zur Verfügung.«

»Ich hab Mrs. Beauchamp immer gemocht, sie war ein bisschen wie ich, hat gesagt, was sie denkt, wenn's nötig war. Ich war dabei, als sie den Krach mit Simone Paradise gehabt hat. Das war übel. Man hat's an der Atmosphäre spüren können. Die war geladen, wie das in Büchern heißt. Diese Simone hat einen Hau, wissen Sie. Hat sich mit dieser Kate von der Schule angefreundet. Gut! Zeigen Sie mir, wo ich anfangen soll. Wird mir Spaß machen.«

Und Jimbos neueste Hilfskraft machte sich voller Eifer ans Werk.

13. Kapitel

»Hetty! Wir haben heute Morgen im Museum einen ganz erstaunlichen Mann kennen gelernt. Er hat versprochen, herzukommen und vor den Kindern einen Vortrag zu halten. Ein führender Archäologe! Ist das nicht ein Glücksfall? Ich bin mir sicher, Ihre Klasse hätte auch Freude daran, oder?«

»Ganz sicher. Wann kommt er?«

»Morgen. Es ging nur morgen oder erst in vier Wochen und so lange kann meine Klasse nicht warten. Bis dahin haben wir die Römer abgehakt.«

»Wie heißt er?«

»Gilbert Johns.«

Hetty hielt im Korrigieren von Heften inne und schaute zu Kate auf. »Es überrascht mich, dass Sie ihn noch nicht kennen. Er ist der Chorleiter in unserer Kirche.«

»Wirklich? Das hab ich gar nicht gewusst.«

»Wie sollten Sie auch? Sie waren ja noch nie in der Kirche.«

»Jetzt bringen Sie mich bitte nicht in Verlegenheit, Hetty. Er hält den Vortrag um halb zehn und bringt eine Menge Artefakte mit, damit die Kinder sie anfassen können. Es geht doch nichts darüber, etwas in der Hand zu halten, nicht wahr?«

»Er ist ein sehr netter Mann.«

»Er ist... ein Seelenverwandter, glaube ich.«

Hetty amüsierte das. »Dazu kann ich nichts sagen.« Sie

machte sich wieder an das Korrigieren. »Letztes Jahr sind auf dem Grundstück des Herrenhauses Überbleibsel aus der Römerzeit gefunden worden.«

»Können wir die sehen?«

»Nein. Gilbert hat geborgen, was zu bergen war. Die Funde sind ins Museum gekommen, wo sie ausgestellt werden sollen, aber so weit ist es noch nicht.« Hetty legte das letzte Heft auf den Stapel, hielt ihn sich vor die Brust und stand auf. »So, damit bin ich durch. In Ihrem Klassenzimmer oder in meinem?«

»Oh, ich glaube, in meinem. Es eignet sich besser für die vielen Bilder und Ausstellungsstücke. Wohnt Gilbert im Dorf?«

»Nein. Ein paar Häuser weiter von mir in Little Derehams – Keepers Cottage. Ich hab ihn mal besucht, als ich für die christliche Wohlfahrt gesammelt habe, es war schrecklich unordentlich! Mr. Fitchs Sekretärin Louise scheint dort ein und aus zu gehen.«

»Oh, verstehe.«

»Glauben Sie ja nicht, dass es dem Pfarrer nicht aufgefallen ist.«

»Was?«

»Dass Sie nicht in die Kirche gehen; ihm entgeht nichts. In Ihrer Stellung erwartet man das von Ihnen.«

»Na ja, schon. Aber ich verstoße doch gegen keine Vorschrift.«

»Nein, nicht direkt gegen eine Vorschrift als solche, aber es spricht auch nicht für Sie.«

»Mit der Zeit gewöhne ich mir das Hingehen schon an.«

»So?« Hetty zog skeptisch eine Augenbraue hoch und kehrte in ihr Klassenzimmer zurück. Kate sah ihr nach. Hetty hatte Recht. Man hatte Kate zwar die Stelle unter anderem deshalb angeboten, weil sie in Kenia in einer Missionsschule gearbeitet hatte. Dabei war man davon ausgegangen, sie sei ein praktizierendes Kirchenmitglied, was sie auch gewesen war. Aber jetzt…

Kate hatte damit gerechnet, Gilbert würde kurz vor halb zehn kommen, aber er war schon vor neun da.

»Bin ich zu früh dran? Mein Auto ist nicht angesprungen, deshalb hab ich eine Mitfahrgelegenheit geschnorrt.«

»Überhaupt nicht. Wir sind hier alle zeitig hellwach und munter, tun Sie sich also keinen Zwang an.«

»Wo?«

»Ach, richtig! In dieser Klasse, bitte.« Kate wies mit einer ausholenden Handbewegung auf die Wände des Klassenzimmers, damit er sie sich ansah. »Was sagen Sie dazu?«

»Oh, sehr gut. Gefällt mir. Wirklich sehr gut. Sie müssen kluge Schüler haben und eine kluge Lehrerin sein, wenn Sie den Kindern das alles entlocken können.« Gilbert drehte sich um und lächelte Kate an. Er hatte so ein liebes Lächeln. Nichts Sexuelles oder Überhebliches, nur ein echtes Lächeln voller Lob. Das machte ihn ihr sympathisch.

»Hier drin also?«

Gilbert wandte sich der Tür zu. »Ah! Das ist Louise. Sie hat mich im Auto mitgenommen. Ja, bitte hier, neben den Tisch. Pass auf… die Kiste ist schwer.«

»Ich schaff das schon, keine Bange.« Louise stellte die Kiste ab, ging zu Kate und gab ihr die Hand. »Hallo, wir kennen uns noch nicht. Ich bin Louise Bissett, Sekretärin im Herrenhaus. Sie müssen Kate sein.«

»Ja. Sehr erfreut.« Es überraschte Kate, dass Louise, gut gekleidet und ganz die Geschäftsfrau, auf einen so lieben, sanften Mann wie Gilbert Johns anziehend wirkte. Kate hätte sich eher vorgestellt, er würde auf eine Frau in langen, wehenden Röcken mit jeder Menge Perlenschnüren und langem, zu Zöpfen geflochtenem Haar abfahren. Wie auch immer, jedem das Seine, die beiden waren offensichtlich sehr voneinander angetan. Louise und Gilbert brachten noch zwei Kisten herein und dann hatte Louise es eilig, zur Arbeit zu fahren.

»Muss mich sputen. Heute kommt eine neue Fortbildungsgruppe. Viel zu tun, viel zu tun. Kann ich bitte die Kisten nach der Arbeit hier abholen, Kate, falls Gilberts Auto noch nicht repariert ist?«

»Natürlich. Klopfen Sie einfach an meine Tür.«

»Gut. Tschüs, Gilbert.«

Die beiden waren gleich groß. Gilbert küsste Louise auf den Mund und Kate entging nicht, dass Louise dabei kurz rot wurde.

Zwei Kinder schauten von der Schwelle aus zu. Kate räusperte sich. Schließlich lösten sich die beiden voneinander und Louise floh. Gilbert zwinkerte Kate zu, wischte sich mit dem Handrücken ein paar Schweißperlen von der Stirn und machte sich daran, die Kisten auszupacken.

Gilbert nahm auch an der Andacht teil, er saß ruhig ganz hinten auf einem kleinen Stuhl, die knochigen Knie fast am Kinn, und stimmte mit seiner kräftigen Tenorstimme in die Choräle ein. Die Kinder kicherten, bis Hetty sie mit einem durchdringenden Blick ihrer Adleraugen zum Schweigen brachte. Als Kate mit der Meditation anfing, saß Gilbert mit gesenktem Kopf ganz reglos da. Während ihrer kurzen Ansprache, mit der sie die Kinder dazu anleitete, ihre Gedanken in die richtige Bahn zu lenken, war Kate sich seiner Präsenz eindringlich bewusst. Sein rotes Hemd, das fast bis zum Gürtel aufgeknöpft war, die braunen, muskulösen Arme, entblößt, weil er sich die Ärmel hochgekrempelt hatte. Das dunkle Haar, das ihm in die Stirn fiel. Das gebräunte Gesicht, die hohlen Wangen, die dunklen, verträumten Augen. Sie schüttelte sich innerlich. Das war nicht der Sinn einer Meditation.

»Danke, Kinder. Unsere fünf Minuten der Stille sind zu Ende. Steht leise auf und geht in eure Klassenzimmer. Um halb zehn erwarte ich die zweite Klasse in meinem Zimmer, Mrs. Hardaker.« Kate stand auf.

Die Kinder verließen die Aula. Gilbert kehrte in das Klassenzimmer zurück und packte weiter aus.

Sie erlebten ganz wunderbare anderthalb Stunden, lauschten Gilbert, schauten sich an, was er mitgebracht hatte und befingerten die Kämme, die Löffel, den Schmuck und das Spielzeug. Sie spielten ihm kleine Szenen vor und hatten ganz das Gefühl, Römer zu sein. Denn so hielt er seinen Vortrag. Er ermunterte sie zu der Vorstellung, sie seien römische Kinder, wie sie aufstanden, sich wuschen, aßen, arbeiteten, lernten, spielten und im Haushalt halfen. Alles, was ein römisches Kind getan hätte. Er erweckte alles anschaulich zum Leben.

Am Schluss liefen die Kinder zum Spielen hinaus, Hetty kochte Kaffee und Kate half beim Aufräumen.

»Ich kann Ihnen gar nicht genug dafür danken, was Sie heute getan haben. Sie waren absolute Spitze.«

»Eigentlich war das Louises Idee. Ein römischer Alltag et cetera. Ist gut angekommen, oder?«

»Und ob.«

»Diese Meditation, worum geht es dabei?«

»New-Age-Erfahrungen.«

»Weiß Peter darüber Bescheid?«

»Ja. Er hat nichts dagegen.«

»Woher wissen Sie das?«

»Er hat nichts dazu gesagt.«

»Das ist typisch Peter.«

»Es ist *meine* Schule.«

»Bauen Sie das nicht weiter aus.« Gilbert verstaute seine restlichen Sachen und schaute sich um, dass er nichts vergessen hatte.

»Das geht Sie nichts an.«

»Nein. Aber bauen Sie es nicht weiter aus. Nicht bei den Kindern.«

»Ich tue, was ich will.«

»Nicht mit dem Leben anderer Menschen, und erst recht nicht mit dem von Kindern. Das steht Ihnen nicht zu.«

»Sie wissen nicht, wovon Sie reden.«

»Kann schon sein. Doch obwohl ich ein Mann bin, reagiere ich sehr sensibel, wenn ich spüre, dass etwas nicht in Ordnung ist.«

»Ein Jammer, dass Ihre Sensibilität Sie im Fall von Louise verlassen hat. Sie passt überhaupt nicht zu Ihnen.«

Gilberts freundliche Miene änderte sich erschreckend schnell und seine Erwiderung fiel recht fuchtig aus. »Louise geht nur mich etwas an, sonst niemanden.«

»Meine Angelegenheiten gehen auch nur mich etwas an.«

»Nicht, wenn das den Kindern schadet.«

»Still dasitzen ist also ein Verbrechen?«

»Nein, aber ich habe den Verdacht, dass Sie die Kinder nach Ihren eigenen Vorstellungen formen wollen. Dafür ist diese Schule nicht der richtige Ort.«

»Was für ein Jammer, dass Sie so einen wunderbaren Vormittag verdorben haben.«

»Was für ein Jammer, dass Sie sich Ihrer wahren Verantwortung für diese Kinder nicht stellen können oder wollen. Die Kinder sind Ihnen anvertraut, Sie können doch nicht nach Belieben mit ihnen umspringen. Sie sind keine Versuchskaninchen. Wo soll ich die Kisten abstellen? Sie dürfen nicht angerührt werden.«

»Hier, in der Ecke, wo ich sie im Auge behalten kann.«

»Gut. Tut mir Leid, dass ich so offen war, aber es musste gesagt werden. Ich komme wieder her, wenn Sie wollen, jederzeit.«

Kate ging ihm voraus in die Aula. »Kaffee?«

»Nein, danke, hab einen Termin und dann muss ich den Mittagsbus nach Culworth kriegen. Tschüs, Hetty. Bis Sonntag gegen zehn, Margaret. Ist das okay?«

»Ja, ich habe alles fertig. Kommt Louise auch?«

»Ja.«

»Gut. Wir brauchen ihr Organisationstalent.«

»Und ob. Auf Wiedersehen, Kate Pascoe.«

»Nochmals danke.«

»Gern geschehen. Jederzeit, wie gesagt.«

Es war Peter, dem er einen Besuch abstattete, ehe er den Bus nahm. Peter war zu Hause, er führte Gilbert ins Arbeitszimmer.

»Ich muss Sie kurz sprechen, Peter.«

»Setzen Sie sich, bitte. Hab lange keine Gelegenheit mehr gehabt, mit Ihnen zu reden, außer über Liednummern, Kirchenmusik und so.«

»Stimmt. Hab viel zu tun gehabt.«

»Wie springt das Leben mit Ihnen um?«

»Sehr gut, danke. Und mit Ihnen?«

»Dito, danke. Falls Sie wegen nächstem Sonntag mit mir reden wollen, ich bin fertig mit…«

»Das weiß ich doch. Nein, es geht nicht um nächsten Sonntag. Es geht um Kate Pascoe.«

»Warum um Kate?«

»Ich bin mir nicht sicher. Mir ist nur mulmig, das ist alles. Ich kann nicht den Finger darauf legen, aber ich habe heute Morgen zu ihr gesagt – hab für die älteren Schüler einen Vortrag über die Römerzeit gehalten –, dass die Kinder keine Versuchskaninchen sind und dass Kate sie nicht nach ihren eigenen Vorstellungen formen darf. Klingt blöd, wenn ich das am hellen Tag so sage, aber ich war dort und hab's gesehen und gespürt. Sie sollten mal unangemeldet vorbeischauen. Dazu sind Sie doch sicher berechtigt?«

»Ja, ich nehme an, aber so etwas tue ich nicht.«

»Wär mir lieb, wenn Sie's täten. Bitte?«

»Gut, ich mach's. Obwohl ich mir sicher bin, dass Sie sich irren.«

»Vielleicht. Aber halten Sie die Augen offen, okay?«

»Okay. Mach ich.«

»Ich mache mir Sorgen um die Kinder.«

»Selbstverständlich.«

»Du meine Güte! Ist es schon so spät? Ich verpasse noch den Bus. Der Fahrer wartet keinen Moment länger als bis zur Abfahrtszeit – ich könnte sogar schwören, dass er manchmal absichtlich zu früh losfährt! Trotzdem, ein bisschen Spannung kann er sicher brauchen. Wer möchte schon den ganzen Tag lang Bus fahren?«

»Auf Wiedersehen. Ich lasse mir das, was Sie gesagt haben, durch den Kopf gehen.«

14. Kapitel

Am Abend des folgenden Sonntags herrschte in der Bar des Royal Oak Hochbetrieb. Alle Tische waren besetzt, der Speisesaal ständig voll. In dem Raum mit der niedrigen Decke war es heiß, weil im Kamin in der Ecke dicke Scheite brannten und starke Hitzewellen verströmten. Die Gäste waren dankbar, denn es war ein kalter Abend. Es hatte drei Jahre gedauert, bis die Dorfbewohner Bryn und Georgie Fields, die Wirtsleute, auch nur annähernd als Teil ihres Lebens akzeptiert hatten. Trotzdem hatten diese drei Jahre nicht ausgereicht, das Ehepaar in den Jahrhunderte alten Bodensatz aus Vorurteilen und Abneigungen einzuweihen, auf dem die Auseinandersetzungen in der Gegenwart ruhten. An dem kleinen Tisch neben dem Kamin wurde über Kricket gesprochen.

»Mein Großvater hat vor dem Zweiten Weltkrieg in der Kricketmannschaft gespielt, genau wie sein Vater vor ihm. Wenn sie ein Spiel gewonnen hatten, haben sie sich hier drin prächtig amüsiert. Sturzbesoffen waren sie, haben gesungen und getanzt. Donnerwetter, mein Grandad hat gesagt, das Bier ist in Strömen geflossen, und nicht zu knapp. Der« – der Sprecher reckte verächtlich den Daumen in Richtung Herrenhaus – »hat kein Recht, Präsident zu sein. Das steht Sir Ralph zu. Die Tradition zählt. Im Herrenhaus haben sie ein Fest gegeben, um das Ende der Kricketsaison zu feiern. Mein Grandad hat gesagt, sie haben sich die Bäuche vollgeschlagen, bis sie kaum noch stehen konnten. Die hatten da oben eine wunderbare Köchin. Keine französischen Affereien mit ein paar Erbsen auf dem Teller, einem Häppchen Fleisch und jeder Menge aufgemotzter Soße. Da gab's Riesenportionen. Köstlich. Hinterher haben sie 'ne ganze Woche nichts gegessen. Und das Ale und der Cider sind nie ausgegangen. Waren echte Gentlemen, die Templetons. Da kam alles von Herzen. Der« – er reckte wieder den Daumen – »der ist auf *Dankbarkeit* aus.«

Vera Wright lachte. »Da haste Recht, das stimmt.«

»Sir Ralph ist ein echter Gentleman, weißt du. Kann sich in jeder Gesellschaft bewegen, ob vornehm oder einfach. Großartiger Mann.«

»Das sagst du nur, weil er neulich abends hier war und dir zwei Drinks spendiert hat. Hast mindestens eine Stunde hier mit ihm gesessen und über die alten Zeiten gekakelt.« Vera schaute auf, als die Tür aufging und Willie und Sylvia hereinkamen. »Ich muss gehen, meine Freunde sind eben gekommen.«

»Ich geh jetzt, wenn du willst, können sie sich hierher setzen.«

»Oh, danke.« Vera winkte Sylvia zu und sie kam herüber.

»Wie voll es ist. Bryn und Georgie müssen sich heute Abend eine goldene Nase verdienen. Scheffeln wirklich Geld mit dem Lokal.«

»Ja, bestimmt. Allen scheint es gut zu gehen, bis auf mich, die gute alte Vera Wright. Da ist Pat, heiratet das stattlichste Paar Schenkel in Turnham Malpas und wegen der Stelle von ihrem Dad hat sie zudem das wunderbare Gärtnerhaus, da ist dieser grässliche Alan Crimble, dem hinter dem Tresen vor lauter Grinsen gleich das Gesicht platzt, der hat geheiratet und auch ein schönes Haus gekriegt. Mr. Charter-Plackett ist wie ein Hund, der mit zwei Schwänzen wedelt, weil seine Geschäfte so gut gehen. Obwohl ich das nicht sagen dürfte, seit Sadie tot ist. Ein echter Schock. Trotzdem scheint's allen gut zu gehen, außer mir.«

Sylvia beobachtete, wie Willie sich mit ihren Drinks zwischen den Tischen hindurchschlängelte. »Komm schon, Vera, so schlimm kann's doch nicht sein.«

Willie stellte die Drinks ab. »Abend, Vera. Hier ist dein Drink, meine Sylvia.« Er beugte sich über sie und küsste sie, bevor er ihr den Drink reichte.

»Siehst du, was ich meine? Ihr zwei seid auch so glücklich wie die Turteltauben.«

»Schau, das Leben ist, was du daraus machst. Du hast einen lieben, soliden Mann, könnte gar nicht solider sein, und einen netten Enkel.«

»Netter Enkel? Von wegen. Treibt sich rum, rund um die Uhr. Muss heute Morgen um drei gewesen sein, als er heimgekommen ist. Wenigstens können wir heute Nacht schlafen. Er ist bei einem Freund oben in Ladygate in Culworth. Da haben wir wenigstens zwei Nächte lang Ruhe.«

Willie meinte, vielleicht habe Rhett eine Freundin.

»Mach mal halblang, Willie, er ist erst sechzehn, er hat kein Mädchen. Wenn ich schon mal dabei bin, am letzten Sonntag stand in der Zeitung ein Artikel über 'nen Zwölfjährigen, der ins Heim eingewiesen worden ist, weil …«

Die drei steckten die Köpfe zusammen, während Vera die Einzelheiten der Geschichte erzählte. Aber sie wurden unterbrochen, als die Bartür so heftig aufgerissen wurde, dass sie nach hinten schwang und gegen einen Stuhl prallte, der mit lautem Gepolter umfiel. Das war Jimmy. Er wankte herein und sah aus, als würden seine Beine jeden Moment nachgeben. Er ging direkt zur Theke, stützte sich darauf, holte mehrmals tief Luft und bestellte schwach einen doppelten Whisky, den er auf Ex hinunterschluckte.

Jimmy und ein doppelter Whisky? So etwas hatte es seit dem Abend, an dem er im Lotto gewonnen hatte, nicht mehr gegeben. Er hatte doch bestimmt nicht schon wieder gewonnen, oder?

Aber Jimmys Gesicht, das nicht mehr so gebräunt war wie früher, als er ein müßiger Tunichtgut gewesen war und die meiste Zeit beim Wildern im Wald und auf den Feldern verbracht hatte, war aschfahl. Zitternd stellte er das leere Glas auf die Theke und würgte heraus: »Noch 'nen Doppelten.«

»Jetzt hören Sie«, sagte Bryn, »Sie sind nicht an Whisky gewöhnt. Lassen Sie den ersten erst mal wirken, dann serviere ich Ihnen noch einen.«

Aber Jimmy wollte davon nichts hören. Er gestikulierte Bryn flehentlich an, also wurde ihm noch ein Doppelter serviert.

Sylvia sagte zu Willie: »Ich glaube, du solltest zu ihm gehen, wirklich, weißt du. Ich seh von hier aus, wie er zittert. Geh hin und krieg raus, was los ist.«

Jemand hatte Jimmy einen Barhocker unter den Hintern geschoben und er sank dankbar darauf, als er den zweiten Whisky kippte.

Allmählich bekam er wieder Farbe in die Wangen und Willie fragte: »Was ist denn los, haste ein Gespenst gesehen?« Jimmy wurde wieder bleich, packte Willie an den Jackenaufschlägen und flüsterte mit einer Stimme, die klang, als werde er erdrosselt: »*Sykes.*«

Willie, heftig erschrocken, flüsterte zurück: »Haste in Sykes Wood was Grausiges gesehen?«

»Nein, nein.«

»Was ist es dann? Erzähl's mir.«

Jimmy schüttelte den Kopf und das Zittern wurde schlimmer. Er nahm ein Taschentuch heraus und wischte sich den Schweiß vom Gesicht.

»Er war's. Er war's.«

»Wer?«

Jimmy rang um Worte und brachte schließlich heraus: »Ich hab ihn wie einen Sohn behandelt, wirklich. Hab ihn geliebt wie einen Sohn. Und jetzt das.« Tränen rollten ihm über die Wangen.

Willie hatte ihn noch nie weinen sehen, nicht einmal, als seine Frau und sein Kind gestorben waren. Er stellte sich vor ihn, um ihn vor den anderen Gästen abzuschirmen, denn er wollte nicht, dass alle Welt Jimmys Tränen sah.

»Ich kann dir nicht helfen, wenn ich nicht weiß, worüber du redest«, sagte er sanft.

»Sykes. Ich hab Sykes gesehen.« Immer mehr Tränen liefen ihm über die Wangen.

Willie war so überrascht, dass er laut sagte: »Du hast Sykes gesehen?«

Jemand fragte: »Sykes? Wer ist das?«

»Sein Hund. Ist vor drei, vier Jahren gestorben.«

»Worüber redet er dann, wenn der Hund tot ist?«

Jimmy bestellte einen weiteren Whisky.

Bryn schüttelte den Kopf. »Nein, tut mir Leid, nein.«

Inzwischen war Jimmy zu aufgelöst, um zu widersprechen. »Das ist die Strafe, weißt du.« Er zeigte mit der mageren, bebenden Hand zur Decke. »Er, der Allmächtige. Er bestraft mich für das, was ich getan habe. Dafür, wie mein armer Hund zu Tode gekommen ist. Das war alles meine Schuld.«

»Nein, war's nicht. Natürlich nicht. Du hast es doch nicht wissen können.«

Jimmys Lippen bebten, als er sagte: »Meine Kaninchenfallen haben ihn umgebracht – machen wir uns nichts vor. War der beste Jack-Russell-Terrier, den ein Mensch nur haben kann.«

»Aber wie kannst du ihn gesehen haben, wenn er doch … du weißt schon … tot ist?«

Jimmy hob die Stimme, um Willie zu überzeugen. »Ich hab ihn gesehen, ich sag's doch. Auf der Church Lane.«

»Es ist dunkel, war vielleicht 'ne Katze.«

»Er hat gebellt.«

Willie war entsetzt, aber nicht bereit, Jimmy zu glauben. Er widersprach. »Kann nicht sein. Gibt keine Gespenster.«

»Sagst ausgerechnet du? Du hast schon Gespenster gesehen. Was ist mit dem Grab in der Kirche, von dem du behauptest, darin würde es spuken?«

Willie gab das zwar zu, andererseits waren Gespenster in der Nähe von Kirchengräbern doch ganz normal und vernünftig, im Gegensatz zu einem Hund auf der Church Lane.

Plötzlich entstand an dem Tisch, an dem Jimmy, Willie, Vera und Sylvia meistens saßen, Bewegung. Ein Gast war aufgestanden und sagte: »Da unten liegt ein Hund.«

»Red doch nicht so'n Blödsinn.«

»Doch, ich kann ihn riechen. Warm und nach Wolle, wie wenn ein Hund draußen im Regen war und trocken wird. Er hat mein Hosenbein gestreift. Schafft das verdammte Vieh raus. Es ruiniert meine neue Hose.«

Sie schauten alle unter den Tisch, aber da war kein Hund.

»Aber es war einer da, ich hab's gespürt!«

Willie und Jimmy waren wie elektrisiert. Jimmy zeigte mit zitternder Hand auf den Tisch und verkündete mit lauter, von Furcht erfüllter Stimme: »Siehst du? Er ist mir hierher gefolgt. Er sitzt da, wo er immer gesessen hat. Weißt du noch, ich hab immer mein Glas runtergestellt und er hat einen Schluck getrunken. Er ist zurückgekommen und spukt. Er ist zurückgekommen und quält mich. Göttliche Vergeltung, das ist es.«

Die Gruppe trank aus und machte sich, geschockt von Jimmys Behauptung, sie habe ein Gespenst zu spüren bekommen, eilig davon. Die Gespräche in der Bar schwollen zu einem Crescendo an und mehr als ein Gast war sichtlich erschüttert bei dem Gedanken, Sykes suche seine alten Jagdgründe heim. Nicht wenige bestellten einen weiteren Drink zur Beruhigung der Nerven.

Bryn lachte. »Das ist gut fürs Geschäft. Ein Pub, in dem es spukt.«

Georgie war wütend, verpasste ihm einen kräftigen Stups und sagte: »Halt die Klappe!« Sie tätschelte Jimmy den Arm und sagte tröstend: »Hören Sie, Schatz, gehen Sie nach Hause. Willie bringt Sie heim und Sie nehmen ein paar Kopfschmerztabletten und gehen ins Bett. Morgen früh fühlen Sie sich besser.«

Jimmy schüttelte entschieden den Kopf. »Unmöglich, vielleicht folgt er mir ja nach Hause.«

Sylvia stand auf. »Jetzt schau her, das ist doch alles total lachhaft. Wir alle – Willie, Vera, Jimmy und ich – setzen uns jetzt an unseren üblichen Tisch und du stellst ein Glas Ale darunter und wir alle sitzen da als Beweis dafür, dass es nicht nach einem nassen Hund riecht und dass das Ale nicht angerührt wird. Dann wissen wir, dass das alles nur Einbildung ist. Den Versuch ist es doch wert, oder? Jimmy kann doch nicht die ganze Nacht hier bleiben. Wir klären das jetzt ein für allemal. Kommt schon, bringt eure Drinks mit.«

Ziemlich zögernd gingen die drei anderen hinüber zu dem Tisch, an den sich Sylvia schon gesetzt hatte. Bryn brachte das Glas Ale und Jimmy stellte es genau dorthin, wo es immer gestanden hatte, als Sykes noch lebte.

Weil ihnen während des Experiments der Gesprächsstoff ausging, erzählte Sylvia von den Schuhen, die Willie am Nachmittag in Culworth gekauft hatte. Sie schilderte eben, wie unhöflich ein Verkäufer zu ihr gewesen war, als sie gesagt hatte, dieselben Schuhe seien in einem Laden ein paar Häuser weiter zwei Pfund billiger, als sie deutlich einen Hund schlabbern hörten. Alles hielt inne. Die Gespräche, das Trinken, das Gelächter. Die ganze Bar erstarrte. Das einzige Geräusch war das Geschlabber, das für ein Gespenst geradezu unanständig gierig klang. Sylvia sah die drei anderen an, um herauszufinden, wer es wagen würde, unter den Tisch zu schauen. Aber Willie, Jimmy und Vera waren wie gelähmt. Das Einzige, was sich an ihnen bewegte, waren die Augen, die sich vor Entsetzen verdrehten. Also bückte sich Sylvia und sah nach. Alle hörten, wie sie mit zusammengebissenen Zähnen nach Luft schnappte. Angetrieben von einer unbekannten Kraft, kam Sylvias Kopf wieder unter dem Tisch hervor. Sie sprang auf ihren Stuhl, raffte ihren Rock hoch und schrie: »Er ist es! Er ist es!«

Jemand murmelte, von tiefstem Herzen kommend: »Schöne Scheiße.«

Vera rutschte ohnmächtig vom Stuhl.

»Da war ich also, Herr Pfarrer, bin auf dem Stuhl gestanden und hab mir die Lunge aus dem Leib geschrien! Bryn ist hergekommen und hat den Hund mit einem Keks unter dem Tisch vorgelockt. Ich hab immer noch auf dem Stuhl gestanden und mein Herz hat geklopft wie verrückt. Dann war ich unglaublich erleichtert. Es ist ein hübscher kleiner Hund und er sieht Sykes zum Verwechseln ähnlich. Gleich groß, gleiche Farbe, bis hin zu dem schwarzen Fleck um das linke Auge herum. Genau wie Sykes. Bloß, dass der Fleck nicht ganz so schwarz ist, wie er bei Sykes war, aber jemand hat gesagt, was kann man denn sonst erwarten, wenn der Hund drei Jahre lang im Wald begraben gelegen hat? Jimmy hat diese Bemerkung gar nicht freundlich aufgenommen, das kann ich Ihnen sagen! Der Hund hatte kein Halsband an, wir wissen also immer noch nicht, wem er gehört.«

»Wo ist er jetzt?«

»Was ist Jimmy am Samstagabend schon anderes übrig geblieben, als ihn mit nach Hause zu nehmen? Am Sonntagmorgen hat er ihn ausgesetzt und der Hund ist direkt zur Kirche gelaufen.

Wie früher, als Sie ihn gesehen haben, wenn Sie um acht zur Morgenandacht gegangen sind. Und dann, als der Gottesdienst um zehn vorbei war, ist der Hund zu Jimmy zurückgegangen, und dort ist er seitdem. Wie auch immer, Willie ist heute Morgen als Erstes zu Jimmy gegangen. Der war nicht da, war beim Sergeant, um ihn zu fragen, ob jemand einen entlaufenen Hund gemeldet hat, und der Hund ist hinter ihm hergelaufen, genau wie Sykes früher. Ich schätze mal, wenn die Besitzer sich nicht melden, behält Jimmy ihn.«

»Ich gäb was drum, wenn ich Ihre Gesichter gesehen hätte!«

»Ich bin froh, dass Sie uns nicht gesehen haben. Ich bin mir hinterher so schwachsinnig vorgekommen. Aber ich kann Ihnen sagen, dass wir Angst hatten, und nicht zu knapp! Aber wissen Sie, an diesem Hund ist was Merkwürdiges. Erst mochte er Ale, genau wie Sykes. Sykes war verrückt danach, wär jeden Abend sternhagelvoll gewesen, wenn Jimmy das zugelassen hätte. Und als Jimmy nach Hause kam, hat der Hund genau gewusst, wo's was zu trinken gibt, genau den Platz, an dem immer Sykes' Wassernapf gestanden hat, und als es Zeit zum Schlafengehen war, ist der Hund dorthin gegangen, wo Sykes' Schlafplatz war, aber Jimmy hat dort jetzt ein Tischchen stehen, und der Hund konnte sich nicht hinlegen. Jedenfalls hat Jimmy das Tischchen weggerückt und der Hund hat sich auf den Teppich gelegt, mit dem Rücken zur Fußleiste, genau wie Sykes. Also hat Jimmy eine alte Decke geholt, auf der Sykes geschlafen hat, und der Hund hat sich draufgelegt, als wär das seit Jahren sein Platz. Ich kann Ihnen sagen, das hat Jimmy ganz schön ins Grübeln gebracht, das merkt man ihm an. Er ist nur noch ein Schatten seiner selbst. Was meinen Sie dazu, Sir?«

»Es wirkt alles sehr seltsam, Sylvia. Ich meine, dass der Hund aufgetaucht ist, ist nicht besonders befremdlich; offenbar hat er sich verlaufen und ist durch reinen Zufall nach Turnham Malpas gekommen. Aber was Sie darüber sagen, dass der Hund gewusst hat, wo Sykes geschlafen hat und wo der Wassernapf gestanden hat, ist auf alle Fälle mehr als ein bisschen beunruhigend. Ich weiß wirklich nicht viel über Hunde; vielleicht haben sie einen sechsten Sinn dafür, wo ihr bester Schlafplatz ist und so. Ich weiß es einfach nicht.«

»Ich muss Ihnen noch etwas sagen, was nichts mit dem Hund zu tun hat. Haben Sie einen Augenblick Zeit?«

»Ja.«

Sylvia erzählte Peter, wie sie Mimis Halsband gefunden hatte. »Ich hab's immer noch in meiner Handtasche. Ich geb's Ihnen, vielleicht wissen Sie, was am besten ist. Es hat auf meinem Gewissen gelastet und es wird höchste Zeit, dass ich etwas unternehme. Ich konnte es Dr. Harris nicht sagen, hab einfach nicht die richtigen Worte gefunden. Meinen Sie nicht, Sir, dass in letzter Zeit eine ganze Reihe von Merkwürdigkeiten passiert ist? Erst verschwindet Mimi, dann stirbt die arme Sadie Beauchamp so plötzlich, und jetzt dieser verflixte Hund.«

»Alles vollkommen erklärlich.«

»Ich weiß, aber *zusammengenommen* alles sehr seltsam. Hier ist das Halsband. Verstecken Sie es gut; es geht nicht, dass Dr. Harris es zufällig sieht. Sagen Sie es ihr?«

Peter schnallte das Halsband zu und versuchte, es aufzureißen. Aber er schaffte es nicht. »Aufgeschnallt, sagten Sie?«

»O ja, und halb unter der Erde.«

»Ich werde darüber nachdenken, was ich ihr sagen soll. Danke.« Peter lächelte. »Vera ist doch sicher wieder zu sich gekommen?«

Sylvia lachte leise. »Sie hat einen doppelten Brandy gebraucht, bis sie wieder ganz bei sich war, aber schließlich haben wir alle einen Riesenschreck bekommen!«

15. Kapitel

Viele Kinder hatten am Sonntag den Gottesdienst besucht, bei dem der kleine Jack Russell vor aller Welt in Andachtshaltung auf der Platte des Grabes gesessen hatte, von dem Willie behauptete, darin spuke es. Die Kinder waren ganz erfüllt von dieser Geschichte; sie konnten über nichts anderes reden.

»Was meinen Sie, Ms. Pascoe?«

Sie tat das ab und fuhr die Kinder schmallippig an: »Das ist bloß ein Streuner von irgendwo her, sieht nur zufällig so aus wie der Hund von Mr. Glover.« Dann ging Kate in ihr Büro, um den Fragen ihrer Schüler auszuweichen.

»Meine Mum sagt, er ist genau wie Sykes.«

»Stimmt. Mit dem schwarzen Fleck, durch den er wie ein Pirat aussieht.«

»Richtig. Es heißt, dass er sich in Mr. Glovers Haus total gut auskennt.«

»Soll vollgeschifft gewesen sein wie ...«

Hetty Hardaker griff ein. »Das reicht, Brian! Für den Zustand, in dem der Hund war, kennst du bessere Wörter.«

»Dann war er also genau wie Mr. Glover!« Brians Scherz reizte die Kinder zu hysterischem Gelächter.

»Kinder, Zeit für die Andacht, kommt jetzt.«

»Mein Dad sagt, Jimmy war weiß wie 'ne Wand. Hat gezittert, wirklich.«

»Ich hoff bloß, dass niemand den Hund zurück will. Wär doch schön für Mr. Glover, wieder 'nen Hund zu haben. Vielleicht buddelt er seine Fallen in Sykes Wood aus und wildert wieder.«

»Hoffentlich nicht. Da liegt doch das Skelett von Sykes. Uh!« Stacey erschauerte.

»Nein, weil er doch wieder zum Leben erweckt worden ist. Sagt meine Mum. Ins Leben zurückgeholt! Sie ist sich sicher, dass es der echte Sykes ist. Sie war dabei, als sie ihn gefunden haben.«

»Mein Dad sagt, es geht nicht mit rechten Dingen zu. Mitten in der Nacht Lichter in Sykes Wood. Er hat's gesehen.«

Brian fragte, was Staceys Dad mitten in der Nacht in Sykes Wood verloren habe.

Stacey klopfte sich gegen den Nasenflügel. »Wer keine Fragen stellt, kriegt keine Lügen zu hören.«

Hetty Hardaker meinte: »Du solltest lieber nicht fragen, Brian, was Staceys Vater mitten in der Nacht in Sykes Wood zu tun hatte. So, du kannst vorausgehen und uns zur Andacht führen. Stell dich aufrecht hin und geh uns voran. Miss Booth spielt schon die Musik zur Einstimmung. Kommt, Klasse zwei. Hopp, hopp! Ordentlich aufgereiht, den Rücken schön gerade. Geh voraus, Brian, leise, und stampf bitte nicht mit den Füßen. Wir sind nicht bei der Parade der Horse Guards und Salutieren ist eindeutig überflüssig.«

Als sie sich zur Andacht setzten, kam Peter aus dem Raum der Spielgruppe herein. Alle Kinder drehten sich um und riefen unaufgefordert im Chor: »Guten Morgen, Herr Pfarrer!«

»Guten Morgen, Kinder. Darf ich heute Morgen an der Andacht teilnehmen, Ms. Pascoe? Mrs. Hardaker?«

»Selbstverständlich«, sagte Kate. »Holt jemand einen Stuhl für den Herrn Pfarrer?« Jede Menge Hände meldeten sich.

»Flick, hol meinen Stuhl aus unserem Klassenzimmer. Der Herr Pfarrer braucht einen Stuhl für Erwachsene.«

»Ich setz mich ganz nach hinten.«

Ein Kind aus Ms. Pascoes Klasse gab Peter ein Gesangbuch und er setzte sich auf den Stuhl, den Flick ihm brachte.

Es war ein trüber, finsterer Morgen, aber Peter schien es, als erfülle die Lebensfreude der Kinder die Aula mit Licht. Mrs. Hardaker sagte den ersten Choral an. Diejenigen, die dazu in der Lage waren, suchten die Nummer im Gesangbuch und halfen dann denen, die das noch nicht alleine konnten.

Miss Booth intonierte die Melodie und die Kinder sangen *Oh, wäre ich ein Schmetterling.* Peter stimmte ein und die Kinder mussten ihr Gekicher unterdrücken, weil Peter wie Mr. Johns klang, nur noch tiefer und noch lauter, so sehr er sich darum bemühte, leise zu singen.

Als Mrs. Hardaker die Kinder fragte, ob sie heute Morgen einen Grund hätten, Gott zu danken, schlug Brian vor: »Sykes. Danken wir Gott dafür, dass er Sykes zurückgebracht hat.«

Mehrere Kinder pflichteten ihm bei. »Ja, das ist eine gute Idee!«

»Ich glaube nicht, dass Sykes tatsächlich zurückgekommen ist, Brian. Das ist nicht Sykes, sondern ein Hund, der wie Sykes aussieht.«

In der Aula wurde heftig gemurrt. »Woher hat er dann gewusst, wo der Napf von Sykes war?«

»Ja, und er hat Mr. Glover gekannt. Klebt an ihm wie eine Klette.«

Mrs. Hardaker geriet ins Schwimmen. »Vielleicht sollten wir beten, dass seine wahren Besitzer ihn zurückverlangen. Schließlich müssen sie sehr traurig sein, weil sie ihren Hund verloren haben. Ich nehme an, sie hatten ihn sehr lieb.«

»Wie denn, wenn es der Sykes von Mr. Glover ist?«

»Beten wir für alle Haustiere, damit sie so gut versorgt werden wie eure. Hände zusammen, Augen zu.«

Als Mrs. Hardakers Teil der Andacht zu Ende war, merkte Peter, dass sie froh war, die Leitung an Kate Pascoe abgeben zu können.

Kate blieb auf dem Stuhl neben den Kindern sitzen. Sie schaute sich um und versicherte sich der ungeteilten Aufmerksamkeit aller, ehe sie etwas sagte. »Vor ein paar Tagen haben Klasse drei und ich eine Waldwanderung gemacht. Weil Winter ist, waren die meisten Bäume kahl, aber wir haben die wundervolle Symmetrie der Zweige und Äste gesehen, die über unseren Köpfen himmelwärts strebten. Die Bäume haben geschlafen … kein Wachstum, kein im Wind raschelndes Laub. Sie warten ab, bis die Sonne wieder scheint, bis die Erde wärmer wird, die Tage länger werden und die Nächte kürzer, damit sich wieder Leben in ihnen regt. Es dauert nicht mehr lange, bis das geschieht; wir nennen es Frühling. Denken wir an die Bäume und die Pflanzen im Wald, die geduldig in den kalten Monaten auf das herrliche Wunder warten, das jedes Jahr geschieht, ohne Ausnahme. Stellt euch vor, ihr wärt ein Baum, fähig, Schmerzen zu empfinden und zu leiden, wenn ihm Leid widerfährt oder er gefällt wird. Wartet schweigend wie die ganze Natur auf den richtigen Augenblick zum Erwachen. Stellt euch vor, wie ihr die ersten Regungen des Lebens spürt.«

Die Kinder saßen volle fünf Minuten lang stumm da, aber das hieß nicht, dass sie über Kates Thema meditierten. Peter saß ebenfalls schweigend da. Im Geist ging er seine Tagestermine durch – wenn er seinen üblichen Montagsbesuch in Penny Fawcett abkürzte und zeitig von den Visiten im Krankenhaus zurückkam, hatte er eine freie Stunde. Und es spielte keine Rolle, was Ms. Pascoe nach der Schule vorhatte, denn sie musste Zeit für ihn haben. Bäume, die Schmerz empfanden, also wirklich! Was denn noch?

Peter kam zur Schule, als die Kinder eben im Begriff waren, nach Hause zu gehen. Hetty Hardaker rannte über den Hof und rief einem Schüler nach: »Craig! Craig! Deine Briefmarken. Du hast deine Briefmarken vergessen. Fang ihn ein, Flick. Na so was, Herr Pfarrer, gleich zweimal am selben Tag, was für eine Ehre! So, Craig, ich habe das Album in eine Plastiktüte gesteckt, damit du auf dem Heimweg nichts verlierst. Pass gut auf. Bis morgen. Wollen Sie Ms. Pascoe sprechen?« Hetty ging zurück in die Schule und Peter folgte ihr.

»Ja.«

»Im Moment hat sie Elternbesuch, aber das dauert nicht lange. Weiß ich, worum es geht?«

»Sehr wahrscheinlich.«

»Es ist nicht nötig, dass Sie meine Meinung einholen, aber sie lautet genau wie Ihre. Glauben Sie mir, das ist nicht richtig. Gut gemeint, nehme ich an, aber fehlgeleitet.«

Peter nickte und äußerte unverbindlich: »Hm.«

Kate bot ihm eine Tasse Tee an, aber er lehnte dankend ab. Sie hatte das Gefühl, es liege nicht nur an seiner Größe, sondern an seiner starken Persönlichkeit, dass er das kleine Zimmer vollkommen ausfüllte. Von Aura verstand sie wirklich etwas und sie konnte spüren, wie seine Aura die ihre fast streifte.

Kate schaute ihm ins Gesicht und merkte, dass er besorgt war. »Herr Pfarrer, kann ich Ihnen in irgendeiner Weise behilflich sein?«

»Allerdings.«

Sie stellte die leere Tasse auf den Schreibtisch und lehnte sich, nachdem sie Peter den einzigen Stuhl angeboten hatte, gegen das Waschbecken und wartete ab.

»Mir ist zwar durchaus bewusst, dass die Kirche auf die Erziehung der Kinder in Konfessionsschulen nicht mehr so viel Einfluss hat wie früher, aber ich habe wirklich das Gefühl, dass ich etwas dazu sagen muss. Während Ihrer kurzen Ansprache, mit der Sie die Kinder auf die Meditation eingestimmt haben, war kein einziges Mal von dem Schöpfer die Rede, dem wir für die schöne Welt danken sollten, in der wir leben. Nichts davon wurde Gott zugeschrieben und ich möchte gern wissen, warum in einem solchen Zusammenhang sein Name nicht einmal erwähnt wurde.«

Kate antwortete nicht sofort und Peter, wie viele seiner Gemeindemitglieder zu ihrem Leidwesen wussten, half ihr nicht über das Schweigen hinweg.

»Das ist eine heikle Frage.«

»Deshalb habe ich sie gestellt.« Peter wartete geduldig. Kate wandte das Gesicht ab, das er so eindringlich musterte, und schaute aus dem Fenster. Sie blickte auf die Mülltonnen und den Fahrradschuppen der Schule. Sie hörte das Schlappen von Pat Ducketts alten Schuhen und schaute ihr zu, wie sie Papierabfälle in die Recyclingtonne kippte. Es war idiotisch gewesen, in Peters Gegenwart nicht von Gott zu sprechen. Was nun? Es war wohl eine unterwürfige Entschuldigung angebracht. »Sie haben völlig Recht. Ich hätte es tun müssen. Es kommt nicht wieder vor.«

»Gut. Es ist lachhaft, davon zu sprechen, dass Bäume Schmerz empfinden, und es ist vollkommen fehl am Platz, diesen empfänglichen Kindern mit so etwas zu kommen, vor allem aus dem Mund eines Menschen, von dem sie die absolute Wahrheit erwarten. Die Kinder müssen glauben, was Sie sagen, sonst lernen sie nichts. Wenn Sie sagen, zwei plus zwei ist vier, ist das für die Kinder die Wahrheit. Wenn Sie genauso überzeugend sagen, dass Bäume Schmerz empfinden, glauben die Kinder das auch. Es ist eine ungeheure Verantwortung. Und Bäume umarmen? Also bitte!«

Kate machte den Mund auf und wollte widersprechen, aber Peter hob die Hand und brachte sie zum Schweigen.

»Da ist noch etwas, worüber ich mit Ihnen sprechen muss.

Früher wäre es ein Grund für eine strenge Abmahnung gewesen, wenn die Rektorin dem Abendmahl und sogar den Gottesdiensten fern geblieben wäre. Das ist heute nicht mehr so, aber Sie kommen überhaupt nicht. Gibt es einen Grund dafür?«

»Keinen. Ich habe mich nur noch nicht dazu aufraffen können.«

»Sie müssen ein Beispiel geben. In einer so kleinen Gemeinde bleibt Ihr Verhalten nicht unbemerkt.«

Kate fuhr herum, schaute nicht mehr aus dem Fenster, sondern Peter direkt ins Gesicht. »Was meinen Sie damit?«

»Das ist keine Drohung, das versichere ich Ihnen. Aber so unmittelbar, nachdem Sie an einer Missionsschule unterrichtet haben, haben Sie gar nichts mehr mit der Kirche im Sinn? Das passt nicht zusammen. Gut, ich gehe jetzt. Ich will Ihnen nicht noch mehr Zeit stehlen. Ich wollte Sie nicht kränken, ich handle nur aus den besten Absichten. Ich weiß, dass Sie über das, was ich gesagt habe, nachdenken werden.« Peter stand auf. »Vermutlich freut es Sie, dass Beth sich besser eingewöhnt hat. Gelegentlich muckt sie morgens noch auf, aber meistens kommt sie ganz gern her. Über Kinder lernt man vor allem, dass sie voller Überraschungen stecken.« Er lächelte. »Gott segne Sie, Kate.« Er wandte sich ab und sah deshalb nicht, wie sie erschauerte.

An jenem Abend kam Peter spät von einer Besprechung nach Hause. Caroline war schon im Bett. »Alles in Ordnung, Schatz?«, rief er nach oben »Ich mach mir nur was zu trinken. Möchtest du auch was?«

»Ja bitte, egal, was. Du kommst spät.«

»Ich weiß, jede Menge zu besprechen. Es dauert nicht lange.«

Er sah Caroline bewundernd an, als er mit dem Tee ins

Schlafzimmer kam. Sie saß im Morgenmantel auf der Bettdecke und las in einem Buch. Er stellte die Tasse auf ihren Nachttisch, bückte sich und küsste Caroline. »Du fühlst dich feucht an und bist köstlich parfümiert.« Peter bückte sich tiefer und küsste das Grübchen unter Carolines Kehle. Seine Zunge glitt an ihrem Hals entlang, über ihr Kinn bis zu ihrem Mund und er küsste sie wieder und schmeckte die Zahnpasta. »Lieb dich.«

»Lieb dich auch. Du siehst müde aus.«

»Bin ich. Langer Tag. Im Nachhinein hab ich Zweifel daran, ob es richtig war, Kate solche Vorwürfe zu machen. Vielleicht war ich zu streng mit ihr.« Er setzte sich neben Caroline und trank einen Schluck Tee. »Was meinst du?«

»In meinen Augen warst du nicht streng genug. Ich möchte nicht, dass unser Nachwuchs lernt, Bäume zu umarmen und solche Sachen.«

»Das möchte ich auch nicht. Die Eltern beschweren sich ebenfalls.«

»Was mich nicht überrascht.« Caroline stellte die Tasse ab, beugte sich zu Peter hinüber und küsste ihn. »Keine Sorge, das wird sich schon geben. Glaub mir!« Sie küsste ihn noch einmal und schmeckte den warmen Tee in seinem Mund. »Seltsam, nicht, es gibt keinen anderen Menschen auf der Welt als dich, den ich so küssen möchte.«

»Dem Himmel sei Dank. Wenn's anders wäre, hätte ich eine Menge dazu zu sagen.«

»Nie im Leben. Du würdest es geduldig hinnehmen und abwarten und die Entscheidung mir überlassen.«

Peter dachte darüber nach, nahm ihre Hand und hielt sie an seine Wange. Nach einem Kuss auf ihre Hand sagte er: »Unter solchen Umständen würde ich nicht tatenlos herumstehen. Ich würde mein Weib in meine Höhle zurückschleppen!«

Caroline lachte. »Und du willst Pazifist sein!«

»Mein Schatz!« Er genoss wieder den Geschmack ihrer Zahnpasta und erwog eben, sich auszuziehen und sich neben Caroline auf dem Bett auszustrecken, als das Telefon klingelte. »Zum Donnerwetter noch mal.« Er stieg über Caroline hinweg und nahm auf seiner Bettseite den Hörer ab.

»Pfarrhaus. Peter Harris am Apparat.«

»Sind Sie's, Herr Pfarrer? Hier ist Vera. Vera Wright. Können Sie herkommen? Ich weiß, dass es spät ist, aber es geht um unseren Rhett. Er ist nicht bei Verstand und wir wissen nicht, was wir tun sollen. Bitte, kommen Sie, bitte, sagen Sie uns, was wir machen sollen. Er wird verrückt.«

»Ich komme, obwohl es danach klingt, als ob Sie eher einen Arzt bräuchten als einen geistlichen Beistand.«

»Wenn wir einen Arzt rufen, transportieren die ihn ab. *Bitte,* Herr Pfarrer.«

»Bin schon unterwegs.« Er legte den Hörer auf und strich sich die Soutane glatt.

»Was ist denn los?«

»Rhett Wright scheint den Verstand zu verlieren. Tut mir Leid, ich muss los. Werd versuchen, dich nicht zu wecken, wenn ich zurückkomme.«

»Falls es schwierig wird, könnte ich mich unprofessionell verhalten und ihm eine Spritze verpassen. Mein Arztkoffer ist hier. Falls du einen Notarzt anrufst, könnte es Stunden dauern, bis jemand kommt.«

»Danke. Hoffen wir, dass es nicht so weit kommt. Glaubst du, dass Rhett Drogen nimmt?«

»Nicht dass ich wüsste, aber wir bekommen ihn schließlich nicht oft zu sehen.«

Don Wright ließ Peter ins Haus. »Gott sei Dank, dass Sie gekommen sind, Herr Pfarrer. Ich hab nicht gewollt, dass Vera Sie anruft, aber wir wissen einfach nicht, was wir tun sollen. Er ist total durchgeknallt.«

»Sagen Sie mir, Don, hatten Sie je den Verdacht, er könnte Drogen nehmen?«

Don machte ein verlegenes Gesicht. »Vor einer Weile hätte ich vielleicht Ja gesagt, aber in den letzten Monaten nicht mehr. Er ist jetzt mit einer anderen Clique zusammmen.« Von oben schallte Geheul in den Flur.

»Kommen Sie. Zeigen Sie mir den Weg.«

Vera kniete in Rhetts Zimmer auf Händen und Füßen und spähte durch den Türspalt des eingebauten Schrankes.

»Gott sei Dank, dass Sie gekommen sind. Er ist da drin.« Sie zeigte auf den Schrank und machte Platz, damit Peter den Jungen sehen konnte. Das Geheul ging durch Mark und Bein.

Rhett kauerte zwischen den Schuhen und Stiefeln und hatte sich so klein wie irgend möglich gemacht. Er hatte sich eine Sporttasche über den Kopf gezogen und die Arme durch die Henkel gesteckt, sodass von seinem Kopf nichts mehr zu sehen war. Mit den Händen umklammerte er seine Schienbeine. Obwohl die Tasche sein Geheul dämpfte, war es noch so laut, dass es, wie Vera bemerkte, Tote geweckt hätte.

Peter rief über das Geheul hinweg: »Hallo, Rhett, hier ist Peter aus dem Pfarrhaus. Möchte wissen, ob ich dir helfen kann. Kann ich etwas für dich tun?«

Ein heftiges Kopfschütteln, aber die Tasche blieb, wo sie war.

Peter zog sich vom Schrank zurück und fragte Vera, wie lange das schon so gehe.

»Hat bei 'nem Freund übernachtet und ist gegen fünf nach Hause gekommen. Dann ging er auf 'ne Fluppe in den Garten, entschuldigen Sie, Herr Pfarrer, aber ich erlaub nicht, dass er im Haus raucht. Und gleich danach ist er totenbleich, zittert von Kopf bis Fuß und kann nicht mehr sprechen. Er rennt rein, versteckt sich im Schrank und hat sich seitdem nicht mehr gerührt. Hat bloß noch geheult.«

»Kam er Ihnen merkwürdig vor, als er zurückkam, oder glauben Sie, dass er draußen irgendetwas gesehen oder mit jemandem gesprochen hat? Vielleicht hat ihn jemand bedroht?«

»Nur Jimmy hat mit ihm gesprochen. Ich war draußen, hab Kohlen geholt und Jimmy hat über den Zaun gerufen.«

»Was hat Jimmy gesagt?«

Vera versuchte, sich genau zu erinnern. »Er hat gesagt: ›Na, Rhett, was sagst du dazu? Was hältste davon, he?‹ Dann hat er gelacht und auf den verflixten Köter gezeigt, den er gefunden hat. Rhett hat über den Zaun geschaut und sofort hat es angefangen. Das ist alles.« Vera rang die Hände. »O Gott, Herr Pfarrer, ich bin mit meiner Weisheit am Ende. Er hat seit fast sechs Stunden nichts gegessen und nichts getrunken und war auch nicht auf dem… Sie wissen schon. Was sollen wir machen?«

»Er muss Durst haben. Holen Sie ihm etwas zu trinken, irgendwas, was er mag.« Peter bückte sich in den Schrank.

»Rhett, wir holen dir was zu trinken; nach der langen Zeit brauchst du das. Deine Großmutter macht sich große Sorgen um dich, Rhett, komm doch raus und setz dich aufs Bett. Ich bin ein guter Zuhörer, ich hab schon die schrägsten Geschichten zu hören bekommen. Du kannst mir alles erzählen; es bleibt streng vertraulich.«

Rhetts Geheul wurde noch lauter und er schlug im Schrank um sich, hämmerte mit der Faust gegen die Wand und stampfte mit den Füßen gegen die Leiste. Nach wie vor die Sporttasche über dem Kopf, sagte er: »Gehen Sie weg, sonst holt Sie der Teufel. Gehen Sie weg.«

Peter sagte mit tiefster Überzeugung: »Mich kann er nicht holen, weil ich mein Kreuz trage. Ich glaube, dass der Teufel immer vor der reinen Güte davonläuft und das ist Christus, die reine Güte. Hier, nimm das Kreuz.« Peter nahm die Kette vom Hals, langte in den Schrank und berührte eine Hand von Rhett mit dem Kreuz. Rhett umklammerte es. Fast unmerklich ließ das Geheul nach.

Vera kam mit einem Glas Radlermaß herauf. Sie flüsterte: »Er ist ein bisschen leiser, Gott sei gedankt dafür.«

»Und ob. So, Rhett, deine Großmutter hat dir etwas zu trinken gebracht.« Ein heftiger Ruck ging durch Rhetts ganzen Körper und die Radlermaß ergoss sich aus dem Schrank auf Peter und den Teppich.

»Oh, Sir, entschuldigen Sie.« Vera schrie den Schrank an: »Rhett, du dummer, undankbarer Junge! Schau bloß, was du angerichtet hast!«

Peter legte die Finger an die Lippen und scheuchte Vera weg. Sie blieb an der Zimmertür stehen, wo sie hörte, wie Peter Rhett sagte, er solle das Kreuz herausbringen, ans Licht, dabei könne ihm gar nichts geschehen.

»Komm jetzt, komm raus, Rhett. Langsam. Langsam.« Peter machte die Tür auf und schirmte Rhett ab. »Hände locker. So ist es gut. Halt das Kreuz fest. Ja, so. Ich nehme dir die Tasche vom Kopf. Langsam. Ja, ja, ich mach es ganz langsam. Großartig. Jetzt die Beine, eins nach dem anderen. Keine Eile. So ist es richtig. Langsam. Fass mich am Arm.«

»Hell, ist es hell? Darf nicht finster sein. Ich will Licht.«

»Mach die Augen auf, dann siehst du, dass hier Licht ist.« Stückchenweise zog Peter Rhett aus dem Schrank. Als Rhett schließlich auf dem Teppich stand, raste er zum Bett und kroch unter die Decke, die schmutzigen Turnschuhe auf dem Kissen.

»Oh, Gott sei Dank.« Vera rief nach unten: »Don, er ist rausgekommen! Was ist denn, Schatz? Sag's deiner Gran.«

»Lassen Sie ihn im Moment in Ruhe«, meinte Peter. »Ich hätte gern eine Tasse Tee, Vera. Ich hatte mir eben eine eingeschenkt, als Sie angerufen haben.«

»Natürlich, Herr Pfarrer. Tee kommt sofort.« Vera eilte nach unten und ließ Peter mit Rhett allein.

»So, deine Großmutter ist beschäftigt, kannst du jetzt unter der Decke vorkommen?«

»Nein.«

»Du hast doch das Kreuz. Dir kann nichts Böses geschehen. Denk dran, du kannst mir alles erzählen und keine Menschenseele wird es je erfahren, wenn du es nicht willst. Ich habe schon alles gehört; mich kann nichts schockieren.«

Ganz langsam kam Rhett unter der Decke hervor, wie ein Maulwurf, der die Nachtluft beschnuppert. Mit einer Hand umklammerte er Peters Kreuz, die zweite hielt er sich über die Augen. Peter empfand Mitleid mit ihm. Ein typischer Teenager, mager und schlaksig, drei Ringe in jedem Ohr, mit Bürstenschnitt und glatter Haut, aber einem pickeligen Kinn.

Rhett spreizte leicht die Finger und schaute Peter an. »Kann nicht schlafen. Trau mich nicht, zu schlafen.«

»Wenn du mir sagst, was dich quält, könnte ich dir vielleicht helfen, damit es dir besser geht.«

»Kann's Ihnen nicht sagen, Sir. O nein, Ihnen nicht.«

Er fing wieder leise an zu heulen und schaukelte hin und her.

»Hör mal, Dr. Harris – meine Frau – könnte dir was geben, was dir beim Einschlafen hilft. Und morgen, wenn du dich ausgeruht hast, könnten wir miteinander reden. Wir bitten deinen Großvater, dir beim Ausziehen zu helfen und dich ins Bett zu bringen, dann könnte meine Frau vorbeikommen.«

Rhett nickte und flüsterte: »Darf ich Ihr Kreuz behalten? Bis morgen?«

»Selbstverständlich. Ich komme wieder und wir reden. Abgemacht?«

»Abgemacht.«

16. Kapitel

»Es liegt an diesem verflixten Köter, Mr. Charter-Plackett. Das Vieh ist vom Teufel besessen.« Mrs. Jones verschloss das vierzehnte Paket für diesen Nachmittag mit Klebeband und drückte den Adressaufkleber sauber darauf. »Der arme Rhett hat den Verstand verloren und jetzt hat es auch die Frau des Sergeants erwischt.«

»Wirklich? Davon hab ich noch gar nichts gehört.«

»O doch. Jimmy war dort, um zu fragen, ob jemand gemeldet hat, dass ein Hund verschwunden ist. Den verflixten Köter hatte er dabei und die Frau des Sergeants hat grade im Dienstzimmer abgestaubt. Und dann ist sie sage und schreibe am Tresen zusammengebrochen und musste ins Bett gebracht werden. Hat nur noch gefaselt. Weiß wie eine Wand. Es heißt, dass ihr die Haare vom Kopf abstehen wie nach 'nem Stromschlag, aber das halt ich für ein bisschen übertrieben. Liegt immer noch im Bett und sagt kein Wort. Der Sergeant hat daran gedacht, den Pfarrer zu holen, aber als er das erwähnt hat, hat er gedacht, gleich erwürgt sie ihn.«

»Wirklich?«

»O ja.« Mrs. Jones nahm ein weiteres Glas Aprikosenchutney aus dem Regal. »Verkauft sich gut, wir brauchen bald Nachschub. Soll ich die Frau anrufen, die es macht, oder tun Sie das?«

»Machen Sie das.«

Mrs. Jones nickte. »Sie will also nichts davon hören, dass der Pfarrer sie besucht, wird hysterisch, wenn auch bloß sein Name genannt wird. Rhett hat angefangen, in die Kirche zu gehen, ganz was Neues, das kann ich Ihnen sagen, und Vera hat ihm ein eigenes Kreuz gekauft, damit der Pfarrer seins wiederkriegt. Hat gesagt, es ist ihr total schwachsinnig vorgekommen, ein Kreuz zu kaufen, aber es war die einzige Möglichkeit, Rhett seinen Seelenfrieden wiederzugeben. Ich sag Ihnen was, Mr. Charter-Plackett, da steckt was dahinter.«

»Was zum Beispiel?« Jimbo steckte sich ein großes Stück der Schweinepastete in den Mund, die sein Mittagessen war, und sah erwartungsvoll zu Mrs. Jones auf.

Mrs. Jones setzte sich auf Sadies alten Stuhl, strich sich eine Haarsträhne zurecht und erzählte Jimbo, was sie glaubte. Als er sie vor drei Wochen eingestellt hatte, hätte er sich nicht träumen lassen, wie ergiebig die Gespräche mit ihr waren. Sie war ein Fenster zum Dorf, wie es Sadie niemals hätte sein können. Sie hatte den Finger am Puls des Geschehens.

»Rhett will also dem Pfarrer nicht sagen, warum er so verstört ist. Weigert sich stur. Der Pfarrer hat es versucht, da können Sie Gift drauf nehmen, aber es hat nichts genützt. Aber was es auch sein mag, der Frau des Sergeants geht es genauso. Ein Blick auf diesen verflixten Hund, und die beiden schnappen über. Es ist überhaupt nicht typisch für Rhett Wright, mit einem Kreuz um den Hals herumzulaufen und in der Kirche zu sitzen. Ich meine, das ist alles wegen dem Hund. Wo kommt der bloß her, he? Beantworten Sie mir das.«

»Ein Streuner, das ist alles, reiner Zufall.«

Mrs. Jones schaute sich im Versandbüro um, als könnte jemand Unerwünschtes hinter den Schachteln auftauchen. »Ich bin nicht die Einzige, die glaubt, dass er vom Teufel geschickt worden ist. Wie könnte ein Hund sonst so viel Unheil anrichten?«

»Ich habe ihn gesehen, Sie haben ihn gesehen und wir benehmen uns beide nicht abartig.«

»Ja, in dem Punkt haben Sie Recht, aber nehmen Sie die nächtlichen Lichter in Sykes Wood dazu und wonach sieht es dann aus?«

»Nach Dachsbeobachtern?«

»Nein! Dachsbeobachter!« Mrs. Jones schnaubte abfällig. »Ausgeschlossen. Nein, da steckt was Schlimmeres dahinter.«

»Zum Beispiel?«

»Sykes, der Hund, Sykes Wood… da ist der Zusammenhang, wissen Sie. Der Hund ist doch dort begraben worden.«

»Mr. Charter-Plackett! Könnten Sie bitte kommen? Der Vertreter, mit dem Sie einen Termin haben, ist da.« Das war Linda, die aus dem Laden rief.

Jimbo überließ Mrs. Jones den Paketen. Es gab Momente, in denen die Logik der Dörfler ihn total verblüffte, und dies war ein solcher Moment.

Peter hatte die Frau des Sergeants schon besuchen wollen, aber sie hatte sich hartnäckig geweigert, ihn zu empfangen. Der Sergeant hatte sich mit den Ellbogen auf den Reviertresen gestützt und Peter sein Herz ausgeschüttet.

»Hören Sie, Herr Pfarrer, ich weiß, dass Sie nichts davon weitersagen.« Peter hatte ihm beigepflichtet; selbstverständlich nicht. »Ich hab gedacht, na ja, ich hab gedacht, sie hat 'nen anderen. Plötzlich hat sie angefangen, spät am Abend auszugehen, so etwa einmal pro Woche. Erst hat sie mir erzählt, sie geht zur Laientheatergruppe. Das hab ich besser gewusst. Ich meine, wer will schon meine Ellie auf der Bühne sehen? Da waren auch überhaupt keine Proben. Und außerdem wird so ein Stück doch nicht um Mitternacht geprobt, oder?«

»Auf keinen Fall.«

»In einer Nacht hab ich sie direkt gefragt. Ich hab gesagt:

›Ellie, warum kommst du erst früh am Morgen nach Hause? Hast du einen anderen?‹ ›Und wenn schon. Kümmre du dich um den eigenen Kram‹, hat sie gesagt. ›Ich hab mich die ganzen Jahre für dich abgeschuftet und jetzt will ich auch was vom Leben haben.‹ Ich hab alles versucht – Verhörmethoden und so, die ich mal in Hendon auf 'nem Kurs gelernt hab, aber es hat nichts genutzt. Jetzt ist sie bettlägerig. Kann nicht sprechen, würd mich am liebsten erwürgen, wenn ich sag, dass ich Hilfe hole. Weiber! Aus denen wird man nicht schlau, oder, Sir?«

»Es kann schwierig sein. Also hat der Hund sie verstört?«

»O ja. Dabei hat er sie nicht mal gebissen oder so. Sie hat bloß einen Blick auf ihn geworfen und spricht seitdem nicht mehr.«

»Hat sich ein Besitzer gemeldet?«

»Nein, und es wird sich auch niemand melden. Hab gestern ein Fax aus Culworth gekriegt. Wie sich herausgestellt hat, war der Hund in einem von den Autos, die am Samstag um die Teezeit den schlimmen Zusammenstoß auf der Umgehungsstraße hatten. Der Hund ist völlig unverletzt davongekommen, was ein Wunder ist, wenn man bedenkt, dass die Besitzer total zerquetscht wurden. Ein Pfarrer und seine Frau aus dem Norden, auf der Heimfahrt aus dem Urlaub, vielleicht erklärt das, warum der Hund so gern in die Kirche geht. Jedenfalls hat niemand gemerkt, dass der Hund weggelaufen ist, und die Angehörigen haben gar nicht daran gedacht, waren viel zu mitgenommen, wissen Sie. Dann ist ihnen der Hund doch wieder eingefallen, aber sie wollen ihn nicht und sind froh, dass er ein gutes Zuhause gefunden hat. Aber es ist zwecklos, das meiner Ellie zu erzählen. Sie sagt, sie weiß, dass es Jimmys Sykes ist, und niemand kann sie von was anderem überzeugen. Jetzt wissen wir also, woher der Hund kommt, aber es ist trotzdem beängstigend. Die Hunde sind sich so ähnlich, das kann nicht bloß Zufall sein.«

Peter bestärkte ihn nicht in dieser Überlegung; die Leute waren schon so abergläubisch, dass er sie nicht auch noch darin bestätigen durfte. »Isst Ellie etwas?«

»Jetzt ja. Die meiste Zeit stöhnt sie unter der Bettdecke, aber sie isst was, jedenfalls unter der Decke. Aber nachts darf ich das Licht nicht ausschalten. So kann es nicht weitergehen. Wenn es nicht besser wird, muss sie ins Krankenhaus.«

»Falls sie mit mir sprechen will, rufen Sie mich an. Jederzeit, ob bei Tag oder Nacht.«

»Das ist sehr großzügig von Ihnen, Herr Pfarrer. Ich mach, was Sie sagen. Das sieht meiner Ellie überhaupt nicht ähnlich. Überhaupt nicht.« Er klappte die Schranke am Tresen auf und brachte Peter zur Tür. »Ich geh bald in den Ruhestand. Das Haus ist 'ne Dienstwohnung. Dann ziehen wir weg.«

»Das ist schade.«

»Alles in allem ist es vielleicht am besten so.«

Peter hatte gewinkt und war weggefahren. Die ganze Lage war ihm ein Rätsel. Jimmys Hund verstörte das Dorf. Alle schienen sein Auftauchen als befremdlich zu empfinden. Aber der Hund wirkte ganz harmlos. Hübscher kleiner Kerl, sehr zutraulich. Sonntags in der Kirche mucksmäuschenstill. Es war ein bisschen unorthodox, dass Peter den Hund in der Kirche duldete. Aber die arme Ellie! Der arme Rhett! Es war bestimmt kein Vergnügen, mit sechzehn arbeitslos zu sein. Peter hatte sich überlegt, wer Rhett möglicherweise einstellen könne. Als er in die Pipe and Nook Lane einbog, um das Auto in die Garage zu fahren, dachte er an das Herrenhaus und das Anwesen. Dort gab es bestimmt Arbeit für Rhett, wenn vielleicht auch nur auf Teilzeitbasis. Er machte sofort kehrt und fuhr direkt zum Herrenhaus.

Wie er erwartet hatte, saß Louise am Empfangstresen.

»Guten Morgen, Louise.«

»Guten Morgen, Herr Pfarrer.« Ihre Stimme klang keine

Spur mehr so gezwungen wie damals, als sie ein fehlgeleitetes Faible für ihn gehabt hatte. »Was für eine erfreuliche Überraschung! Was kann ich für Sie tun?«

»Ich suche Jeremy.«

»Er ist hier. Ich rufe ihn an. Setzen Sie sich, wenn Sie möchten. Es dauert nicht lange.«

Während Louise Jeremy Mayer hinterhertelefonierte, trat Peter an die Hallenfenster und schaute hinaus. Der Rasen, der nach dem katastrophalen Vorfall mit der neuen Kanalisation wieder in seiner alten Pracht erstrahlte, war ein schöner Anblick. Peter spürte einen Augenblick lang, wie schwer es für Ralph sein musste, hierher zu kommen und sein altes Zuhause zu sehen. Vor allem jetzt, da es das Eigentum eines unsensiblen Unternehmers wie Craddock Fitch war. Obwohl der Mann seit Sadies Tod nicht mehr ganz so selbstherrlich war wie früher. Peter hörte den schweren, gewichtigen Schritt von Jeremy Mayer nicht nur, er spürte ihn förmlich.

»Guten Morgen, Herr Pfarrer. Sehr erfreut.« Peter drehte sich um und ergriff die ausgestreckte Hand. Jeremy wurde nicht schlanker. Seine Oberarme ähnelten dicken Schinken und die Füße unter den notwendigerweise weiten Hosenbeinen wirkten lachhaft klein. Peter wischte sich verstohlen unter der Soutanentasche die Hand an einem Taschentuch ab.

»Ebenfalls. Ich komme als Bittsteller.«

»Geht's um eine Spende für einen guten Zweck?«

Peter unterdrückte seine Verärgerung über Jeremys Unterstellung und sagte: »Nein. Ich möchte Sie in Ihrer Eigenschaft als Gutsverwalter sprechen. Ich frage mich, ob Sie im Augenblick oder in naher Zukunft Arbeit für ungelernte Teenager haben. Alles käme gelegen – die Küche, der Garten, Hilfskraft, alles. Ich denke dabei an einen besonders bedürftigen Jungen.«

»Ich glaube, wir haben keine Vakanz. Auch wenn ich Ihnen gerne helfen würde.«

Peter war enttäuscht.

Louise schob ein Blatt Papier über ihren Schreibtisch. »Sie sind am richtigen Tag gekommen, Herr Pfarrer. Ich habe eben eine Anzeige geschrieben, in der wir eine Hilfskraft für den Garten suchen.«

Jeremy, der sich darüber ärgerte, dass er so uninformiert gewirkt hatte, sagte: »Ach ja, das hatte ich ganz vergessen. Ist Gartenarbeit in Ordnung?«

»Alles ist in Ordnung.« Peter schenkte Louise ein dankbares Lächeln.

»Kann ich mit dem Jungen sprechen, bevor Sie die Anzeige aufgeben?«

»Jemand aus dem Dorf?« fragte Louise.

»Ja, Rhett Wright.«

Jeremy lachte. »Mit einem solchen Namen braucht der arme Kerl alle Hilfe, die er kriegen kann. Das ist der Durchgeknallte, nicht wahr?«

»So würde ich es nicht ausdrücken.«

»Dem ganzen Dorf scheint mulmig zu sein. Alles wegen einem Hund. Erstaunlich!« Jeremys voluminöser Leib schwabbelte vor Gelächter.

»In Wahrheit ist es besorgniserregend. Wenn ich nur wüsste, was dahinter steckt. Weder Rhett noch die Frau des Sergeants wollen es mir sagen, sie haben zu viel Angst. Wegen der Stelle melde ich mich so schnell wie möglich, Louise. Okay?«

»Gut.«

»Tschüs, Jeremy. Danke für die Chance. Eines Tages revanchiere ich mich.«

Am Abend im Royal Oak äußerte Vera ihre ewige Dankbarkeit. »Die Drinks gehen auf mich und wenn der Pfarrer heut Abend hier wär, würd ich ihm auch einen spendieren. Gott! Ich bin so was von dankbar. Rhett war dort, ganz lammfromm, und Greenwood Stubbs war richtig nett zu ihm, obwohl er doch der Obergärtner ist. Hat ihm gesagt, wenn er sich Mühe gibt, kann er Karriere machen. Hat ihm versprochen, ihm alles über die Treibhäuser beizubringen, die Trauben, die Pfirsiche und so weiter, wenn Rhett anstellig ist. Und wenn er Interesse zeigt, darf er einen Tag in der Woche aufs College, das hat er ihm versprochen! Könnt ihr euch unseren Rhett im College vorstellen? Hätt nie gedacht, dass ich diesen Tag noch erlebe.«

»Ich hätt nicht gedacht, dass euer Rhett weiß, wo bei einem Spaten oben oder unten ist«, bemerkte Jimmy ironisch.

»Weiß er auch nicht, aber das lernt er bald. Ich hab ihm jeden Tag ein gutes Lunchpaket versprochen und drück ihm die Daumen.«

»Geht's ihm jetzt besser?«, fragte Willie.

»Sehr viel besser. Aber mir ist nicht geheuer, dass er dauernd in der Kirche sitzt.«

Willie war entrüstet. »Na, wenn das keine harmlose Beschäftigung ist! Kann ihm nur gut tun. Besser als Drogen schnüffeln. Hab ihn heute Morgen dort gesehen, als ich aufgeräumt hab. Er betet nicht. Sitzt bloß da oder wandert rum und liest die Inschriften auf den Gedenktafeln. Die Stelle könnte ein Anfang für ihn sein.«

»Das hoff ich. Teenager brauchen heutzutage Geld in der Tasche; das wird toll für ihn. Auf den Pfarrer, auf Greenwood Stubbs und unseren Rhett. Hoffen wir, dass er dabei bleibt.«

Willie und Jimmy hoben die Gläser und schlossen sich dem Trinkspruch an.

Jimmy wischte sich den Mund ab, stellte das Glas auf den Tisch und sagte: »Was meinste, warum ist er übergeschnappt?«

Vera warf Jimmy einen flüchtigen Blick zu und wählte ihre Worte mit Bedacht. »Ehrlich gesagt, Jimmy, und ich hoffe, du nimmst's mir nicht übel, aber er ist durchgedreht, nachdem er deinen Hund gesehen hatte.«

»Sykes?«

»Hast du ihn Sykes genannt?«

»Hab ich. Hatte keine andere Wahl und es hat sich noch kein Besitzer gemeldet, also behalt ich ihn.«

»Wirklich?« Vera bekam plötzlich Angst und fragte: »Sitzt er jetzt unter dem Tisch?«

»Ja.«

»O Gott!« Sie sprang auf und wollte gehen.

»Er zieht dich doch bloß auf, Vera. Der Hund ist nicht hier.« Willie lachte. »Diese ganze Angst ist doch einfach blöd. Ich meine, es ist nur ein Streuner.«

Jimmy schüttelte den Kopf. »Sei dir da ja nicht so sicher, Willie Biggs. Für einen Streuner ist er viel zu schlau. Merk dir das.«

»Aber wenn es Sykes ist, was hat ihn dann wieder zum Leben erweckt? Gib mir darauf eine Antwort.«

»Der Teufel?«, flüsterte Vera. »Unser Rhett hat Angst, dass ihn der Teufel holt, das sagt er jedenfalls. Deshalb fürchtet er sich so.«

»Um Himmels willen, lass das bloß den Pfarrer nicht hören.«

»Nachts sind Lichter in Sykes Wood. Ich schätz mal, dass da jemand mit dem Teufel rummacht.«

»Hoff bloß, dass die dabei nicht gleich in Teufels Küche kommen.«

»Ms. Pascoes Katze ist nachts im Wald gesehen worden.«

»Das hat gar nichts zu sagen. Dr. Harris' Mimi hat dort auch immer gejagt. Rector's Meadow, Sykes Wood – wo auch immer.«

»Ja, und schau dir an, was ihr passiert ist. Spurlos verschwunden.«

Willie merkte, dass er sich auf gefährlichem Boden bewegte, und weil er nicht verraten wollte, was Sylvia im Wald gefunden hatte, versuchte er, das Thema zu wechseln. »Pat arbeitet also immer noch in der Schule.«

»Das ist eine andere Geschichte. Ms. Pascoe, was hat die vor?«

»Falls sie einen Funken Verstand hat, unterrichtet sie«, erwiderte Willie.

»Nicht bloß das. Ich schätz mal, die hat nichts Gutes mit den Kindern im Sinn. Der Pfarrer war bei ihr und hat sie zur Rede gestellt.«

»Woher weißt du das?«

»Pat hat's mir erzählt. Die Bürotür stand einen Spalt offen und Pat hat in der Aula abgestaubt, rein zufällig.«

Jimmy und Willie sagten wie aus einem Mund: »Natürlich.«

»Sie konnte nicht alles hören, aber sie hat gehört, wie der Pfarrer zu ihr gesagt hat, es sei nicht ihre Aufgabe, den Kindern zu erzählen, dass Scheißbäume Schmerzen fühlen.«

»Das ist kein Beweis dafür, dass sie Umgang mit dem Teufel hat, oder?«

»Ich bin noch nicht fertig.« Sie beugte sich näher zu den beiden heran und sagte leise: »Letzte Nacht ist mein Don später als üblich von der Nachtschicht zurückgekommen, es war zwei Uhr morgens und er ist an Ms. Pascoe vorbeigekommen, die mit ihrer Katze zu Fuß zum Dorf gegangen ist. *Aus der Richtung von Sykes Wood.*«

»Ist das wahr oder hast du es erfunden?«

»So wahr, wie ich hier sitze. Frag Don, wenn du willst. Du weißt, dass er nicht übertreibt, und er hatte nichts getrunken, weil er nie was trinkt, wie ihr ganz genau wisst. Was hat sie mitten in der Nacht in Sykes Wood verloren, he?«

17. Kapitel

Nicht nur Don Wright hatte Kate nachts auf dem Heimweg gesehen. Ralph und Muriel hatten mit einem alten Kollegen von Ralph aus dem diplomatischen Dienst zu Abend gegessen und die beiden Männer hatten mit so viel Vergnügen Erinnerungen ausgetauscht, dass Muriel ihnen den Spaß nicht verderben wollte. Sie hatte die beiden also nicht darauf hingewiesen, wie spät es wurde, mit dem Ergebnis, dass sie das Haus des Freundes erst um Viertel nach eins verließen. Muriel war sehr müde und döste fast auf der ganzen Heimfahrt.

Ralph weckte sie etwa fünf Minuten vor Turnham Malpas. »Meine Liebe, wach auf. Fünf Minuten, dann sind wir da.«

Muriel streckte sich. »Ich habe nicht richtig geschlafen, nur gedöst. Es freut mich, dass du einen so schönen Abend hattest, Ralph.«

»Ich fürchte, wir haben dich ziemlich vernachlässigt.«

»Aber nein. Ich hab's genossen, etwas über eure Abenteuer zu hören. Es scheint eine sehr amüsante Zeit gewesen zu sein.«

Im Scheinwerferlicht sah Muriel jemand am Straßenrand entlanggehen. »Oh, schau, Ralph! Pass auf, da ist jemand. Schau!«

»Richtig. Wer in aller Welt mag das sein?«

Beim Vorbeifahren sah Muriel, dass es Kate Pascoe mit ihrer Katze war.

»Was hat Kate um diese Zeit draußen verloren? Schnell! Halt an und nimm sie mit.«

»Nein.«

»Ralph! Vielleicht hat sie eine Autopanne gehabt. Halt an.«

»Ich will diese Katze nicht im Auto haben.«

»Das ist überhaupt nicht nett von dir, sieht dir gar nicht ähnlich.«

»Sie ist sowieso fast zu Hause. Ich mag keine Katzen, Muriel. Schon gar nicht, wenn sie so groß sind wie ein junger Panther. «

»Du lässt dich doch nicht etwa von diesem Aberglauben im Dorf anstecken?«

»Natürlich nicht.«

»Das klingt nicht sehr überzeugend.« Sie sah ihm ins Gesicht. Er lächelte schwach und sie sagte: »Du bist davon angesteckt, jedenfalls ein kleines bisschen, stimmt's?«

»Ich bin hier geboren und aufgewachsen, vielleicht liege ich also auf einer Wellenlänge mit dem Geist des Dorfes.«

»Also wirklich, ich schäme mich für dich. Wahr und wahrhaftig. Ich bin auch hier geboren, aber ich spüre nichts davon. Das ist wirklich Unsinn.«

»Im Moment herrscht im Dorf eine Atmosphäre, die mir gar nicht gefällt – eine misstrauische Atmosphäre –, und den Leuten fällt es schwer, sich in die Augen zu schauen. Ist dir das aufgefallen? Andererseits sind in letzter Zeit auch seltsame Dinge geschehen.«

»Ralph – du bist ja genauso schlimm wie die anderen! Sadie stirbt im Schlaf, was mich sehr traurig macht, weil ich sie um ihre *joie de vivre* beneidet habe und weil sie mir fehlen wird, eine Katze verschwindet und ein streunender Hund taucht auf. Überhaupt kein Zusammenhang.«

»Zwei Menschen, von denen einer noch ganz jung ist, verlieren den Verstand. Die hast du vergessen.«

Muriel erschauerte. »Du hast Recht.«

»Habe ich. Irgendwo lauert das Böse. Jemand spielt mit dem Teufel.«

Als Ralph das Auto in die Garage fuhr, bemerkte Muriel: »Ich habe im Laden gehört, dass nachts im Sykes Wood Lichter gesehen worden sind.«

»Ah!«

»Eben haben wir Kate Pascoe gesehen, die in den frühen Morgenstunden mit einer Taschenlampe unterwegs war.«

»Ja, wir haben sie gesehen. Ralph, wie wär's, wenn wir nachts mal hingingen und nachschauten? Ganz spät.«

»Muriel!«

»Warum nicht?«

Sie gingen, ganz erfüllt von der Idee, den Pfad durch den Garten hinterm Haus. Und als Muriel einschlief, hatte sie das Bild von Enid Blytons Detektiven vor Augen. Sie hatte diese Bücher als Kind geliebt und sie fühlte sich wieder wie ein Schulmädchen, weil sie und Ralph in einem Verdachtsfall ermitteln wollten.

Eine Woche, nachdem sie gesehen hatten, wie Kate am frühen Morgen nach Hause kam, beschloss Ralph, etwas zu unternehmen. Er musste herausfinden, warum die Leute im Dorf so verstört waren. Am Abend stattete er der Bar des Royal Oak einen seiner seltenen Besuche ab. Es war neun. Weil es mitten in der Woche war, herrschte in der Bar nicht viel Betrieb, aber die beiden Männer, mit denen er zu sprechen hoffte, waren da. Er bestellte seinen Whisky, unterhielt sich mit Georgie und Bryn über den langen Winter und ging dann mit seinem Drink an den Tisch, an dem Willie und Jimmy saßen.

Die beiden schauten auf, als Ralphs Schatten auf den Tisch fiel. »Hallo, Ralph.«

»Hallo, Jimmy, Willie. Darf ich mich zu Ihnen setzen oder erwarten Sie jemanden?«

Jimmy rückte auf der Bank ein Stück zur Seite. »Setzen Sie sich hierher. Wir sind nur zu zweit. Sylvia hütet im Pfarrhaus ein und Vera muss bei der Nachtschicht im Pflegeheim einspringen.«

»Danke, dann setze ich mich. Wie geht es Sykes?«

Jimmy legte einen Finger an die Lippen. »Pst, er ist unter dem Tisch, aber lassen Sie sich nichts anmerken, sonst regen sich alle bloß auf. Ich kann ihn nicht den ganzen Abend lang allein zu Hause lassen.«

»Hab neulich gesehen, wie Sie morgens mit ihm Gassi gegangen sind. Er ist vom alten Sykes nicht zu unterscheiden, stimmt's?«

»Ja, und außerdem ist er ein toller Hund. Wir freunden uns richtig an. Ich bin gern mit ihm zusammen.«

»Das ist ja famos. Hunde sind eben etwas Besonderes, sie leisten einem mehr Gesellschaft als Katzen.«

»Genau.«

»Ich frage mich dauernd, ob sich Muriel nicht einen neuen Hund anschaffen sollte, aber sie kann Pericles einfach nicht vergessen.«

»Wer einen guten Hund gehabt hat, kann ihn nicht so einfach ersetzen. Mir ist er nur so ans Herz gewachsen«, Jimmy zeigte unter den Tisch, »weil er dem alten Sykes so ähnlich sieht und so weiter.«

»Und so weiter?«, fragte Ralph.

»Angewohnheiten und so. Manchmal ist es unheimlich.«

»Unheimlich?«

Willie mischte sich ein. »Worauf wollen Sie hinaus, Ralph?«

»Sie haben beide ausgetrunken, darf ich Ihnen noch ein Glas spendieren?«

Willie schob sein Glas über den Tisch. »Vielen Dank. Dasselbe, bitte.«

»Mir auch«, echote Jimmy. Ralph brachte die Gläser an die Theke. »Den treibt was um.«

Willie pflichtete Jimmy bei.

Ralph setzte sich wieder an den Tisch und als sie sich bei ihm für den Nachschub bedankten, sagte er gewichtig: »Sykes Wood.«

»Ja?«, fragte Jimmy. »Was ist damit?«

Willie schaute weg, er tat, als hätte er nichts gehört. Jimmy hob sein Glas und fuhr sich nach einem langen Schluck mit dem Handrücken über den Mund.

»Sie waren doch dort und haben sich umgeschaut?«, fragte Ralph.

»Hab ich, ja, aber ich hab überhaupt nichts Ungewöhnliches gesehen. Bis auf eine kalte Feuerstelle.«

»Ich glaube, was sich dort tut, ist nicht geheuer. Was meinen Sie?«

Jimmy stellte das Glas ab und spielte mit dem Bierdeckel.

»Könnt schon sein.«

Willie sah Ralph ängstlich an. »Was meinen Sie damit?«

Ralph beugte sich zu den beiden vor. »Ich glaube, es ist Hexerei oder schwarze Magie. Irgendetwas in dieser Richtung.«

Jimmy nickte. »Ist 'ne Weile her, seit es so etwas hier in der Gegend gegeben hat.«

Ralph schaute sich um und fragte dann leise: »Erinnern Sie sich daran, was damals passiert ist?«

»Muss zwanzig Jahre her sein... nein, eher fünfundzwanzig. Ich sag Ihnen, wer dabei mitgemacht hat.« Er zählte es an den Fingern ab. »Die Senior-Schwestern, die französische Großmutter von Simone Paradise, die Mutter von Gwen Baxter und eine Frau, die im Krieg hierher evakuiert worden und geblieben ist, hab ihren Namen vergessen. Die haben das alte

Kricketklubhaus für ihren Kult, oder wie auch immer sie das genannt haben, benutzt. Gab 'nen Riesenaufruhr. Der alte Pfarrer Furbank, der damals natürlich noch nicht so alt war, war mit seiner Weisheit am Ende. Schließlich ist die Mutter von Thelma und Valda nachts schreiend im Nachthemd durchs Dorf gerannt, solche Angst hatte sie. Hat die Schuld einer schwarzen Katze von Valda gegeben, hat behauptet, die Katze wäre ein böser Geist oder so. Mir kam die Katze verdammt normal vor.«

Willie nahm den Faden auf. »Daran erinnere ich mich. In einer Nacht haben sie sich auf dem Friedhof getroffen, das war an Halloween. Ich hatte für den nächsten Tag ein Grab geschaufelt und eine von den Frauen ist reingefallen und vor Angst fast gestorben. Sie hat 'ne Menge Erde aufgewühlt und bevor wir das Grab benutzen konnten, musste ich reinsteigen und es glatt schaufeln. Und ich hab eine tote Katze gefunden. Das war grausig. Aber so was kommt doch heutzutage nicht mehr vor. Gütiger Himmel. Natürlich nicht.« Willie erschauerte.

Jimmy war anderer Meinung. »Sei dir da nur nicht zu sicher, im Dorf tut sich im Moment eine Menge mehr, als wir zu sehen kriegen. Da ist was Böses und ich schätz mal, Ralph hat genau den Ort genannt, an dem sich das alles abspielt. Und du weißt auch mehr, als du sagst, Willie Biggs.«

»Nein.« Willie schüttelte nachdrücklich den Kopf und versuchte Jimmy zu signalisieren, er solle auch nichts mehr sagen.

»Doch.«

»Lust zu ermitteln?« Ralph sagte das ganz beiläufig.

Willie sträubten sich die Nackenhaare. »Ermitteln?«

Ralph zog fragend eine Augenbraue hoch und sagte leise: »Heute Nacht?«

Willie schüttelte den Kopf. »Der Pfarrer und Dr. Harris kommen heute sehr spät nach Hause. Sind auf einer Party im

George. Ich hab versprochen, Sylvia Gesellschaft zu leisten, wenn ich hier fertig bin, weil sie so lange im Pfarrhaus bleiben muss.« Die Erleichterung war ihm am Gesicht abzulesen.

»Gut, das lässt sich nicht ändern. Ich brauche Sie, Jimmy, weil Sie sich im Wald so gut auskennen. Im Auto habe ich für den Fall einer Panne eine starke Taschenlampe, die nehmen wir mit. Brauchen wir noch was?«

»Ich bringe Sykes mit.«

»Gut, er könnte uns vorwarnen, falls dort was nicht stimmt. Um Mitternacht bei mir zu Hause, abgemacht?« Ralph trank seinen Whisky aus und verabschiedete sich.

Jimmy stellte sein Glas verstohlen unter den Tisch, damit Sykes den Rest Ale trinken konnte. »So, so«, sagte er langsam. »Was meinst du, wen wir finden?«

Willie beantwortete Jimmys Frage mit einem Kopfschütteln. »Ihr kriegt niemand zu sehen. Keine Menschenseele.«

Die Kirchenuhr schlug Mitternacht, als Jimmy an Ralphs Tür klopfte. Es war eine kalte Nacht, also hatte sich Jimmy warm angezogen. Er hatte seine alte Wildererjacke aufgestöbert und Ralph kam in seiner Barbour-Jacke an die Tür. Zudem trug er eine Cordmütze, von der Muriel nicht wollte, dass er sie bei Tag aufsetzte.

»Nimm du die Taschenlampe, Ralph.« Muriel trat in die Tür und reichte ihm die Lampe. Ralph sah Muriel verblüfft an. Sie war zum Ausgehen angezogen, trug die kecke Wollmütze, die sie so gern hatte, einen dicken Wintermantel und Gummistiefel.

»Meine Liebe, du kommst nicht mit.«

»Doch. Ich bin fix und fertig angezogen.«

»Ich kann dir auf keinen Fall erlauben …«

»Tut mir Leid, Ralph, aber drei Köpfe sind besser als zwei, und ich komme mit.«

»Ausgeschlossen. Es könnte gefährlich werden.«

»Pah! Gefährlich? Wir sind in Turnham Malpas, nicht in New York City.«

»Jimmy! Sagen Sie ihr, dass sie nicht mitkommen darf.«

»Damit habe ich nichts zu tun. Bei Ehepaaren mische ich mich nicht ein. Also einigen Sie sich bitte. Es ist zu kalt zum Rumstehen.«

Ralph seufzte, enttäuscht darüber, dass Jimmy ihm nicht beigestanden hatte. »Gut, meine Liebe, aber beim ersten Anzeichen von…«

»Ralph! Ich bin doch kein Hätschelkind!«

Sie stiegen über das Drehkreuz in den Wald und Ralph ging voraus. Muriel ging hinter ihm, dann folgte Jimmy. Irgendwo in der Nähe schrie eine Eule. Muriel fuhr zusammen. Die tiefe Stille im Wald setzte ihr zu, ganz zu schweigen von der tiefen Dunkelheit, obwohl sie lieber gestorben wäre, als das zuzugeben. Sie hatte die ersten vierzehn Jahre ihres Lebens auf dem Land verbracht, war aber nie eine echte Landfrau geworden. Jimmy zum Beispiel war ein Landmann vom Scheitel bis zur Sohle. Und das galt auch für Ralph. Sie genossen Feldsportarten, Muriel nicht. Sie hatte Freude an Feldern und Wäldern, sie gaben ihr Luft zum Atmen und Muriel hätte nirgends sonst leben wollen, aber… sie stolperte über eine Baumwurzel.

»Passen Sie auf«, flüsterte Jimmy heiser. »Seien Sie vorsichtig, achten Sie auf den Weg.«

»Entschuldigung!« Muriel stolperte weiter. Bei diesem Tempo würden sie viel zu früh dort ankommen. Wenn Ralph sich erst einmal etwas in den Kopf gesetzt hatte, war er nicht mehr zu bremsen. So war er schon als Junge in der Dorfschule gewesen. Ein Zweig schnellte gegen Muriels Wange und erschreckte sie. Es war sowieso mehr als wahrscheinlich, dass sie nichts fanden. Überhaupt nichts. Sie wünschte sich, sie hätte eine eigene Taschenlampe mitgenommen. Das Licht von Ralphs Lampe nützte ihr nicht viel, weil sie hinter ihm ging, aber zum Nebeneinandergehen war der Weg zu schmal. Sykes lief zurück und sah nach Jimmy und Muriel musste stehen bleiben, um nicht über den Hund zu stolpern.

Sykes' leises, grollendes Knurren beunruhigte Muriel; es hatte einen bedrohlichen Klang, der nichts Gutes verhieß.

»Still, Sykes! Hör auf!«, schimpfte Jimmy, aber der Hund ließ sich nicht beruhigen. »Warten Sie, Ralph. Hören Sie.« Die drei standen reglos da und lauschten angespannt auf das, was Sykes schon gehört hatte. Ralph hatte die Taschenlampe ausgemacht, sodass die Finsternis noch schwärzer war. Die Eule riss mit ihrem Schrei erneut an Muriels Nerven. Ein jäher Windstoß fuhr durch die Bäume.

»Es ist noch ein Stück bis zur Lichtung«, flüsterte Jimmy. »Kann überhaupt nichts hören. Und Sie?«

Ralph sagte, er höre auch nichts. »Gehen wir weiter.«

Muriel folgte, noch verängstigter als zuvor. Warum war sie bloß mitgekommen? Das tat sie dauernd, mischte sich ein und wünschte sich dann inbrünstig, sie hätte es gelassen.

Und Sykes ... Hunde wussten von Dingen, die Menschenwesen nicht kannten, und sie ahnte, dass Sykes mehr wusste als die meisten Hunde. Sie hatten sich wohl die richtige Nacht ausgesucht, denn ... Aus dem Augenwinkel erhaschte sie tief im Unterholz ein schimmerndes grünes Augenpaar. Sie sah es nur flüchtig, aber es war zum Fürchten. Oh, gütiger Gott, wenn sie daran gewöhnt wäre, sich zu bekreuzigen, hätte sie es hier und jetzt getan. Sie piekste Ralph mit dem Finger in den Rücken und zeigte in die Richtung, aber Ralph zuckte nur die Achseln: Er sah nichts. Dann waren sie wieder da, die Augen, und beobachteten sie. Sykes, der sich an Jimmys Seite hielt, knurrte wieder grollend. Muriel piekste Ralph noch einmal mit dem Finger in den Rücken und deutete wieder in die

Richtung, aber als Ralph die Taschenlampe schwenkte, waren die Augen nicht mehr zu sehen. Muriel wusste nicht genau, ob sie nach den Augen Ausschau halten oder lieber geradeaus schauen und sie ignorieren wollte.

Jimmy stieß mit ihr zusammen, als Ralph unvermittelt stehen blieb. Die Taschenlampe ging aus und sie standen wieder in schwarzer Finsternis. Diese Eule! Muriel lief ein Schauer über den Rücken. Wenn sie nachts sicher neben Ralph im Bett lag, klangen Eulenschreie so schön, ganz anders hier draußen in der Dunkelheit. Dann roch Muriel Holzrauch und entdeckte zwischen Bäumen einen Feuerschein. Oh, Gott im Himmel! Da waren sie. Muriel hörte schwach einen seltsamen Singsang, wie in der Kirche, aber doch anders. Sykes spitzte die Ohren und ruckte mit dem Kopf hin und her, als versuchte er auszumachen, aus welcher Richtung das Geräusch kam, das er ganz in der Nähe hörte. Muriel dachte an die grünen Augen und bekam eine Gänsehaut. War hier im Wald ein wilder Panther? Hatte der Mimi geholt?

Jimmys Schulter berührte ihre, als sie da standen und lauschten. Dann zog er an ihrem Ärmel und sie spürte mehr, als dass sie es sah, dass er vom Weg abbog und Ralph zwischen den Bäumen hindurch folgte. *Auf die grünen Augen zu.* Oh, gütiger Himmel! Sie konnte überhaupt nichts sehen. Sie stolperte zwischen den dicht beieinander stehenden Bäumen hindurch, streifte mit den Armen, dem Gesicht, den Ellbogen und den Füßen Zweige, Steine und tief hängende Äste. Einmal verfing sich ihr Mantel an einem Ast und als sie sich befreit hatte, war Ralph nirgends mehr zu sehen.

Eine Hand streckte sich nach ihr aus und packte sie am Arm. Das war Jimmy. Sie gingen stetig weiter, bis der Singsang lauter wurde und der Feuerschein heller. Dann blieb Ralph stehen und ging in die Hocke. Er winkte, damit sie es ihm nachtaten.

Zwischen den Büschen sahen sie fünf Gestalten, die um das Feuer herumtanzten und sich wie Silhouetten vor den Flammen abhoben. Niemand war zu erkennen, außer dass eine Gestalt klein war, eine groß, zwei schlank und eine dick. Als der Singsang seinen Höhepunkt erreicht hatte und die besessenen Tänzer langsamer geworden waren, streckte eine Figur erst die Hände zum Feuer aus und ging dann auf einen Steinhaufen zu. Sie trugen etwas aus dem Feuer, das sie angezündet hatten. Muriel sah, dass sie auf dem Steinhaufen Kerzen anfackelten. Die Gestalten standen im Kreis um die Steine herum und dann intonierte eine einsame Stimme einen Gesang. Es war nichts zu hören als diese Stimme. Anders als in der Kirche und dennoch ähnlich. Anbetung und doch auch wieder nicht. Faszinierend, aber abstoßend.

Sykes brach den Bann, indem er sich plötzlich von Jimmy losriss und zur Lichtung rannte. Jetzt sah Muriel auch die grünen Augen wieder: Sykes ging direkt darauf los. Obwohl die beiden Tiere im Feuerschein miteinander kämpften, war nicht auszumachen, was sich tat, denn sie bildeten eine Kugel, die knurrte, fauchte, kratzte und jaulte. Sie wälzten sich im Dreck und ließen nicht voneinander ab. Gelegentlich jaulte Sykes, aber meistens knurrte er. Der Kampf schien eine Ewigkeit zu dauern; die Wirkung war besorgniserregend. Die fünf Gestalten löschten gleichzeitig die Kerzen, nahmen ihre Sachen vom Rand des Feuers und flohen in fünf verschiedene Richtungen.

Nur die Katze und der Hund blieben und kämpften weiter wie auf Leben und Tod. Jimmy rannte brüllend auf sie zu. Ralph leuchtete mit der Taschenlampe zwischen den Bäumen hindurch und versuchte, einen Blick auf die Gestalten zu erhaschen, die in die Dunkelheit flohen, aber es war zu spät. Sie waren fort. Die Katze und der Hund wälzten sich zu nahe an das Feuer heran und als die Katze in die glühende Asche am Feuerrand rollte und gellend aufschrie, war es mit Muriels wackligem Mut dahin. Sie schrie. Die Katze floh. Der Kampf war vorbei.

Sykes stand keuchend auf, lachte Jimmy auf Hundeart an und wartete auf ein Lob für seine Mühe. Ralph drückte Muriel mit einem Arm fest an sich und richtete die Taschenlampe auf Sykes. Von seinem rechten Auge bis zur Schnauze klaffte ein langer, blutender Riss und seine linke Flanke war zerkratzt. Aber er triumphierte; niemand konnte ihm seinen Sieg streitig machen.

»Hat einer von euch erkennen können, wer die Leute waren?«, fragte Ralph.

Muriel und Jimmy schüttelten beide den Kopf.

»Ich auch nicht. Jammerschade. Ich habe keinen Zweifel daran, dass es Kate Pascoes Katze war.«

»Ich auch nicht. Muss es gewesen sein, schon der Größe wegen. Komm her, alter Junge. Braver Hund, braver Hund. Jimmy versorgt dir die Wunden, wenn wir zu Hause sind.« Jimmy tätschelte Sykes, so weit dies möglich war, ohne die Verletzungen zu berühren, und Sykes wedelte mit dem Schwanz. Gute Arbeit, schien er zu sagen.

Angefeuert von dem Kampf und der Flucht der Teilnehmer wollte Jimmy mehr herausfinden. »Schauen wir uns um und sehen wir nach, was wir finden können.«

Sie stellten fest, dass die Kerzen schwarz waren. Muriel schrie auf. »Darüber hab ich mal was in einem Roman gelesen. Du meine Güte! Du meine Güte!«

»Was hast du gelesen, meine Liebe?«

»Sie hatten schwarze Kerzen.«

»Wer?«

»Die Hexen!«

»Wir haben also Recht, es ist genau, wie ich vermutet habe.« Ralph erschauerte. »Verschwinden wir von diesem bösen Ort.«

Er hielt Muriels Arm sicher und beruhigend fest. Sie zitterte vor Angst. Als sie sich jetzt auf der Lichtung umschaute, die sie früher für wunderschön gehalten hatte und auf der sie als Mädchen oft mit den Pfadfinderinnen gepicknickt hatte, empfand Muriel nur Grauen. Was für ein Gedanke, dass Menschen aus ihrem Dorf so etwas Furchtbares taten. Vielleicht hatten sie auch Mimi etwas Furchtbares angetan. Und Rhett und der Frau des Sergeants mit was auch immer eine solche Angst eingejagt. Vielleicht hatten sie tatsächlich Sykes ins Leben zurückgeholt. Sie schüttelte sich. Reiß dich zusammen, Muriel, dachte sie. Du wolltest bei diesem Abenteuer dabei sein, das hast du dir alles selbst zuzuschreiben. »Gehen wir, Ralph. Kommen Sie, Jimmy.«

Jimmy scharrte mit den Füßen Erde auf das Feuer, damit es ausging. Ralph zog eine der Kerzen aus dem Altar, fasste den Docht an, um sich zu vergewissern, dass sie völlig gelöscht war, und steckte sie in die Tasche. »Beweismaterial.« Dann warf er die aufgetürmten Steine um, bis sie nur noch ein Haufen waren und die restlichen Kerzen in Stücke brachen.

Sie verließen die Lichtung. Über ihren Köpfen donnerte es gewaltig, dicke Regentropfen fielen und als sie das Drehkreuz erreichten, tobte bereits ein heftiges Gewitter. Riesige Blitze jagten über den Himmel und Muriel wünschte sich, sie wäre zu Hause mit Ralph in der warmen Sicherheit ihres Betts. Sie wünschte sich, sie wäre die ganze Nacht dort gewesen und hätte ihn nie zu diesem Abenteuer angestachelt. Sie hatten mehr entdeckt, als ihnen lieb war, und Muriel hatte Angst.

Als sie zu Jimmys Cottage kamen, ermahnte Ralph ihn: »Kein Wort über das, was wir gesehen haben, Jimmy, zu niemandem. Ich spreche gleich morgen früh mit dem Pfarrer. Ich gehe zu ihm, weil ich nicht weiß, was ich sonst machen soll. Ich halte Sie auf dem Laufenden. Gute Nacht, und danke, dass Sie mitgekommen sind, Jimmy. Jemand musste es herausfinden. Wir müssen dem ein Ende bereiten, aber ich bin mir nicht sicher, wie, weil wir nicht wissen, wer es war.«

»Aber wir wissen es doch. Es war Kate Pascoes Katze, todsicher«, wandte Jimmy ein.

»Ja, in diesem Punkt haben Sie sicher Recht. Gute Nacht.«

Ralph und Muriel gingen nach Hause und Ralph schloss die Tür auf, aber bevor er Muriel ins Haus folgte, blieb er auf der Straße stehen und schaute sich im schlafenden Dorf um. So etwas. Was denn noch? Aber sie würden auch diese Krise überstehen. Der Himmel allein wusste, was das Dorf über die Jahrhunderte weg überstanden hatte, ein bisschen schwarze Magie würde es nicht zerstören. Bürgerkrieg, Weltkriege, Seuchen, Könige und Königinnen... so vieles war gekommen und gegangen, aber das Dorf war immer noch da und würde für alle Zeit hier bleiben. Das Geschwür musste herausgeschnitten werden. Er, Ralph Templeton, würde dafür sorgen. Er würde nicht zulassen, dass ein paar jämmerliche Wirrköpfe den Seelenfrieden dieses geliebten Ortes zerstörten.

18. Kapitel

Hetty Hardaker läutete wie immer um fünf vor neun die Schulglocke. Die Kinder stellten sich in Reihen auf und Margaret Booth kam und sammelte die Erstklässler ein. Es herrschte das übliche Gewirr fröhlicher junger Stimmen, die Kinder freuten sich auf den Anfang des Schultags. Hetty musste einfach lächeln. Wo sonst hätte sie solche Befriedigung gefunden?

»Sophie, benutz bitte dein Taschentuch, Liebes. Du hast keins? Hol dir ein Papiertaschentuch aus der Schachtel in meinem Klassenzimmer.«

»Mrs. Hardaker, ich hab heute Geburtstag.«

»Ich weiß, Brian, ich habe die Kerzen schon aufgestellt. Es sind fünf, das stimmt doch, oder?« Sie lachte über ihren Scherz. Die Kinder kicherten.

Brian protestierte. »Acht!«

»Natürlich, ich weiß. Wollte dich bloß auf die Probe stellen, was, Miss Booth?«

»Stimmt, Mrs. Hardaker. Kommt, Klasse eins. Nicht drängeln.« Dass Kate Pascoe sich verspätete, war an diesem Morgen die einzige Wolke am Horizont. Hetty schaute zum alten Schulhaus hinüber. Die Vorhänge waren noch zugezogen. Merkwürdig.

»Miss Booth, könnten Sie die Andacht übernehmen? Nach

der Eintragung ins Klassenbuch gehe ich hinüber zum alten Schulhaus und schaue nach, was mit Miss Pascoe los ist.«

»Mach ich.«

Hetty schlüpfte in den Mantel und ging über den Schulhof. Sie glaubte immer, der Frühling stehe unmittelbar bevor, aber heute Morgen merkte sie, dass sie sich irrte. Der Wind, der über den Hof fegte, war bitterkalt. Sie klopfte an die Haustür. Sie klopfte noch einmal. Sie drehte am Knauf, aber die Tür war abgeschlossen.

Nur die Küchenvorhänge waren offen. Hetty schirmte sich die Augen mit der Hand ab und schaute hinein. Alles wirkte ganz normal. Sauber, ordentlich, alles am richtigen Platz. Typisch für Miss Pascoe. Aber knallgrüne Küchenwände? Hetty zuckte die Achseln. Sie stellte sich unter das Schlafzimmerfenster und rief: »Kate! Kate! Alles in Ordnung?«

Hetty kehrte in die Schule zurück. Dass die Rektorin nicht da war, brachte den Stundenplan total durcheinander. Es war am besten, beim Schulamt in Culworth anzurufen und zu fragen, ob ein Aushilfslehrer zur Verfügung stehe. Irgendwie hatte Hetty ein mulmiges Gefühl. Das sah Kate gar nicht ähnlich. Hetty wünschte sich von ganzem Herzen, Mr. Palmer wäre noch hier. Das waren andere Zeiten gewesen. Trotzdem konnte sie ihm das Glück, das er endlich gefunden hatte, nicht missgönnen. Seine Hochzeit mit Suzy Meadows war so schön gewesen... Vielleicht ist Kate krank, dachte Hetty plötzlich. Das war die Erklärung! Zu krank, um Hilfe zu rufen. Du meine Güte. Sie hatte keinen Schlüssel, konnte also nicht ins Haus.

Pat Duckett war eben in der Küche fertig, als Hetty zurückkam. »Keine Nachricht von Miss Pascoe, oder, Pat?«

»Nein, nichts. Komisch, dass sie nicht da ist. Man sollte doch meinen, sie würde uns Bescheid sagen.«

»Genau. Ich glaube, sie ist krank und *kann* uns nicht Bescheid sagen. Wenn ich einen Schlüssel hätte, würde ich im Haus nachsehen.«

»Sie müssen gar nicht lange suchen, ich hab noch einen Schlüssel. Mr. Palmer hat immer einen bei mir hinterlegt, für den Fall, dass er seinen verliert. Ich wollte ihn Ms. Pascoe geben, hab's aber immer wieder vergessen.«

»Wo ist er?«

»Bei mir zu Hause. Zu schwer zum Rumschleppen.«

»Ich muss zu den Kindern. Ist es zu viel verlangt, wenn ich Sie bitte, nach Hause zu fahren und den Schlüssel zu holen?«

»Wird sofort erledigt.«

Als Pat mit dem Fahrrad vom Gärtnerhaus zurückgeradelt kam, war sie zwar müde, aber ihre Neugier drängte sie dazu, Mrs. Hardaker vorzuschlagen, sie solle vorsichtshalber nicht allein in das Haus gehen.

»Dann kommen Sie mit. Es ist besser, wenn wir zu zweit sind, rein vorsichtshalber, wie Sie sagen.«

Die Farbgestaltung im alten Schulhaus schockierte Pat.

Sie wirkte nicht nur dekadent, sie *war* dekadent. Pat bevorzugte hübsche helle Farben und Chintzvorhänge; das hier war ein Alptraum. Es hatte auf dem Schulgelände zwei Todesfälle gegeben. Toria Clark und davor Mr. Palmers Frau. War das jetzt der dritte? Pat erschauerte.

Unten war niemand, also rief Hetty nach oben: »Kate! *Kate*!« Keine Antwort.

Nervös ging sie die Treppe hinauf, Pat dicht auf ihren Fersen.

Das Bett im kleinen Schlafzimmer war unbenutzt. Kein Anzeichen einer Bewohnerin, bis auf ein Paar schwarze Samtpantoffeln unter dem Nachttisch und ein Buch auf dem Bettüberwurf, der so dunkellila war, wie Pat noch keinen gesehen hatte. Gütiger Himmel! Sie hätte unter diesem Ding kein Auge zugetan.

Dann schaute Hetty in die Nische unter der Schräge. Dort stand ein Gegenstand unter einem schwarzen Tuch, links und rechts von schwarzen Kerzen flankiert. Hetty nahm das Tuch ab und entdeckte darunter eine Kristallkugel.

Pat erbleichte. »Der Herr steh uns bei! Sie ist eine Hexe.«

»Machen Sie sich nicht lächerlich, Pat«, erwiderte Hetty scharf. Trotz ihres Zorns über Pats Bemerkung deckte sie die Kugel mit dem Tuch zu und ging die Treppe viel schneller hinunter, als sie heraufgekommen war.

Sie standen am Fuß der Treppe und sahen sich an.

»Das ist nicht strafbar«, sagte Hetty.

Pat zitterte. »Die Katze... wo ist die verflixte Katze?«

»Ich hab diese Katze noch nie leiden können.«

»Die ist unnatürlich. Ich hab keine Lust, sie zu suchen.«

»Ich auch nicht. Aber wo ist sie?«

»Mir ist eben etwas eingefallen.« Pat rannte nach draußen. »Schauen Sie... ihr Auto ist auch nicht da.«

Die Klassen zwei und drei waren eben zur Pause hinausgegangen, als Kates Auto auf den Schulhof bog. Hetty scheuchte die Kinder auf eine Seite, während Kate neben dem alten Schulhaus parkte.

»Miss Pascoe! Gott sei Dank, dass Ihnen nichts fehlt. Wo waren Sie? Wir haben uns solche Sorgen gemacht.«

Als Antwort auf Hettys Frage hob Kate vorsichtig einen Transportkäfig für Katzen aus dem Auto. Die Katze lag darin, sie hatte einen breiten Verband und sah sehr mitgenommen aus.

»Du meine Güte. Das tut mir Leid. Was ist denn bloß passiert?«

»Ein Stück Kohle ist aus dem Feuer geflogen und hat die Katze versengt, bevor sie ausweichen konnte. Es ist eine furchtbare Brandwunde und ich musste die Katze zum Tierarzt nach

Culworth bringen. Ich war völlig fertig.« Die Rektorin sah tatsächlich leidend und hohläugig aus. »Die Behandlung hat eine Ewigkeit gedauert. Tut mir Leid, dass ich Ihnen nicht Bescheid gesagt habe, aber es war einfach schrecklich. Ich war die ganze Nacht auf. Sie wollten die Katze dabehalten, aber ich habe darauf bestanden, sie mit nach Hause zu nehmen.«

Die Kinder drängelten sich um den Käfig, sie wollten die grauenhaften Wunden sehen und waren ziemlich enttäuscht, dass der Verband sie verdeckte.

»Oh! Ms. Pascoe!«

»Ohhh! Wie furchtbar!«

»Ach. Das arme Tier!«

»Das tut doch bestimmt weh!«

Kate schloss die Haustür auf und sagte: »Mrs. Hardaker, nach der Pause komme ich in die Schule. Ich esse nur einen Happen, dann bin ich da.«

»Sind Sie sicher?«

»Selbstverständlich. Ich kann doch nicht von Ihnen verlangen, dass Sie ganz allein die Stellung halten.«

Hetty fühlte sich genötigt, Kate zu bewundern, aber andererseits... Kristallkugeln? Was war bloß aus dem Lehrerberuf geworden? Wenn Pat zur Mittagessenszeit zurückkam, musste Hetty ihr auf die Seele binden, Kate nicht zu sagen, dass sie im Haus gewesen waren. Kate durfte das um keinen Preis erfahren. Es hätte ihre Arbeitsbeziehung gefährdet, um die es sowieso nicht allzu gut stand, wenn Kate gewusst hätte, dass Hetty den... wozu es schön reden – *den Altar* gesehen hatte.

Ralph hatte Peter um neun angerufen und ihn gefragt, ob er Zeit für ihn habe.

»Natürlich, wenn Sie in etwa einer halben Stunde kommen. Später habe ich Termine, die ich nicht absagen kann.«

»Das passt mir ausgezeichnet, Peter.«

»Gut, bis dann.«

Sie setzten sich ins Arbeitszimmer und Peter sagte: »Bevor Sie mir erzählen, worüber Sie mit mir sprechen wollen, möchte ich Ihnen sagen, dass mir die Baufirma einen Kostenvoranschlag für die Renovierung des Kirchturms und die Maurerarbeiten gemacht hat. Sobald der Antrag genehmigt und das Wetter besser ist, fangen sie mit der Arbeit an.«

»Gut, wird auch höchste Zeit. Wir können den Turm doch nicht zusammenfallen lassen. Was du heute kannst besorgen und so weiter.«

Ralph erwähnte den Kricketklub und seine Hoffnungen für den Sommer. Das erste Ligaspiel finde im Mai statt, am Bank Holiday am ersten Maimontag, der Gegner sei Little Derehams. Was Peter dazu sage?

»Hervorragend.« Peter, ein geborener Sportler und begeisterter Kricketspieler, freute sich. »Ich habe gehört, die sollen eine sehr gute Mannschaft haben.«

»Stimmt. Stimmt.« Ralph strahlte.

»Ist das Klubhaus bis dahin fertig?«

»O ja! Haben Sie es sich noch nicht angeschaut?«

»Nein. Ich habe einfach keine Zeit. Nicht etwa aus Mangel an Interesse.«

»Es wird prächtig«, schwärmte Ralph. »Alles modern, im wahrsten Sinne des Wortes, dazu eine wunderbare breite Veranda an der Vorderseite – Fitchs Idee, und eine gute, das muss ich ihm lassen. Wird das beste Klubhaus im County, wenn es fertig ist, aber das ist ja typisch für den Mann.«

Peter sah Ralph mit vorwurfsvoller Miene an. Ralph entschuldigte sich sofort. »Tut mir Leid! Ich bin aufrichtig dankbar für das, was er getan hat, aber es fällt mir schwer, es zu schlucken. Jedenfalls haben wir, was Kricket betrifft, einen prachtvollen Sommer vor uns und der Platz entwickelt sich zu einer wahren Freude.«

»Sie wollten also über Kricket mit mir sprechen?«

Ralph beugte sich vor und legte, wie immer, wenn er nach den richtigen Worten suchte, die Hände auf die Knie. Er schaute zu Peter auf und sagte: »Gestern war es fast halb zwei, als ich ins Bett gekommen bin.«

»Oh, das tut mir Leid. Woran lag es? Geht es Muriel nicht gut?«

»Nein, nein, nichts dergleichen. Ich war mit Jimmy und Muriel in Sykes Wood.«

»Ach. Ja?« Peters Miene änderte sich.

Ralph erzählte ihm, was im Wald vorgefallen war, und fragte Peter nach seiner Meinung.

»Ich bin bestürzt. Wer in aller Welt können diese fünf Leute gewesen sein?«

»Es war die Katze von Kate Pascoe, mit der Sykes gekämpft hat.«

»Oh, gütiger Gott, das glaube ich nicht.«

»Die Katze hat sich schlimme Brandwunden zugezogen, als sie sich unter Sykes weg in die glühende Asche gewälzt hat. Sie muss Verbrennungen haben. Das könnte man als eine Art Beweis ansehen.«

»Ich kann doch kaum zu Kate gehen und mir ihre Katze anschauen, oder? Mit welcher Ausrede sollte ich ihr kommen?«

»Mit keiner. Aber ich dulde keine schwarze Magie, oder was auch immer die da treiben, in diesem Dorf. Menschen haben darunter zu leiden, es muss aufhören.«

Peter konnte nicht fassen, was sich da abspielte.

»Jetzt, nachdem sie gesehen worden sind, treffen sie sich bestimmt nicht mehr dort«, meinte er.

»Genau. Ich wollte nicht, dass sie uns bemerken, aber Sykes war anderer Ansicht.«

»Ich frage mich, wer noch daran beteiligt ist.«

»Keine Ahnung.«

»Wohl kaum ein Fall für die Polizei. Aber zweifellos ein Fall für die Kirche. Sie verstoßen doch gegen kein Gesetz, oder?«

Ralph schüttelte den Kopf und sagte: »Nein, aber gegen die Moral.«

»Allerdings. Ich muss einschreiten. Etwas unternehmen, und zwar schnell.«

»Richtig. Ein Blick auf die Katze ist äußerst wichtig. Ein Beweis, wissen Sie. Und hier habe ich noch ein Beweisstück, eine der schwarzen Kerzen.«

Er nahm die Kerze aus der Tasche und legte sie auf Peters Schreibtisch. Peter nahm sie in die Hand. »Du meine Güte. Das hat nichts Gutes zu bedeuten.«

»Ja, nicht wahr? Ich muss gehen, Muriel wird sich fragen, wo ich bleibe. Sie ist seit gestern Nacht ganz verstört, aber sie wollte partout mitkommen. Manchmal kann sie ganz schön dickköpfig sein.«

»Danke, dass Sie mir das gesagt haben, Ralph. Es ist ganz klar, dass etwas unternommen werden muss, aber ich bin mir noch nicht ganz sicher, was ich tun soll.«

»Ich mir auch nicht. Wenn ich noch etwas erfahre, sage ich Ihnen Bescheid.«

»Gut, ich werde es ebenso halten.«

Als Ralph gegangen war, sagte Peter einen seiner Nachmittagstermine ab, um die Kinder aus der Spielgruppe abholen zu können.

»Ich *möchte* hingehen, Sylvia, aus einem ganz bestimmten Grund. Okay?«

»Gut, Herr Pfarrer, aber sorgen Sie dafür, dass Beth ihre Wollmütze nicht vergisst. Dr. Harris und ich fahren mit den beiden heute Nachmittag nach Cickerby Rocks. Wir hoffen, dass sie danach müde sind!«

Peter lachte. »Muss jetzt weg, aber ich hole die Kinder ab, keine Sorge.«

Als er fünf Minuten nach zwölf in die Schule kam, ging er direkt in die Spielgruppe und sammelte die Zwillinge ein. »Ich muss kurz mit Ms. Pascoe sprechen, Kinder. Kommt mit.«

»Daddy.«

»Ja, Alex?«

»Die Katze hat einen dicken, dicken Verband um den Bauch, sie ist im Käfig und sehr krank und du kannst ihre Augen nicht sehen, sie macht sie nicht auf.«

Beth wollte nicht zurückstehen und sagte: »Ms. Pascoe hat geweint. Richtig geweint.«

Peter wurde bang ums Herz. Als er durch die Aula ging, kam Kate eben aus ihrem Klassenzimmer. Sie sah schrecklich aus.

»Hallo, Ms. Pascoe. Die Kinder haben mir eben erzählt, Ihre Katze sei in den Krieg gezogen.« Er kam sich doppelzüngig vor, als er das sagte, aber er sah keine andere Möglichkeit. Er konnte Kate schlecht ins Gesicht sagen, dass er den Grund kannte.

Kate antwortete nicht sofort. Dann sagte sie mit leiser Stimme: »Eine Kohle ist aus dem Feuer geflogen und hat sich in ihrem Fell verfangen und die Katze hat sich versengt, bevor ich etwas machen konnte. Es geht ihr wirklich sehr schlecht.«

»Tut mir sehr Leid. Sie braucht gute Pflege.«

»Natürlich, und die bekommt sie auch. Die Katze ist eine liebe Freundin.«

Peter lächelte und verabschiedete sich.

»Peter! Ich bin erstaunt, dass du nicht gemerkt hast, wie verlogen das war«, sagte Caroline am Abend, als sie am Kamin saßen. »Ich hab dir doch erzählt, dass sie von Greenwood Stubbs eine Ladung Holz gekauft hat. Du weißt doch, dass sie Bäume gefällt haben und Stubbs das Holz auf dem Schwarzen Brett zum Verkauf angeboten hat. Ich habe im Laden mitbekommen, wie sie das Holz bei Pat bestellt und ihr das Geld gegeben hat. Also lügt sie wie gedruckt.«

»Vielleicht hat sie gestern Nacht ein Kohlenfeuer gemacht.«

Caroline seufzte. »Mach halblang, Peter. Ich habe Sykes heute Morgen gesehen. Chang und Tonga könnten Sykes unmöglich solche schweren Verletzungen zufügen, dazu sind sie weder groß noch kräftig genug. *Ihre* Katze sehr wohl. Tut mir Leid, aber du hast eine Hexe zur Rektorin.« Caroline brach in Gelächter aus. »Muss eine Premiere sein!«

»Du hast gut lachen, Caroline Harris, aber ich stehe vor einem Riesenproblem. Es betrifft ja nicht nur die Schule, meine ganze Gemeinde hat darunter zu leiden. Es muss aufhören.«

»Frag mich nicht um Rat! Ich hab nicht die geringste Ahnung, wie man mit Hexen umgeht.«

»Liebling, im Licht der Ereignisse muss ich dir etwas sagen, was ich bis jetzt vor mir hergeschoben habe. Ich kann es dir nicht länger verschweigen.«

Caroline drehte sich schnell um und schaute ihm ins Gesicht. »Was musst du mir sagen?«, fragte sie scharf.

»Es geht um Mimi.«

»Mimi!«

Er machte eine Pause, bevor er Caroline voll in die Augen sah. »Hast du dich mit der Tatsache abgefunden, dass sie tot sein könnte?«, fragte er sanft.

»Natürlich.«

Caroline wartete darauf, dass er weitersprach. Ihr fiel auf, dass er an seinem Ehering drehte, ein sicheres Zeichen, dass ihm nicht gefiel, was er sagen musste. »Ihr Halsband ist gefunden worden«, sagte er schließlich.

»Ihr Halsband? Wo?«

»In Sykes Wood, in der Nähe der Feuerstelle, die du gesehen hast.«

»O Gott! Du glaubst doch nicht etwa, die haben Mimi …?«

»Das glaube ich kaum. Es könnte reiner Zufall sein.«

»Wer hat es gefunden?«

»Sylvia, aber sie hat sich nicht getraut, es dir zu sagen. Sie hatte solche Angst und sie wollte dich nicht beunruhigen.«

Caroline nahm ihr Taschentuch heraus und wischte sich die Augen. »Ich kann den Gedanken nicht ertragen, dass diese grauenhaften Leute Mimi in ihrer Gewalt haben. Sie hat doch niemandem was getan.«

»Nein. Komm her.« Caroline legte den Kopf an seine Brust und weinte leise. Peter schloss sie in die Arme und wünschte sich, er könne etwas Tröstliches sagen, aber es gab nichts, was ihren Kummer hätte lindern können.

Schließlich fasste Caroline ihn an der Brust und schob ihn weg. »Ich erwürge die Frau eigenhändig«, sagte sie mit bebender Stimme. »Morgen gehe ich in die Schule und tue es.«

»Aber Liebling, wir haben keinen Beweis, dass sie etwas damit zu tun hat, überhaupt keinen. Alles reine Vermutungen.«

»Keinen Beweis? Natürlich haben wir einen Beweis!«

»Was für einen? Sag's mir.« »Die Katze hat mit Sykes gekämpft.«

»Aber die Katze könnte auch ganz zufällig dort gewesen sein.«

»Wie kannst du bloß in der Welt herumlaufen und von allen nur das Beste denken? Ich wette, wenn du beim Prozess gegen den Yorkshire-Ripper zu den Geschworenen gehört hättest, hättest du einen Grund gefunden, ihn frei zu lassen! So geht das nicht, Peter. Das geht nicht.«

»Ich bin nun einmal so.«

»Die arme Mimi! Ich sorge dafür, dass Kate kriegt, was sie verdient. Sie hat ihre Katze noch, aber ich habe meine nicht mehr, wegen ihrer bösen Umtriebe.«

»Caroline!«

»Sag nicht in diesem Ton ›Caroline‹. Sie muss weg.«

»Ich kann sie nicht entlassen! Ich habe keinen Grund dazu.«

In diesem Moment schlüpften Chang und Tonga durch die Katzenklappe. Sie wollten schlafen gehen. Caroline stürzte auf sie zu und drückte sie an sich. »Wir brauchen ein Katzenklo, sie dürfen nie wieder aus dem Haus.«

»O nein! Wir wissen, dass wir, seit wir die Kinder haben, kein Katzenklo brauchen können. Du warst meiner Meinung. Kein Katzenklo mehr. Ich habe das sowieso nie gemocht, es kommt nicht in Frage, dass die Katzen ihr Geschäft hier im Haus verrichten. Ich verbiete es.«

»Du *verbietest* es?« Bei dem herausfordernden Ton in Carolines Stimme wurde Peter bang ums Herz. Er zwang sich, ruhig zu sprechen.

»Du musst das rational sehen. So sehr ich die Katzen auch liebe, aber die Gesundheit und das Wohl der Kinder stehen an erster Stelle. Als Ärztin weißt du, dass ich Recht habe. Außerdem ist es grausam, den Katzen ihre Freiheit zu nehmen. Eine solche Grausamkeit kann ich nicht ertragen.«

»Aber wenn es ihnen das Leben rettet?«

»Auch dann nicht. Ich weigere mich, darüber zu diskutieren. Kein Katzenklo, und die Katzen behalten ihre Freiheit. Ein Jahr Freiheit ist besser als zehn Jahre lang eingesperrt zu sein. Das dulde ich nicht.«

»Es sind meine Katzen.«

»Es sind deine Kinder.«

Einen Sekundenbruchteil lang herrschte benommenes Schweigen, dann wandte sich Caroline ihm zu und sagte mit beherrschter, Unheil verkündend ruhiger Stimme: »Die Katzen sind *nicht* meine Kinder. Und ich bin keine sentimentale Vollidiotin.«

Es machte Peter wütend, dass sie glaubte, er wisse so wenig von ihr, dass er einen solchen Fehler machte. »Ich kenne dich besser, als dass ich so etwas von dir glauben würde«, erwiderte er zornig. »Ich habe nicht die *Katzen* gemeint. Ich habe gemeint, dass Alex und Beth deine Kinder sind.«

Caroline machte den Mund auf, weil sie ihm widersprechen wollte, doch dann überlegte sie es sich anders. Er hatte Recht: Die Kinder kamen vor den Katzen. Peter beobachtete, wie sie sich zusammenriss.

Caroline schluckte schwer. »Es tut mir Leid. Du hast natürlich Recht. Ich bitte dich um Verzeihung. Ich war so aufgeregt, dass ich die Maßstäbe verloren habe. Ja, die Katzen sollen ihre Freiheit haben, ganz gleich, was passiert. Aber das mit Kate Pascoe ist etwas ganz anderes. Ich gehe morgen zu ihr und du darfst nicht versuchen, mich daran zu hindern.«

»Nein, Caroline. Bitte, überlass das mir.«

»Jemand muss sie zur Rede stellen.«

»Ich weiß, aber ich muss erst darüber nachdenken, wie ich vorgehe.« Er griff nach Carolines Händen und hob sie an seine Lippen. »Mein Schatz. Das mit Mimi tut mir Leid, sehr, sehr Leid. Ich will um nichts in der Welt, dass dir wehgetan wird.«

»Peter, wo ist ihr Halsband jetzt? Ich möchte es sehen.«

»Bist du dir sicher?«

»Ja.«

»Warte hier.«

Als er mit dem Halsband zurückkam, lächelte Caroline traurig. Sie hielt es sich ans Gesicht, schaute zu Peter auf und sagte: »Weißt du, ich habe ihr alles über dich anvertraut. Wenn ich mit dir ausgegangen war und in die Wohnung zurückgekommen bin, habe ich ihr erzählt, was du gesagt hast, was wir unternommen haben, wo wir waren. Ich hab ihr erzählt, wie wunderbar du bist und wie sehr ich dich liebe. Dumm von mir, nicht?«

»Keinesfalls. Ich liebe dich dafür.«

»Glaubst du, dass sie gelitten hat?«

»Ich weiß es, ehrlich gesagt, nicht. Ich will es nicht hoffen.«

»Ich auch nicht. Ich auch nicht. Aber Kate Pascoe muss weg.«

19. Kapitel

Kate musterte die Bilder, die Klasse drei an jenem Nachmittag gemalt hatte. Sie waren äußerst unbefriedigend. Fast alle Kinder waren von der Farbe Schwarz besessen. Schwarze Katzen, schwarze Hüte, schwarze Bäume, schwarze Menschen, schwarze Wolken und zwei Bilder zeigten eine grauenhafte Darstellung des Teufels in Schwarz. Was in aller Welt war mit den Kindern los?

»Unheimlich, nicht wahr?« Kate fuhr zusammen. Pat Duckett war hereingekommen, um das Klassenzimmer zu putzen. »Geradezu gespenstisch. Unsere Michelle hat keine solchen Bilder gemalt, als Mr. Palmer noch hier war. Das hätte er nicht erlaubt.«

»Aber Mr. Palmer hatte auch keine Ahnung, wie man das Talent von Kindern fördert.«

»Wenn das hier Talent sein soll, ist mir Mittelmäßigkeit allemal lieber. Ich bin mir auch nicht sicher, ob er die Kinder nicht doch gefördert hat: Alle drei, die sich in diesem Jahr bei Prince Henry's und Lady Wortley's beworben haben, sind zur Prüfung zugelassen worden. Sie bekommen bald Bescheid. Also muss Mr. Palmer ihnen etwas beigebracht haben.«

»Allerdings, aber da ging es um Lesen, Schreiben und Rechnen; hier geht es um Kreativität.«

»Ach ja? Hätte ich gar nicht gemerkt, wenn Sie es nicht gesagt hätten. Und was ist mit den Jungen von Liz Neal? An Prince Henry's hat sich rausgestellt, dass Guy im Malen sehr begabt ist. Liz sagt ...«

»Schon gut, Pat, keine Regel ohne Ausnahme.«

Pat fing mit dem Fegen an. »Eins muss ich Ihnen lassen, in Ihrem Klassenzimmer ist es immer schön sauber. Keine Schnipsel, die ich auflesen muss, und alle Pulte tipptopp. Aber mit den Bildern können Sie keinen Blumentopf gewinnen. Das Bild mit dem Teufel zeigt eigentlich den Pfarrer.«

»Wie bitte?«

»Na ja, am Stock-Tag im Juni verkleidet sich der Pfarrer als Teufel, mit Hörnern und allem Drum und Dran, aber darunter trägt er das weiße Messgewand für Trauungen. Dann legt er das Teufelskostüm ab, segnet den Stock und ein weiteres Jahr lang wird alles gut. Hat was mit der Zeit zu tun, als der Schwarze Tod ins Dorf kam. Wir feiern den Tag jedes Jahr, sonst können noch schlimmere Dinge als der Schwarze Tod uns heimsuchen. Das ist also der Pfarrer. Da fällt mir ein, dass wir was von dem Exorzismus brauchen könnten, den er als Gottesmann machen kann. Da ist noch ein Bild von ihm, schauen Sie, mit Riesenhörnern. Unten ist ein Zipfel seines weißen Messgewands zu erkennen, sehen Sie? Diese Kinder wissen Bescheid.«

»Unsinn!«

»Sie haben alle eine Todesangst. Und wenn wir schon vom Tod reden, denken Sie an Sadie Beauchamp – am einen Tag noch quicklebendig und am nächsten mausetot. Ihr hat nie was gefehlt. Und warum fahren Rhett und die Frau des Sergeants vor Angst schier aus der Haut? Beantworten Sie mir das.«

Kate tat die Gedanken als total lachhaft ab. »Diese Schauergeschichten sind doch nur ein Haufen Blödsinn. Es ist Zeit, dass Sie mit der Arbeit weitermachen, Pat.«

»Vielen herzlichen Dank. Wollte Ihnen bloß 'nen Rat geben.«

Kate machte sich vor Pats Besen aus dem Staub. Sie ging in ihr kleines Büro und schaute auf die Mülltonnen hinaus. Die Katze kam herein. Sie spürte, dass Kate beunruhigt war, sprang auf den Schreibtisch und rieb den Kopf an Kates Hüfte, um auf sich aufmerksam zu machen. Auf dem kahlen Fleck durch die Brandwunde wuchs neues Fell und die Katze fühlte und verhielt sich wieder mehr wie früher.

»Hallo, Katze. Zeit, nach Hause zu gehen, was?« Kate streichelte der Katze die Ohren und kraulte sie am Kinn. Draußen kam Pat um die Ecke und leerte einen Papierkorb aus. Kate schaute ihr zu. Das Papier rutschte in die Recyclingtonne, bis auf ein Blatt, das in einem jähen Windstoß fortflog. Sie beobachtete, wie Pat es einfing. Pat hatte Recht. Die Kinder waren verstört, das ging aus den Bildern eindeutig hervor. Auf ihre Weise drückten sie aus, dass sie Hilfe von Peter erwarteten. Kate schüttelte sich. Sie benahm sich ja noch blöder als Pat, indem sie in Bilder, die die Kinder inzwischen längst vergessen hatten, derart haarsträubende Dinge hineinlas. Exorzismus! Was denn noch? Alles war schließlich reiner Zufall. Die Katze schnurrte. Reiner Zufall.

»Ich glaube, Tee und getoasteter Teekuchen, Katze. Und du?« Die Katze schnurrte lauter, Kate kraulte sie an den richtigen Stellen. Sie hatten ein gutes Leben hier in Turnham Malpas. Es hatte sich alles glücklich gefügt. Seelenverwandte, ja, hier gab es tatsächlich Seelenverwandte. Die Katze sprang herunter, sie wollte nach Hause. Als Pat hereinkam, um das Waschbecken zu putzen, machte die Katze einen Buckel, sträubte den Schwanz und fauchte Pat an.

Normalerweise trank Kate ihren Nachmittagstee am Küchentisch, aber heute brachte sie ihn ins Wohnzimmer und hielt ein Streichholz an das Holz im Kamin. Sie war beim Entfachen eines Feuers sehr viel geschickter geworden und es knisterte fast sofort heimelig im Kamin. Die Katze hatte aus ihrem Unfall nichts gelernt, sie saß so nah wie möglich neben den Flammen und war damit beschäftigt, sich zu putzen und die kahle Stelle zu lecken, als könnte sie damit das Wachstum des Fells beschleunigen. Kate schaute ihr träumerisch zu.

Es war eindeutig richtig gewesen, Afrika zu verlassen und zurück nach England zu kommen. Das Klima bekam ihr besser, und der Katze ebenfalls. Zudem gab es hier in Turnham Malpas solche Möglichkeiten. Die Schule zum Beispiel bot ihr eine ungeheure Gelegenheit, so zu unterrichten, wie sie es für richtig hielt.

Der enge Rahmen, in dem Michael Palmer gearbeitet hatte, war nichts für sie. Was diese Kinder brauchten, war Schulbildung auf allen Gebieten, deshalb würde sie als Nächstes Computer kaufen. Es grenzte an einen Skandal, dass es in der Schule keinen einzigen Computer gab. Einer würde jedoch nicht reichen, auf keinen Fall. Kate überlegte eben, wie sie ihr Computerprojekt finanzieren sollte, als die Haustür aufging und Kinderlärm hereindrang.

Die Katze sprang auf und rannte los, um nachzusehen, wer gekommen war, aber Kate wusste es schon. Simone mit ihrer Brut.

»Hi! Ich bin's. Als ob du das nicht wüsstest.«

»Hallo! Kommt rein.«

»Wir sind schon drin.«

Die Kinder breiteten sich in dem kleinen Wohnzimmer aus wie eine Heuschreckenplage. Simone hatte das Baby in den riesigen Schal gewickelt, den sie als Trage benutzte. Über dem Schal waren nur dunkle Löckchen zu sehen. Simone zog das Baby höher und setzte sich auf den Futon.

»Also?«

Kate zog eine Augenbraue hoch. »Also was?«

»Was ist damit?« Die Katze sprang auf Simones Knie,

schnurrte freudig und wollte gestreichelt werden. »Was sollen wir machen?«

»Machen?«, wiederholte Kate.

»Sei nicht blöd, Kate, du weißt genau, was ich meine.« Die Tatsache, dass die Kinder, auch auf die Gefahr hin, dass etwas kaputt ging, mit so gut wie jedem beweglichen Gegenstand im Zimmer spielten, ließ Simone völlig kalt. Kate war gereizt.

»Weiß ich das?«

Simone schob ihr langes dunkles Haar nach hinten, denn das Baby hatte sich mit den Fingern darin verfangen. Sie schaute Kate mit ihren großen, dunklen Augen durchdringend an. »Du weißt es. Der Treffpunkt.«

»Tee?«

»Danke.«

Kate ging in die Küche und holte eine zweite Tasse und Kekse für die Kinder. Sie hatte keine unzerbrechlichen Tassen und sie wollte nicht das Risiko eingehen, dass Simones Kinder ihr Porzellan in die Hände bekamen.

Sie kam mit der Tasse Tee für Simone zurück, stellte sie auf den Tisch neben dem Futon und reichte Simone die Kekse. »Die sind für die Kinder.«

Die Kinder stritten sich um eine Vase. Simone stand auf, nahm sie ihnen wortlos ab, stellte sie auf den Kaminsims und verteilte die Kekse.

»Du hast mir nicht geantwortet.«

»Nein.« Kate trank einen Schluck Tee. »Es wird mir zu viel.«

»Oh! Wirklich? Gerade jetzt, wo wir Erfolg haben.« Simone kraulte die Katze hinter den Ohren und die Katze hob den Kopf, damit Simone weitermachte. Sie grub die Pfoten in Simones Knie und gab sich schnurrend der Wonne hin, von ihr gestreichelt zu werden. Kate empfand einen Stich der Eifersucht. Die Katze war *ihr* Haustier.

»Nennst du das keinen Erfolg?«, fuhr Simone fort.

»Nein. Du warst zu erfolgreich.«

»Kann man denn *zu* erfolgreich sein?«

»Ja. Mir geht es allmählich zu weit.«

»Was meinst du mit ›zu weit‹?«

Kate schob eines der Kinder vom Feuer weg. »Ich habe keinen Kaminschirm, weil ich keine Kinder habe. Sag ihnen, dass sie vom Feuer wegbleiben sollen.«

Simone ignorierte sie und wiederholte ihre Frage. »Was heißt ›zu weit‹?«

»Ich richte lieber keinen Schaden an.«

»Schaden? Was haben wir denn für einen Schaden angerichtet?«

»Das brauche ich dir nicht zu sagen.«

»Sie haben nur ihren gerechten Lohn bekommen.«

»Nein, nicht ihren gerechten Lohn. Eine Strafe.«

»Kriegst du jetzt den Moralischen?«

»Ja, wenn du es so ausdrücken möchtest. Ich muss hier meine Arbeit tun, und das möchte ich nicht aufs Spiel setzen.«

»Du setzt nichts aufs Spiel.«

»Doch, wenn die letzten Wochen ein Maßstab sind, schon.«

Simone beschuldigte sie, sie kneife.

»Kann schon sein.«

»Dann nehme ich die Katze.«

»Nein, nicht meine Katze.«

»Doch. Das kann ich.«

»Simone! Lass die Katze hier bei mir.«

»Leihweise.«

»Nein, nicht mal leihweise.«

Simone lächelte ihr finsteres, breites Lächeln. Es war ein allwissendes, bedrohliches, abwartendes Lächeln, das Kate ganz und gar nicht gefiel.

Simone schob die Katze von ihrem Knie und stand auf.

»Dann gehe ich jetzt. Ich sag dir Bescheid, wann und wo. Ich denke an einen bestimmten Ort.«

»Ich komme nicht.«

»Du kommst, sonst nehme ich dir die Katze weg.«

Kate stand auf, um ihrem Widerspruch Nachdruck zu verleihen. »Nein, meine Katze kommt nicht zu dir.«

»Ach nein?« Simone zog eine Augenbraue hoch und schaute dann stetig in die leuchtend grünen Augen der Katze. Die Katze sah anbetungsvoll zu Simone auf.

Die Kinder folgten ihrer Mutter aus dem Haus. Sie sagte ihnen weder, dass sie ging, noch sammelte sie sie ein; es wurde schlicht und einfach von ihnen erwartet, dass sie Simone folgten. Kate sah ihnen nach, als sie über den Schulhof gingen. Die Katze kratzte an der Tür und wollte hinaus, aber Kate ignorierte sie. Sie hatte das starke Gefühl, dass die Katze tatsächlich mit Simone mitgegangen wäre, und das duldete sie nicht.

Aber später am Abend musste die Katze wirklich hinaus.

»Mummy! Mummy!« Harriet hörte, wie die Haustür zugeschlagen wurde und rasche Schritte in die Küche eilten. Warum gingen ihre Kinder immer davon aus, dass sie in der Küche war? Das sagte etwas über Harriet aus, was ihr gar nicht gefiel.

»Flick! Ich bin oben und wechsle Fran die Windeln.«

Die Schritte kamen die Treppe herauf und Harriet hörte, dass Flick auf dem Treppenabsatz außer Atem sagte: »Die Katze ist verschwunden!«

»Welche Katze?«

Flick kam ins Schlafzimmer, warf sich neben Fran aufs Bett und keuchte: »Ms. Pascoes Katze!«

»Du meine Güte.«

»Sie hat gesagt, wir sollen alle die Augen offen halten und im Schuppen und so nachschauen, falls sie irgendwo eingesperrt ist. Hast du in unserem Schuppen nachgeschaut?«

»Nein. Ich hab schließlich nicht gewusst, dass ich nachschauen soll. So, Fran, du bist fertig. Ab mit dir.« Fran setzte sich auf und durchsuchte Flicks Taschen nach aus der Schule mitgebrachten Schätzen. Harriet seufzte. »Kann den Tag nicht erwarten, an dem sie sauber ist. Wenn's nur schon so weit wäre!«

»Aber dann ist sie kein Baby mehr, oder?«

»Nein, kein Baby mehr. So, jetzt zu der Katze. Wie lange ist sie schon verschwunden?«

»Seit gestern Abend. Wir haben überall gesucht. Ms. Pascoe ist heute so durcheinander, dass sie gar nicht mehr weiß, wo ihr der Kopf steht, aber sie hat gesagt, sie besorgt uns Computer für die Schule. Obwohl ich dann ja nicht mehr dort bin, oder?«

»Stimmt. Lady Wortley's wartet auf dich!«

»Ich freu mich so, dass ich aufgenommen worden bin. Heute Abend wird gefeiert, ja? Wenn nur Grandma das noch erlebt hätte. Sie hätte sich so für mich gefreut.«

»Das hätte sie, Liebling. Ich vermisse sie auch.«

Flick wechselte schnell das Thema; sie wollte nicht, dass Mummy wieder weinte. »Darf ich mit meinem Taschengeld in den Laden?«

»Ja. Pass auf, wenn du Shepherd's Hill überquerst. Dein Glas Milch trinkst du, wenn du wiederkommst, ja?«

Flick marschierte zielstrebig zum Laden, ihr Pfund fest umklammert. Als sie die Tür aufstieß, lauschte sie dem Anschlagen der Klingel, einem Geräusch, von dem ihr Daddy sagte, er höre es liebend gern. Flick wusste, dass er es liebend gern hatte, weil es Kundschaft ankündigte; es ging nicht nur um den Klang. Der Laden war voll, weil die Schule aus war. Flick gefiel es, wenn er voll war. Dann war es so wie in einem der Läden, in die sie mit Grandma Charter-Plackett ging, wenn sie in den Ferien bei ihr in London wohnte. Es war schön, mit ihr einkaufen zu gehen, aber Grandma Sadie hatte sie lieber. Mit ihr machte alles Spaß! *Hatte* Spaß gemacht.

Flick schob sich durch zum Süßigkeitenregal. Dort standen die Paradise-Kinder und Flick sah, dass Dickon Paradise eine Rolle Schokoherzen in die Tasche steckte. »Dickon! Das sag ich deiner Mummy. Das musst du bezahlen.«

Als Antwort trat Dickon ihr heftig gegen den Knöchel, der kleine Valentine tat es ihm der Abrundung halber nach und Hansel ebenfalls. Flick humpelte herum und jammerte. »Das tut weh! Mrs. Paradise, Dickon hat Süßigkeiten in der Tasche. Er will sie klauen!«

Simone bedachte Dickon mit einem strengen Blick und er zog die Süßigkeiten aus der Tasche und händigte sie ihr aus. Sie legte die Rolle ins Regal zurück.

Dickon streckte Flick so weit das irgend ging die Zunge heraus. Flick streckte ihm ebenfalls die Zunge heraus, sodass sie nur wenige Zentimeter voneinander standen und sich wilde Grimassen schnitten. Flick verzog das Gesicht ganz besonders böse und wandte sich ab.

Dann sah sie Ms. Pascoe. »Ms. Pascoe! Voll hier drin, was?«

»Und ob. Eindeutig die falsche Zeit zum Einkaufen. Was machst du hier?«

»Ich gebe mein Taschengeld aus.«

Simone kam nah an ihnen vorbei. Flick hörte, wie Ms. Pascoe leise zu ihr sagte: »Wo ist sie?«

Simone Paradise blieb stehen, tat, als suchte sie sich Corned Beef aus, und sagte unschuldig zu einer Dose aus Brasilien: »Wer?«

»Die Katze.«

»Ich weiß nicht, wo Ihre Katze ist. Ich weiß, wo *meine* ist.«

»Sie haben sie weggelockt. Sonst wäre sie nicht von mir fortgegangen.«

»So?«

»Sie haben sie eingesperrt.«

»Ich? So was soll ich einem wehrlosen Tier angetan haben? Tz, tz!«

Flick stand da, schaute die beiden an und begriff nichts. Aber sie spürte, wie zwischen den beiden Frauen die Funken flogen. Fast greifbar. Was für ein seltsames Gefühl. Mrs. Paradise musste die Katze gestohlen haben. Sie hatte keine Katze, das wusste Flick genau. Dickon wollte unbedingt eine haben und seine Mutter war dagegen. Noch ein Maul zu stopfen, sagte sie immer und sie hatte Recht: Sie musste schon sechs Leute ernähren und es gab keinen Daddy, der für die Familie arbeitete. Flick fragte sich, wo der Daddy sein mochte, obwohl in dem winzigen Cottage kein Platz für einen gewesen wäre; sie mussten sowieso schon schlafen wie die Ölsardinen.

Ms. Pascoe sagte mit wütend verkniffenem Mund: »Lassen Sie die Katze frei!«

»Beim nächsten Treffen.«

»Ich komme nicht.«

»Doch, Sie kommen. Ich sage Ihnen, wann.« Simone segelte zur Kasse – die Kinder hatten Mühe, mit ihr Schritt zu halten – und stellte sich in die Schlange.

Flick schaute zu Ms. Pascoes Gesicht hinauf. Sie bereute es schnell. Ms. Pascoe war traurig, wütend und gleichzeitig verängstigt. Flick kaufte sich Schokolade und ging dann nach Hause, verwirrt von der Erwachsenenwelt und froh darüber, zu Mummy und Fran zurückzukehren, aus denen sie wenigstens schlau wurde. Die arme Katze. Vielleicht machte Mrs. Paradise nur Spaß. Ganz bestimmt, sie machte Spaß und Ms. Pascoe merkte es nicht. Morgen früh würde sie es ihr sagen.

Aber als Flick am nächsten Morgen in die Schule kam, schlief die Katze wie üblich auf dem Fenstersims von Ms. Pascoes Klassenzimmer.

»Oh, Ms. Pascoe! Die Katze ist wieder da. Ich hab gleich gewusst, dass Mrs. Paradise nur Spaß macht. Ist die Katze von ganz allein zurückgekommen?«

»Gestern Nacht.«

»Da sind Sie bestimmt erleichtert.«

»Bin ich.«

Es fiel Kate schwer, direkt zu lügen. Die Katze war tatsächlich in der vergangenen Nacht zurückgekommen, aber nur, weil Kate sie geholt hatte. Sie hatte bis halb zwölf gewartet, war dann nach Little Derehams gefahren und hatte ihr Auto vor dem ersten Haus im Dorf abgestellt. Im Schein ihrer Taschenlampe hatte sie den Namen am ersten Tor gesehen. *Keepers Cottage*. Wer wohnte dort? Ach, richtig, Gilbert Johns. Vor dem Cottage parkte ein Auto, ein kleiner Fiesta. Besuch um diese Zeit, Gilbert? Das würde Gerede im Dorf geben.

Im Gegensatz zu Turnham Malpas war Little Derehams ein Straßendorf. Die Cottages sprenkelten verstreut die so genannte High Street. Die Läden, die Schmiede, die kleine Schule und das Gasthaus waren allesamt zu schmucken Wohnhäusern umgebaut worden und das Dorf lag friedlich schlafend da, genau wie am Tag. Hier und dort schien Licht aus einem Schlafzimmerfenster, aber das war das einzige Lebenszeichen.

Kate hatte die Adresse in den Schulakten nachgeschlagen und Simones Cottage mühelos gefunden. Im Vorgarten, wo die anderen Häuser Rasen und Blumen hatten, stand in einer Ecke eine Kinderschaukel, sonst gab es nur Gemüsebeete. Das konnte nur Simones Cottage sein. In den Fenstern brannte kein Licht; folglich konnte Kate wohl davon ausgehen, dass alle im Bett waren. Trotzdem wollte sie nicht riskieren, dass das Tor knarrte, und stieg über den durchgesackten Drahtzaun. Sie folgte dem schmalen Lehmpfad, der am Cottage entlang zum Schuppen führte. Sie war sicher, dass die Katze dort war, im

Schuppen eingesperrt. Da war ein Vorhängeschloss, aber die Tür und der Schuppen waren so baufällig, dass Kate das Schloss samt der Verankerung fast mühelos abreißen konnte. Sie flüsterte laut: »Katze! Katze!« Aber die Katze war nicht da, Simone hatte sie wohl ins Haus gesperrt. Falls Simone die Katze nicht umge… Kate erschauerte. Nein, das hatte Simone bestimmt nicht getan, denn dann hätte sie kein Druckmittel mehr gegen Kate gehabt. Nein, die Katze musste im Haus sein.

Es war typisch für Simones lässigen Lebensstil, dass die Hintertür zwar zu, aber nicht abgeschlossen war. Kate drehte ganz sacht am Knauf und machte die Tür langsam auf. Ihr Herz hämmerte, ihre Hände zitterten. Sie ging hinein und ließ die Taschenlampe durch den Raum wandern. Aus den beiden Cottagezimmern war eins gemacht worden, sodass der Raum jetzt das ganze Erdgeschoss einnahm; er war lang, schmal und so chaotisch und unordentlich, dass Kate erschauerte. Klar, war es schwer, bei fünf Kindern im Haus Ordnung zu halten. Aber das hier!

Gütiger Himmel, was für ein Saustall! An einer langen Stange, die mit alten Schnüren an der Decke befestigt war, hingen getrocknete Kräuter und Kinderwäsche. Im Spülbecken stand schmutziges Geschirr. Auf dem fadenscheinigen Teppich lagen Schuhe, Socken und Kleidungsstücke; der Tisch war voller Spielsachen, außerdem stand eine halb volle Flasche Milch darauf, zusammen mit den Resten eines Brotlaibs, übel zugerichtet, als hätte eins der Kinder die letzte Scheibe abgeschnitten. Überall Staub und Gerümpel.

Kate erschauerte wieder. Ihre Katze in diesem Saustall.

Sie hörte ein Kratzgeräusch und geriet in Panik. Jemand kam! Moment… dieses Kratzen kannte sie. Sie machte die Tür auf, hinter der sich die Treppe verbarg. Und da war die Katze, sie wartete auf der untersten Stufe. Kate nahm sie auf den Arm und die Katze schnurrte vernehmlich. Voller Angst, im ersten

Stock könnte jemand das laute Schnurren hören, drückte Kate die Katze an sich und ging zur Hintertür. Sie hatte sie eben erreicht, als sie von der anderen Seite des Raums etwas hörte. Sie fuhr herum, suchte nach der Quelle des Geräuschs und ihre Taschenlampe erfasste Dickon. Der arme Junge hatte auf dem Sofa geschlafen. Jetzt stand er, nur mit einem kurzen, zerlumpten Unterhemd bekleidet, da und umklammerte eine Decke. Als er im Strahl der Taschenlampe Kates Gesicht erblickte, rief er: »Simone! Hier ist Ms. Pascoe. Sie klaut die Katze. Simone!«

Aber Kate war fort. Sie presste die Katze an sich, floh den Lehmpfad entlang, stolperte über den Drahtzaun und lief auf die High Street, um ihre Katze in Sicherheit zu bringen. Schnell! Schnell! Sie traute Simone durchaus zu, ihr im Nachthemd nachzusetzen – falls Simone je so etwas Normales wie ein Nachthemd trug. Zwischen dem vorletzten Cottage und dem, das Gilbert Johns gehörte, klaffte eine große Lücke und als Kate sich *Keepers Cottage* näherte, war sie außer Atem. Es war ziemlich anstrengend, mit einer schweren Katze auf dem Arm so schnell zu laufen. Der Strahl ihrer Taschenlampe fiel direkt auf Gilbert Johns. Er stand neben dem Fiesta auf dem Fußweg und küsste Louise vom Herrenhaus. In dem Augenblick stolperte Kate und verlor den Halt. Die Katze sprang ihr vom Arm und Kate schlug der Länge nach hin. »Verdammt noch mal! Katze! Katze! Komm her.«

Gilberts Chaos war fast so schlimm wie Simones, aber es war annehmbarer, weil es aus Büchern und archäologischen Artefakten bestand. Louise kochte Tee für Kate, trieb einen alten Teller auf und gab der Katze Milch, während Gilbert Kate die Knie abwusch und versuchte, mit einem nassen Papiertuch den Dreck aus einer Platzwunde an ihrer Hand zu reiben.

»Meine liebe Kate, was in aller Welt haben Sie um diese

Zeit mit Ihrer Katze in Little Derehams verloren? So erfreut ich über Ihren Besuch bin, es ist ein bisschen spät für einen Ausflug, oder?«

Kate trank den Tee. Es war Kuhmilch darin, aber das war ihr jetzt egal. »Was ich hier verloren habe? Ich habe meine Katze gesucht und sie auch gefunden.«

»Wo war sie?«

»Das tut nichts zur Sache.«

»Eine Riesenkatze«, sagte Louise. »Manche Leute behaupten, sie stammt von einem Panther ab.«

»Manche Leute sind blöd.«

»Entschuldigung!«

»Ich hab doch nicht Sie gemeint! Aber das stimmt nicht, sie ist nur groß, mehr nicht. Autsch!«

»Tut mir Leid, geb mir Mühe, behutsam zu sein. Das ist eine üble Platzwunde. Liebling, könntest du den Erste-Hilfe-Kasten holen? Ich glaube, er ist mit den Spaten und den anderen Sachen im Kofferraum.«

Kate hätte fast gelächelt. Das Wort ›Liebling‹ wirkte aus Gilberts Mund vollkommen fehl am Platz, aber offenbar lag ihm sehr viel an Louise. Was für ein Glück für die Frau, jemanden wie Gilbert zu haben. So ein netter Mann. Louise kam mit einem riesigen knallgrünen Erste-Hilfe-Koffer zurück.

Kate amüsierte das. »Ist das nicht ein bisschen viel des Guten?«

Gilbert lachte. »Den nehm ich zu Ausgrabungen mit. Man kann nicht vorsichtig genug sein.«

Er reinigte die Wunden mit antiseptisch getränkter Watte und verpflasterte dann ihre Knie und ihre Hand. »So, alles erledigt. Trinken Sie Ihren Tee in Ruhe aus. Louise, fährst du Kate nach Hause, wenn sie so weit ist?«

Kate antwortete an ihrer Stelle. »Nicht nötig, mein Auto steht ganz in der Nähe.«

»Mir kommt das alles nicht ganz geheuer vor. Darf ich Ihnen einen Rat geben?«

»Wegen meiner Schrammen?«

»Nein, wegen Ihres Umgangs. Seien Sie vorsichtig. Sie haben so viel erreicht, verderben Sie sich das nicht mit solchen Spielchen ... Sie wissen schon, was ich meine. Denken Sie darüber nach. Alles okay?«

Kate stand auf. »Komm, Katze. Wir fahren nach Hause. Danke. Danke für den Tee, die Pflaster und den Rat.«

»Gern geschehen, jederzeit.«

20. Kapitel

Kate bekam die Nachricht über das nächste Treffen in einem Brief, den ihr Simones Tochter Florentina brachte. Sie und Dickon gingen in Miss Booths Klasse. Kurz vor Schulbeginn klopfte Florentina an Kates Bürotür. »Brief von Simone.« Sie war wie ihr Bruder ein wortkarges Kind.

Kate wartete, bis Florentina fort war, bevor sie den Brief aufmachte. Die Nachricht war auf die Rückseite eines Werbezettels für einen mobilen Friseur gekritzelt, der demnächst die Runde durch die Dörfer machen wollte. Simone hatte geschrieben: *Heute Nacht um elf. Treffen ratsam. Komm.*

Sie würde nicht hingehen. Nicht mehr. Gilbert hatte Recht: Es stand zu viel auf dem Spiel. Kate riss die Nachricht in kleine Fetzen und warf sie in ihren Papierkorb. Heute Nachmittag nach der Schule würde sie mit dem Spendensammeln anfangen und der Erste, bei dem sie es versuchen wollte, war Mr. Fitch. Der Termin war um vier und sie würde voller Charme und Überzeugungskraft auftreten. Sie würde ihn überreden, die Computer zu kaufen, und wenn es das Letzte war, was sie tat. Sie würde ihr schlichtestes Kleid anziehen, weil sie das Gefühl hatte, das könne Eindruck auf ihn machen; er war dieser Typ von Mann. O ja! Craddock Fitch, ich komme! Die Glocke läutete und Kate ging, bereit für den neuen Schultag, in die Aula.

Louise begrüßte sie und bat sie, sich zu setzen. »Mr. Fitch hat einen Besucher, der seinen Termin überzieht, aber ich bin mir sicher, dass es nicht lange dauert. Ist mit Ihren Verletzungen alles in Ordnung?«

»Ja, danke.«

»Wunderschöner Tag! Der Frühling liegt in der Luft.«

»Und ob! Gilbert ist nett.«

Louise wurde rot. »Ist er.«

»Sie sollten ihn heiraten.«

»Hätte nicht gedacht, dass Sie mir das raten. Ist doch gar nicht Ihr Stil.« Das Telefon klingelte und Louise musste das Gespräch unterbrechen. Als sie den Hörer aufgelegt und den Namen des Anrufers notiert hatte, fügte sie hinzu: »Übrigens durchaus möglich, dass ich ihn heirate.«

»Warum nicht. Männer wie er sind schwer zu finden. Er scheint ganz vernarrt in Sie zu sein.«

»Ist er. Ich weiß nicht, warum.«

Kate hätte fast gesagt: Ich auch nicht, sagte aber stattdessen: »Machen Sie sich nicht so klein.«

Mr. Fitchs Besucher kam plötzlich aus der Bibliothek und stürmte durch die Haustür hinaus, ohne sich auch nur zu verabschieden.

»Ups! Gehen Sie es lieber behutsam an. Das ist offenbar nicht besonders gut gelaufen. Viel Glück!«

Louise führte sie in die Bibliothek. Kate verliebte sich in den Raum, sobald sie ihn betrat. Er war groß und trotz der Eichentäfelung kein bisschen düster, denn die Fenster reichten fast vom Boden bis zur Decke. Mr. Fitch stand auf, um Kate zu begrüßen.

Der letzte Termin hatte Spuren des Zorns hinterlassen. Mr. Fitch kniff die schmalen Lippen zusammen und das wütende Funkeln in seinen Augen verhieß nichts Gutes für Kate, aber sie ließ sich trotzdem nicht einschüchtern.

»Guten Tag, Mr. Fitch. Sehr erfreut, Sie kennen zu lernen. Ich habe schon viel von Ihnen gehört.«

»Nicht nur Gutes, daran habe ich keinen Zweifel.«

»Irrtum. Ich habe gehört, dass Sie die Zentralheizung in der Kirche bezahlen und den Neubau des Kricketklubhauses. Beides hervorragende Beiträge zum Dorfleben.«

»Danke. Tee?«

»Gerne. Nach einem Tag Unterricht brauchen meine Stimmbänder Öl; eine Tasse Tee wäre wunderbar.«

Mr. Fitch rief Louise und bat sie um Tee. »So, junge Dame, was kann ich für Sie tun? Sie brauchen doch nicht etwa eine Stelle?« Er lächelte, als er das sagte, und das nahm sie für ihn ein.

»Ich bin hier in meiner Eigenschaft als Schulrektorin. Am besten komme ich gleich zur Sache: Das Schulamt will oder kann uns keine Computer zur Verfügung stellen. Die Schule ist angeblich zu klein, als dass sich die Kosten lohnen, et cetera, et cetera. Aber die Kinder brauchen Computer. Mit elf kommen sie nach Culworth auf die Gesamtschule, dort gibt es Computer und unsere Kinder sind gravierend im Nachteil. Mir gefällt der Gedanke nicht, dass die moderne Technik an ihnen vorbeigeht; das ist einfach nicht richtig. Ich will die Kinder auf allen Gebieten bilden. Nicht nur Lesen, Schreiben und Rechnen, obwohl das nötig ist, denn das sind die Grundvoraussetzungen dafür, etwas über die Welt zu lernen. Ich habe mich also gefragt, ob Sie mit Ihrer Marketingerfahrung eine Idee hätten, wie ich das Geld für den Kauf der Computer auftreiben könnte. Ich kenne ein Auktionshaus, in dem ich Computer aus zweiter Hand relativ billig kaufen könnte, sodass ich vermutlich zwei für den Preis eines neuen erwerben könnte, wenn Sie mir folgen können.«

Louise brachte den Tee und schenkte ein. Sie reichte Mr. Fitch seine Tasse, was er lediglich mit einem Nicken quittierte, dann Kate die ihre. »Danke. Wunderbar.«

»An wie viele Computer haben Sie gedacht?«

»Zehn.«

»Zehn?«

»O ja. Es gibt nichts Frustrierenderes, als eine ganze Unterrichtsstunde darauf zu warten, endlich an die Reihe zu kommen, und dann klingelt es und die Chance ist für den ganzen Tag vertan. Zehn sollten es unbedingt sein. Jedenfalls für den Anfang.«

»Wer gibt den Unterricht? Ich meine, ich kann mir nicht vorstellen, dass diese alte Glucke Hetty Hardaker viel von Computern versteht.«

»Ich.«

»Aha. Sie haben also schon alles geplant.«

»Ja.«

Er trank Tee und schaute Kate über den Tassenrand hinweg abschätzend an. Er stellte die Tasse wortlos auf die Untertasse und kritzelte mit seinem goldenen Füller auf einem Blatt Papier herum, stellte Berechnungen an.

Er steckte die Kappe wieder auf den Füller und sagte: »Im August, wenn hier keine Schulungen stattfinden, räumen wir hier aus und schaffen Computer an, die auf dem neuesten technischen Stand sind. Ich nehme an, Sie wissen, dass Computer, kaum dass sie installiert sind, durch neue Entwicklungen schon fast wieder überholt sind, sobald das Personal damit umgehen kann. Wir schaffen topaktuelle Systeme an, alles vom Feinsten. Wenn Sie bis dahin warten, überlasse ich Ihnen fünfzehn Computer und etliche Drucker für einen Pappenstiel. Auf dem Markt sind sie so gut wie gar nichts wert; sie waren schon veraltet, als sie hierher kamen, aber für Ihren Zweck sind sie ideal. Das wäre doch ein Anfang, oder? Was meinen Sie?«

Kate war überwältigt vor Dankbarkeit. Sie stand auf, setzte sich dann wieder und war kaum in der Lage, sich zu beherrschen.

»Ich kann es nicht fassen. Ich bin Ihnen so dankbar... Sie haben keine Ahnung, wie sehr. Ich bin nur hergekommen, weil ich Ihren Rat für das Spendensammeln einholen wollte. Wenn die Kinder das erfahren! Sie werden begeistert sein. Ich bin es auch... total begeistert. Vielen herzlichen Dank. Wie überaus großzügig.«

Mr. Fitch war offensichtlich hoch zufrieden mit ihrer Reaktion. »Gern geschehen. Man muss den Kindern doch beim Vorankommen helfen. Mit dem spießigen, in der Wolle gefärbten Mr. Palmer war ja nicht zu reden, aber Sie sind anders.« Er stand auf und trat, die Hände in den Taschen, an eines der Fenster.

»Ich habe die Absicht, eine Bildungsstiftung einzurichten. Eine Stiftung, die intelligenten Kindern hilft, das Beste im Leben zu bekommen. Ich will die Kosten übernehmen, damit ein Kind Prince Henry's oder diese Mädchenschule besuchen kann, Lady Dingsbums...«

»Wortley's.«

»Genau. Lady Wortley's... ein Kind, das klug genug dafür ist, dessen Eltern sich aber das Schulgeld nicht leisten können. Was halten Sie davon?«

»Ich will ganz ehrlich sein. Ich halte nichts von Privatschulen.«

»Warum zum Geier? Was ist daran verkehrt, wenn Kinder klug sind.«

»Sie können auch in der Gesamtschule klug sein.«

»Ich bin enttäuscht. Sehr enttäuscht. Vielleicht habe ich Mr. Palmer falsch eingeschätzt. Er hätte die Gelegenheit mit Freuden ergriffen und dabei war er so altmodisch.« Kate konnte weder sein Lächeln noch sein Zwinkern sehen, als er das sagte.

Die Unterstellung, Mr. Palmer wäre neuen Ideen gegenüber aufgeschlossener gewesen als sie, traf Kate wie eine Ohrfeige. Vielleicht hatte Mr. Fitch Recht. Warum sollten Kinder aus ärmeren Elternhäusern nicht davon profitieren? »Könnte ich darüber nachdenken und mich dann wieder bei Ihnen melden?«, fragte sie. »Drei unserer Kinder gehen im September auf diese Privatschulen, aber ihre Eltern können das bezahlen, kein Problem. Ich werde über die Kinder nachdenken, die im Juli nächsten Jahres von unserer Schule abgehen. Ich sage Ihnen Bescheid.«

»Der Name würde lauten ›Beauchamp-Bildungsstiftung‹.«

Einen Moment lang kam Kate nicht darauf, was der Name Beauchamp dabei sollte, dann fiel ihr Flicks Großmutter ein. »Gut, verstehe. Ja. So, Mr. Fitch, ich darf Ihnen nicht noch mehr Zeit stehlen, aber eins möchte ich noch sagen: Ich kann Ihnen gar nicht genug danken für die versprochenen Computer. Niemals. Ich stehe auf ewig in Ihrer Schuld. Und mit Ihrer Idee mit der Stiftung werde ich mich beschäftigen. Die Leute im Dorf sollten wirklich zu schätzen wissen, was Sie für sie tun. In diesem Jahr vor allem der Kricketklub. Ich bin so aufgeregt. Ich bin ein leidenschaftlicher Kricketfan.«

»Spielen Sie?«

»Ich habe früher mit meinen Brüdern gespielt, aber dieses Jahr will ich mich am Teekochen beteiligen. Das Klubhaus sieht wunderbar aus.«

»Sie haben es sich angeschaut?«

»Ja. Nochmals vielen Dank. Ich melde mich.« Sie gab Mr. Fitch die Hand und ging hinaus. Louise sah sie abschätzend an, als sie die Bibliothekstür zumachte. »Sieht aus, als wäre Ihr Gespräch gut gelaufen.«

»Ist es. Alles dem Pascoe-Charme zu verdanken. Er hat mir versprochen, dass ich die alten Computer, die er im Sommer ausmustert, für die Schule bekomme! Ich kann mein Glück schlicht und einfach nicht fassen.«

»Wow! Da müssen Sie aber Eindruck auf ihn gemacht haben! Der Arme hat heute einen wirklich üblen Tag hinter sich.

Mich wundert, dass er Ihnen nicht den Kopf abgerissen hat.« Kate zwinkerte Louise zu und ging. Ihr Herz war bis zum Bersten erfüllt mit Freude. Fünfzehn Computer für so gut wie nichts. Sie konnte es nicht fassen. Jetzt musste sie nur noch ihre Verbindung mit Simone so behutsam wie möglich lösen. Das musste aufhören. Sie hatte nie gewollt, dass es so weit ging.

Als sie zur Schule zurückkam, war Hetty Hardakers Auto noch da.

Kate steckte den Kopf in die Tür von Hettys Klassenzimmer. »Hallo, Hetty, immer noch hier? Alles in Ordnung?«

»Ja. Ich ertrage diese Wände nicht mehr, also habe ich alles abgenommen und fange neu an. Neue Aushänge, neue Bilder, neue Karten.«

»Das muss am Frühling liegen!«

»Stimmt.«

Kate, die nicht besonders erpicht war auf Hettys Reaktion auf ihre Idee mit den Computern, sagte zögernd: »Ich habe gute Nachrichten.«

Hetty wartete. »Ja?«

»Im Sommer tauscht Mr. Fitch seine Computer aus und hat uns die alten für die Schule versprochen.«

»Ich kann's nicht fassen. Zwei Seelen und ein Gedanke!«

»Was meinen Sie damit?«

»Ich habe mir Gedanken über Computer gemacht und mich gefragt, wie wir welche beschaffen könnten, und jetzt kommen Sie mit der Lösung. Glänzend!«

»Glänzend?«

»O ja. Wir brauchen dringend Computer.«

»Wirklich?«

»O ja. Ich wollte, dass Mr. Palmer uns welche beschafft, aber er hat sich stets geweigert. Der liebe Mann war ein solcher Schatz, aber er konnte sehr engstirnig sein.« Hetty verdrehte die Augen himmelwärts.

Kate war verblüfft. »Ich habe nicht geglaubt, dass Sie damit einverstanden sind. Sie kennen sich also mit Computern aus?«

»O ja! Theo und ich verbringen viele glückliche Stunden mit unserem Computer. Das ist Theos Hobby.«

»Dann könnten Sie also die Kinder unterrichten?«

»O ja, ganz sicher.«

»Das ist ja wunderbar. Ich hab gedacht, Sie würden keine Computer haben wollen.«

»Aber unbedingt.« Hetty rollte einen Stapel alter Bilder zusammen und stopfte sie in einen Müllsack. »Ich bin mir sicher, dass Theo beim Installieren helfen würde, wenn Sie das möchten. Gut, ich schaff das hier noch weg, und dann bin ich fort. Wir werden Margaret überzeugen müssen, sie macht sich nichts aus Computern, aber das können Sie getrost mir überlassen.«

Und Hetty eilte zu den Mülltonnen. Kate blieb völlig verdutzt zurück. Die Menschen steckten voller Überraschungen.

Sie wäre jede Wette eingegangen, dass Hetty gegen moderne Technik war, und jetzt stellte sich heraus, dass Hetty vermutlich besser damit umgehen konnte als sie selbst. Kate hob die geballte Faust und schlug in die Luft. Großartig! Endlich hatte sie Hetty auf ihrer Seite.

Am folgenden Morgen hämmerte Pat Duckett fünf Minuten nach acht gegen Kates Tür. Kate war schon angezogen und eilte zur Tür, ein Stück Toast in der Hand.

»Ms. Pascoe, Sie müssen schnell kommen, die Schule ist verwüstet worden! So eine Riesenschweinerei haben Sie noch nie gesehen.«

Kate stand einen Moment lang da und versuchte zu fassen, was Pat gesagt hatte. »Verwüstet? Was meinen Sie damit?«

»Alles ist mit Farbe beschmiert, die Klaviernoten sind zerfetzt, die Bücher in der Leseecke sind alle auseinander gerissen und... Oh, es ist schrecklich, es ist, als ob eine Bombe eingeschlagen hätte. Die Täter sind durch das Küchenfenster hereingekommen. Die Glasscherben liegen im Spülbecken. Ich bin total außer mir.« Pat nahm ihr Taschentuch heraus und putzte sich die Nase. »So eine Schweinerei hab ich mein Lebtag noch nicht gesehen. Wenn ich das gewusst hätte, hätte ich gestern Abend meine Zeit nicht mit der Putzerei verschwendet. Ich ruf die Polizei, ja?«

»Noch nicht. Erst schau ich's mir an. Ich hole nur meine Sachen.«

Pat wartete auf sie und sie überquerten gemeinsam den Schulhof und betraten die Schule durch den Haupteingang. Ein Kind hatte am Vortag seinen Mantel vergessen; die Ärmel waren abgeschnitten und lagen auf dem Flurboden.

Die Leseecke sah verheerend aus. Etliche Bücher waren quer durch die Aula geschleudert worden, etliche lagen auseinander gerissen am Boden. Die Maibaumbänder waren weit oben abgeschnitten worden und die Reste hingen in stummem Jammer herunter. Stühle waren umgeworfen worden, der Deckel der Klavierbank hing nur noch lose in den Angeln; die darin verwahrten Noten waren zerfetzt und über den ganzen Boden verstreut. Und überall Schmierereien mit den Malfarben der Kinder. Rot. Blau. Grün. Gelb. Schwarz. Orange. Lila. Riesige knallige Streifen, nach Belieben direkt aus den Farbtöpfen gekippt. Die Töpfe waren gegen die Wand zwischen den Türen der Klassenzimmer eins und zwei geschmettert worden.

Der Glaseinsatz in Kates Bürotür war kaputt, als hätte eine riesige Faust ihn eingeschlagen. Kate ging vorsichtig hinein; der Boden war von Glasscherben übersät. Ihre Aktenschränke waren nicht angerührt worden, Gott sei Dank. Die ganzen Schulunterlagen!

Sie kehrte in die Aula zurück, um mit Pat zu reden. »Fassen Sie nichts an. Ich rufe den Sergeant an, obwohl ich nicht weiß, was er da machen kann. Die Täter haben keine Visitenkarte hinterlassen, oder?«

Aus einem ihr unerfindlichen Grund schaute Kate zu einem der Aulafenster hinauf. Die Fenster waren so hoch angebracht, dass man nur die Baumwipfel am Schulhofrand sehen konnte. Wer auch immer das Fenster beschmiert hatte, musste eine Leiter gehabt haben oder auf das Klavier gestiegen sein. Bis auf die oberste Reihe war auf jede Glasscheibe ein schwarzes Kreuz gemalt worden. Aber die Kreuze standen allesamt auf dem Kopf.

Pat holte so tief Luft, dass es in der ganzen Aula zu hören war. »Oh, gütiger Gott! Ms. Pascoe, was hat das zu bedeuten?«

Kate gab sich große Mühe, ihr Zittern zu verbergen. Sie räusperte sich. »Ich glaube, wir rufen lieber nicht die Polizei. Lieber nicht.«

»Oh, aber das müssen wir! Wenn Sie es nicht tun, mach ich's. Die Kinder brauchen Schutz. Was würden die Eltern uns erzählen, wenn wir nichts tun? Vielleicht ist hier etwas, was die Polizei finden kann und wir nicht. Also? Ich oder Sie?«

»Ich glaube, es ist das Beste, wenn wir aufräumen, so gut wir können, und überhaupt nichts sagen.«

»Das wird dem Schulamt nicht gefallen. Was ist mit der Versicherung? Die ersetzen uns die ganzen Sachen nicht, wenn wir nicht die Polizei einschalten. Nein, ich rufe jetzt an und dann melden wir es beim Schulamt, sobald das aufmacht. Am besten erst um zehn nach neun, weil die bestimmt nicht pünktlich zur Arbeit kommen, diese träge, faule Bande. Wär gut für die, wenn die mal richtig ran müssten, dann wüssten sie, worum's im Leben geht. Kommen Sie, Ms. Pascoe, nehmen Sie sich das nicht so zu Herzen. Wenn die Polizei hier war, geht es schnell mit dem Aufräumen.« Pat legte den Arm um Kate und drückte sie an sich. Kate war bleich, zitterte und war unfähig zu sprechen. Sie stand wie angewurzelt da und schaute zu den auf dem Kopf stehenden Kreuzen hinauf.

»Ich hab Recht, wissen Sie, wir müssen den Sergeant anrufen.«

Kate nickte und Pat ging auf Zehenspitzen durch die Scherben ins Büro, um in Mr. Palmers Adressbuch die Nummer des Dorfpolizisten nachzuschlagen.

Der Sergeant war nach zehn Minuten da. »Was haben wir denn da?« Er war so schockiert, wie Pat und Kate es gewesen waren.

»Das ist ja ganz was Neues. Ich bin seit fünfzehn Jahren hier und so was ist noch nie passiert. *Noch nie.* Das kommt in Culworth vor, aber nicht hier, was, Pat?«

Pat nickte. Sie hörte Kinderstimmen.

»Ms. Pascoe, die Kinder kommen, und jetzt regnet es. Was sollen wir machen?«

Kate riss sich sichtlich zusammen. »Ich habe noch nicht in die Klassenzimmer geschaut. Sind die in Ordnung, Pat?«

»Sieht so aus. Soll ich die Kinder in Ihr Klassenzimmer bringen?«

»Ja, bitte.« Pat ging weg, um sich um die Kinder zu kümmern. »Fehlt etwas, Miss Pascoe?«

»Schwer zu sagen, aber ich glaube nicht. Einfach schierer Vandalismus. Kinder, nehme ich an.«

»Diese Kreuze auf den Fenstern, verkehrt herum, das waren keine Kinder. Nein, die verheißen Unheil, wirklich.«

21. Kapitel

»Was genau ist hier los, Ms. Pascoe? Das Wohl dieser Kinder und der Schule liegt mir sehr am Herzen. Was also haben Sie dazu zu sagen?«

Peter saß auf dem Stuhl der Rektorin, Kate lehnte am Waschbeckenrand. Peter hatte die Arme verschränkt und wartete. Ihr war bis jetzt noch nie aufgefallen, wie durchdringend seine Augen sein konnten – ein tiefes Blau, kein eisiges skandinavisches Blau –, sie schauten ihr direkt in die Seele, jedenfalls kam es ihr so vor. Kate hatte vorgehabt, die Kreuze von den Fenstern abzuwaschen, bevor Peter sie sah, oder, was noch besser gewesen wäre, bevor es sich im ganzen Dorf herumsprach, aber sie hatte die Kinder fernhalten müssen, während Pat und sie im Gebäude für Sicherheit sorgten, und so war Kate nicht dazu gekommen, die Kreuze zu entfernen. Jetzt hatte Peter sie also gesehen und er war fest entschlossen, herauszufinden, was Kate wusste.

Wusste sie es, oder hatte sie nur eine Vermutung? Sie wusste Bescheid, das stimmte. Aber welcher Teil der Wahrheit reichte aus, um ihren Kopf aus der Schlinge zu ziehen?

»Ich habe wirklich keine Ahnung, wer das getan hat. Schlicht und einfach hirnrissiger Vandalismus und rein zufällig hat es unsere Schule erwischt.«

Peter sah sie vorwurfsvoll an. »Bitte, halten Sie mich nicht für einen jämmerlichen Volltrottel, bloß weil ich einen Klerikerkragen trage. Das ist nicht gleichbedeutend, glauben Sie mir. Das hier war keinesfalls rein zufälliger Vandalismus. Sie wissen genauso gut wie ich, dass das Vorgefallene *bezeichnend* für etwas ganz Bestimmtes ist. Auf dem Kopf stehende Kreuze symbolisieren etwas.«

»Wirklich?«

»Wer auch immer das war, hat Verbindungen zur schwarzen Magie oder zur Hexerei oder versucht, diesen Eindruck zu erwecken.« Kate antwortete nicht.

»Mir ist durchaus bewusst, dass Sie weit mehr wissen, als Sie mir sagen wollen, Kate. Es tut mir Leid, aber ich bin sehr enttäuscht von Ihnen. Da Sie nicht bereit sind, mir die Wahrheit zu sagen, kann ich nur davon ausgehen, dass Sie in die Sache verwickelt sind und dass ich etwas unternehmen muss. Ich weiß nicht genau, was, aber etwas muss geschehen, und glauben Sie ja nicht, dass ich die Sache unter den Teppich kehre und aussitze, denn das werde ich nicht tun. Sie besorgen mir jetzt einen Eimer heiße Seifenlauge und einen Lappen und dann steige ich auf das Klavier und wische die Kreuze ab. Bei meiner Größe schaffe ich das mühelos.«

Peter zog die Soutane aus und stieg nur in Hemd und Hose mit dem Eimer und einem Lappen auf das Klavier. Die Kinder, die zum Spielen in der Pause aus den Klassenzimmern kamen, kicherten bei seinem Anblick.

»Singen Sie uns was vor, Herr Pfarrer!«, rutschte es Brian heraus.

»*Wenn ich beim Fensterputzen bin.*« Stacey klimperte auf einem imaginären Banjo.

Peter lächelte zu den Kindern hinunter und tat, als spritzte er mit Wasser aus dem Eimer nach ihnen, dann schrubbte er grimmig weiter. Zum Glück hatten die Vandalen nur Wasserfarbe benutzt, sodass er die Fenster mit wenig Reiberei schnell einigermaßen sauber bekam.

Pat rief nach oben: »Das sollten Sie nicht machen, Herr Pfarrer. Ich wollte Barry darum bitten, dass er das in der Mittagspause übernimmt.«

»Machen Sie sich keine Gedanken darüber. Haben Sie Glasreiniger, Pat? Dann könnte ich die Fenster auf Hochglanz polieren, wenn ich schon mal hier oben stehe.«

»Das ist doch nicht Ihre Aufgabe, Sir. Nächste Woche kommt der Fensterputzer.«

»Ich würde es aber gern machen.«

»Na gut, bin gleich wieder da.«

Als er vom Klavier stieg, kamen die Kinder vom Schulhof zurück. Kate stand in der Aula und hielt Peter einen Becher mit Kaffee hin. Peter nahm ihr den Becher ab, aber bevor er trank, sagte er: »Also?«

»Geben Sie mir achtundvierzig Stunden Zeit?«

»Dann haben Sie mir etwas zu sagen?«

Kate nickte. »Ja.«

»Gut. Ich stelle in der Zwischenzeit eigene Ermittlungen an.«

»Danke.« Kate wandte sich ab, drehte sich dann noch einmal um und sagte leise: »Seien Sie vorsichtig.«

Peter zog die Augenbrauen hoch, aber sie war schon weg.

»Da steht er also auf dem Klavier und putzt die Fenster.« Pat nahm noch einen Schluck von ihrem Drink und gab Vera dann einen Stups. »Eins kann ich dir sagen, der ist vielleicht gut gebaut. Wenn er die Soutane trägt, ist ja nicht viel von ihm zu sehen, aber Donnerwetter noch mal, du hättest ihn sehen sollen! Er hat toll ausgesehen. Hat Muskeln wie Kanonenkugeln und einen kräftigen Rücken. Muss daran liegen, dass er so viel Squash spielt.«

Willie missbilligte das. »Jetzt reicht's. Es gehört sich nicht, so über den Pfarrer zu reden.«

»Mach mal halblang, Willie. Schließlich ist er ein Mann und das hat er ja auch bewiesen.« Pat zwinkerte Vera zu.

Vera kicherte und versetzte Pat einen Rippenstoß. »Halt die Klappe, Pat, zeig ein bisschen Respekt!«

»Ich hab 'ne Menge Respekt vor ihm. Kann mir kaum 'nen übleren Beruf für 'nen Mann vorstellen. Für so eine Arbeit muss einer berufen sein, und nicht zu knapp. Er ist ein wunderbarer Mensch und ich weiß, wovon ich rede. Er war sehr reizend, als Barry und ich wegen des Hochzeitsdatums bei ihm waren. Ich hab doch bloß gesagt, dass er toll aussieht, wenn er nicht so vermummt ist.«

»Erzähl uns, was dann passiert ist.«

»Also …« Pat schilderte, in welchem Zustand sie am Morgen die Aula vorgefunden hatte. Vera und Willie waren entsetzt. »Aber am schlimmsten waren die Kreuze, verkehrt herum gemalt. Bevor sie die gesehen hat, war sie dafür, den Sergeant anzurufen, dann schaute sie die Kreuze an und, so wahr ich hier sitze, überlegte es sich anders. Und warum, frag ich euch? Warum denn das?«

»Ich schätz mal, sie weiß was drüber und will jemanden schützen«, meinte Willie.

Pat beugte sich über den Tisch, schob ihr Glas beiseite und sagte mit leiser Stimme: »Nein, da irrst du dich. Sie *schützt* niemand, sie hat *Angst* vor jemand, das trifft den Nagel auf den Kopf.«

»Angst?«, sagte Vera laut.

Pat verpasste ihr einen weiteren heftigen Stups. »Schrei nicht so. Die ganze Bar bekommt es noch mit.«

»Muss was Schlimmes bedeuten, wenn Kreuze auf dem Kopf stehen.«

Willie nickte weise. »Was Böses, da schwör ich drauf.«

Als sie Ralphs tiefe Stimme hörten, drehten alle drei sich um und schauten zur Theke. »Guten Abend, Bryn. Einen doppelten Whisky, wenn ich bitten darf.«

»Guten Abend, Sir Ralph. Immer noch kalt, was?«

»Und ob.«

»Wie geht es Lady Templeton?«

»Danke, sehr gut. Sie ist mit Celia Prior zu einer Steppdeckenausstellung nach Culworth, also hab ich gedacht, ich komm hierher und hör mal, was der neueste Klatsch so sagt.«

Bryn lächelte und nickte in die Richtung von Pats Tisch. »Dann würde ich mich an Ihrer Stelle zu denen setzen. Pat ist mitten in einer Geschichte über den Vandalismus von gestern Nacht in der Schule.«

Ralph zahlte seinen Drink und beherzigte Bryns Rat.

»Guten Abend. Darf ich mich zu Ihnen setzen oder störe ich?«

Willie rückte auf der Bank ein Stück und klopfte auf den Platz neben sich. »Setzen Sie sich, Sie sind hoch willkommen.«

»Guten Abend, Vera, guten Abend, Pat.« Beide sagten wie aus einem Mund: »Guten Abend, Sir Ralph.«

Seine Ankunft hatte Pats Erzählung unterbrochen und sie wusste nicht so recht, wie sie weitermachen sollte.

»Sehr zum Wohl.« Ralph trank einen Schluck und lieferte Pat dann das Stichwort zum Weiterreden. »Schlechte Nachrichten über die Schule. Tut mir Leid.«

»Mir auch. Wir haben zwei Stunden zum Aufräumen gebraucht und die ganzen Kinder waren da und so. Sämtliche Klaviernoten müssen auf den Müll, sobald die von der Versicherung sie sich angeschaut haben, und die meisten Bücher aus der Leseecke auch. Die Frau vom Lesemobil wird ganz schön vom Leder ziehen, zweifellos. Sie leiht uns gelegentlich Bücher aus, wissen Sie. Das hat ein ziemliches Loch in ihre Bestände gerissen.«

»Irgendeine Ahnung, wer's war?«

»Nein, überhaupt keine. Der Pfarrer ist sehr aufgebracht.

Er hat unsere Fenster geputzt. Wissen Sie, was das bedeutet, Sir Ralph, Kreuze, die auf dem Kopf stehen?«

»Teufelswerk, nehme ich an.«

Vera ging eifrig darauf ein. »Das hat unser Rhett auch gesagt. Es hat ihn ganz verstört. Hab schon gedacht, er spielt wieder verrückt, aber er hat sich in den Griff gekriegt.«

»Das hat er also auch gedacht? Sind Sie dahinter gekommen, was ihm damals so zugesetzt hat?«

»Nein, er sagt nur, dass der Teufel hinter ihm her war. Er trägt immer noch das Kreuz um den Hals, das ich ihm gekauft hab, und er ist sehr still, seit das alles passiert ist, geht nicht mehr aus und so. Denken Sie nur, er ist so was von fertig, wenn er von der Arbeit nach Hause kommt. Hat überhaupt keine Energie mehr übrig. Frisst wie ein Scheunendrescher. Isst alles, was auf den Tisch kommt. War ein gutes Werk vom Pfarrer, ihm die Stelle zu besorgen. Ein Segen für unseren Rhett.«

»Ob Rhett mit mir reden würde?«

Vera spielte einen Moment lang mit ihrem Glas und sagte dann: »Ehrlich, ich weiß es nicht. Er benimmt sich komisch, wenn man mit ihm darüber reden will. Verschließt sich total.«

»Ich versteh mich aufs Überreden. Ist er jetzt zu Hause?«

»Ja. Don ist bei der Arbeit und ich bin nur auf eine Stunde hergekommen.«

»Trinken Sie aus, dann gehen wir zusammen hinüber, aber Sie müssen uns allein lassen. Wenn seine Großmutter dabei ist, macht er sicher nicht den Mund auf.«

Vera beäugte ihn abschätzend. »Glauben Sie, Rhett kann was zur Aufklärung dieser Sache in der Schule beitragen?«

»Ja, das glaube ich.«

»Er war's nicht, Sir Ralph. Er war's wirklich nicht, er ist nicht so.«

»Keinen Moment lang habe ich an so etwas gedacht. Nein, nein, überhaupt nicht. Ich möchte nur mit ihm über seine Erlebnisse reden. Gestatten Sie mir das?« Er lächelte das berühmte Templeton-Lächeln, das Muriel so unwiderstehlich fand, und auf Vera hatte es die gleiche magische Wirkung.

»Natürlich. Ja, natürlich.« Sie überlegte schnell, ob sie ihr Wohnzimmer auch ordentlich hinterlassen hatte. Beim Weggehen hatte sie nicht damit gerechnet, aristokratischen Besuch mit nach Hause zu bringen.

»Haben Sie ausgetrunken? Es ist ein günstiger Zeitpunkt.«

»O ja, natürlich, ja.« Sie stand auf. Vera lächelte Pat nervös an und folgte Ralph, der auf sie gewartet hatte. Er hielt ihr die Tür auf und Vera huschte hinaus.

Als Vera den Schlüssel ins Schloss steckte, hörten sie hinter sich Schritte und während Vera noch mit der Tür kämpfte, die nach dem Regen klemmte, hörte sie Ralph sagen: »Oh, guten Abend, Peter.« Und da war er, in Jeans und einem dicken, bunten Pullover.

»Ach! Guten Abend. Ich bin in der Hoffnung gekommen, mit Rhett sprechen zu können. Ich wusste nicht, dass Sie Besuch haben, Vera. Ich komme an einem anderen Abend wieder, ja?«

Ralph fragte Vera, ob es ihr etwas ausmache, gleich von zwei Besuchern behelligt zu werden. Vera schluckte schwer. »Nein, überhaupt nicht. Das ist schon in Ordnung. Ich gehe in die Küche, da störe ich nicht. Rhett ist da drin.«

Er lag der Länge nach auf dem Sofa und sah fern. Seine Stiefel ruhten auf der einen Lehne, seine Hände unter dem Kopf auf der zweiten, auf einem Tisch in Griffweite stand eine leere Bierdose. Vera sagte laut: »Rhett, du hast Besuch.«

Ralph blinzelte, als er sah, was auf dem Bildschirm lief. Rhett setzte sich hastig auf, griff sofort nach der Video-Fernbedienung und der Bildschirm wurde leer, wofür Ralph dankbar war. Noch nie im Leben hatte er …

Aber Peter redete schon. »Ganz zufällig hast du zwei Besucher, Rhett, und ich habe so eine Ahnung, dass wir aus demselben Grund hier sind. Hast du etwas Zeit für uns übrig?«

Inzwischen war Rhett auf den Beinen. »Ja, ja, natürlich.«

Ralph suchte sich ungebeten einen Sessel aus und nahm Platz. Peter setzte sich auf das Sofa und Rhett stand auf dem Kaminläufer.

»Sie waren als Erster an der Tür, Ralph; möchten Sie also anfangen?«

»Gut. Ich weiß, dass das ein heikles Thema für dich ist, Rhett, und du warst sehr krank, weil du dir solche Sorgen gemacht hast, aber jetzt ist der Punkt, an dem wir mit dir reden müssen. Übrigens, eigentlich sollte ich dich erst fragen, was deine Arbeit macht.«

»Alles in Ordnung, danke. Ich arbeite gern für Mr. Stubbs. Er ist klasse. Hat gesagt, ich darf einen Kurs im Gartenbaucollege besuchen, wenn ich Interesse dran hab.«

»Und, hast du?«

»Was?«

»Interesse daran.«

»O ja, es ist toll. Kann's nicht erwarten, mit der Arbeit in den Treibhäusern anzufangen. Sie sollten mal sehen, was Mr. Stubbs da drin alles anbaut.«

»Ich weiß. Einfach wunderbar, was?«

»Ja. Die Treibhäuser sind über hundertfünfzig Jahre alt. Da werden seit hundertfünfzig Jahren Trauben drin angebaut. Können Sie sich das vorstellen?«

»Ja, kann ich.«

Rhett wurde rot und machte ein verlegenes Gesicht. »Oh, natürlich, das hab ich ganz vergessen.«

»Kein Problem. Kommen wir zur Sache. Kannst du jetzt, wo's dir wieder besser geht, sagen, warum du solche Angst hattest, als du den Hund gesehen hast, den Jimmy bei sich aufgenommen hat?«

Rhetts Hand fuhr unter den Hemdkragen und er holte das Kreuz heraus, das seine Grandma ihm gekauft hatte. Er umklammerte es fest, schaute erst Peter an und dann Ralph. Er sah zu Boden, blickte den leeren Bildschirm an und murmelte dann schließlich: »Ich hab gedacht, ich hab ein Gespenst gesehen.«

»Da steckte doch mehr dahinter, oder?«

Rhett schaute Ralph an. »Der Teufel. Ich hab in dem Hund den Teufel gesehen.«

»Er ist ein harmloser, kluger kleiner Hund. Hat sich verlaufen und ist durch reinen Zufall hier aufgetaucht.«

»War kein Zufall.«

»Nein?«

»Wenn es kein Zufall war, was dann?«, fragte Peter.

Rhett zögerte, sah überall hin, außer auf die beiden Männer, und sagte dann: »Er ist herbeordert worden.«

Ralph, für den das Wort, das Rhett benutzte, eine militärische Bedeutung hatte, war verwirrt. »Herbeordert?«

»Vom …«

Peter soufflierte: »Ja?«

»Vom Teufel.«

Zur Klärung und damit die Geschichte weiterging, fragte Peter: »Du glaubst, dass der Teufel Sykes zum Leben erweckt hat?«

Rhett nickte. »Wir waren im Wald, haben diese Gesänge angestimmt und … sie haben gesagt, sie wissen, dass Sykes dort begraben ist und dass wir es an ihm mal ausprobieren sollten. Um zu beweisen, wie viel Macht wir haben. Bloß ein Experiment, das niemandem schadet, und dann sehen wir, ob wir es können.« Es fiel Rhett schwer, weiterzusprechen. Er holte tief Luft und fuhr dann fort. »Natürlich hab ich das für bescheuert gehalten, aber dann wurde es ernst und in der Dunkelheit, mit dem Feuer und den Kerzen und so und den ganzen seltsamen Worten, so ähnlich wie in der Kirche... da hab ich geglaubt, dass wir das können. Am nächsten Morgen bei Tageslicht hab ich gedacht, bescheuerter geht's nicht. Der Hund ist doch tot und begraben, oder? Tot wie ein Sargnagel. Dann hab ich ihn in Jimmys Garten gesehen und...« Rhett erschauerte beim Gedanken an diese schreckliche Begegnung.

Peter sah Rhett direkt in die Augen und fragte: »Soll das heißen, du glaubst wirklich, dass der neue Sykes tatsächlich der alte Sykes ist?«

»Damals hab ich's geglaubt. War total davon überzeugt. Seit ich mit Ihnen gesprochen habe, bin ich mir nicht so sicher. Aber das macht einen doch nachdenklich, oder?«

Peter beruhigte ihn. »Es ist nicht der echte Sykes, das kann ich dir versichern. Du hast andere Leute erwähnt. Wer hat dieses ›Treffen‹ geleitet? Wir müssen es unbedingt wissen.«

Rhett verschloss sich wie eine Auster.

Ralph versuchte es mit einer anderen Taktik. »Als du krank warst, habe ich selbst ermittelt und bin im Wald auf fünf Menschen gestoßen, den Altar und die schwarzen Kerzen, aber die fünf sind weggerannt, bevor ich sie erkennen konnte. Wer waren die?«

Jetzt lief Rhett im Zimmer auf und ab. Schließlich schien er einen Entschluss zu fassen und blieb vor Peter stehen. »Ich nenne keine Namen«, brach aus ihm heraus. »Trau mich nicht. Ich bin nie wieder dort gewesen seit jener Nacht. Ich hatte zu große Angst vor dem, was wir machen.«

»Ihr hattet keinen Erfolg, obwohl es für dich damals so ausgesehen haben muss«, sagte Peter. »Es war reiner Zufall, dass der Hund ausgerechnet an jenem Tag aufgetaucht ist.«

»Sind Sie ganz sicher? Bloß ein Riesenzufall?«

»Ich bin mir sicher.«

»Gott sei Dank. Entschuldigung, Herr Pfarrer.«

»Kein Grund, sich bei mir zu entschuldigen. Ich bin froh, dass wir das jetzt ein für allemal geklärt haben. Danke, dass du uns das erzählt hast, Rhett. Der Schaden in der Schule steht auch damit in Verbindung. Das muss ein Ende haben.« Ihm kam noch ein Gedanke und er fragte: »Wird dir gedroht?«

»Nein, nicht wirklich.«

»Du sollst wissen, dass du mich jederzeit, bei Tag oder Nacht, im Pfarrhaus anrufen oder mich besuchen kannst. Es geht nicht, dass Menschen wie du und die Frau des Sergeants« – Rhett sah beklommen drein und warf Ralph und Peter unsichere Blicke zu – »vor Angst den Verstand verlieren. Solche Dinge können eskalieren und schreckliche Folgen haben, wie wir schon gesehen haben. Wenn du eines Tages das Gefühl hast, dass du mir oder Sir Ralph die Namen nennen kannst, werden deine Informationen streng vertraulich behandelt. Wir werden nie, und *nie* meine ich ganz ernst, preisgeben, wer es uns gesagt hat. Du bist nicht dumm, Rhett, du hast eine gute Stelle mit günstigen Aussichten und du kannst nicht zulassen, dass verquere, böse Menschen dein Leben zerstören. Das lasse ich nicht zu. Du und ich kämpfen also gemeinsam dagegen. Abgemacht?«

Rhett schien froh zu sein, einen Verbündeten zu haben. »Ja, Sir. Abgemacht.«

»Ich muss wissen, wer sonst noch daran beteiligt ist. Wenn du das Unaussprechliche nicht sagen kannst, dann wirf einen Zettel in meinen Briefkasten. Wenn du ihn nicht unterschreibst, kann ich nicht wissen, von wem er ist.«

Rhett brachte ein schwaches Lächeln zu Stande. »Ich geh nicht mehr hin. Trau mich nicht. Aber vielleicht schreib ich den Zettel.«

Ralph stand auf. »Ich dulde nicht, dass das Leben in diesem Dorf zerstört wird. Die Menschen können sich nicht mehr in die Augen schauen. So war es noch nie. Du, der Pfarrer und ich werden dem ein Ende machen.« Ralph änderte seinen Ton. »Ich habe übrigens gesehen, dass du dich für die Kricketmannschaft gemeldet hast, Rhett. Freut mich sehr. Wir brauchen junge Burschen wie dich und durch die schwere Arbeit am Herrenhaus kriegst du kräftige Muskeln. Aus dir machen wir noch einen Schläger!«

»Ich bin eher ein Werfer.« Er ahmte einen Wurf nach und Ralph war beeindruckt.

»Donnerwetter! Sehr gut. Ja. Mr. Fitch stattet uns mit Übungsnetzen aus und ich bin gespannt, wie du dich entwickelst. Wir gehen jetzt.«

»Gute Nacht, Rhett«, sagte Peter zum Abschied. Er schüttelte Rhett die Hand und lächelte ermutigend. »Danke für deine Hilfe. Du bist ein guter Junge und hast noch viel vor dir. Denk dran, ich bin auf deiner Seite. Gott segne dich. Schlaf gut.«

Ralph und Peter gingen gemeinsam über die Straße und unterhielten sich im Licht der Lampe über Ralphs Haustür. »Jetzt wissen wir also, warum die Frau des Sergeants sich so seltsam verhält. Offenbar war sie in jener Nacht auch dort. Das sind immerhin schon zwei.«

Ralph nickte. »Hoffen wir, dass er den Wink verstanden hat und mit den anderen Namen rausrückt.«

»Er hatte furchtbare Angst. Der Schock, als er den Hund gesehen hat! Kein Wunder, dass er durchgedreht ist.«

»Ist es ein Wunder, dass er nach was Aufregendem sucht? Es ist nicht mehr so wie in den Zeiten, als ich ein Junge war. Die Teenager von heute tun mir Leid. Wenn sie noch zu jung sind für ein eigenes Fahrzeug, was in aller Welt machen sie dann abends, wenn sie hier festsitzen?«

»Schauen sich abstoßende Videos an?«, fragte Peter.

Ralph ächzte. »Ach du Schreck. Kein Wunder, dass seine

Fantasie Überstunden gemacht hat, wirklich kein Wunder. Haben Sie eine Idee, wer noch daran beteiligt sein könnte?«

»Schon möglich. Gute Nacht.«

22. Kapitel

Die achtundvierzig Stunden waren vorüber und Peter hatte nichts von Kate gehört. Als er die Zwillinge in die Spielgruppe brachte, ging er also zu Kates kleinem Büro und klopfte an die Tür.

»Da brauchen Sie gar nicht zu klopfen, Herr Pfarrer. Ms. Pascoe ist heute Morgen nicht da. Sie liegt mit Halsschmerzen im Bett. Jeden Augenblick kommt ein Aushilfslehrer.« Pat faltete den Lappen zusammen, mit dem sie die Klaviertasten abgestaubt hatte, und schüttelte den Kopf. »O ja, und was für Halsschmerzen. Sie klang richtig krank, konnte kaum sprechen. Ich hab ihr angeboten, alles, was sie braucht, für sie zu besorgen, aber sie hat Nein, danke gesagt.«

»Du meine Güte. Das tut mir Leid.«

»Sie hofft, dass sie morgen wieder in die Schule kommen kann, aber das kann ich mir nicht vorstellen, sie hat so schrecklich geklungen. Wissen Sie, als ob sie nicht ganz richtig im Kopf wär. Ist immer wieder vom Thema abgekommen. Falls es dringend ist, können Sie ihr einen Zettel unter der Tür durchstecken. Ich weiß, wo sie ihr Schmierpapier aufbewahrt.«

»Es ist nicht dringend, es hat Zeit. Nur noch sechs Wochen bis zu Ihrer Hochzeit, Pat. Schon alles organisiert?«

»Haben wir. Wir haben keinen großen Haufen Gäste eingeladen, nur von Barrys Seite. Dad und ich haben nicht viel Verwandtschaft. Es freut mich, dass Sie, Dr. Harris und die Zwillinge die Einladung angenommen haben. Jimbo sorgt für das Essen, also wissen wir, dass wir was Gutes kriegen.«

»Hat Barry die Flitterwochen schon geplant? Als ich das letzte Mal mit ihm gesprochen habe, hat er ganz geheimnisvoll getan.«

»Ich weiß nur, dass es was mit einem Flugzeug zu tun hat und mit heißem Klima und dass ich einen Badeanzug und Sonnenöl und schicke Abendkleider einpacken soll. Deshalb war die Verlobungszeit so lang... zehn Monate. Er hat dafür gespart. Sagt, er will einmalige Flitterwochen, weil das die einzigen in seinem Leben sind.«

Peter wollte ihr eben von seinen Flitterwochen erzählen, als Hetty Hardaker ihre Klasse zur Andacht hereinbrachte. Pat eilte in die Küche.

»Mrs. Hardaker, möchten Sie, dass ich die Andacht halte, weil Ms. Pascoe krank ist?«, erbot sich Peter.

»Und ob ich das möchte, Herr Pfarrer, das ist mir eine große Hilfe. Dann überlasse ich das Ihnen und Miss Booth, wenn ich darf.«

Als die Andacht zu Ende war, ging Peter auf den Schulhof und blickte am alten Schulhaus hoch. Die Schlafzimmervorhänge waren zugezogen und einzig die Katze, die schlafend auf dem Sims des Wohnzimmerfensters lag, deutete auf Leben hin.

Als er zum Pfarrhaus zurückging, warf er einen Blick auf den Laden, und zufällig saß auf der von dem aufmerksamen Jimbo aufgestellten Bank eine Frau, mit der er reden wollte.

»Guten Morgen, Ellie.«

Die Frau des Sergeants schaute erschrocken auf. Die stumpfen braunen Augen gaben kein Zeichen des Erkennens. Ihr Haar, das immer etwas von einem Vogelnest an sich hatte, stand ihr jetzt wild vom Kopf ab, und ihr Gesicht, bleicher denn je, machte den Eindruck, als wäre kein Blut mehr darin. Die Knollennase klebte ihr wie ein Klumpen Teig im Gesicht. Ellie hätte nie von sich behaupten können, sie kleide sich nach der neuesten Mode, doch jetzt war sie erst recht nicht so angezogen. Ihr Mantel war falsch zugeknöpft, sodass der Kragen auf einer Seite gegen ihr Kinn stieß. Ihre Strumpfhosen warfen Falten, die Schuhe waren schmutzig und sie trug verschiedene Handschuhe.

Um Ellie mit seiner Größe nicht einzuschüchtern, setzte Peter sich auf die Bank. Sie bot Platz für vier, sodass er Ellie nicht zu nahe kam.

»Ich habe Sie eine ganze Weile nicht gesehen. Wie geht es Ihnen?«

Ellie erkannte jetzt, wer er war. »Sie haben nichts mit mir zu schaffen, Herr Pfarrer. Weg mit Ihnen. Ich bin nicht wie Sie.«

»Warum?«

»Ich bin böse, böse.«

»Ich kann mir nicht vorstellen, was an Ihnen böse sein soll, Ellie.«

»O doch, ich bin böse.«

»Warum? Was haben Sie getan? Eine Bank ausgeraubt?«

Sie machte ein verwirrtes Gesicht. »Eine Bank ausgeraubt? Das wär ja ganz harmlos, nein, das wär gar nichts dagegen.«

Peter saß schweigend da und wartete. Ellie musterte ihn verstohlen. Sie spielte mit ihren Handschuhen und sah sie überrascht an, als merkte sie zum ersten Mal, dass sie nicht zusammen passten. Sie wühlte in einer Manteltasche und brachte etwas zum Vorschein, was offensichtlich ein Taschentuch ihres Mannes war. Sie putzte sich die Nase und sagte dann: »Wenn ich in die Kirche gehen würde, könnte mich das herausholen?«

»Sehr wahrscheinlich.«

»Es ist ein Bann, wissen Sie. Ein Bann. Ich hab Angst vor dem Schlafen.«

»Alpträume?«

Sie wirkte erleichtert, dass er ihr Problem an der Wurzel packte. Sie nickte heftig. »Das stimmt.« Ellie erschauerte. »Schrecklich.«

Peter saß teilnahmsvoll neben ihr.

Zwei Frauen, eine davon Mrs. Jones, Pats zukünftige Schwiegermutter, kamen an der Bank vorbei.

»Guten Morgen, Herr Pfarrer. Schöner, frischer Tag.« Mrs. Jones schaute Ellie an, dann Peter und eilte in den Laden, erpicht darauf, mit ihrer Arbeit weiterzumachen, denn aus ihrer vorläufigen Übernahme von Sadies Versandhandel war eine feste Anstellung geworden, worüber sie sich sehr freute.

Ellie saß gedankenverloren da. Jimbo kam mit zwei Bechern Kaffee heraus.

»Kalt hier draußen. Mrs. Jones hat gemeint, Kaffee wär willkommen.« Er zwinkerte Peter zu und ging wieder hinein, um sich seinen Kunden zu widmen.

Ellie war der Kaffee zu heiß. »Zucker ist auch keiner drin.« Peter erbot sich nicht, ihr Zucker aus dem Laden zu holen. Er hatte das deutliche Gefühl, wenn er ginge, würde sie verschwinden. Dann stieß sie einen Riesenseufzer aus. »So geht es nicht weiter. Muss drüber reden.«

»Ich höre zu.«

Sie starrte in die Ferne und beobachtete, wie Jimmys Gänse einen Hund von ihrem Teich vertrieben. »Wenn man hier wohnt, wird das Leben furchtbar langweilig. Ich bin eine Städterin, wissen Sie. Ich mag Gewühl und Betrieb, wirklich. So bin ich. Märkte, Menschen, Kinos und so. Kann die Stille hier nicht ertragen. Hab's fünfzehn Jahre lang ausgehalten, dann ist das passiert und alles ist gleich viel spannender geworden… am Anfang jedenfalls. Hab mich wirklich darauf gefreut. War wie eine ganz neue Welt. Aber, Herr Pfarrer, es ist schlimm. So schlimm, dass ich nicht weiß, welchen Weg ich einschlagen soll. Ich weiß es nicht.« Tränen liefen ihr über die Wangen und sammelten sich in den Falten um ihren Mund.

»Es hat Spaß gemacht, war aufregend. Nichts Aufregendes dran, mit dem Sergeant verheiratet zu sein. Er ist so berechenbar. Nie was anderes, immer alles gleich. Schwarzer Sirup zum Porridge, im Sommer wie im Winter. Er rührt sein Porridge jeden Morgen sogar genau gleich um. Sagt immer: ›Ist das nicht prima? Iss doch auch was davon.‹ *Jeden verfluchten Morgen.* Aber das Feuer und die Gesänge. Das war vielleicht aufregend. Aber jetzt hab ich Angst.«

»Das muss nicht so bleiben.«

»Nein?« Zum ersten Mal sah sie ihm direkt in die Augen. »Schauen Sie sich an, was mit denen passiert, die sich ihr widersetzen.«

»Was?«

»Die Schule ist verwüstet worden, oder?«

»Sie meinen, Ms. Pascoe hat sich ihr widersetzt?« Ellie nickte. »Wir müssen hinkommen, wissen Sie. Sie hat Macht über uns. Sie macht bestimmt eine Puppe wie Ms. Pascoe und sticht Nadeln rein. O ja, und das wird ihr Ende sein.«

»Wer macht die Puppe?« Sobald er die Frage gestellt hatte, wusste er, dass er zu weit gegangen war, zu rasch. Ellie sprang von der Bank auf und der Kaffee in dem Pappbecher ergoss sich über ihren Mantel. Um sie aufzuhalten, nahm Peter sein Taschentuch heraus, packte sie am Arm, bedauerte sie wegen des verschütteten Kaffees und wischte ihn weg. »So, Ellie, jetzt sind Sie wieder ganz sauber und ordentlich. Wo waren wir eigentlich?«

Ellie setzte sich wieder. Sie musterte die Dorfanlage gründlich und antwortete: »Ich weiß nicht, wo Sie sind, Herr Pfarrer, aber ich bin in der Hölle. In der Hölle auf Erden.«

»Schauen Sie, Ellie, erzählen Sie mir alles, reden Sie es sich sozusagen von der Seele. *Ihr* werde ich nicht verraten, was Sie mir erzählt haben. Glauben Sie mir. So wahr Gott mein Richter ist, ich sage kein Wort zu ihr.«

Sie schaute ihn an, als schätzte sie seine Vertrauenswürdigkeit ab. »*Sie* ist eine Hexe, das steht fest. *Sie* hat Mrs. Beauchamp mit dem bösen Blick angesehen, und Mrs. Beauchamp ist tot. Dann hat *sie* versucht, Sykes wieder zum Leben zu erwecken, und sie hat es geschafft. Jetzt will *sie* alle loswerden, die sich ihr in den Weg stellen. Jetzt ist sie voller Macht, wissen Sie. Sie ist das Böse, und das, wo sie so viele Kinder hat. Der Erfolg ist ihr zu Kopf gestiegen. Sie müssen dem Ganzen ein Ende bereiten, Herr Pfarrer. Es muss etwas dagegen unternommen werden.«

»Mir fällt es schwer zu glauben, dass diese geheimnisvolle *Sie* tatsächlich jemanden umbringen kann.«

»Oh, aber das hat sie doch schon getan. O ja. Die Todesursache wurde nicht genau festgestellt, stimmt's? Kein Herzinfarkt oder so. Sehr seltsam. Wir gehören alle zu ihrer Schwesternschaft, deshalb sind wir alle schuld an einem Mord.« Ellie umklammerte seine Hand. »Helfen Sie mir, Herr Pfarrer.«

»Ich kann Ihnen nicht helfen, wenn ich nicht weiß, wer die Hexe ist.«

Ellie stand auf. »Wenn ich Ihnen das sage, bin ich morgen früh tot. Das ist die Drohung … Tod. Manchmal glaube ich, es wäre das Beste.« Sie sah sich zerstreut um und sagte dann: »Der Sergeant will Steak zum Abendessen. Ich muss noch einkaufen.« Und Ellie verschwand im Laden und überließ es Peter, den Gänsen zuzusehen.

Es war also nicht Kate. Unwissentlich hatte Ellie ihm verraten, wer die Hexe war – Simone Paradise. Sie war von jeher seltsam gewesen. Das merkte man an ihrer Lebensweise, dazu brauchte man gar nichts über den bösen Blick und dergleichen zu wissen. Kate hatte gesagt: »Seien Sie vorsichtig.« Obwohl er es Caroline gegenüber niemals zugegeben hätte, weil der logische Teil seines Verstands es nicht wahrhaben wollte, ihm lief immer noch ein Schauder über den Rücken, wenn er sich daran erinnerte, dass er wegen der kirchlichen Almosenkasse zweimal dem Tod nahe gewesen war. Und jetzt war auch das hier böse und bedrohlich.

Hexerei. War es tatsächlich Hexerei oder tat jemand nur so? Wie auch immer, die Leute glaubten daran. Peter musste mit eigenen Augen sehen, was da vorging. Aber jetzt wusste er nicht, wo sie sich trafen. Und dann diese Geschichte mit der Puppe… und Kate war wirklich krank. Er sprang auf. Caroline war die Lösung. Sobald sie aus der Praxis zurückkam, würde er sie darauf ansetzen.

Er kam gegen halb zwei nach Hause, in der Hoffnung, Caroline sei zu Hause und könne, wenn auch spät, mit ihm zu Mittag essen. »Caroline! Caroline!«

Sie kam die Treppe heruntergerannt. Den Arztkittel hatte sie gegen einen hyazinthenblauen Pullover und schwarze Hosen eingetauscht. Sie sah wunderschön aus. Er begehrte sie, aber das musste warten.

Er beugte sich über sie und küsste sie auf den Mund. »Ich bin spät dran. Schon gegessen?«

»Nein. Hab auf dich gewartet.«

»Gut. Muss mit dir reden.«

Sylvia hatte ihnen das Mittagessen gemacht, es wartete mit Folie abgedeckt auf dem Küchentisch.

»Danke, Sylvia. Wir brauchen einen Augenblick unter uns, wenn es Ihnen nichts ausmacht.«

»Keineswegs, Herr Pfarrer. Der Kaffee ist in der Kanne. Ich gehe zu den Kindern. Gleich kommt die *Sesamstraße*.«

Als Sylvia die Tür hinter sich zugemacht hatte, fragte

Caroline: »Was ist denn so geheim, dass Sylvia es nicht hören darf?«

»Ich möchte, dass du zum alten Schulhaus gehst und rausfindest, ob Kate krank ist.«

Caroline zog eine Augenbraue hoch. »Was hast du vor, Peter?«

Peter schilderte ihr sein Gespräch mit Ellie.

Caroline, die eben in ihr Sandwich beißen wollte, sagte: »Großer Gott! Wirklich?«

»Deshalb hatte sie solche Angst, als Sykes aufgetaucht ist – nicht der echte Sykes, wie du weißt, aber sie hat ihn dafür gehalten. Dann hat sie geglaubt, Simone hätte tatsächlich Sadie umgebracht.«

»Großer Gott! Ich kann es nicht fassen.«

»Genau.«

»Aber es lässt sich nicht *beweisen*, oder?«

»Aber sie hat es in Wahrheit doch gar nicht getan. Jetzt mach halblang, Liebling, du weißt, dass das nicht möglich ist.«

Caroline sah skeptisch drein. »Wirklich?«

»Völlig ausgeschlossen. Das ist alles Einbildung.«

»Ja, schon. Aber das ist wie bei den Medizinmännern in Afrika, sie können einen starken Einfluss auf den Verstand ausüben.«

»Um Himmels willen, Caroline, du bist Wissenschaftlerin, du hast einen geschulten Verstand. So was darfst du nicht glauben.«

»Nein, natürlich nicht, aber ...«

»Gehst du hin? Tu so, als ob du dir Sorgen machst, frag, ob du helfen kannst in deiner Eigenschaft als ...«

»Schnüfflerin?«

Peter lachte. »Wie du willst.«

Sie aß ihr Sandwich auf, trank einen langen Schluck Kaffee und sagte: »Dann geh ich jetzt. Erledige die Dreckarbeit des Pfarrers.«

»Ich kann schlecht selbst hingehen, oder?«

»Auf keinen Fall. Lass mir mein Stück Obstkuchen übrig. Ich esse es, wenn ich zurückkomme.«

Caroline klopfte an die Tür des alten Schulhauses, obwohl sie wusste, dass niemand an die Tür kommen würde. Aber sie musste zuerst klopfen. Dann ging sie um das Haus herum und schaute durch das Küchenfenster. Auf dem Abtropfbrett der Spüle standen nur ein Henkelbecher und ein Teller. Also hatte Kate vermutlich irgendwann etwas gegessen. Während Caroline hineinschaute, kam die Katze in die Küche. Sie sprang auf das Abtropfbrett, leckte den Teller ab, sprang herunter, strich durch die Küche und miaute.

Caroline stellte sich unter das Schlafzimmerfenster. »Kate! Kate! Ich bin's, Caroline Harris. Lassen Sie mich rein.« Es kam keine Antwort. Caroline hörte, dass die Kinder eine Singstunde hatten. Sie schaute nach, ob Kates Auto da war. Es war da, also musste sie entweder in der Schule oder im Haus sein.

In der Schule war nichts von Kate zu sehen. Eine Lehrerin, die Caroline nicht kannte, leitete die Singstunde. Caroline klopfte an Mrs. Hardakers Klassenzimmertür. »Ist Ms. Pascoe nicht da?«

»Nein, Dr. Harris. Sie liegt mit Halsschmerzen im Bett. Tut mir Leid.«

Caroline nahm das mit einem Nicken und einem Lächeln zur Kenntnis. Also war Kate im Haus.

Pat hatte nach dem Schulmittagessen aufgeräumt und wollte nach Hause. »Hallo, Dr. Harris. Lange nicht gesehen.«

»Stimmt. Wie geht's, Pat?«

»Bestens, danke.«

»Jetzt ist es bald so weit.«

»Ja, richtig.«

»Haben Sie die Sonnenmilch schon besorgt?«

»Sie wissen also auch darüber Bescheid.«

»O ja, aber meine Lippen sind versiegelt! Wenn ich nur ins alte Schulhaus könnte. Ich mache mir Sorgen um Kate.«

Pat ging zu einer Schublade unter dem Abtropfbrett in der Küche. Sie griff ganz nach hinten hinter die Geschirrtücher, die sie dort aufbewahrte, und brachte einen riesigen Schlüssel zum Vorschein. »So. Ein Nachschlüssel, von dem sie nicht weiß, dass ich ihn habe.«

»Aber wie soll ich ihr das erklären?«

»Brauchen Sie auch nicht, falls sie tot ist.«

»Tot?!«

»Heutzutage kann man nie wissen, wo sich doch hier in der Gegend so seltsame Dinge tun. Alles ist möglich.«

»Jetzt ist mir aber wirklich nicht mehr geheuer. Kommen Sie mit?«

»Tut mir Leid, nein. Nicht noch mal.«

»Sie waren schon einmal im Haus?« Pat nickte. »Warum wollen Sie nicht noch einmal rein? Haben Sie etwas gesehen?«

Pat schüttelte den Kopf. »Nichts. Muss jetzt los. Viel Glück.«

»Wollen Sie nicht warten und hören, was los ist?«

»Das erfahr ich früh genug. Tut mir Leid.«

Der Schlüssel drehte sich problemlos im Schloss. »Kate! Kate!«, rief Caroline. Keine Antwort.

Caroline ging vorsichtig die Treppe hinauf. Sie benahm sich lachhaft. Sie hatte schon jede Menge Tote gesehen – sogar welche seziert. Aber sie wollte Kate wirklich nicht tot finden und sie wollte erst recht nicht darüber nachdenken, was für Schlüsse das Dorf aus Kates Tod ziehen würde.

Sie war nicht tot, aber sie war schwer krank. Caroline sah sofort, dass sie hohes Fieber hatte und von ihrer Umgebung nichts wahrnahm. Sie hatte die Decke abgeworfen und lag schlaff auf der Matratze, wie eine Puppe, die in einem Wutanfall weggeschleudert worden war. Schweiß lief ihr übers Gesicht und bildete auf ihrem Körper einen Film. Ihr Nachthemd, von dem Caroline unwillkürlich registrierte, dass es aus lila Satin war, war klatschnass. Ihr langes dunkles Haar lag auf dem Kissen und auf ihren Schultern wie klamme Seilstücke.

»Kate? Kate?« Aber sie bekam sie nicht wach.

Caroline rannte nach unten und rief den Notarzt an. »Hier ist Dr. Harris. Ich brauche einen Rettungswagen.«

Caroline fuhr mit Kate ins Krankenhaus und sagte dem Dienst habenden Arzt in der Notaufnahme alles, was sie wusste. Als sie hörten, dass Kate mehrere Jahre in Afrika gearbeitet hatte, meinten die Ärzte, das könne bei der Diagnose helfen.

Caroline besuchte sie jeden Tag, aber erst am vierten Tag konnte Kate sprechen.

»Kate… endlich! Ich habe schon geglaubt, Sie kommen nie wieder zu sich. Wie fühlen Sie sich?«

»Scheußlich!« Ihre Stimme war schwach und sehr heiser.

»Immerhin besser als der Zustand, in dem ich Sie gefunden habe. Das ganze Dorf redet über Sie. Alle haben sich große Sorgen um Sie gemacht.«

»Tut mir Leid.«

»Mich hat beschäftigt, ob ich jemanden benachrichtigen soll, aber ich habe nicht gewusst, wen.«

»Da ist im Grunde niemand. Meine Brüder sind alle im Ausland. Ich habe einen Onkel, aber der würde mich sowieso nicht besuchen.« Eine Träne löste sich aus ihrem Augenwinkel.

»Ich habe Ihnen von den Schulkindern Blumen mitgebracht.«

»Wie schön. Meine Kinder sind wunderbar.« Ihre Stimme krächzte, als sie fragte: »Könnten Sie mir dabei helfen, einen Schluck Wasser zu trinken?«

»Natürlich. Gern.«

Caroline bettete sie wieder in die Kissen und sagte: »Sie müssen erschöpft sein. Soll ich Sie jetzt schlafen lassen?«

»Ja, bitte«, flüsterte Kate. »Es gibt wirklich keinen Grund, mich wieder zu besuchen. Ich weiß, wie viel Sie zu tun haben.« Wieder rollte ihr eine Träne über die Wange.

»Peter hat morgen Besuchstag im Krankenhaus, dann kommt er bei Ihnen vorbei, wenn Ihnen das recht ist.«

Kate drehte den Kopf weg. »Peter hat mir achtundvierzig Stunden Zeit gegeben.«

»So?«

»Sie wissen das also nicht?«

»Ich weiß nicht viel. Er erzählt mir nicht alles.«

»Ich war so blöd.«

»Es ist nie zu spät.«

»Fast wäre es zu spät gewesen. Wenn Sie nicht gewesen wären ... Wie sind Sie ins Haus gekommen?«

Caroline konnte nicht lügen. »Pat hat einen Nachschlüssel, den sie Ihnen schon längst geben wollte. Sie hat ihn von Mr. Palmer bekommen, falls er seinen mal verliert.«

»Aha. Da haben wir's. Mr. Palmer war meine Rettung.«

»Schlafen Sie sich gesund. Peter kommt morgen. Übermorgen rufe ich an und erkundige mich nach dem Stand der Dinge.«

Kate lächelte schwach und die Augen fielen ihr zu. »Das Problem mit Peter ist, dass man ihm die Wahrheit selten lange vorenthalten kann, was?«

»Ich weiß, wer hinter dem Ganzen steckt. Insgesamt weiß ich inzwischen vier Namen. «

Kate beäugte ihn misstrauisch. »Ja?«

»Jemand hat es unabsichtlich ausgeplaudert. Wenn Sie sich dem gewachsen fühlen, können Sie mir den Rest der Geschichte erzählen, angefangen mit Simone.«

»Am meisten graut mir davor, etwas zu tun, was diesen Kindern die Mutter nimmt. Es sind fünf... alles liebe Kinder, aber hoffnungslos in der Schule. Zu müde, unterernährt, schlecht gekleidet, schlechte Wohnverhältnisse... Ich meine, waren Sie schon mal in dem Cottage? Es ist schrecklich. Einfach grauenhaft. Ich würde nicht zulassen, dass meine Katze in Verhältnissen haust, wie diese Kinder sie ertragen müssen. Der arme Dickon schläft unter einer Decke auf dem Sofa und hat nachts ein zerlumptes Unterhemd an. Aber sie vergöttern ihre Mutter und auf ihre Weise vergöttert sie die Kinder auch.«

»Da kann ich vielleicht etwas unternehmen. Erzählen Sie mir Ihre Geschichte.«

Kate griff nach dem Glas Wasser auf dem Tisch neben dem Bett. Sie trank langsam, denn es gewährte ihr Aufschub, um ihre Gedanken zu ordnen. Sie stellte das Glas ab, holte tief Luft und sagte: »Ich habe lange und gründlich nachgedacht, seit ich wieder bei Bewusstsein bin.«

»Was war übrigens die Ursache?«

»Die Untersuchungen sind noch nicht abgeschlossen, aber die Ärzte meinen, es sei eine dieser immer wieder aufflammenden Krankheiten, die ich mir in Afrika geholt habe. Hoffen wir, dass die Anfälle mit der Zeit seltener werden.«

»Ich bin froh darüber. Alle haben geglaubt, Simone hätte Nadeln in eine Puppe gestochen und das sei der Grund für Ihre Krankheit gewesen.«

Kate lächelte schwach. »Das könnte durchaus sein. Sie war sehr wütend, weil ich beschlossen hatte, nicht mehr an den Treffen teilzunehmen. Wissen Sie, sie hat in mir eine verwandte Seele gesehen. Sie hat geglaubt, die anderen kämen nur wegen des Nervenkitzels – womit sie vermutlich Recht hatte. Mich hat sie für eine echte Konvertitin gehalten.«

»Was Sie in einem gewissen Maß ja auch waren.«

Kate sah ihn direkt an. Jetzt oder nie. Sie musste sich entscheiden. Sagte sie ihm die Wahrheit oder verschleierte sie das Ganze mit Verallgemeinerungen? Sie musterte sein Gesicht, seinen rotblonden Haarschopf, die erschreckend blauen Augen, die im Kontrast zu seiner tiefschwarzen Soutane noch heller leuchteten. Die Silberkette, an der sein Kreuz hing, war wie immer an seinem Ledergürtel befestigt. Eine altertümliche Kostümierung, die den scharfsinnigen, hellwachen Mann darunter nicht verbergen konnte. Wer von Peter in die Ecke getrieben wurde, konnte sich nirgends verstecken.

»In Afrika habe ich die moderne Version eines Medizinmanns kennen gelernt, als ich eine Missionsschule in den Bergen besuchte. Ich bin in seinen Bann geraten. Ich konnte nicht wegbleiben, diese Schule zog mich immer mehr an. Er hat mir so viel beigebracht.«

»Aber *worüber*?«

»Kräuterheilmittel, Hypnose, Hexerei, Zaubersprüche – alles. Er hat mir die Katze geschenkt. Hat gesagt, sie sei mit mir verwandt. Ich habe mich in ihn verliebt. ›Besessen‹ ist das passende Wort für meine seelische Verfassung. Auf seine Weise hat er mich auch geliebt, obwohl ich wusste, dass es zum Teil auch sein Stolz war, wie überlegen sein Wissen dem meinen war. Ich war die Schülerin und er der Lehrer. Ich hatte alles geplant. Ich wollte immer in Afrika bleiben und mit ihm leben. Dann kam es eines Tages zu einem dieser plötzlichen, unerklärlichen Aufstände, wie sie typisch sind für ein Land, in dem ein Westentaschendiktator, der die Armee auf seiner Seite hat, an die Macht kommt. Jacob ist ahnungslos mit einer Terroristengruppe zusammengestoßen und… ich hoffe nur, sie haben ihn schnell umgebracht. Ich habe tagelang nichts erfahren, habe überhaupt keine Nachricht bekommen. Dann haben mich Flüchtlinge aus einer der Schulen, die ich besucht hatte, erkannt und mir erzählt, was sie im Busch entdeckt hatten.«

Kate machte eine Pause, um die Tränen zurückzudrängen.

»Unerträglich, darüber zu reden. Danach hatte Afrika seine Faszination für mich verloren. Ich bekam einen leichten Schub dieser Krankheit, obwohl beim Stand der Medizin in diesen abgelegenen Gegenden Afrikas niemand wusste, was mir fehlte, aber damit hatte ich eine gute Ausrede, wegzugehen. Hab behauptet, meine Gesundheit würde das Klima nicht ertragen, et cetera.«

Endlich weinte Kate. Peter reichte ihr ein Papiertaschentuch. Er hielt ihre Hand, während der Sturm tobte. Eine Schwester schaute lächelnd herein und schloss leise die Tür. Die Geräusche der geschäftigen Station waren ausgeschlossen, die beiden waren in der Stille allein.

Langsam versiegten Kates Tränen. »Tut mir furchtbar Leid.«

»Muss es nicht. Es hat Ihnen gut getan.«

»Wie peinlich.«

»Machen Sie sich keine Gedanken. Ich habe schon oft gesehen, welche heilende Wirkung Tränen haben.«

»Ja, kann ich mir vorstellen. Es tut mir trotzdem Leid, dass ich zusammengebrochen bin. Das liegt an der verflixten Krankheit, sie hat mich sehr geschwächt.«

»Hören Sie, wenn es Ihnen für heute reicht ...«

»Nein, gehen Sie nicht. Ich muss Ihnen alles sagen. Und zwar jetzt. Sie müssen es erfahren. Die Beteiligten sind Ellie, Valda und Thelma Senior, Venetia Mayer vom Herrenhaus – Sie wissen schon, Jeremys Frau ...«

»Venetia Mayer? Nicht zu fassen!«

»O doch, sie ist eine eifrige Teilnehmerin. Simone, natürlich, Rhett Wright, aber er wollte nicht mehr kommen, nachdem der Hund aufgetaucht ist, und das sind so ungefähr alle. Zwei von den Wochenendbesuchern sind ein paarmal gekommen, aber dann nicht mehr.«

»Und das mit Sadie Beauchamp ...«

»Damit hatten wir überhaupt nichts zu tun. Das war Simone, ganz allein Simone.«

»Sie sagen das so, als ob Sie wirklich glauben, Simone könnte für den Tod eines Menschen verantwortlich sein.«

»Ja? Dumm von mir. Natürlich kann sie das nicht.« Aber Kate klang nicht überzeugt.

»Und Simone, was ist mit ihr?«

»Als sie mich zum ersten Mal mit der Katze sah, hat sie erraten, wie es um mich steht. Dummerweise habe ich zugegeben, dass sie Recht hat. Ich habe mich hineinziehen lassen, aber ich habe einen Schlussstrich gezogen, als es zu weit ging. Sie benimmt sich wie eine Hexe und hält sich auch für eine. Zweifelsohne. Sie ist böse, unglücklicherweise. Es tut mir Leid. Ich bin so müde.« Kate legte sich zurück in die Kissen und schloss die Augen.

»Ich gehe. Darf ich ein Gebet sprechen?«

Kate nickte. Peter hielt ihre Hand, bat Gott um seinen Segen für Kate und zeichnete mit dem Daumen ein Kreuz auf ihre Stirn. Dieses Mal erschauerte sie nicht.

Als er ging, sagte sie: »Passen Sie auf. Passen Sie bitte auf. Unterschätzen Sie ihre Macht nicht. Sie ist so erfüllt von ihrem Erfolg, dass sie Böses tut, nur um des Bösen willen.«

23. Kapitel

Die Zwillinge hatten eine fiebrige Erkältung und als Caroline die beiden zu Bett brachte, wusste sie, dass ihr eine schlimme Nacht bevorstand. Alex hustete pausenlos und Beth hatte starke Halsschmerzen und einen Schnupfen, der ihr trotz Carolines besorgter Pflege schon eine knallrote Nase beschert hatte.

»Es nützt nichts, Peter, ich stelle das Feldbett ins Kinderzimmer und schlafe dort. Sonst bin ich die ganze Nacht unterwegs und du bekommst auch keinen Schlaf.«

»Lass mich dir helfen.«

»Auf keinen Fall. Ich muss morgen nicht in die Praxis und du hast einen Arbeitstag vor dir. Ich bestehe darauf.«

»Gut, wenn du dir sicher bist, aber du weckst mich, falls es ernst wird, ja?«

»Natürlich.«

»Ich hole das Bett und stelle es für dich auf. Das ist das Mindeste.« Er wandte sich zum Gehen und kam dann in die Küche zurück. »Sie werden doch wieder gesund?«

Caroline musterte sein Gesicht. »Dir geht diese Hexereigeschichte nicht aus dem Kopf, was?«

»Gewissermaßen.«

»Natürlich werden sie gesund. Sie sind erkältet, das ist alles. Kinder bekommen dauernd Erkältungen.«

»Stimmt schon. Es ist wegen Kate, weißt du. Sie ist eine intelligente Frau und trotzdem…«

»Und trotzdem…?«

»Und trotzdem hat sie große Angst vor Simone Paradise. Sie glaubt nicht, dass Simone Sadie umgebracht hat, aber gleichzeitig… «

»Ja?«

»Gleichzeitig macht sie sich schreckliche Sorgen darüber, was Simone als Nächstes tut. Sie hat mich gewarnt. Ich soll aufpassen.«

»Ich glaube, du solltest gleich morgen etwas unternehmen, bevor es zu spät ist. Ich denke im Dunkeln darüber nach, wenn ich bei unseren Liebsten Wache halte.« Sie scheuchte ihn aus der Küche und füllte für den Fall, dass die Kinder aufwachten, eine Thermosflasche mit kaltem Orangensaft.

Ehe sie die Küche verließ, schaute Caroline noch einmal hinaus in den Garten. Starke Böen kamen auf, die Büsche an der Grenzmauer schwankten schon hin und her und der Wind schien heimtückisch durch das Reetdach zu fegen. Caroline war froh, dass sie in einem solide gebauten alten Haus wohnten und nicht in einem schlampig errichteten Billigbau. Während sie hinausschaute, setzte Regen ein – schwere, träge Tropfen, die stetig auf die Terrasse fielen. Die erwartete Mondscheinnacht war finster und Unheil verkündend. Ein riesiger Blitz erhellte den Garten, dann folgte ein gewaltiger Donnerschlag.

»Mummy!«

Caroline griff nach der Thermosflasche und lief nach oben. »Alles in Ordnung, ihr Lieben, Mummy kommt.«

Das Gewitter war das schlimmste seit Menschengedenken. Als die Dorfbewohner am nächsten Morgen die Vorhänge aufzogen und den Schaden sahen, bekam mancher einen Schreck.

Sie hatten auch in der Nacht gebebt, denn das Gewitter hatte drei Stunden gewütet.

Der Sturm pfiff durch die Schornsteine, schlug Türen zu, weckte Kinder, die losstürzten und sich in die Betten ihrer Eltern kuschelten. Jimmys Hühner hatten gegackert und gekreischt, bis er sich genötigt sah, nach draußen zu gehen und nach ihnen zu schauen. Sykes, der sehr wohl wusste, dass das verboten war, hatte sich in Jimmys Bett geschlichen, und als Jimmy zurückkam, hatten sie sich aneinander geklammert, bis das Schlimmste vorbei war. Katzen waren in Schränke geflohen, Hunde hatten gejault und herumwirbelnde Trümmer hatten im Laden ein Fenster eingeschlagen.

Aber was die Herzen der Dorfbewohner wirklich mit Schrecken erfüllte, war der Anblick eines Riesenasts der Königseiche, der auf dem Boden lag. Fast ein Drittel des Baums war umgestürzt. Alte Dorfbewohner und auch die neu Hinzugezogenen kannten die Legende. Wenn die Eiche stirbt, stirbt auch das Dorf.

Peter war um halb sieben zum Beten in die Kirche gegangen.

Trotz Carolines Rücksicht war er in der Nacht lange wach gewesen; niemand hätte bei diesem Gewitter schlafen können. Über den Weg zur Kirche war so viel Wasser geflossen, dass Peters Turnschuhe beim Gehen quietschten. Bevor er das Portal aufschloss, überlegte er sich, erst einen Rundgang um die Kirche zu machen, um nach eventuellen Schäden zu sehen. Vielleicht waren Ziegel vom Dach gefallen oder hatten sich gefährlich gelockert. Er stellte fest, dass ein Blitz in den Kirchturm eingeschlagen war. Die Spitze war unbeschädigt, aber am quadratischen Turm, den der Blitzableiter hätte schützen sollen, verlief seitlich ein langer, schwarzer Streifen und mehrere Steine waren herausgebrochen.

Willie erschien mit einem Regenmantel über dem Schlafanzug. »Das ist ja eine schöne Bescherung, Herr Pfarrer. Was für eine Nacht! Sehen Sie, was passiert ist? Dieser blöde Maurer hat den Blitzableiter abgenommen, als er die Steine eingesetzt hat, und ihn nicht wieder angebracht. Schauen Sie, da sehen Sie es.«

»Ich seh's. Ist mir gar nicht aufgefallen, als ich es gestern inspiziert habe.«

»Den sollten wir drankriegen, den faulen, schlampigen...«

»Er konnte doch nicht wissen, dass es zu einem Jahrhundertgewitter kommt.«

»Nein, da haben Sie wohl Recht, aber er muss das Gerüst wieder anbringen und von vorn anfangen. Da ist von oben an eine ganze Reihe Steine rausgebrochen. Irgendwelche Schäden im Pfarrhaus, Sir?«

»Nein. Ist bei Ihnen alles in Ordnung?«

»Ja, bestens, danke. Konnten zwar nicht schlafen, aber wer konnte das schon? Mr. Charter-Plackett nagelt Bretter an sein Schaufenster, hören Sie es? Wird 'ne Ewigkeit dauern, bis er einen Glaser herkriegt. Die haben in Culworth zu viel zu tun.«

In Wirklichkeit war die Scheibe schon vor der Mittagszeit ersetzt. Die Glaser taten sich an dem Kaffee aus der Kundenmaschine gütlich, als Peter, den Jimbo telefonisch herbeigebeten hatte, in den Laden kam.

Die beiden Handwerker klopften sich ehrerbietig an die Mütze.

»Morgen, Herr Pfarrer. Bei Ihnen hier ist es ja gestern Nacht übel zugegangen.«

»Und ob. Mich überrascht, dass Sie hier sind. Hätte gedacht, dass es in Culworth reichlich Arbeit für Sie gibt.«

»Nein, dort nicht, Herr Pfarrer. Da war's nur 'n bisschen windig und so, aber keine kaputten Fensterscheiben. Sieht so aus, als hätte Turnham Malpas das meiste abgekriegt. Gewitterzentrum nennt man das, glaube ich. Wir gehen jetzt. Danke für den Kaffee, Mr. Charter-Plackett. Würden Sie bitte hier unterschreiben?«

Jimbo unterschrieb und als die Glaser fort waren, sah er Peter an und nickte in Richtung Lager. Peter folgte ihm. Jimbo nahm den Strohhut ab, strich sich über den kahlen Schädel, verschränkte die Arme und sagte: »Also?«

»Also was?«

»Was ist damit?«

»Womit, bitte?«

»Es ist an der Zeit, etwas zu unternehmen.«

»Ich habe die Maurer für heute Nachmittag bestellt. Sie bauen das Gerüst wieder auf und dann …«

»Ich rede über diese Geschichte mit der Hexerei.«

Es klopfte an der Tür. Linda. »Entschuldigung, Mr. Charter-Plackett, ich wollte nicht stören, aber Sir Ralph möchte mit Ihnen sprechen.«

»Bitten Sie ihn hier herein, wenn ich bitten darf.« Sie schwiegen einen Moment, bis Ralph da war.

»Guten Morgen, Ralph.«

»Guten Morgen, Peter, Jimbo. Gipfeltreffen, was?« Ralph lächelte die beiden an.

»Gewissermaßen.« Jimbo schaute wieder Peter an. »Also?«

»Falls einer von Ihnen mir jetzt erzählen will, dass das Gewitter gestern Nacht etwas mit Hexerei zu tun hatte …«

»Wir doch nicht«, erwiderte Ralph.

»*Aber*«, sagte Jimbo, »das ganze Dorf ist verängstigt. Den ganzen Morgen haben die Leute hier Neuigkeiten über den angerichteten Schaden ausgetauscht und am meisten zu schaffen machen ihnen die Schäden an der Kirche – wo sonst sollte der Teufel zuschlagen, sagen sie – und an der Königseiche. Manche sind ganz blass geworden, als sie den alten Baum gesehen haben. Sie haben wirklich Angst. Es ist nichts dran, ich weiß, aber es ist nicht mehr geheuer.«

»Ich kenne jetzt alle Namen.«

Ralph sah überrascht aus; seine buschigen Augenbrauen fuhren nach oben. »Ja? Hervorragend! Nennen Sie mir die Namen und ich statte allen einen Besuch ab. Sage ihnen, wohin sie sich scheren sollen. Ich habe keine Angst.«

»Ich auch nicht, aber was sollen wir zu ihnen sagen? ›Hören Sie bitte auf, mit dem Teufel zu verkehren?‹ Oder ›Ich zeige Sie bei der Polizei an?‹ Und ›Haben Sie das Gewitter auf dem Gewissen?‹ Je mehr wir sagen, desto mehr Glaubwürdigkeit verleihen wir ihnen. Es muss ein Ende haben, als Kirchenmann kann ich nicht zulassen, dass es weitergeht. Ich kann das Böse förmlich wittern. Aber wie gehen wir vor?«

»Sagen Sie denen, sie sollen zur Hölle… ich meine, sie sollen Schluss damit machen; sie bringen ihre unsterblichen Seelen in Gefahr. Wie wär's damit?«

Peter nickte. »Das tun sie auch, aber darauf werden sie nicht hören. Vielleicht habe ich auch herausgefunden, wo ihre Treffen jetzt stattfinden.«

Ralphs Kopf ruckte hoch. »Wo?«

»Caroline war fast die ganze Nacht mit den Kindern auf, weil sie schwer erkältet sind. Sie schlafen in dem Zimmer mit Blick auf Rector's Meadow und ehe das Gewitter richtig losbrach, hat Caroline in der alten Heuscheune Licht gesehen.«

»Aha! Ich werde jede Nacht von unserem Schlafzimmerfenster aus Wache halten und wenn ich da wieder Licht sehe, rufe ich Sie an und wir überraschen die Gruppe, wir drei… einverstanden?«

Peter und Jimbo sahen sich an und sagten dann beide: »Gut.«

Als Peter am Sonntagmorgen zum Zehn-Uhr-Gottesdienst in die Kirche Thomas à Becket ging, stellte er fest, dass sie fast bis auf den letzten Platz besetzt war. Seit Peter nach Turnham Malpas gekommen war, hatte sich die Gemeinde stetig vergrößert, aber für einen normalen Sonntagsgottesdienst war der Besuch phänomenal. Peter wusste, dass er sich nicht zu einem Durchbruch beglückwünschen brauchte. Diese Menschen waren in der Kirche, weil sie Angst hatten; sie drängten sich zusammen, um sich gegenseitig zu stützen. In dem Moment, als er seinen Platz einnahm und das Eröffnungsgebet sprechen wollte, fing er Ralphs Blick auf.

Es überraschte ihn, dass Ralphs Blick der eines Gutsherren war. Ein Blick, der sagte: »Heute Morgen werden Sie die Predigt halten, die diese Leute – meine Leute – brauchen.« Die Templetons hatten schon lange nicht mehr die frühere Macht, nach Belieben etwas vorzuschreiben, aber Peter fühlte sich verpflichtet, Ralphs Wunsch zu erfüllen. Während die Gemeinde den ersten Choral sang, kämpfte er mit sich. Ralph hatte kein Recht, nicht das geringste, Peter zu diktieren, was er auf der Kanzel sagte. Und doch hatte er Recht. Peters Text »Gehet hin in alle Welt und prediget das Evangelium« passte heute Morgen nicht hierher. Die Gemeinde brauchte eine aufbauende Predigt mit einer tröstlichen Botschaft – und die sollte sie bekommen.

Nach dem Gottesdienst stellte sich Ralph neben Peter, der sich mit Handschlag von seiner Gemeinde verabschiedete. »Etwas dagegen, wenn ich den Leuten auch die Hand gebe? Ich stelle mich ein Stück weiter nach unten.«

»Ganz und gar nichts dagegen. Selbstverständlich.«

Viele Gemeindemitglieder dankten Peter für seine Predigt; viele von ihnen erwarteten außerdem Hilfe von Ralph.

In der Nacht hielt Ralph wieder am Fenster im ersten Stock Wache und als er die Lichter sah, rief er Peter und Jimbo an.

24. Kapitel

Muriel hatte Angst. Auf Verdacht loszuziehen und nach dem Treffpunkt der Hexen zu suchen war aufregend gewesen, aber was Ralph heute Nacht vorhatte, war etwas ganz anderes.

Ralph küsste sie auf die Wange. »Meine Liebe, mach dir bitte keine Sorgen. Du brauchst keine Angst zu haben, wenn drei erwachsene Männer ein paar dumme Frauen mit Hohlköpfen aufstöbern wollen. Geh jetzt zu Bett…«

»Zu Bett… wie könnte ich? Ich werde kein Auge zutun.«

»Natürlich wirst du schlafen können.« Er küsste sie noch einmal auf die Wange. Er war ziemlich aufgeregt.

»Ich glaube, ich komme mit. Ich bin im Nu angezogen.«

»Auf keinen Fall, meine Liebe. Das kann ich nicht zulassen.«

Widerstrebend gab Muriel nach. »Na gut, aber sei vorsichtig, Ralph, du bist alles, was ich habe.«

»Muriel! Jemand muss diesen Leuten das Handwerk legen und wer könnte das besser als ich?«

»Niemand.« Es klopfte an der Tür. »Ab mit dir.«

»Ich versuche, dich nicht zu wecken, wenn ich zurückkomme.«

Muriel konnte ein Lächeln nicht unterdrücken. Wie in aller Welt konnte er annehmen, sie könnte schlafen, während sich so etwas abspielte? Als er nach unten an die Haustür ging, rief sie ihm über das Treppengeländer nach: »Und sie sind keine Hohlköpfe! Denk dran!«

Ralph lachte leise, als er Peter und Jimbo die Tür aufmachte.

Die drei gingen durch Ralphs Haus in den Garten und durch das Hintertor auf die Pipe and Nook Lane. Sie stiegen über die Steinmauer und blieben dann stehen, um sich leise zu beraten.

»Da ist überhaupt keine Deckung. Ich glaube, es ist am besten, wenn wir gegen den Uhrzeigersinn um die Scheune herumgehen«, flüsterte Jimbo.

»Und die Tür sozusagen auf der Leeseite erreichen? Ja, ich bin Ihrer Meinung. Halten wir uns dicht an die Hecke.« Ralph ging voraus. Er hatte seinen Spazierstock dabei und er bemerkte, dass auch Jimbo einen Stock hatte. Peter war unbewaffnet gekommen.

Der Himmel, nach dem Gewitter immer noch düster und dräuend, spendete ihnen auf dem Weg wenig Licht. Ralph schritt zügig aus und Peter dachte an seinen Herzinfarkt und fragte sich, ob es klug war, dass Ralph mitkam. Aber wenn er sich erst einmal zu etwas entschlossen hatte, war er nicht aufzuhalten. Über die Köpfe von Jimbo und Ralph hinweg konnte Peter die Scheune sehen. Durch die Luke unterm Dach schimmerte Licht. Die Frauen waren also bestimmt dort. Innerlich graute Peter vor der Konfrontation.

Wen würden sie antreffen? Ein paar Frauen, die ein bisschen Nervenkitzel brauchten, wie Ellie gesagt hatte, oder eine böse Frau, die auf Teufelswerk erpicht war? Ein paar traurige Teenager, die wie Rhett vom Aberglauben eingelullt worden waren, oder ernsthaften Widerstand? Reale Gefahr durch eine Handvoll Fanatiker oder ein heimliches Liebespaar, das einen sicheren Treffpunkt entdeckt hatte? Dann würden sie sich ganz schön blöd vorkommen.

Sie erreichten die Scheune früher, als Peter lieb war. Sie lauschten unterhalb der Dachluke, konnten aber nur wenig hören: Stimmengemurmel, Füßerascheln, sonst nichts.

Ralph ging leise um die Scheune herum zu dem riesigen Tor mitten in der Längswand. Er bekam es nicht auf. Die drei standen mit angehaltenem Atem da, aber in der Scheune schien niemand bemerkt zu haben, dass sie hineinwollten. Das Tor ging nach außen auf und Peter musste mit aller Kraft ziehen, bis es nachgab. Er öffnete es langsam, ganz langsam, damit es nicht knarrte. Dann schlüpfte er als Erster hinein, nach ihm Ralph und dann Jimbo.

Ganz hinten bildete ein aufgerichteter Heuballen einen Altar. Brennende schwarze Kerzen standen darauf, gefährlich in der Kippe. Auf den an den Wänden übereinander gestapelten Ballen brannten etwa zwanzig weitere Kerzen, um die riesige Scheune zu erhellen. Sechs Menschen, alle schwarz gekleidet, standen in einem auf den Scheunenboden gemalten Kreis. Im Schein der Kerzen konnte Peter Simone erkennen, Venetia, Valda und Thelma Senior, Ellie und … *er konnte es nicht fassen* … Kate. Er wischte sich den Schweiß von der Oberlippe, schaute Ralph an und dann Jimbo. Beide rührten sich nicht. Sie rissen die Augen auf. Schauten zu.

Die Kerzen warfen zuckende Schatten auf Scheunenwände und Heuballen. In der Luft hing der Geruch nach brennendem Wachs, überlagert vom Gestank nach altem, staubtrockenem Heu. Die Mischung war erstickend. Peter erschauerte. Die Gruppe intonierte Gesänge. Es lag etwas Seltsames in der Luft, eine bedrohliche Atmosphäre, die einen Mann von Peters Kaliber und Weltsicht nicht hätte beeindrucken dürfen. Aber er konnte sich nicht dagegen wehren. Es war wie in einer Kirche und doch anders, wie Rhett gesagt hatte. Peter sträubten sich die Nackenhaare und er spürte, wie ihm ein Schauer über den Rücken lief. Er, Jimbo und Ralph waren noch nicht entdeckt worden. Die schwarzen Gestalten waren zu sehr in ihre Gesänge vertieft, als dass sie die drei Männer im Schatten am Tor bemerkt hätten.

Direkt links neben Peter bewegte sich etwas. Instinktiv sah er sich nach der Bedrohung um. Es war die Katze, die hoch oben auf einem Ballen saß. Ihr Schwanz schlug heftig hin und her und ihr Schatten vollführte an der Wand hinter ihr einen unheimlichen Tanz. Plötzlich sprang die Katze auf den Lehmboden und war schneller bei Peter, als er es für möglich gehalten hätte. Sie sprang und miaute im selben Augenblick. Ihre Krallen bohrten sich wie spitze Nadeln in Peters Bein. Er biss sich auf die Unterlippe, um nicht aufzuschreien und die Andächtigen aufzuschrecken, aber das wäre gar nicht nötig gewesen. Das hasserfüllte Miauen der Katze hatte die Gruppe, die sich im Kreis wiegte, aus der Versenkung gerissen. Die Frauen brauchten einen Moment, bis sie erkannten, was los war, denn ihr Bewusstsein war so weit fort aus dieser Welt, dass sie das Geschehene nicht gleich erfassten. Dann reagierten sie genau wie die Katze.

Keiner der drei Männer war je mit einer Frau gewalttätig aneinander geraten, aber jetzt blieb ihnen nichts anderes übrig. Nur Kate hielt sich zurück; die anderen fünf kratzten, bissen, traten, klammerten, rangen und kreischten. In dem Gerangel stießen sie gegen die Heuballen und die Kerzen wankten gefährlich. Etliche fielen zu Boden. Hier und dort züngelten Flammen auf, aber niemand merkte es.

»Hört auf! Hört auf!«, schrie Kate. Sie stürzte los, versuchte, die Frauen wegzuzerren, erst eine und dann eine zweite. Aber sie konnte gegen diese wahnwitzigen Gestalten nichts ausrichten. Ralph schwenkte verzweifelt seinen Spazierstock, eher drohend, als dass er richtig zuschlug. Die Katze kratzte und biss bei jeder Gelegenheit und die Schmerzen, im Verein mit der Überraschung darüber, mit welcher Wildheit die Frauen sich auf sie stürzten, hätten die Männer fast überwältigt.

Jimbo, der dem Tor am nächsten war, stieß es auf und lief hinaus auf die Wiese. »Kommt! Kommt!«, rief er.

Der kalte Luftstrom ließ Peter zur Besinnung kommen. »DAS REICHT! SOFORT AUFHÖREN!«, brüllte er.

Das brachte ihm einen Moment Ruhe ein, den er nutzte, um noch einmal »DAS REICHT! SOFORT AUFHÖREN!« zu wiederholen.

Aber Simone wollte nicht aufhören. Sie stand am wenigsten unter Peters Einfluss. Mit einem gespenstischen Geheul rannte sie hinter den Altar, auf dem die Kerzen noch brannten, kam mit einem Messer in der Hand wieder hervor und stürzte sich, wilden Hass im Blick, auf Peter.

Kate merkte, was Simone vorhatte, und warf sich auf sie. Sie stieß sie nach hinten, sodass Simone gegen den Altar prallte und weitere Kerzen umfielen. In Sekundenschnelle ging das lose auf dem Boden verstreute Heu in Flammen auf.

Ralph sah sich um und merkte, dass das Feuer sich ausbreitete. Er begriff die Gefahr. »Raus! Alle raus!«, rief er. Aber das Tor war nur einen Spalt weit offen und behinderte ihre Flucht.

Jimbo versuchte, es von außen weiter zu öffnen, was ihm aber nicht gelang. Die Frauen quetschten sich, eine nach der anderen, hindurch. Dann Ralph. Und zuletzt Peter. Sie standen da und rangen nach Luft. Aus Angst, bei lebendigem Leib zu verbrennen, hatten sie den Kampf vergessen. Peter beugte sich vor, stützte sich auf die Oberschenkel und versuchte, wieder zu Atem zu kommen, damit er sprechen konnte.

»Wer fehlt?«, rief Ralph. »Jemand fehlt!«

Niemand antwortete ihm, denn im gleichen Moment drängte sich eine Horde Ratten durch den Torspalt und quetschte sich durch die verrotteten Stellen unter dem Tor, junge und alte, große und kleine, die sich bei ihrer eiligen Flucht gegenseitig im Weg waren. Die Frauen schrien und alle machten hastig einen Satz, damit ihnen die Ratten nicht über die Füße liefen. Sie hörten, wie die Pfoten der Ratten auf der Flucht vor dem sicheren Tod eilig durch das Gras huschten.

Als sich die Panik gelegt hatte, schaute Ralph sich um. »Simone ist nicht hier«, sagte er.

Peter zählte schnell die Köpfe. »Sie haben Recht. Bleiben Sie hier ... ich gehe noch mal rein!« Jimbo ging ihm voraus, aber sie konnten überhaupt nichts sehen. Beißender Rauch und glühende Flammen füllten die Scheune.

»Wir können sie nicht hier lassen.«

»Wir sehen nichts.« Jimbo musste husten.

»Sie war am Altar.«

Jimbo griff nach Peters Arm. »Raus, kommen Sie ... raus!«

Der Rauch trieb Peter die Tränen in die Augen. »Wir können sie nicht hier lassen«, wiederholte er.

»Raus! Das ist ein Befehl!« Er packte Peter am Arm und zerrte ihn durch die Tür. »Ralph ... sagen Sie ihm, dass er nicht wieder hinein darf!«

Kate weinte, Venetia auch. Über Venetias Wangen liefen schwarze Rinnsale aus Wimperntusche. Valda und Thelma waren vor Schock wie gelähmt. Ellie übergab sich in das hohe Gras. Von der Katze war nichts zu sehen. Die Flammen züngelten gegen das Scheunentor und durch die Luken. Es war ein Inferno. In der Scheune konnte jetzt niemand mehr am Leben sein.

»Die Feuerwehr!«, rief Peter. »Wir brauchen die Feuerwehr!« Jimbo zog sein Handy aus der Tasche und wählte den Notruf, als sie Schreie hörten.

Sie sahen, dass sich jemand vom Herrenhaus her über die Wiese näherte. Es war Jeremy, der so schnell wie möglich auf sie zu hastete.

»Sind Sie unverletzt?«, rief er. »Was in aller Welt ist passiert? Haben Sie Venetia gesehen?«

Jimbo fuchtelte mit dem Handy herum. »Sie ist dort drüben. Ich rufe eben die Feuerwehr.«

»Gott! Was zum Teufel ist denn hier los? Wie hat es angefangen?« Venetia lief in Jeremys Arme. »Ruhig, altes Mädchen. Ruhig, sag ich. Du bist jetzt in Sicherheit.« Er rieb ihr, während er sie tröstete, linkisch über den Rücken.

»Bring mich nach Hause, bring mich nach Hause«, stöhnte Venetia.

Peter war beim Gedanken an Simones Tod so verstört, dass er es nicht fertig brachte, Jeremy beiseite zu nehmen und ihm alles zu erklären. Er musste das Ralph überlassen.

Jeremy erschauerte. »Simone? O nein! Können wir sie nicht rausholen? Bestimmt können wir das.«

»Wir können nicht rein, da drin brennt's lichterloh!«, erklärte Jimbo ihm heiser. »Glauben Sie mir, wir haben es versucht.«

Sie standen voller Panik da, während das Feuer wütete. Die riesigen Dachbalken leisteten der Hitze eine Zeit lang Widerstand, aber plötzlich kam es zu einem ohrenbetäubenden Krach und das Dach stürzte ein. Sie traten instinktiv zurück und schauten den Scheiterhaufen an, in dem Simone verbrannte.

Peter fing Jeremys Blick auf und sah ihn fragend an, aber Jeremy wich ihm voller Scham aus. Peter vermutete, dass Jeremy die ganze Zeit gewusst hatte, was Venetia trieb.

»Ich mache das Koppeltor auf, für die Feuerwehr«, sagte Peter und rannte über die Wiese zum Tor, das hinter dem Pfarrhaus an der Pipe and Nook Lane war. Als er vorbeirannte, sah er Caroline am Gartenrand stehen. Er winkte und rief: »Keine Sorge, wir sind alle unverletzt! Ich mach nur der Feuerwehr das Tor auf.« Das Tor war mit Ketten verschlossen, hatte aber zum Glück kein Vorhängeschloss. Auf dem Rückweg blieb Peter stehen und sprach mit Caroline. »Wir können nichts tun… die Feuerwehr kommt viel zu spät. Das Dach ist schon eingestürzt. Muss weiter.« Er umarmte sie kurz.

»Peter, um Gottes willen, sei vorsichtig«, flehte sie.

»Natürlich!«

Fünf Minuten später manövrierte das Feuerwehrauto durch das offene Tor und rollte holpernd über die Wiese. Die Zuschauermenge, die sich rasch versammelt hatte, teilte sich und machte der Feuerwehr Platz.

»Der Himmel steh uns bei, was wird noch alles passieren!«

»Gott sei Dank ist niemand drin!«

»Aber Sir Ralph hat gesagt...«

»Simone! Nein!«

»Die armen Kinder!«

»Oooh! Jetzt sind sie ganz allein. Die armen kleinen Teufel!«

Peter war am Boden zerstört. Wenn sie sich nicht eingemischt hätten, wäre Simone noch am Leben und die harmlose Herumspielerei mit dem Teufel hätte sich aller Wahrscheinlichkeit nach ohnehin bald gelegt. Jeremy hatte Venetia nach Hause gebracht. Valda und Thelma standen immer noch in stummem Schock da. Ellie klammerte sich an den Arm des Sergeants und störte ihn bei der Arbeit. Kate stand allein da und schaute zu. Peter ging zu ihr hinüber, um mit ihr zu sprechen.

Es war schwer, sich zu verständigen. Der Lärm der Feuerwehrpumpe, die Rufe der Männer und das Rauschen des Wassers, das auf die Flammen strömte, machte ein Gespräch fast unmöglich. Die Feuerwehrleute hatten inzwischen die Leiter ausgefahren und pumpten durch eine Luke Wasser in die Scheune. Peter zog Kate weg von dem Lärm und aus der Hörweite der Menge.

»Kate!« Sein vorwurfsvoller Ton trieb ihr Tränen in die Augen. Sie schaute zu ihm auf. Der Scheinwerfer des Feuerwehrautos erhellte ihr Gesicht.

»Ich bin hergekommen, weil ich sie bitten wollte, damit aufzuhören, aber irgendwie...«

»Jetzt ist sie tot, Gott sei ihrer Seele gnädig, also hat alles ein Ende. Für immer.«

»Ich bin dafür bestraft worden.«

»Sind Sie das?«

»Die Katze ist nicht herausgekommen.«

»Ah! Die Katze.« Peter rieb sich das Bein, in das die Katze die Krallen gebohrt hatte. »Ich bedaure zutiefst, was heute Nacht geschehen ist, aber immerhin hat es Simones absurdem Einfluss ein Ende gesetzt. Wenn der Sergeant mit Ihnen gesprochen hat, bringe ich Sie nach Hause. Ich habe schon mit ihm geredet. Er nimmt die Aussagen morgen früh zu Protokoll, wenn feststeht... Sie wissen schon.«

Kate machte ein grimmiges Gesicht. »Sie meinen, wenn die Leiche gefunden worden ist.« Ihr fiel etwas ein. »Peter! Die Kinder! Sie hat sie sicher allein zu Hause gelassen, als sie zu dem Treffen gekommen ist.«

Ehe er antworten konnte, stand Caroline neben ihm. Er erschrak über ihren Anblick, weil er sofort an die eigenen Kinder dachte. »Die Zwillinge... was ist mit ihnen?« fragte er schroff.

»Immer mit der Ruhe, Sylvia ist bei ihnen. Ich musste einfach herkommen. Kate, sind Sie okay?«

»Ja, danke.«

Caroline sah verstört aus. »Was für eine grauenhafte Sache, wirklich grauenhaft.«

»Kate hat mich eben an Simones Kinder erinnert«, sagte er. »Sie hat sie allein im Cottage gelassen.«

»Ich fahre sofort nach Little Derehams und schaue nach den armen Dingern. Ich hole nur das Auto.«

»Wir kommen mit. Du darfst nicht allein dorthin – der Himmel weiß, was du dort vorfindest. Kommen Sie, Kate. Sergeant! Wir fahren zu Simones Kindern. Könnten Sie Ms. Pascoes Aussage morgen zu Protokoll nehmen?«

»Gewiss, Sir. Heute Nacht können wir hier nichts mehr tun.«

Peter saß auf der Fahrt nach Little Derehams am Steuer, Caroline neben ihm, Kate hinten. Gelegentlich hörte er ihr Weinen, aber er sagte nichts dazu. Sie hatte reichlich Grund zum Weinen und er gab ihr die Schuld an einem Großteil von dem, was geschehen war. Sein Bein tat weh und er hätte es sich gern angeschaut. Aber im Moment gab es Wichtigeres zu tun.

Die Hintertür war zu, aber nicht abgeschlossen. Kate ging als Erste hinein und tastete an der Wand nach dem Lichtschalter. Nichts tat sich, als sie darauf drückte.

»Der Strom ist abgeschaltet!«

Caroline ging zurück zum Auto und holte eine Taschenlampe. Der Lichtstrahl zeigte ihnen das Chaos, das im Cottage herrschte. Caroline war sprachlos. Sie leuchtete auf der Suche nach einem weiteren Schalter an den Wänden entlang und ging vorsichtig auf ihn zu. Aber auch hier tat sich nichts. »Sie haben Recht, hier ist kein Strom. Wie konnten die das nur tun, bei fünf kleinen Kindern im Haus? Es ist unglaublich.«

In diesem Moment meldete sich Dickon: »Simone? Simone?«

»Alles in Ordnung, Dickon, ich bin's nur, Ms. Pascoe von der Schule«, sagte Kate.

Er stand auf den Sofakissen, die Decke in der Hand. Heute Nacht hatte er nicht einmal ein Unterhemd an.

Kate ging auf ihn zu. »Wo ist das Licht, Dickon? Wir können nichts sehen.«

»Öllampe. Hab keine Streichhölzer.«

Caroline fuhr sich verzweifelt mit den Fingern durchs Haar. »Gütiger Gott. Was sollen wir machen?«

Während sie reglos dastanden und zu begreifen versuchten, unter welchem Mangel diese Kinder hatten leiden müssen, hörten sie auf der Treppe ein zögerliches Tapsen. Caroline richtete den Strahl der Taschenlampe darauf.

Florentina, Valentine und Hansel schlichen leise nach unten. Sie trugen merkwürdige Kleidungsstücke – halb Nachtwäsche, halb Straßenkleidung. Als Valentine die drei sah, fing er sofort an zu schreien. Er kam wacklig die drei letzten Stufen herunter, stolperte zu Dickon hinüber, zog ihn vom Sofa, warf die Arme um ihn und heulte.

Florentina rieb sich die Augen und sagte: »Gehen Sie weg.«

»Das Baby. Wo ist das Baby?«

Sie nickte in Richtung Schlafzimmer. Caroline fand das Baby fest schlafend in einer großen Schublade auf dem Boden; es roch, als wären die Windeln den ganzen Tag lang nicht gewechselt worden. Das Schlafzimmer stank nach Schweiß, Bettnässen und Vernachlässigung. Caroline würgte.

»Sie haben ihre Leiche gefunden. Sie und die Katze waren zusammen. Wir glauben, sie ist zurückgeblieben, um die Katze zu retten, und dann …«

»Peter, *bitte*! Ich kann es nicht ertragen. Wir alle sind schuld – wir beide, die Schule, das Sozialamt. Alle miteinander.«

»Wir sind nicht schuld an dieser Hexereigeschichte. Das war ausschließlich Simones Entscheidung. Von da an ist alles schief gelaufen.«

»So vernachlässigt haben die Kinder doch noch nie gewirkt. Früher waren sie sauber und einigermaßen gut genährt, aber wie Kate gesagt hat, in den letzten Monaten waren Dickon und Florentina in der Schule zu nichts zu gebrauchen. Zu müde, zu hungrig, zu selten da. Wo sind sie jetzt?«

»Für sie alle ist eine vorläufige Pflegefamilie in Culworth gefunden worden. Dort sind sie wenigstens sauber, werden gut ernährt und versorgt.«

»Und Kate, wie hat sie erklärt, dass sie bei dem Treffen war?«

»Sie wollte Simone bitten, damit aufzuhören, und ist dann ihrem Einfluss erlegen.«

»Ich dürfte das nicht sagen, aber wir können von Glück reden, dass wir sie los sind, samt dieser Scheißkatze.«

»Caroline!«

»Es ist wahr. Nicht einmal du hättest sie zur Vernunft bringen können.«

Peter zog die Vorhänge auf und schaute hinaus in das schwindende Licht. »Was für eine Nacht! Was für ein Tag!«

»Der Vormittag in der Praxis war die Hölle. Ich muss gestehen, dass es reine Glückssache war, wenn ich die richtige Diagnose gestellt habe. Ich habe mich grauenhaft gefühlt und zu hören bekommen, ich würde auch so aussehen.«

»Es war tapfer, dass du hingegangen bist. Ich habe auch einen grauenhaften Tag hinter mir, voller Beschuldigungen und Verzweiflung.«

Er war völlig leer; seine inneren Reserven waren aufgebraucht von den Menschenscharen, die Trost und Beruhigung von ihm wollten, wohin er auch ging.

Sein Morgengebet in der Kirche war von einer reuigen Venetia unterbrochen worden. Sie war hereingekommen, hatte sich in der Kriegergedenkkapelle neben ihn gekniet und bittere Tränen vergossen. »Kann ich zur Beichte kommen? Tun Sie so etwas?«

»Nein. Sie haben eine direkte Leitung zu Gott, Venetia. Sie brauchen mich nicht als religiöse Telefonzentrale.«

»Hören Sie mir trotzdem zu und helfen mir auf den richtigen Weg? Bitte, Peter.«

»Natürlich.« Traurig hatte er sich ihre Versprechungen angehört, jeden Sonntag in die Kirche zu kommen, weil sie jetzt bekehrt sei. Er hätte ihr gern geglaubt und hatte so getan, als glaubte er ihr.

Sein regelmäßiger Montagsbesuch in Penny Fawcett hatte

sich um eine Stunde verzögert, weil Valda und Thelma um Vergebung baten und die Kommunion empfangen wollten, was sie seit Jahren nicht mehr getan hatten. Er hatte sie damit vertröstet, dass sie darüber erst noch gründlicher nachdenken müssten. Ralph und Jimbo hatten ihn beide besucht, jeder auf seine Weise auf Bestätigung aus. Ralph hatte gesagt, das mit Simone tue ihm Leid, aber Peter wusste genau, wie froh Ralph im Grunde darüber war, dass das Problem gelöst war. Und wenn dazu ein Tod nötig gewesen war, na und? Das Dorf war vor der Zerstörung bewahrt worden, das war alles, was zählte. Peter hatte Kate in der Schule aufgesucht, um sich zu vergewissern, ob sie zurechtkam, und natürlich waren die Kinder darauf erpicht, die Geschichte von dem Brand auszuschmücken und Peters Version zu erfahren.

Brian wollte wissen, wohin Mrs. Paradise ihn gestochen habe.

Flick fragte nach der Katze und ob sie im Himmel sei wie ihr armer Orlando? Stacey hatte gesagt: »Mein Dad sagt, ab mit Schaden mit solchem Abschaum.«

Peter fühlte sich gezwungen, sich zu dieser Bemerkung zu äußern, Stacey und sich selbst zuliebe.

Er war vollkommen niedergeschlagen. Es lag nicht nur an Simones Tod, die damit verbundenen Probleme machten das ganze umso schwieriger. Und diese Kinder. Ihr Leben lang ohne Vater und jetzt auch ohne Mutter. Wenigstens war Opal, das Baby, noch zu klein, um den Schmerz der Trauer zu empfinden.

Er spürte Caroline neben sich. Sie legte ihre Hand in seine und sagte: »Du musst durchhalten. Du hast hier so viel zu erreichen, so viele Menschen zu betreuen, die nur du betreuen kannst. Falls es dir hilft, du bist mein Liebster. Ich liebe dich über alles und ich liebe deine Kinder über alles, sie sind wie mein eigenes Fleisch und Blut. Manchmal denke ich, es sind *meine* Kinder.«

Peter erwiderte ihren Händedruck fest. »Danke. Ein reichlich unangemessenes Wort, aber glaub mir, es kommt von Herzen. Ohne dich könnte ich nicht weitermachen.«

25. Kapitel

Am Abend nach Simones Tod war Kate zeitig zu Bett gegangen.

Sie war so erschöpft, dass sie auf stundenlangen Schlaf gehofft hatte. Sie war die ganze Nacht lang auf gewesen und hatte dann den ganzen Tag in der Schule durchgehalten, mit den durch die nächtlichen Ereignisse völlig überdrehten Kindern. Ihre Nerven und ihr Körper waren bis zum Zerreißen gespannt, aber sie konnte nicht einschlafen. Eine Zeile aus *Macbeth* ging ihr durch den Kopf: »Schlaf, der des Grams verworrn Gespinst entwirrt.« Wenn es nur so gewesen wäre!

Sie stand auf und trat ans Fenster. Der Himmel war klar, das Dorf ruhig. Der Mond kam hinter einer Wolke hervor und streichelte die Häuser mit silbrigem Schein. Englische Nächte waren ganz anders als afrikanische Nächte. Englische Nächte waren sanft und tröstlich. Afrikanische Nächte waren dramatisch und bedrohlich; manchmal gefror einem beim Triumphgeheul eines Tiers oder dem Todesschrei einer gequälten Beute das Blut in den Adern. Die Nächte in Turnham Malpas waren im Vergleich dazu mild, beruhigend und friedlich. Kate schüttelte sich. *Friedlich?* In letzter Zeit waren sie alles andere als das gewesen.

Sie hätte hineingehen und Simone retten müssen, aber die Hitze! Die Flammen... und die Katze! Simone... Jacob...

Afrika! Alles Asche. In ihrem Kopf drehte sich alles. Sie musste zulassen, dass die Flammen sie von allem Bösen reinigten. Sie war besessen gewesen. Völlig besessen! Sie musste bald zu Peter gehen und ihm, jetzt, da alles vorbei war, sagen, wie sie sich fühlte und was sie tun würde. Doch was würde sie tun?

Ihre Finger fuhren über ein Muster auf dem Fenstersims. Über die Schnitzerei eines schwarzen Kindes, über ein Zeremonienmesser, über eine aus Holz geschnitzte Halskette, die Jacob ihr geschenkt hatte. Zur Läuterung gehörte auch, dass sie alles, wirklich alles loswurde, was sie an Afrika erinnerte. Die Katze war tot – sie hielt kurz inne und trauerte –, jetzt mussten auch alle Dinge, die bis jetzt so kostbare Andenken gewesen waren, verschwinden.

Kate fegte die Schnitzereien energisch vom Fenstersims, dann stürzte sie in die Nische unter der Schräge und schlug wütend auf die Kristallkugel und die Kerzen. Die Kugel fiel mit einem lauten Krachen zu Boden, die Kerzen rollten lautlos über den Teppich. Kate zog die Pantoffeln an und trampelte auf den Kerzen herum, trat sie in Stücke und stampfte sie in den Teppich. Sie nahm das Bild von der Wand über dem Altar und riss es in Fetzen.

Aus ihrem Schrank nahm sie alle schwarzen Kleidungsstücke, die sie finden konnte, und stopfte alles in einen Müllsack. Sie wusste nicht, was sie morgen in der Schule tragen sollte, aber die Sachen mussten weg.

In der Küche griff sie zur Küchenschere und schnitt sich das Haar ab. Dann ließ sie ein Bad einlaufen und schrubbte sich, jeden Zentimeter ihres Körpers, bis ihre Haut brannte.

Um zwei Uhr morgens fiel sie ins Bett und schlief.

»Mummy! Mummy! Das rätst du nie! In tausend Jahren nicht.«

»Dann erzähl mir's«, rief Harriet aus der Küche.

»Ms. Pascoe hat sich das Haar abgeschnitten. So kurz, du würdest es nicht glauben. Wir haben sie gar nicht erkannt.« Flick hielt Daumen und Zeigefinger drei Zentimeter auseinander und sagte: »So lang, das ist alles. Und noch was rätst du nie.«

»Was?«

»Sie hatte eine komische alte rote Bluse und einen blauen Rock an. Hat überhaupt nicht zusammengepasst, war aber mal was anderes. Sie hat gesagt, sie trägt kein Schwarz mehr. Gleich nach der Schule fährt sie nach Culworth und kauft sich neue Kleider, hat sie gesagt.«

»So, so.«

»Und«, Flick holte kurz Luft, »und sie nimmt zwei Kätzchen von Mrs. Biggs.«

»Nein!«

»Doch *und*…« Flick machte der dramatischen Wirkung halber eine Pause.

»Ja?«

»Und sie wird sie Beano und Dandy nennen!«

»Was für vernünftige Namen.«

»Ich hab ihr gesagt, sie bräuchten Namen, sonst kriegen sie eine Identitätskrise, weil es zwei sind. Man kann doch nicht beide Katze nennen, oder?«

»Auf keinen Fall.«

»Und sie organisiert einen Ausflug für alle, die mitwollen … eine fünftägige Geographie-Exkursion.«

»Wirklich?«

»Ja, aber nur für die Schulabgänger. Nicht für alle.«

»Natürlich nicht, die anderen sind noch zu klein.«

»Genau. Mummy, darf ich mit?«

»Das fragen wir Daddy.«

»Daddy sagt bestimmt Ja. Bei mir macht er das immer. Weil ich im Laden arbeiten werde, wenn ich mit der Ausbildung fertig bin.«

»Ausbildung?«

»Wenn ich einen Abschluss in irgendwas habe. Und in den Ferien arbeite ich mich ein.«

»Willst du das wirklich?«

»Die Jungen haben doch kein Interesse daran. Ich schon, deshalb mach ich's. Wenn ich Daddy helfe, haben wir bald jede Menge Läden und du bist reich und brauchst nicht mehr den ganzen Tag so hart zu arbeiten wie jetzt.«

»Danke. Ich freu mich schon darauf.«

»Ich werde die Maikönigin. Ms. Pascoe hat gesagt, du sollst bitte zu ihr kommen und mit ihr über mein Kleid reden.« Flick setzte sich an den Küchentisch.

»Liebling, wie schön.« Harriet gab ihr einen Kuss auf den Kopf. »Das Beste hast du dir bis zum Schluss aufgehoben. Daddy wird begeistert sein.«

»Wo ist mein Keks? Oh, selbst gebacken … lecker!«

»Bloß eine von den tausend Sachen, die ich heute gemacht habe. Morgen gehe ich wegen deines Kleids zu Ms. Pascoe. Wie aufregend. Das ist wunderbar!«

»Und meine Milch, bitte. Wo ist Fran?«

»Sie spielt mit den Zwillingen.«

»Das ist mir gar nicht recht. Ich hätt gern, dass sie zu Hause ist, wenn ich komme. Sie ist *meine* Schwester. Sie hat die Zwillinge zu lieb.«

»Sie sind ihr ja auch im Alter näher. Und sie hat viel Spaß mit ihnen. Wenn du in der Schule bist, ist es hier einsam für sie. Die Zwillinge kümmern sich gern um sie.«

Flick trank nachdenklich ihre Milch und sagte dann, ohne ihre Mutter anzuschauen: »Ich bin froh, dass ich von der Schule abgehe. Es gibt Dinge, aus denen man herauswächst, oder? Manchmal reden die so blödes Zeug. Man merkt es erst hinterher und denkt dann, das war dumm.«

»Ich weiß genau, was du meinst. Geographie-Exkursionen

können sehr unbequem sein… Zelten und so. Bist du dir sicher, dass dir das gefällt?«

»Oh, wir zelten nicht. Wir übernachten in einem großen Haus. Das gefällt mir.« Flick blieb einen Moment an der Tür stehen. »Ms. Pascoe war heute ganz anders. Sie hat die Andacht selbst gehalten und wir haben nicht meditiert.«

»Das freut mich.«

»Mich auch. Es war ein bisschen albern, was?« Flick ging nach oben und ließ Harriet mit dem Gefühl zurück, ihr kleines Mädchen sei über Nacht erwachsen geworden. Gott sei Dank hatte Kate beschlossen, sich dem Rest der Menschheit anzuschließen. Es war auch allerhöchste Zeit.

Am Abend klingelte Kate um acht am Pfarrhaus. Sie war gekommen, um mit Peter zu sprechen, reinen Tisch zu machen und ihm zu sagen, dass Schluss war mit Voodoo und schwarzer Magie.

Das hatte nur zu Tragödien geführt… für Jacob, für die Katze, für Simone. Es dauerte einen Augenblick, bis auf ihr Klingeln reagiert wurde. Dann machte Caroline ihr die Tür auf.

»Oh, Kate! Wie schön, dass Sie hier sind. Sie sehen so verändert aus – es liegt an der Frisur. Kommen Sie doch herein.«

»Danke. Ist Peter da?«

»Leider nicht. Kann ich Ihnen helfen?«

»Nein, dann muss es nicht heute sein. Ich komme an einem anderen Abend.«

»Bitte, bleiben Sie doch. Ich bin ganz allein, die Kinder sind im Bett und ich würde mich über Gesellschaft freuen.« Sie wollte nicht, dass Kate ging; das hier konnte ihre Chance sein, etwas herauszufinden.

Kate trat einen Schritt zurück. »Nein… nein, danke.«

»Bitte!« Caroline flehte sie geradezu an.

Kate lächelte. »Gut. Ja, dann bleibe ich. Warum nicht?«

»Gut. Ich nehme Ihnen den Mantel ab.« Sie streckte die Hände danach aus und schnappte nach Luft, als sie sah, was Kate darunter anhatte. »Oh, was für ein schönes Kostüm, so ein hinreißendes Rot. Bis jetzt habe ich Sie nur in Schwarz gesehen. Und Ihr Haar – drehen Sie sich mal um und lassen Sie es mich anschauen. Oh, das steht Ihnen wirklich.«

Kate sah verlegen aus. »Ich war in Culworth und habe meine ganzen schwarzen Sachen weggeworfen.«

Caroline musterte ihr Gesicht. »Neuanfang?«

»So ähnlich.«

»Gut. Freut mich.« Caroline führte sie ins Wohnzimmer. »Setzen Sie sich.«

Kate nahm in einem Sessel Platz. »Ich glaube, ich habe das schon einmal gesagt, als ich das letzte Mal in diesem Zimmer war, aber ich muss es wiederholen. Es gefällt mir sehr gut.« Sie schaute sich anerkennend um.

»Sie hätten es sehen sollen, als wir eingezogen sind. Blöderweise hat Peter gesagt, wir übernehmen das Haus, wie es ist, mit den Möbeln und allem Drum und Dran.« Sie verdrehte die Augen zur Decke. »Es war scheußlich.«

»Aber jetzt ist es schön.«

»Danke. Sind Sie dabei, den Maifeiertag zu organisieren?«

»O ja, und ob! Flick Charter-Plackett wird Maikönigin und wir haben ihre Hofdamen ausgewählt; jetzt üben wir die Tänze. Etliche Mütter sorgen für die Erfrischungen und ich habe starke Männer eingespannt, das Klavier in die Anlage zu schaffen und den Maibaum dorthin zu tragen. Jetzt brauchen wir nur noch gutes Wetter.«

»Ich habe gehört, dass es nur in einem Jahr so stark geregnet hat, dass die Feier in der Schule stattfinden musste, und das war 1902! Mit etwas Glück …« Caroline drückte die Daumen und lachte.

»Finden Sie diese Art von Tradition nicht auch wunderbar?«, schwärmte Kate. »Das vermittelt ein solches Gefühl von Stabilität, von Geschichte. Wir haben alle großes Glück, dass wir hier leben, oder?«

»Unbedingt. Sie kennen den Dorfaberglauben – wenn die Königseiche stirbt, die in der Anlage« – Kate nickte –, »dann stirbt auch das Dorf. Bei dem Gewitter neulich hatten alle das Gefühl, es wäre fast so weit gewesen. Die Dörfler haben geglaubt, das sei... na ja, Hexerei gewesen. Sie sind mit knapper Not davongekommen, Kate. Die Dorfbewohner können sehr rachsüchtig sein, wenn ihnen etwas nicht in den Kram passt.«

Eine unbehagliche Pause entstand und Caroline beschloss, direkt zum Thema zu kommen. Sie hatte das Recht, es zu erfahren.

»Meine Katze.«

»Ja?«

»Meine Katze Mimi.«

»Wie bitte?«

Caroline war nicht darauf gefasst, dass ihr die Emotion die Kehle zuschnürte und sie nicht weitersprechen konnte.

»Entschuldigen Sie, Sie haben gesagt...?«, fragte Kate.

»Ihr Halsband ist neben der Feuerstelle in Sykes Wood gefunden worden.«

Kate lief rot an, als sie begriff. »Aha. Ich habe nicht gewusst, dass das Ihre Katze war.«

»Was ist passiert? Ich habe ein Recht, es zu erfahren. Das waren Sie, stimmt's?«

Kate wählte die Worte mit Sorgfalt. »Ich war dabei, ja. Sie ist uns in jener Nacht ganz zufällig über den Weg gelaufen. Vermutlich war sie auf der Jagd.« Caroline nickte. »Simone hat gesagt, und Thema und Valda waren ihrer Meinung: ›Das ist unsere Chance für ein Experiment.‹ Ich habe gesagt: ›Nein, das dürfen wir nicht. Das ist nicht richtig‹, aber sie haben nicht auf mich gehört. Venetia war sich nicht so sicher und Rhett und die Wochenendbesucher waren nervös. ›Was? Was sollen wir tun?‹, haben sie gefragt. Simone hat die Stimme gehoben, die Arme zum Himmel gereckt und theatralisch gesagt: ›Wir opfern sie!‹«

Kate schaute Caroline nicht an, als sie das sagte; sie blickte ins Feuer, während sie sich an das Grauen erinnerte. Hätte sie Caroline angesehen, wäre es ihr unmöglich gewesen, weiterzusprechen, oder sie hätte die Geschichte abgemildert, aber sie hatte das Gefühl, als säße sie im Beichtstuhl, und ihr Bedürfnis trieb sie weiter, ohne Rücksicht auf Carolines Gefühle.

»Simone hat gesagt…«

»Simone! Immer Simone! Hatten Sie denn keinen eigenen Willen?«, fuhr Caroline sie an.

Kate sah schockiert aus. Sie antwortete einen Moment lang nichts und sagte dann: »Sie haben vermutlich Recht. In diesem Augenblick hatte ich keinen eigenen Willen. Aber danach schon und ich habe protestiert.«

»Als es für meine Mimi zu spät war.«

»Leider ja. Als es zu spät war.«

»Hat sie gelitten?«

»Nein… jedenfalls glaube ich das nicht.«

»Sie müssen doch wissen, ob sie gelitten hat!«

»Wissen Sie, Simone hat sie hypnotisiert. Hat mit ihr gesprochen und sie in einen Bann geschlagen, nehme ich an, sodass sie das Messer nicht gespürt hat.«

Caroline sprang auf. »Das Messer! Was für ein Messer?«

»Simones Messer.«

»Simone hatte ein Messer zur Hand?« Caroline setzte sich wieder. »Woher… woher wollen Sie wissen, dass Mimi nichts gespürt hat?«

»Weil sie sich nicht gewehrt hat.« Kate schaute wieder in

das Feuer, erlebte den Augenblick noch einmal nach. »Sie lag nur reglos da und hat sich opfern lassen.«

»Opfern? O Gott! Ich kann nicht fassen, dass ich mit einem menschlichen Wesen spreche. Wie konnten Sie, eine intelligente, gebildete Frau, so etwas zulassen? Meine geliebte Katze, die nichts verbrochen hatte, außer dass sie Ihnen in diesem Augenblick über den Weg lief... wie konnten Sie ihr das antun?«

»Ich habe nur zugeschaut.«

»Nur zugeschaut!« Carolines Stimme klang sarkastisch. »O ja, das entlastet Sie.«

Kate schüttelte den Kopf. »Nein. Das weiß ich jetzt. Es tut mir furchtbar Leid.«

»Was ist dann passiert?«

Mit einer Stimme, die kaum lauter war als ein Flüstern, sagte Kate: »Dann haben wir sie als Opfergabe auf den Altar gelegt.«

»Ich hoffe, dass sie zu diesem Zeitpunkt wirklich tot war«, sagte Caroline mit belegter Stimme.

Kate nickte. Das Schweigen zwischen ihnen zog sich in die Länge, während Caroline mit dem ins Reine kam, was sie gehört hatte, und Kate versuchte, mit sich ins Reine zu kommen.

In diesem Augenblick kam Peter herein. Die Frauen hatten seinen Schlüssel in der Tür nicht gehört. Er blieb im Zimmer stehen, schaute erst die eine und dann die andere an und war ganz verwirrt über die aufgestauten Emotionen, die er spürte.

Kate bemerkte ihn als Erste. Sie lächelte ihn kurz und entschuldigend an.

Peter stellte die Sporttasche ab und sagte: »Schön, dass Sie hier sind, Kate. Ich komme eben vom Squash zurück, wie Sie sehen. Ich gehe unter die Dusche und dann...«

»Kate geht jetzt.«

»Oh, tut mir Leid, ich wollte vorschlagen...«

»Ich habe gesagt, sie geht.«

Kate sah Caroline ins Gesicht. »Es tut mir furchtbar Leid. Wenn ich gewusst hätte, dass es Ihre Katze ist…«

»Egal, welche Katze. Es geht nicht darum, dass es meine Katze war. Die Schuld bleibt gleich. Hat das mit Simones Tod auch wirklich alles aufgehört?«

»O ja.«

»Das will ich auch hoffen. Höchste Zeit. So viel Böses. Ich kann es nicht fassen.«

»Es hat aufgehört. Endgültig. Ich werde mir nie verzeihen, dass ich so unter Simones Einfluss geraten bin. Das alles kam von meinen Erlebnissen in Afrika und meiner Trauer um Jacob. Damals kam es mir tröstlich vor; es hat meine Trauer ein bisschen gelindert. Aber ich gebe zu, dass ich mich völlig verrannt habe.«

»So viel Böses, in diesem wunderschönen Ort. Die anderen waren nur dumm, fehlgeleitet oder verängstigt, aber Sie, Sie waren ausdrücklich mit allem einverstanden. Sie haben die Denkweise dahinter gekannt und verstanden. Sie haben eine Strafe verdient für das, was Sie getan haben, für das, was Sie durch Ihren mangelnden Widerspruch gefördert haben.«

»Ich bin schon bestraft worden.«

»Oh… wie das denn?«

»Ich habe auch meine Katze verloren, unter grauenhaften Umständen.«

»Nicht grauenhafter als bei meiner armen Mimi. Gehen Sie, verlassen Sie mein Haus. Vielleicht kann ich Ihnen eines Tages verzeihen, wenn ich das Gefühl habe, dass Sie es wirklich bereuen, aber jetzt noch nicht. So etwas kann Peter viel besser.«

Kate verließ die beiden, nahm ihren Mantel vom Stuhl in der Diele und ging hinaus.

»Was auch immer du machst, bemitleide mich nicht und frag mich nicht, was sie mir eben erzählt hat. *Bitte.*«

»Weder noch.«

»Ich brauch was zu trinken.«

»Du siehst aus, als könntest du einen Brandy vertragen.«

Carolines Hände zitterten, als sie ihm das Glas abnahm. »Geh unter die Dusche.«

»Ich hab gedacht, damit warte ich noch ein Weilchen, bis du dich besser fühlst.«

»Ich muss allein sein.«

Er beugte sich über sie und wollte sie auf den Kopf küssen, weil er nicht wusste, wie er seine Besorgnis ausdrücken sollte, aber Caroline drehte den Kopf weg. »Nein! Kein Mitleid, sonst klappe ich total zusammen...«

Als Peter nach dem Duschen nach unten kam, saß sie immer noch so da wie vorher. Sie hatte wieder Farbe im Gesicht und das Brandyglas war leer. Als er vor ihr stehen blieb, schaute sie zu ihm auf.

»Tut mir Leid, dass ich dich so angefahren habe.«

»Schon in Ordnung, mein Schatz. Ich kann's verstehen.«

»Du bist zu nachsichtig zu mir. Wenn ich das Kate gegenüber nur auch sein könnte.«

»Eines Tages wirst du ihr verzeihen. Du bist so großherzig, dass du nicht anders kannst.«

»Zu viel Liebe zahlt sich nicht aus, oder? Liebe bringt so viel Schmerz mit sich.«

»Meinst du Mimi?«

»Ich meine auch Menschen, nicht nur Tiere.«

»Um die Maßstäbe zurechtzurücken: Lass uns Gott dafür danken, dass wir heute Abend nicht um eins der Kinder trauern.«

»Oh, Peter, wie kannst du nur so etwas Furchtbares sagen!« Caroline brach in Tränen aus und schluchzte, als bräche es ihr das Herz.

Peter ging vor ihr in die Knie und nahm sie in die Arme. »Schatz! Mein Schatz!« Er streichelte ihr Haar und wartete darauf, dass ihre Tränen versiegten. »Bitte, bitte, nimm dir das nicht so zu Herzen; ich hätte das nicht sagen dürfen. Tut mir Leid, furchtbar Leid.« Er löste ihren Kopf von seiner Schulter und wollte ihr ins Gesicht sehen, aber sie ließ es nicht zu. »Was auch immer geschieht, denk dran, dass es sich immer lohnt, bis zur Schmerzgrenze zu lieben. Immer. Alles darunter ist weder richtig noch gut. Liebe lässt sich nicht unterdrücken.«

Carolines Schluchzer verebbten. Sie wischte sich die Augen. »Ich ...«

»Ja?«

»Es ist so traurig. Ich traure eigentlich nicht um Mimi, sondern um das, was Mimi mir bedeutet hat, als ich allein war.« Sie stieß einen zitternden Seufzer aus. »Natürlich hast du vollkommen Recht. Gott sei Dank, dass ich nicht um eins der Kinder traure. Der bloße Gedanke macht mir Angst. Ich liebe sie so sehr. Und ich habe Beth so wehgetan. Es tut mir furchtbar Leid.«

»Das braucht dir überhaupt nicht Leid zu tun. Mir ist klar geworden, dass die Elternschaft ein Lernprozess ist.«

Caroline lächelte. »Vermutlich. Ich bin total geschafft. Ich bereite nur noch ein paar Sachen für morgen vor, dann gehe ich ins Bett.«

»Ich danke dir dafür, dass du eine so wunderbare Mutter bist. Und eine wunderbare Ehefrau.«

Caroline trocknete die letzten Tränen und bedachte ihn mit einem schwachen Lächeln. Sie deutete einen Boxhieb auf sein Kinn an. »Um Himmels willen, lass uns bloß nicht sentimental werden. Das Leben muss weitergehen. Aber diese Kate! Ich kann ihr nicht verzeihen.«

»Sie sich auch nicht.«

»Gilbert, ich hab mich gefragt, ob Sie an dem Nachmittag mit Ihren Moriskentänzern herkommen könnten.«

»Am ersten Mai?«

»Richtig.« Kate hielt den Hörer ans linke Ohr, damit sie in ihrem Terminkalender nachschauen konnte. »Es ist ein Donnerstag. Ich weiß, es ist sehr kurzfristig, aber heute Nacht ist mir plötzlich eingefallen, wie gut das zum Maifeiertag passt. Wie sieht's aus?«

»Als ich das letzte Mal mit meinen Moriskentänzern eingeladen war, gab's ein ziemliches Kuddelmuddel. Es waren zwei Gruppen da und es gab Streit. Seither sind meine Leute ein bisschen gegen Turnham Malpas eingenommen. Sie haben sich sehr darüber aufgeregt, wissen Sie. Ich werde sie überreden müssen und natürlich arbeiten die meisten.«

»Hören Sie, das wird nicht wieder vorkommen. Ich *kenne* nicht einmal eine andere Gruppe, die ich einladen könnte, versprochen. Bitte, ich möchte einen richtig traditionellen Dorfnachmittag veranstalten. Ich habe ein Kasperletheater bestellt und ein Kinderkarussell... so ein altmodisches, wissen Sie. Ich möchte unbedingt, dass es ein Erfolg wird. Ich weiß, dass es früher nur eine Parade gab, die Krönung und dann den Tanz um den Maibaum und Tee, aber dieses Mal möchte ich, dass es sich lohnt, dass die Leute herkommen. Es geht mir nicht um Einnahmen oder so... nur um einen gelungenen Nachmittag.«

Gilbert antwortete nicht gleich. Er vermutete, dass Kate an diesem Nachmittag Erfolg haben wollte, als Buße für das Leid, das sie ausgelöst hatte. Sie war dem Zorn der Dorfbewohner nur knapp entronnen, auch wenn er nicht wusste, wie ihr das gelungen war. Möglicherweise wegen ihrer guten Arbeit in der Schule und weil Peter sie unterstützte.

»Die Tänzer stehen schon vor dem Morgengrauen auf, weil wir am Maifeiertag immer in der Morgendämmerung tanzen. Vielleicht haben Sie das nicht gewusst. Wir fahren zum Bickerby Rocks, dem Berg auf der anderen Seite der Umgehungsstraße. Alles sehr symbolisch. Hören Sie, überlassen Sie das mir«, sagte er etwas nachgiebiger. »Es ist kurzfristig, aber ich will sehen, was ich tun kann. Ich sage Ihnen morgen Abend Bescheid.

»Danke, vielen herzlichen Dank. Ich weiß Ihre Bereitschaft zu schätzen.«

Kate legte den Hörer auf, legte den Terminkalender in die oberste Schreibtischschublade zurück und schaute hinaus zu den Mülltonnen. Sie ballte die Faust und schlug sich gegen die linke Hand. Sie würde dafür sorgen, dass dieser Maifeiertag ein Erfolg wurde, und wenn es das Letzte war, was sie tat. Ironischerweise war der erste Mai auch ein wichtiges Fest für... Nein, das war für sie alles abgeschlossen.

Sie hatte das Gespräch mit Peter hinter sich. Am Tag nach dem katastrophalen Abend mit Caroline war Peter nach Schulschluss zu ihr gekommen, als bis auf Pat alle fort waren. Sie hatten sich in Kates Klassenzimmer gesetzt, er auf ihren Stuhl und sie auf ein Pult, die Füße auf einem Kinderstuhl. Peter hatte sie weder kritisiert noch sie beschuldigt oder ihr Vorwürfe gemacht. Er hatte nur dagesessen und sie erzählen lassen, von ihren Schuldgefühlen, ihren Ängsten, den Gründen. Von ihrer Abscheu gegen die Richtung, die Simone eingeschlagen hatte, von ihrem mangelnden Protest. »Deshalb fühle ich mich so schuldig. Wenn ich lauter und heftiger protestiert hätte, hätte sich das alles vielleicht vermeiden lassen. Es ist so, wie Caroline gesagt hat, ich habe mich in das Ganze verstrickt, weil ich zugeschaut, Bescheid gewusst und nichts unternommen habe. Das kann ich nicht leugnen. Aber ich muss das alles hinter mir lassen und ich lasse nicht zu, dass ich je wieder unter einen solchen Einfluss gerate, niemals! Ich werde diese Schule so erfolgreich machen, dass die Leute aus der ganzen Gegend herkommen und ihre Kinder anmelden, bevor sie auch nur gezeugt worden sind!«

Peter hatte gelacht. »Gut! Das ist wunderbar. Sie haben so viel zu geben, Sie sind die geborene Lehrerin.«

»Danke für Ihre Unterstützung, auch wenn ich Ihre Loyalität nicht verdient habe. Ich stehe in Ihrer Schuld.«

»Sie stehen nicht in meiner Schuld. Ich habe Sie freiwillig unterstützt. Noch etwas? Pat lauert an der Tür, weil sie hier sauber machen möchte.«

Kate war vom Pult gerutscht, hatte gehen wollen, sich dann umgedreht und gesagt: »Ich möchte, dass die Andachten wieder in der Kirche stattfinden, wenn Ihnen das recht ist. Ab Freitag. Vorher ging das nicht; mein Gewissen hat es nicht zugelassen.«

»Aber natürlich. Ich freue mich.«

»Danke.«

Sie war direkt von der Schule in die Kirche gegangen, zum ersten Mal seit ihrer Ankunft im Dorf. Sie hatte ihre ganze Kraft gebraucht, um das schwere Portal zu öffnen. Drinnen war die Luft frostig. Sie hatte sich recht weit hinten in eine Bank gesetzt, vor dem uralten Templeton-Grab mit der Marmorskulptur eines Ritters, und dort saß sie und schaute sich um. Im Mittelgang tappten Pfoten, und da stand Sykes. Seine klugen Augen sahen Kate eifrig an und er wedelte mit dem kurzen Stummelschwanz.

»Hi, Sykes. Was machst du denn hier?« Sie hätte schwören können, dass er sie anlächelte, und dann sprang er auf den Platz neben ihr und von da aus auf die glatte Grabplatte neben Kates Schulter. Er rollte sich zusammen und legte sich zum Schlafen hin, mit dem Rücken gegen den Knöchel des Ritters und direkt neben dem Hund, der zu Füßen des Ritters stand. Was für ein seltsamer kleiner Hund, der sich in der Kirche herumtrieb. Vielleicht steckte mehr in Sykes, als ihm auf den ersten Blick anzusehen war.

Sie entspannte sich in seiner Gesellschaft, betrachtete die

riesigen Buntglasfenster über dem Altar, die alten Fahnen, die hoch oben an den Pfeilern zerschlissen, das glänzende Messing auf dem Altar und die Blumen unter der Kanzel. Es war alles so schön, so friedlich und... Die Tür ging auf und Muriel kam herein.

»Guten Tag, Lady Templeton.«

»Oh, guten Tag, Kate. Ich hoffe, ich störe Sie nicht, aber ich bin spät dran mit dem Messingpolieren. Ich bin diese Woche dafür zuständig, wissen Sie. Macht es Ihnen etwas aus, wenn ich putze, während Sie meditieren?«

»Kann ich Ihnen helfen?«

»Das wäre wunderbar. Ich muss mich beeilen, weil wir heute Abend zum Essen ausgehen, und ich brauche immer eine Ewigkeit, bis ich fertig bin. Ich mache Ralph so gern Ehre und kann es nicht leiden, zu spät zu kommen. Natürlich bin ich nie spät dran. Ralph sagt zu mir, ich könnte mich nicht mal verspäten, wenn ich's drauf abgesehen hätte. Es liegt nicht in meiner Natur. Trotzdem mache ich mir dauernd Sorgen, ich könnte mich verspäten. Das war mein Leben lang so. Dumm, nicht? Ich pack erst mal die Lappen aus. Sie sind sauber, hab sie letzte Woche gründlich gewaschen.« Aus dem Holzkasten, in dem sie die Polierutensilien aufbewahrte, nahm Muriel mehrere Tücher und eine Dose mit Messingpolitur und sagte: »Meistens fange ich mit dem großen Kreuz an.«

»Ich steige hinauf und mache das, ja?«

»Wie reizend! Ich stelle mich immer auf einen der Altarstühle. Legen Sie erst das Tuch hier drauf, bevor Sie hinaufsteigen, es kommt mir pietätlos vor, ohne Unterlage auf den Gobelinbezug zu treten. Hier ist das Mittel und das hier ist der Lappen zum Einreiben. Ich fange mit dem Ambo an.«

Sie rieben, putzten und polierten gemeinsam, bis das ganze Messing glänzte. Als sie fertig waren, setzten sie sich nebeneinander in die erste Bank und bewunderten das Werk ihrer Hände.

»Es sieht alles so schön aus.« Muriel seufzte. »Wissen Sie, für Feiertage und Hochfeste haben wir auch wunderbares altes Silber. Die Sachen sind im Safe eingeschlossen, wenn sie nicht im Gebrauch sind; sie sind zu wertvoll für den täglichen Einsatz. Aber wenn das Silber die ganze Zeit da wäre, würde mir das Messingputzen fehlen. Ist es nicht befriedigend, wenn alles so schön schimmert?«

»Ist es. Es sieht wunderschön aus.«

»Mich erinnert das immer an einen bettelarmen Akrobaten, der in seiner Verzweiflung Zuflucht in einem Kloster suchte. Ich weiß nicht mehr, woher ich die Geschichte kenne, vielleicht aus einer Predigt? Die Mönche gaben ihm zu essen und ein Bett und er blieb ein paar Tage. Als er spürte, dass Zeit zum Weiterziehen war, hatte er keine Ahnung, wie er Gott für die liebevolle Fürsorge danken sollte. Er konnte kein Geld spenden, er konnte nicht so singen wie die Mönche, er hatte nicht die geringste Ahnung vom Beten, aber er konnte Räder schlagen und solche Sachen. Und das machte er dann. Direkt vor dem Altar. Er gab die beste Vorstellung seines Lebens. Wissen Sie, nur so konnte er Gott danken. Ich bin mir sicher, dass Gott ihm zugelächelt hat, meinen Sie nicht auch? Deshalb hoffe ich, dass Gott mir zulächelt, wenn ich das Messing poliere, denn viel mehr habe ich ihm nicht zu bieten. Ich bin nicht so begabt wie Sie, für das Unterrichten oder so. Ich bin nicht sehr klug, wissen Sie. Sie dagegen haben so viel zu bieten. So, jetzt gehe ich.« Muriel stand auf und schaut auf Kate hinunter. »Danke für Ihre Hilfe, meine Liebe. Ich bin froh, dass Sie alles in Ordnung gebracht haben. Wir alle brauchen Frieden mit uns selbst.« Muriel gab Kate einen Kuss auf die Wange, packte sich den Putzkasten unter den Arm und ging.

Kate war sich sehr beschämt vorgekommen. Sie hatte noch eine Weile dort gesessen, nachdem Muriel fort war, und hatte darüber nachgedacht, wie verrückt sie gewesen war. In ihrem verzweifelten Versuch, die Katze zu retten, war sie dem Tod nahe gewesen, aber Peter hatte sie am Arm gepackt und mit Gewalt zum Tor geschleppt. Die anderen Frauen waren zu sehr damit beschäftigt gewesen, die eigene Haut zu retten, als dass sie sich um Kate oder die Katze hätten kümmern können – so viel zur Schwesternschaft. Schließlich war eine aus Angst entstandene Bindung nicht die stärkste. Von der ganzen Geschichte war nichts geblieben als Simones Überreste, die auf dem Friedhof zur letzten Ruhe gebettet worden waren. Kate wusste, dass Peter deshalb mit seinem Gewissen gekämpft hatte, aber am Ende war er einverstanden gewesen. Sie konnte nur sich selbst die Schuld daran geben, dass sie unter Simones Einfluss geraten war. Sie weinte stumme Tränen um Jacob, um Simone und um Simones Kinder.

Sie hatte sie besucht. Obwohl sie bei ihrem Anblick geweint hatten, weil Kate sie an ihre Mutter erinnerte, hatte Kate gemerkt, dass sie viel besser aussahen. Sie war sich sicher, dass Dickon gewachsen war; auf alle Fälle hatte er zugenommen. Florentina trug ein hübsches Kleid, ihr Haar war frisch gewaschen und gekämmt und mit zum Kleid passenden Schleifen zu Zöpfen gebunden. Sie hatte sogar ein bisschen gelächelt. Hansel und Valentine hatten einen wachen Blick und waren voller Energie, wie sich das für kleine Jungen gehörte. Aber Opal! Sie hatte sich am meisten verändert. Das magere, teilnahmslose Baby mit den riesigen Augen in seinem bleichen, durchsichtigen Gesicht war regelrecht aufgeblüht, quicklebendig und lustig und richtig hübsch.

Die Pflegemutter war eine stämmige, angenehme Frau, die die Kinder offenbar gern bei sich hatte. Sie hatte gelacht, als Kate sich bei ihr bedankte. »Reden Sie keinen Blödsinn, ich mache das liebend gern. Hab meinen Ohren nicht getraut, als die angerufen und gesagt haben: ›Es ist ein Notfall, wir haben fünf Kinder für Sie!‹ Wissen Sie, wir haben uns eben erst gemeldet, um Pflegekinder aufzunehmen. Die Kleinen haben unser Leben völlig umgekrempelt. Mein Mann und ich haben sogar darüber geredet, sie alle zu adoptieren. Wir haben dieses Riesenhaus mit Garten. Es ist Schwerstarbeit, denn die Kinder haben Probleme, was Sie sich sicher vorstellen können – Wutanfälle, Launen und dergleichen und die vier älteren brauchen Erziehung auf mehr als einem Gebiet. Manchmal falle ich so müde ins Bett, dass ich sie alle am liebsten loswerden möchte! Aber ich hoffe, gutes Essen, ein geregeltes Leben und Liebe, vor allem Liebe, sind die Lösung für alles. Mit der Zeit kommt schon alles in Ordnung.«

»Da bin ich mir sicher. Ich bleibe mit Ihnen in Verbindung.«

»Das würde mich freuen. Sie sind für die Kinder wie eine Angehörige.«

»Natürlich.«

Ja, sie würde mit den Kindern in Verbindung bleiben. Das war sie ihnen schuldig; es war das Wenigste, was sie tun konnte. Nein, das stimmte nicht ganz. Sie *wollte* die Kinder auch wieder sehen. Sie konnte sich nicht selbst um sie kümmern, dazu bedeutete ihr die Schule zu viel. Und zur Mutter taugte sie sowieso nicht. Aber sie würde sich die Geburtstage der Kinder merken und Ausflüge mit ihnen machen.

Sie hatte eine Chance zu einem Neuanfang bekommen und sie würde sie nutzen. Die Schule war ihre Priorität. Sie hatte nach wie vor die Gelegenheit, sie nach ihren Vorstellungen zu gestalten; wenigstens das war ihr nicht genommen worden.

Ihre Gedanken wurden abgelenkt, als sie Brian sah, der sich zur Recyclingtonne schlich. Er hob den Deckel und warf Papier in die Luft, verstreute es in alle vier Winde und beobachtete schadenfroh, wie es davonwirbelte. Kate klopfte laut an die Fensterscheibe. Erschrocken schaute er auf, grinste und fing widerstrebend damit an, das Papier in seiner Reichweite wieder einzusammeln und in die Tonne zurückzuwerfen.

Es läutete zum Nachmittagsunterricht. Kate rieb sich vor Vorfreude die Hände.

Nach der Schule ging Kate in den Laden. Sie hatte sich unter anderem entschlossen, keine Veganerin mehr zu sein, sondern Vegetarierin zu werden. Es gab eine Grenze für Büßerhemden und ihr war klar geworden, dass das Veganertum eine Buße zu viel war.

Jimbo war nirgends zu sehen; nur Bel Tutt und Linda waren da. »Hallo, Ms. Pascoe. Schöner Tag«, rief Linda herüber.

»Und ob. Wie geht es Ihnen, Linda? Ich hab gehört, dass Sie krank waren.«

Linda wurde rot. »Na ja, mir ging's nicht besonders, aber im Moment ist es viel besser.«

»Magenverstimmung, hat es geheißen.«

»Stimmt.« Linda beugte sich hinter dem Postschalter hervor und flüsterte: »Eigentlich war es gar keine Magenverstimmung. Ich bin schwanger.«

»Nein! Freuen Sie sich?«

Sie lief noch röter an. »O ja. Und Alan ist total aus dem Häuschen.«

»Freut mich. Herzlichen Glückwunsch!«

»Danke.« Sie wollte sich eben in aller Ausführlichkeit über ihre Schwangerschaft auslassen, als sie Jimbos Stimme hörten, die aus seinem Büro schallte.

»Mutter! Das kann ich nicht glauben!« Eine Pause entstand und dann sagte er: »Gut. Natürlich soll das nicht heißen, dass ich nicht will…« Den Rest verpassten sie, weil er leiser sprach, dann knallte er den Hörer auf und kam in den Laden gestürmt. Er hatte den Strohhut irgendwo vergessen, seine Fliege saß schief und während er an den Regalen entlangstampfte und vor sich hin murmelte, fuhr er sich ständig mit der Hand über den kahlen Schädel.

Linda senkte den Kopf und beschäftigte sich mit der Buchhaltung. Bel Tutt floh vor seinem Zorn ins Lager, um Nachschub für die Regale zu holen. An der Eistruhe hätte Jimbo Kate fast über den Haufen gerannt.

»Tut mir furchtbar Leid.« Er wollte den Strohhut lüpfen und stellte zu seiner Verblüffung fest, dass er ihn gar nicht aufhatte. »Entschuldigen Sie bitte. Ziemlich ungehörig, Kunden über den Haufen zu rennen. Tut mir furchtbar Leid.«

»Was ist denn los, Jimbo? Sie kommen mir ganz durcheinander vor.«

Er wirkte überrascht. »So?« Er dachte einen Moment darüber nach. »Ja, bin ich. Sehr. Keine Ahnung, was Harriet dazu sagen wird. Möge Gott Erbarmen mit meiner Seele haben, denn ich werde es brauchen.«

»Kann ich Ihnen irgendwie behilflich sein?«

Er schaute sie geistesabwesend an und sagte dann: »Wenn Sie das nur könnten! Linda, ich gehe nach Hause. Vielleicht bin ich in zehn Minuten zurück, falls nicht, sollten Sie Blumen bestellen; Gestecke wären mir am liebsten, Kränze kann ich nicht leiden.«

Er eilte aus dem Laden und Kate sah ihm nach, wie er die Stocks Row hinunter rannte. Plötzlich wurde er langsamer und blieb unschlüssig stehen. Er kehrte um, überlegte es sich dann noch einmal und ging langsam auf sein Haus zu.

»Ich frage mich, was in aller Welt da los ist«, sagte Kate.

»Er hat ›Mutter‹ gesagt, nicht wahr?«

»Ja.«

»Wissen Sie, seine Mutter ist eine echte, Sie wissen schon... Schreckschraube ist das richtige Wort, glaube ich. War ein paarmal zu Besuch hier. Mrs. Charter-Plackett kann sie nicht ausstehen. Sie streiten sich ständig. Klingt, als ob sich Ärger zusammenbraut.«

Kate lachte. »Jedenfalls habe ich Jimbo noch nie so aufgelöst erlebt. Hab immer gedacht, ihn kann nichts erschüttern.«

»So? Sie hätten ihn sehen sollen, als...« Aber Linda hatte einen Kunden, der es eilig hatte und nicht warten wollte.

Was war heute bloß mit den Leuten los? Normalerweise klatschten sie gern. Es war immer viel spannender, wenn die Kunden ein Weilchen blieben. Manchmal brauchte Linda eine Stunde, um Alan alle Neuigkeiten zu erzählen, die sie erfahren hatte.

Kate trug die Luxuseiskrem nach Hause, den Käse, die Eier und alle Sachen, die sie sich so lange versagt hatte, verstaute sie im Kühlschrank und in den Schränken, setzte sich dann an den Küchentisch und aß die ganze Packung Eiskrem mit Pekannüssen und Toffee. Sie hatte das Gefühl, ihr werde schlecht. Aber es war auch eine Befreiung.

27. Kapitel

»Mummy? Mummy?«

»Bitte, halt den Mund«, fuhr Jimbo Flick an.

»Daddy!«

»Das ist mein Ernst. Geh weg und sieh fern oder mach sonstwas, aber lass Mummy in Ruhe.« Jimbo schaute aus dem Fenster. Harriet saß auf dem Sofa. Eigentlich war die Entfernung zwischen ihnen gering, aber sie kam ihnen unüberwindlich vor. Als Jimbo ihr das von seiner Mutter erzählt hatte, hatte Harriet ihn nur ungläubig angeschaut.

»Da mach ich nicht mit. Sag ihr einfach, da mach ich nicht mit.«

»Ich weiß, aber sie hat ihr Haus schon verkauft.«

»Ist mir egal. Was mich betrifft, kann sie in einem Pappkarton in einem Ladeneingang am Strand schlafen. Sie kann als Stadtstreicherin enden. Genau, als Stadtstreicherin. Geschieht ihr recht.«

»Hör mal, Harriet.«

»Und sieh mich nicht so vorwurfsvoll an. Du willst sie auch nicht.«

»Das habe ich nie gesagt!«

»Das war auch nicht nötig. Ich verkaufe Mutters Haus nicht an sie. Auf keinen Fall. Meine Mutter würde niemals zur Ruhe kommen, wenn sie in ihrem Haus wohnt.«

»Das ist lachhaft.«

»Nein, ist es nicht. Ruf sie an. Nein, ich ruf sie an. Ich sage ihr, dass sie das Haus meiner Mutter nicht bekommt. Es gehört mir, also kann ich ganz allein entscheiden, wer es kauft.«

»Hör mal, Harriet.«

»Schluss mit ›Hör mal, Harriet‹! Hör gut zu. Ich sage es nur einmal. *Deine Mutter wird nicht im Haus meiner Mutter wohnen. Ich verkaufe es nicht an sie.*«

»Hör mal, Harriet.«

»Wenn du das noch einmal sagst…«

»Schon gut, schon gut. Aber sie ist eine alte Frau und wird sehr gebrechlich.«

»Gebrechlich, deine Mutter? Gott, das ist zum Schreien komisch! Gebrechlich, ha!«

»Hör mal, Harriet!«

»So, das war's. Du hörst mir nicht einmal zu. Du bist wie ein Esel zwischen zwei Heuhaufen. Ich lasse mir das nicht gefallen.« Sie stand vom Sofa auf und holte aus dem Flurschrank ihren Mantel. «Das Essen ist fertig und steht im Backofen. Guten Appetit.«

»Harriet, bitte! Du weißt doch, dass ich nichts mit ihr vereinbart habe.«

»Nein, aber du wirst es bald tun. Sie wird dich überrollen wie eine Dampfwalze, wie das so ihre Art ist.«

»Das stimmt nicht.«

Harriet schaute ihn traurig an. »Doch, Jimbo. Es ist nicht fair. Ich habe mich so darauf gefreut, dass Flick Maikönigin wird. Jetzt kann ich keinen Augenblick davon genießen, sondern muss dauernd daran denken, dass deine Mutter hier wohnen wird. Mir ist alles verdorben. Verdorben!« Ihre Augen schwammen in Tränen und drohten überzulaufen. Sie schlüpfte in den Mantel, nahm ihre Handtasche und stürmte hinaus. Flick und Fran weinten und Jimbo war kurz davor.

Er hörte, wie das Auto ansprang, sah ihr nach, als sie wegfuhr, und sprach ein stummes Gebet für ihre Sicherheit. Jimbo nahm Fran auf den Arm und fasste nach Flicks Hand. »Kommt, wir machen die Getränke und die Kekse für die Jungen zurecht.« Er schaute auf Flick hinunter und ihr bekümmertes Gesicht brach ihm das Herz. Ihr zuliebe musste er das Beben in seiner Stimme unterdrücken, als er sie beruhigte. »Keine Bange, sie kommt wieder. Mummy ist bloß ein bisschen sauer, das ist alles. Sie muss zurückkommen, denn sie hat ihre Zahnbürste nicht mitgenommen.«

Flick lächelte unter Tränen und drückte Jimbos Hand. »Natürlich, sie muss zurückkommen. Sie ist doch so pingelig, wenn es um ihre Zähne geht.«

Als Jimbo ins Bad ging, traf er Harriet beim Zähneputzen an. Er hatte bei Fergus im Zimmer gesessen und mit ihm von Mann zu Mann über Frauen gesprochen und über die Probleme, die sie Männern bereiten konnten.

»Sind sie alles in allem den ganzen Ärger wert, Dad?«

»Unbedingt. O ja. Wir kommen nicht ohne sie aus. Gott segne ihre Herzen.«

»Ich meine, bei den Problemen, die du mit Gran hast und jetzt auch mit Mum.«

»Ach ja. Da hast du auch wieder Recht.«

Fergus legte sich zum Schlafen hin und fragte, als Jimbo das Licht ausschaltete: »Sie kommt doch wieder, oder?«

»Natürlich.«

Jimbo stand in der Tür zum Bad und freute sich über Harriets Anblick. Sie beugte sich über das Waschbecken. Als sie sich den Mund zum letzten Mal ausspülte, hob sie den Kopf und sah Jimbo im Spiegel. Sie sahen sich einen Moment lang an und er brach das Schweigen.

»Du bist wieder da.«

»Ja.«

»Am besten sage ich ihr, dass sie das Haus deiner Mutter nicht kaufen kann, aber wenn sie tatsächlich hierherziehen will, kann sie ein anderes Haus kaufen, sobald eins frei wird. Wie wär's damit?«

»Ich denke darüber nach.«

»Danke.« Er machte eine Pause. »Wo warst du, falls die Frage gestattet ist.«

»Bei Caroline im Pfarrhaus.«

»Die ganze Zeit?«

»Die meiste.«

»Verstehe.«

»So?« Harriet drehte sich zu ihm um.

»Ich versuche es.«

»Ich gebe den Kindern einen Gute-Nacht-Kuss.« Harriet packte Fran fester ein, strich Flick das Haar aus dem Gesicht und sah im Halbdunkel das schläfrige Lächeln in ihrem Gesicht, als sie den Kuss ihrer Mutter spürte. Sie nahm Bücher von Finlays Bett, strich seine Decke glatt und küsste Fergus, der sie umarmte und sagte: »Freut mich, dass du wieder da bist, Mum. Am meisten hat Dad sich aufgeregt.« Dann ging sie auch zu Bett.

Als Jimbo aus dem Bad kam, saß Harriet im Bett und machte eine Liste. »Die ist für den Donnerstag.«

»Was ist am Donnerstag?«

»Der erste Mai.«

»Natürlich. Wie aufregend, dass Flick die Königin ist. Wer krönt sie?«

»Muriel.«

»Oh, toll! Wie schön für Flick. Sie wird's bestimmt großartig machen. Ganz die Mutter. Was sie macht, macht sie gut.«

»Jimbo! Mit Schmeicheleien erreichst du bei mir gar nichts.«

»Es ist wahr! Ich werde das ganze Ereignis mit dem Camcorder aufnehmen.«

»Oh, natürlich! Was für eine gute Idee. Mutter wäre so stolz darauf gewesen, dass Flick die Königin ist. Ach, sie fehlt mir so.«

»Natürlich fehlt sie dir. Sie fehlt uns allen.« Er saß eine Weile schweigend auf dem Bettrand und sagte dann: »Sie war eine unbezahlbare Perle.«

»Sie hat dich vergöttert.«

»Hat sie das? Das habe ich gar nicht gewusst.«

»Ich bin mir sicher, dass sie dich geheiratet hätte, wenn du sie genommen hättest.«

Jimbo lachte. »Nein! Ich bin froh, dass ich ihre Tochter geheiratet habe.«

»Ich auch.«

»Verziehen?«

»Fast. Aber eins muss ich noch sofort loswerden und dann erwähne ich es nie wieder. Ich komme mit deiner Mutter nicht aus. Ich bin nie mit ihr ausgekommen und ich werde nie mit ihr auskommen. Aber ich sehe ein, dass sie nicht jünger wird und die Familie um sich braucht. Nur kann und will ich ihr nicht das Haus meiner Mutter verkaufen. Es ist sowieso viel zu groß für eine Frau im Alter deiner Mutter.«

»Danke. Ich rede es ihr aus, abgemacht? Ich ertrage ihre Einmischung auch nicht. Sie wird sich aus dem Laden fern halten, den sie – wie ich weiß – nur liebend gern umorganisieren würde, und sie wird sich aus unseren Familienangelegenheiten heraushalten. Ich dulde nicht, dass sie die Jungen mit ihrer ständigen Mäkelei nervt. Und im Gegensatz zu deiner Mutter bekommt sie keinen Schlüssel zu unserem Haus, so viel steht fest. Mutter hat vorgeschlagen, dass sie den Versandhandel übernimmt, weil wir Sadie nicht mehr haben, aber Mrs. Jones leistet so gute Arbeit – weit bessere, als ich erwartet habe –, deshalb kommt es nicht in Frage, dass ich Mutter das machen lasse. Das sind die Bedingungen.«

»Gut, darauf können wir uns einigen. Ach, Jimbo, warum hast du bloß keine Brüder und Schwestern, die einspringen könnten?«

»Sie sagt, es hätte sie fast umgebracht, als sie mich bekommen hat. Konnte nicht fassen, dass eine Geburt so abstoßend und so *unkultiviert* ist. Das war's. Mein Vater war sehr enttäuscht.«

Harriet verdrehte die Augen. »Manche Männer müssen viel mitmachen.«

Jimbo schaltete seine Nachttischlampe aus und seufzte. »Und ob. Schau mich zum Beispiel an. Maloche von früh bis spät. Muss Geld auftreiben für zwei Söhne in Prince Henry's und bald noch mehr für eine Tochter in Lady Wortley's und dann wird sie auch noch Maikönigin, sodass ich ihr Kleid bezahlen muss, und ich habe eine unglaublich hübsche kleine Tochter, die auch ernährt und gekleidet werden will«, er machte eine Pause. »Und traurigerweise, um ehrlich zu sein, ist das dickste Haar in der Suppe meine Frau. Ein Ende meiner Sorgen ist nicht abzusehen… niemals.« Er grinste im Dunkeln, klopfte sein Kissen zurecht und legte sich hin. Harriet trat nach ihm.

»Au! Das hat wehgetan.«

»Freut mich.«

Ein Schweigen entstand, während Jimbo sich das Bein rieb. »Die Kinder waren völlig verstört.«

»Tut mir Leid. Ich war so wütend und du hast mir nicht zugehört.«

»Ich habe dir zugehört und tue es nach wie vor. Es ist ein Zwiespalt, weißt du.«

»Ich weiß. Aber wenn ich mir sicher sein kann, dass du auf meiner Seite bist, dann ist alles in Ordnung.«

»Ich bin auf deiner Seite.«

»Gut. Ich schreibe die Liste zu Ende und dann …«

»Abgemacht.«

Harriet war nicht die Einzige, die sich eine Liste gemacht hatte. Kate hatte auch eine. Der Donnerstag erwies sich als hektisch. Sie hatte die ganze Woche mit den Kindern geübt, ihnen gut zugeredet, sie inspiriert, alles organisiert. Nichts blieb dem Zufall überlassen. Hetty Hardaker musste einräumen, dass Kates Organisationstalent unübertrefflich war. »Ich habe geglaubt, Mr. Palmer hätte ein Händchen für so etwas, aber Sie …«

»Danke, Hetty. Außerdem vielen Dank für Ihre Hilfe. Ohne Sie hätten wir das nicht geschafft.«

Hetty lief vor Freude rot an. »Tut mir Leid, dass ich anfangs so schwierig war. Aber ich hatte nicht in allem Unrecht, oder?«

Kate lächelte. »Nein. Aber ich glaube, inzwischen verstehen wir uns ganz gut.«

»Sie haben sich verändert, seit Sie hergekommen sind. Diese ganze Hexereigeschichte, das war nicht richtig. Es war so schön, am Freitag zum Schülergottesdienst in die Kirche zu gehen. Sie müssen zugeben, dass Peter gut mit Kindern umgehen kann.«

»Kann er. Sehr gut sogar.«

»So, und nun zurück zum Wesentlichen. Margaret möchte wissen, woran sie merkt, dass sie auf der Anlage mit dem Klavierspielen anfangen soll, wenn sie vor lauter Eltern nichts sieht. Wir könnten Handys brauchen.« Sie gingen gemeinsam weg und besprachen die letzten Einzelheiten. Sie hatten nur noch zwei Stunden Zeit und es gab noch jede Menge zu tun.

Gnädigerweise hatte die Sonne beschlossen, ihr Bestes zu geben. Gelegentlich schob sich eine Wolke davor, aber es blieb trocken, was gut war, denn das Klavier, der Maibaum und die Stühle der Kinder standen in Erwartung der Eltern schon auf dem Rasen. Jemand musste irgendwo auf sie herunterlächeln, dachte Kate.

Mr. Fitch hatte zwei Gutsarbeitern, die Väter von Schulkindern waren, die Erlaubnis gegeben, bei dem Fest auszuhelfen, und als Kate und Hetty in die Aula zurückkamen, hievten die beiden gerade die schweren Holzkisten hoch, die zusammengefügt bei der Krönung das Podest für die Königin und ihre Hofdamen bilden sollten und auf dem Flick den Tanz präsidieren würde.

»Ich habe eine wunderschöne leuchtend rote indische Decke als Überwurf für das Podest. Ich bringe sie gleich. Hier ist der Thron der Königin, schon geschmückt.«

»Danke, Ms. Pascoe, wir kümmern uns erst mal um die Kisten. In Ordnung, Bill. Du zuerst.« Sie wankten mit zwei Kisten hinaus, den schmalen Flur entlang zum Portal. Kate schaute zu, wie sie sich hindurchquetschten, und als die beiden draußen waren, kam Greenwood Stubbs herein. Er tippte sich bei Kates Anblick an die Mütze und sagte: »Mr. Fitch hat mich gebeten, Ihnen Pflanzen zu bringen, als Schmuck für das Podest der Königin.«

»Oh, Mr. Stubbs, wie nett! Die sind ja prächtig.«

»Das sind bloß zwei, draußen steht eine ganze Lieferwagenladung. Barry Jones hat sie hergebracht. Kommen Sie mit und sagen Sie mir, wo wir sie aufstellen sollen.«

»Eine ganze Lieferwagenladung? Nicht zu fassen.«

Sie eilte hinaus und war wie benommen von der Schönheit der Pflanzen.

»Wie gefällt Ihnen das?« Barry lachte über ihre Begeisterung. »Toll, nicht?«

»Ja, toll!«

»Wir sollen die alle aufstellen und hinterher wieder abholen. Sie dürfen sich eine aussuchen, die Ihnen am besten gefällt, und sie behalten. Ein Geschenk von Mr. Fitch. Er hat gesagt, er kommt, wenn das in Ordnung geht.«

»Natürlich. Gut, die Pflanzen müssen um das Podest herum aufgestellt werden, sobald Bill und Ben es zusammengebaut haben.«

Barry salutierte übertrieben. »Ihr Wort ist uns Befehl, Ms. Pascoe. Wo ist die Königin? Will nur kurz 'nen Blick auf sie werfen, hab nachher keine Zeit zum Zuschauen.«

»Sie ist in der Schule, schon im Kostüm. Gehen Sie ruhig rein und schauen Sie sich sie an.«

Flick saß auf Ms. Pascoes Stuhl, den Rock des weißen Kleides vorsichtig ausgebreitet, damit er nicht knitterte. Auf dem Kopf trug sie ein Kränzchen aus frischen Blumen; ihre langen Zöpfe waren aufgeflochten und das Haar hing ihr schimmernd über den Rücken. Ihre Augen glänzten vor Freude.

»So was, Flick! Du siehst wunderschön aus, einfach umwerfend! Hat Pat dich schon gesehen?«

Flick wurde rot. Barry vermittelte ihr immer so ein Gefühl. »Danke, Barry. Nein, sie hat mich noch nicht gesehen.«

»Ich sag ihr, dass sie herkommen und dich anschauen soll. Die schönste Maikönigin seit Jahren.« Er verbeugte sich wie ein Höfling aus dem achtzehnten Jahrhundert, winkte an der Tür schwungvoll und verschwand.

Auch Harriet konnte nicht fassen, wie hübsch Flick aussah. Die Familienschönheit war Fran, aber heute stach Flick sie aus. Flick ließ die weißen Satinpumps baumeln und sagte: »Sind die nicht einfach wunderschön, Mummy? Mit denen könnte ich auch Brautjungfer sein, was?«

»Ja. Fran ... nein, zieh sie ihr nicht aus.«

»Lass sie doch. Probier ruhig einen Schuh an, Fran.« Fran tat es. Flick ließ sie immer tun, was sie wollte.

Das Klassenzimmer war voller Mütter, die damit beschäftigt waren, die Hofdamen einzukleiden und die Maibaumtänzerinnen zu kostümieren. Lehrerinnen eilten mit Nachrichten ein und aus, Pat sammelte die letzten hausgemachten Erfrischungen ein, die gespendet worden waren, Kinder waren im Weg und die Lehrerinnen riefen die Unartigen zur Ordnung.

Die Temperatur stieg, dementsprechend hitzig ging es zu. Als nur noch eine halbe Stunde Zeit war, griff Kate ein. »Ja, richtig, alle sitzen links. Nein, nicht die Maibaumtänzer. Die bleiben bei mir, abgemacht? Okay!«

Die Fragerei nahm kein Ende, die Kinder waren aufgeregt, die Eltern völlig aus dem Häuschen und da saß Flick und genoss jeden Augenblick ihrer Amtszeit.

Mittendrein kam Muriel. »Sollte ich hier drin sein oder draußen?«

»Lady Templeton! Da sind Sie ja. Wir haben uns Stühle aus dem Gemeindehaus ausgeliehen und Sie und Sir Ralph sitzen in der Mitte der ersten Reihe. Die Plätze sind mit Ihren Namen versehen. In einer Viertelstunde fängt es an.«

»Ich bin Ihnen bestimmt im Weg. Ich gehe lieber, Sie haben offensichtlich noch viel zu tun. Und die Krone?«

»Ah! Die Krone hat Sebastian Prior. Er überreicht sie Ihnen im passenden Moment auf einem Samtkissen.«

»Ich habe eine kurze Rede vorbereitet... nur ein paar Sätze.«

»Wunderbar!«

»Oh, Flick, mein Liebes. Wie hübsch du aussiehst!« Muriels Augen füllten sich mit Tränen. Sie bückte sich und küsste Flick auf beide Wangen. »Du bist eine wundervolle Maikönigin!«

Muriel lächelte Harriet zu und Harriet erwiderte das Lächeln.

Dann kam Gilbert herein. »Ms. Pascoe, wir sind da!«

Kate drehte sich nach ihm um und stand einem völlig verwandelten Gilbert gegenüber. Einem Gilbert mit geschwärztem Gesicht und einer mit bunten Federn und Abzeichen geschmückten Melone, in einer schwarzen Jacke, an die farbenprächtige Stoffstreifen genäht waren. Er trug Stiefel und um die Knöchel Schellen, die bei jedem Schritt klingelten. »Wie versprochen!«

»Wunderbar! Ich könnte Sie küssen!«

»Aus Erfahrung weiß ich, dass das Schwarz abfärbt! Melde mich nur zur Stelle. Wir sitzen auf den Stühlen für die Erwachsenen und warten, bis wir an der Reihe sind. Ist das in Ordnung?«

»Natürlich, hier ist das Programm. Behalten Sie es. Flick kündigt Ihren Auftritt an.«

»Zu Euren Diensten, Eure Majestät!« Gilbert lächelte Flick zu und ging.

Neben Muriel und Ralph und vor den Moriskentänzern saßen Mr. Fitch und Louise.

Gilbert hatte Louise mit seinem ganz besonderen Lächeln bedacht, als er seinen Platz einnahm. Mr. Fitch verschränkte die Arme, beugte sich zu Louise hinüber und flüsterte aus dem Mundwinkel: »Wann heiraten Sie diesen Mann?«

Louise wurde rot. »Bald.«

»Gut. Wird nach allem, was ich höre, auch Zeit.«

Louise errötete noch tiefer. So eine Unverschämtheit. Wirklich! Und sie hatte geglaubt, außer ihrer Mutter wüsste niemand Bescheid. In diesem Dorf blieb auch nichts verborgen.

Auf Mr. Fitchs anderer Seite saß Muriel. Sie hatte auf ihre Gelegenheit gewartet und jetzt war sie gekommen. Während Ralph Margaret Booth half, die Klavierbank auf die richtige Höhe zu stellen, und nach einer Möglichkeit suchte, die Noten so zu fixieren, dass sie beim Spielen nicht weggeweht wurden, packte Muriel den Stier bei den Hörnern.

»Mr. Fitch.«

»Craddock, bitte, Muriel.«

»Gut, Craddock. Wissen Sie, Sie haben mich in letzter Zeit sehr enttäuscht.«

Er machte ein erschrockenes Gesicht. »Ich habe Sie enttäuscht? Womit?«

»Durch Ihren Mangel an Verständnis.«

»Falls ich taktlos gewesen sein sollte, klären Sie mich bitte darüber auf.«

»Manchmal tut man mehr Gutes, wissen Sie, indem man nichts tut.«

»Sie sprechen in Rätseln, Muriel. Ich verstehe überhaupt nichts.« Er folgte ihrem Blick und merkte, dass sie Ralph anschaute.

»Es geht um Kricket. Alle im Dorf sind dankbar für das, was Sie für das Klubhaus und die Ausrüstung getan haben, das können Sie mir glauben, aber den Leuten gefällt nicht...«

»Ja?«

»Es gefällt ihnen nicht, dass sie von Ihnen herumkommandiert werden.«

Mr. Fitch schäumte. Er kommandierte die Leute herum? Er doch nicht! Ralph tat das, er war Experte im Rumkommandieren. Er selbst tat nur Gutes. *Nur Gutes.*

Muriel schaute in die Ferne und sagte: »Sehen Sie, was zählt, ist die Tradition. Die Dörfler wollen an ihrer Tradition festhalten. Wie heute. Wie am Stock-Tag und beim Dorffest.« Sie wandte sich Mr. Fitch zu und lächelte ihn mit so aufrichtiger Freundlichkeit an, dass ihm unbehaglich zumute wurde, weil er wusste, dass sie ihn zu etwas bringen wollte, was ihm widerstrebte. »Und für die Kricketmannschaft gilt das auch«, sprach sie sanft weiter. »Die Leute wollen, dass alles bleibt, wie es war. Die Tradition hat ihren Platz, der Fortschritt auch, wir brauchen beides. Sie sollten also sich und nicht Ralph einen Gefallen tun, indem Sie ihm erlauben, Präsident des Kricketklubs zu werden.«

In der Dorfanlage herrschte reges Leben. Die Mütter und Väter, die sich hatten frei nehmen können, saßen auf den Schulstühlen; der Thron der Königin stand bereit; die um das Podest herum aufgestellten Blumen sorgten für prächtige Farben; der Puppenspieler wartete neben seinem rotweiß gestreiften Guckkasten auf seinen Auftritt; die Karussellpferde verharrten im Sprung, ehe es losging. Jetzt kam eine Prozession der Spielgruppenkinder um den Dorfladen, angeführt von Beth und Alex Hand in Hand, die ihre Plätze einnehmen wollten. Der Maibaum wartete, die in ihren Kostümen befangen wirkenden Tänzer saßen darunter. Muriel beobachtete Ralph im Gespräch mit etlichen Eltern, während er zu seinem Platz zurückkehrte, und sie dachte daran, wie sehr sie ihn liebte. Ihre Liebe zu ihm verlieh ihr Mut.

»Also, Craddock?«

»Sie sind eine wahre Überredungskünstlerin, Muriel Templeton. Das sind Sie wahrlich. Aber ich begreife nicht, was ich davon habe, wenn ich zurücktrete.«

»Nichts Sichtbares oder Greifbares, aber wenn Sie zurücktreten, marschieren Sie im Gleichschritt mit den Dorfbewohnern.«

»Im Gleichschritt mit denen?«

»Denken Sie darüber nach.« Das Klavier erwachte zum Leben. »Oh, sie fangen gleich an und ich habe vergessen, meine Rede noch einmal durchzulesen, und hier kommt Ralph. Du meine Güte, jetzt finde ich meine Rede nicht, wo habe ich sie bloß?« Mr. Fitch bückte sich und las ein Blatt Papier unter Muriels Stuhl auf.

»Ist sie das?«

»Oh, danke.«

Eine atemlose Stille entstand, während Muriel darauf wartete, dass eine der Hofdamen Flick das Blumenkränzchen abnahm.

Dann hielt Muriel die Krone hoch über Flicks Kopf und sagte aus voller Kehle: »An diesem wunderbaren, glorreichen, glücklichen Tag habe ich die große Ehre, Felicity Jane Charter-Plackett zur Maikönigin zu krönen. Möge sie lange regieren! Lang lebe Königin Felicity!«

Peter stand auf und brachte drei Hochrufe auf die Königin aus. *Hipp, hipp, hurra! Hipp, hipp, hurra! Hipp, hipp, hurra!*

Königin Felicity stand auf. Die goldfarbene Blechkrone, deren zehn Zacken sämtlich mit einer großen Perle verziert waren, mit dem Rand aus rotem Samt saß hübsch auf ihrer Stirn. Flick sagte mit lauter, klarer Stimme: »Ich danke Ihnen allen, dass Sie zu meiner Krönung gekommen sind. Ich wünsche Ihnen viel Vergnügen. Nun führen meine Untertanen zu Ihrer Erbauung den traditionellen Tanz um den Maibaum auf.«

Die Zuschauer setzten sich wieder und warteten auf die Vorführung. Margaret Booth vollbrachte Wunder am Klavier und die Tänzer ließen sich inspirieren. Ihr letzter Tanz, das »Spinnennetz«, war der schwierigste und als sie mit dem komplizierten Verschlingen und Auflösen der Bänder fertig waren, standen die Zuschauer auf, klatschten und jubelten.

»Glänzend!«

»Wunderbar!«

»Gut gemacht!«

Sie schauten dem Kasperletheater zu, johlten, zischten und klatschten stets an den richtigen Stellen und als Flick die Moriskentänzer ankündigte, brach ein Jubelruf aus. Stühle wurden verrückt, um vor der Königin mehr Platz zu schaffen. Gilbert spielte ein fröhliches Stück auf seinem Melodion und die Tänze fingen an.

Kate war überwältigt. Sie stand hinten und schaute zu. Alles verlief bestens. Sie hätte sich keinen lohnenderen und gelungeneren Nachmittag wünschen können. Gilbert gab sein Bestes, er spielte mit Gusto, während seine Tänzer leichtfüßig das Publikum ergötzten. Unfassbar, dass Gilbert in seinem Berufsleben ein seriöser Wissenschaftler war. In diesem Moment war er ein Mann aus dem Mittelalter und feierte den ersten Mai, wie ihn Dörfler seit Jahrhunderten begangen hatten. Die Zuschauer klatschten und eine Gruppe in Kates Nähe stand spontan auf und fing auch an zu tanzen. Kate lachte. Was für ein Spaß! Jemand nahm sie bei der Hand, zog sie mit und brachte sie zum Tanzen. Sie wusste nicht, was von ihr erwartet wurde, aber sie machte trotzdem mit. Es schien keine Rolle zu spielen. Das Einzige, was zählte, war Fröhlichkeit.

Als sich der Beifall für die Moriskentänzer gelegt hatte, kündigte Königin Felicity von ihrem Thron aus an, jetzt werde Tee serviert, und bald setze sich das Karussell in Bewegung.

Es war nicht nötig, dass Kate beim Herumreichen der Erfrischungen half, denn Pat hatte das voll im Griff. Offensichtlich steckte mehr in Pat, als Kate angenommen hatte, und sie war enttäuscht darüber, dass Pat nach ihrer Heirat die Schule verlassen würde. Offenbar würde sie für Jimbo arbeiten, bei seinem Partyservice. Nach diesem Nachmittag zu urteilen war sie dafür bestens qualifiziert. Dann spürte Kate, dass eine kleine Hand sich in ihre schob. Sie schaute nach unten und sah, dass es Beth war.

»Hallo, Beth, ist das hier nicht wunderschön?«

»Ja. Wenn ich groß bin, will ich auch Königin sein.«

»Möchtest du das?«

»Darf ich eine Krone haben wie Flick?«

»Natürlich. Ich merk's mir.«

Beth schaute zu ihr auf und lächelte. »Ich mag die Spielgruppe in Ihrer Schule.«

»Freut mich.«

»Das ist schön.« Sie schaute wieder zu Kate auf. »Und Sie sind nett.«

»Danke. Du auch.«

»Ich mag Sie am liebsten nach meiner Mummy.«

»Das ist auch richtig so. Deine Mummy kommt zuerst. Hier ist sie, schau.«

Caroline kam auf die beiden zu, Hand in Hand mit Alex. »Oh, hier bist du, Beth! Ich habe nach dir gesucht. Möchtest du Saft oder Tee?«

»Saft, bitte, Mummy. Miss Pascoe sagt, ich darf Königin sein, wenn ich groß bin. Ist sie nicht nett?«

Caroline schaute Kate an, und Kate sie.

Caroline lächelte zuerst. »Wunderbarer Nachmittag, Kate. Ich habe mich prächtig amüsiert. Sie müssen sehr zufrieden mit sich sein.«

»Gut, freut mich, dass es Ihnen gefallen hat. Danke.«

»Kommt, Kinder, wir holen euren Saft.« Caroline ging mit den Zwillingen weg und Kate blieb zurück, dankbar dafür, dass das Eis zwischen ihnen ein bisschen aufgetaut war.

»Kate!« Das war Harriet, die ihr eine Tasse Tee brachte. »Ich möchte mich dafür bedanken, dass Sie einen so schönen Nachmittag für Flick veranstaltet haben. Sie hat es sehr genossen.«

»Oh! Tee… genau das, was ich jetzt brauche. Ich danke *Ihnen* für Ihre hinreißende Tochter. Sie hat es gut gemacht, wirklich gut. Ich bin sehr stolz auf sie. Ich bin mir sicher, dass sie in Lady Wortley's ganz in ihrem Element ist.«

»Sie haben also nichts mehr dagegen?«

»Nein. Warum sollte sie sich die Chance entgehen lassen?«

»Danke. Ich habe nicht gewollt, dass wir darüber Streit bekommen. Schließlich rückt Fran ja eines Tages nach!«

»Ich rechne damit, dass ich dann noch hier bin. Dieser Ort lässt einen nicht los, stimmt's?«

»Und ob das stimmt. Ich bin froh, dass Sie hergekommen sind. Die Schule hat frischen Wind gebraucht, obwohl ich damit kein böses Wort über Mr. Palmer gesagt haben will.«

»Natürlich nicht.«

»Moment mal, die Damen, redet weiter!« Das war Jimbo mit dem Camcorder. »Ich habe so gut wie alle anderen gefilmt, also darf ich doch auf keinen Fall die Veranstalterin des Ereignisses vergessen.« Er filmte eifrig, während Kate und Harriet plauderten.

Kate unterbrach ihn. »Hetty winkt. Muss weg. Tut mir Leid, Jimbo!« Sie eilte davon.

»In Ordnung, Liebling, du kannst eine Pause machen.«

Jimbo schaltete den Camcorder aus. »War Flick nicht bezaubernd? Ich bin so stolz auf sie.«

»Ich auch. Ich hätte fast geweint.«

»Ich hoffe, der Gedanke, dass Mutter herzieht, hat dir den Tag nicht verdorben.«

»Nein, aber ich freue mich nicht gerade darauf.«

»Vielleicht hat sie ja durch das Älterwerden ein bisschen Dampf abgelassen.«

»Das bezweifle ich, Jimbo.«

Er nahm den Camcorder in die andere Hand und legte den freien Arm um Harriets Schulter. »Ich lasse nicht zu, dass sie dich nervt, ehrlich. Sie ist ein alter Drachen und wir sehen stürmischen Zeiten entgegen, bis sie sich eingelebt hat, aber ich bändige Mutter, und wenn ich dabei draufgehe!«

Flick kam mit gesetztem Schritt auf sie zu, den Kopf wegen der Krone hoch gereckt. »Hier kommt sie, Königin für einen Tag.«

»Mummy, meinst du, es gehört sich nicht für eine Königin, dass ich die Krone abnehme? Solange ich sie aufhabe, kann ich gar nichts unternehmen.«

»Nimm sie ab, lauf los und amüsier dich. Auch Königinnen dürfen sich manchmal ein Vergnügen gönnen. Komm, gib sie mir.«

Flick gab Harriet auch das Blumenkränzchen und rannte zu der Schlange, die auf eine Karussellfahrt wartete.

Ralph trank eine Tasse Tee. Er hatte Muriel aus den Augen verloren; sicher half sie irgendwo aus. Was für ein schöner Nachmittag. Und der Sommer fing erst an. Das Leben konnte wunderbar sein. Er bemerkte, dass Mr. Fitch über die Anlage auf ihn zukam. O nein, heute hatte er mit Fitch nichts im Sinn.

»Tag, Craddock«, sagte er liebenswürdig. »Überrascht mich, dass Sie hier sind. Hätte nicht gedacht, dass so etwas Ihr Stil ist.«

»Ich habe die Blumen für das Podest zur Verfügung gestellt, Ralph, also musste ich mich doch vergewissern, dass sie gut aussehen. Muss meinen Maßstäben gerecht werden, wissen Sie.« Mr. Fitch räusperte sich. »Ich habe nachgedacht.«

»Ja?«

»Diese Kricketgeschichte... Ich habe mich gefragt, ob ich da vielleicht einen Fehler gemacht habe. Wie ich es sehe, haben Sie und ich verschiedene Rollen. Ich spiele den Wohltäter, Sie steuern den patriarchalischen Part bei. Ich habe es mir also ernsthaft durch den Kopf gehen lassen und dabei ist herausgekommen, dass ich wirklich der Meinung bin, es wäre das Beste, wenn Sie Klubpräsident würden.«

»Aha.«

»Tradition und so weiter, Sie wissen schon. Gehört nun mal zum Dorfleben dazu. Es ist das Beste, wenn Sie Präsident werden. Das wird den Leuten gefallen. An Nachmittagen wie diesem wird einem bewusst, wie wichtig die Tradition ist.«

»Ich muss schon sagen, Craddock, das ist sehr großzügig von Ihnen. Ich werde es nicht ablehnen. Es liegt also an der Tradition, dass Sie zurücktreten?«

»Ja.«

Ralph folgte dem Blick des anderen, der auf Muriel ruhte. Sie stand hinter einer riesigen Teekanne, die sie sich aus der Kirchenküche ausgeliehen hatte. »Ich weiß Ihre Geste zu schätzen«, sagte er und fügte dann leicht boshaft hinzu: »Und es freut mich, dass Sie ganz allein zu dieser Entscheidung gekommen sind.«

Mr. Fitch sah ihn eindringlich an. »O ja, es war meine Entscheidung, wirklich. Ich treffe meine Entscheidungen alle allein, wenn ich alles abgewogen habe.«

»Natürlich, genau wie ich.« Ralph prostete Muriel mit der Tasse zu, als Antwort auf das Lächeln, mit dem sie ihn bedachte. »Trotzdem vielen Dank.«

»Gern geschehen. Aber das ändert nichts an dem Namen am Klubhaus. Der bleibt.«

»Natürlich. Ihre Großzügigkeit muss doch anerkannt werden. Ich würde es gar nicht anders wollen. Die Vorbereitungen für den Sonntag laufen gut. Eröffnungsfeier um Viertel vor drei. Spielbeginn um drei. Jimbo liefert wie abgemacht das Essen für das Einweihungsspiel.«

»Schicken Sie mir die Rechnung«, sagte Mr. Fitch.

»Oh, das ist wieder sehr großzügig von Ihnen. Wir werden jahrelang in Ihrer Schuld stehen.«

Mr. Fitch ignorierte Ralphs Dankbarkeit und nickte in Muriels Richtung. Er stieß einen Ächzlaut aus. »Ihre Frau da. War sie auch im diplomatischen Dienst?«

»Nein, sie hat ganz eigene Methoden, ihre Ziele zu erreichen.«

»Eine vollkommene Lady, Ralph. Eine solche Frau ist ein Schatz. Sie haben großes Glück gehabt.«

»Allerdings. Wir waren als Kinder ein Pärchen, wurden dann getrennt und sind uns ganz zufällig wieder begegnet. Aber vielleicht war es kein Zufall. Vielleicht war es so bestimmt.«

»Als Kinder ein Pärchen? Ich wünsche mir, ich wünsche mir so sehr, dass Sadie …«

Ralph sah ihn an und schaute dann weg. Es ging nicht an, den Mann in Verlegenheit zu bringen. »Das tut mir Leid, furchtbar Leid. Mrs. Beauchamp war sehr beliebt.« Seine Stimme klang rau.

»Das war sie. Verschieden wie Feuer und Wasser, Ihre Muriel und Sadie, aber beide auf ihre eigene Weise prächtige Frauen.« Dieses Mal prosteten beide Muriel mit den Tassen zu und sie lief knallrot an.

Es war fünf, als alles weggeräumt war und die letzten Kinder nach Hause gescheucht wurden. Die Anlage bot das übliche ruhige Bild. Jimmys Gänse, die ihren Weidegrund endlich wieder für sich hatten, stolzierten eifrig auf und ab, um ihr Revier neu abzustecken. Barry Jones fuhr mit seinem Lieferwagen zum Herrenhaus und brachte die Pflanzen zurück, die Mr. Fitch zur Verfügung gestellt hatte. Kate hielt die Pflanze in der Hand, die sie sich ausgesucht hatte. In der anderen hatte sie ein Kuchenpaket, das Pat ihr gegeben hatte. »Der ist übrig geblieben, also nehmen Sie ihn lieber. Sie haben großartige Arbeit geleistet, Ms. Pascoe. Der schönste Maifeiertag, den wir seit Jahren hatten, und ich hab viele erlebt, das kann ich Ihnen sagen! Ich bin froh, dass Sie nach Turnham Malpas gekommen sind, und es tut mir Leid, dass ich die Schule verlasse, aber ich kann das Angebot von Mr. Charter-Plackett nicht ablehnen. Es ist zu schön, um wahr zu sein. Bel Tutt arbeitet bestimmt gut, das weiß ich. Schlafen Sie gut. Das werden Sie bestimmt nach dem Tag, den Sie hinter sich haben!«

Kate überquerte den Schulhof und steckte den Schlüssel ins Schloss. Sie hörte es miauen, das waren Beano und Dandy, die sie begrüßten. Sie traten Kate auf die Zehen, nagten an ihren Sandalen, sprangen an ihr hoch und wollten sich an ihrem Rock festkrallen.

»So, ihr beide, rein mit euch. Ich brauche eine Tasse Tee. Ich weiß, ja, ich weiß, ihr wollt auch gefüttert werden.«

Ehe sie an diesem Abend zu Bett ging, saß Kate in ihrem pfirsichfarbenen Seidennachthemd am offenen Schlafzimmerfenster und schaute hinaus. Der Himmel war immer noch recht hell, kleine Wolken segelten träge darüber. Sie sah die neuen Häuser, die Sir Ralph gebaut hatte, und die Bäume dahinter. Morgen nach der Schule würde sie die Stiefel anziehen und einen langen Spaziergang am Bach machen. Um sich die Spinnweben aus dem Kopf blasen zu lassen. Sie war erst seit vier Monaten hier, doch schon war ihr der Ort ans Herz gewachsen. Den Beifall am Ende des Nachmittags hatte sie nicht verdient gehabt. Um die Wahrheit zu sagen, sie hätte das Dorf fast in die Knie gezwungen und hatte es gerade noch rechtzeitig wieder aufgerichtet. Die Dörfler schienen darüber hinwegzusehen; wie großherzig mussten sie sein. Am Samstag würde sie mit Simones drei ältesten Kindern einen Tagesausflug machen. Sie freute sich darauf. Es gab eine Menge Dinge, auf die sie sich freuen konnte. Kricket-Teegesellschaften, Computer, Schulanfänger im nächsten Trimester, Beano und Dandy, die Kirche, der Jugendklub, den sie gründen wollte. Da hatte sie etwas gutzumachen, schon allein wegen Rhett.

Die Sonne ging langsam unter und das Dorf wurde rosig in dem schwindenden Licht. Kate hörte das Gelächter im Royal Oak. Die Gäste schienen sich gut zu amüsieren; es war eine gute Idee, von Zeit zu Zeit dort einzukehren. Sie brauchte neben denen zu den Kindern auch noch andere Beziehungen. Sie zog die Vorhänge zu und ging ins Bett. Die Nische unter der Schräge war genau der richtige Platz für die Pflanze von Mr. Fitch. Als Kate das Licht ausmachte, schimmerten die weißen Blütenblätter im Halbdunkel. Kate schloss die Augen und der Blütenduft stieg ihr in die Nase. Sie lächelte. Sie erinnerte sich an ein gesticktes Bild, das über dem Bett ihrer Großmutter gehangen hatte. Darauf war ein kleines Cottage mit Reetdach und einem winzigen Vorgarten. Darunter waren die Worte eingestickt: *Zu Hause ist, wo das Herz ist.* Als Kind hatte sie das nicht verstanden, aber jetzt verstand sie es.